E 560

KHALED HOSSEINI

Afganistan, Kabil'de bir diplomatın oğlu olarak doğdu. Ailesi, 1980'de Amerika Birleşik Devletleri'nden siyasi sığınma hakkı elde etti. Halen Kuzey California'da yaşamaktadır ve doktorluk mesleğini sürdürmektedir. İlk romanı *Uçurtma Avcısı*'nın ardından *Bin Muhteşem Güneş* yazarın ikinci romanı.

PÜREN ÖZGÖREN

Adana'da doğdu. Avusturya Lisesi'ni bitirdikten sonra University of Miami'de dil eğitimi aldı. 1984'ten bu yana sürdürdüğü çeviri çalışmaları arasında, tanınmış pek çok yazarın eseri bulunmakta: Roman Polanski, Vanessa Redrgrave ve Erje Ayden'in otobiyografileri, Yukio Mişima'dan *Bereket Denizi* dörtlemesi, Henry Miller'dan *Çılgın Üçlü*, Lawrence Durrell'dan *Kara Defter*, George Orwell'dan *Birmanya Günleri*, Ernest Hemingway'den *Cennet Bahçesi*, Truman Capote'den *Bukalemunlar İçin Müzik*, Çinli çağdaş yazar Cang Şianliyen'den *Erkeğin Yarısı Kadın* ve *Ölmeye Alışmak*, Roald Dahl'dan *Öptüm Seni*, Nobelli yazar Toni Morrison'dan *Cennet ve Sevilen*, Bedri Baykam'dan *Maymunların Resim Yapma Hakkı.*

pozgoren@yahoo.com

Khaled Hosseini

BİN MUHTEŞEM GÜNEŞ

Türkçesi: Püren Özgören

§

Çağdaş Dünya Edebiyatı **98**

Bin Muhteşem Güneş
Khaled Hosseini

Kitabın Özgün Adı:
A Thousand Splendid Suns

Yayına hazırlayan: Tülin Er
İngilizce'den çeviren: Püren Özgören
Kapak tasarım: Utku Lomlu
Mizanpaj: Bahar Kuru Yerek

1-9. Basım: Nisan 2008-Haziran 2010
10-11. Basım: Ekim 2010
ISBN: 978 - 975 - 289 - 484 - 6
Sertifika No: 10905

Baskı ve Cilt: Melisa Matbaacılık
Tel: (212) 674 97 23
Fax: (212) 674 97 29

EVEREST YAYINLARI
Ticarethane Sokak No: 53 Cağaloğlu/İSTANBUL
Tel: (212) 513 34 20-21 Faks: (212) 512 33 76
Genel Dağıtım: Alfa, Tel: (212) 511 53 03 Faks: (212) 519 33 00
e-posta: info@everestyayinlari.com
www.everestyayinlari.com
www.twitter.com/everestkitap

Everest, Alfa Yayınları'nın tescilli markasıdır.

Bu kitap, gözümün iki nur'u Haris'le Farah'a ve Afganistan'ın kadınlarına adandı.

BİN MUHTEŞEM GÜNEŞ

BİRİNCİ BÖLÜM

1

Meryem *harami* sözcüğünü ilk duyduğunda, beş yaşındaydı.

Günlerden perşembeydi. Bundan emindi, çünkü yerinde duramadığını, zihninin harıl harıl çalıştığını çok iyi anımsıyordu; bir tek perşembeleri böyle olurdu; Celil'in onu görmeye, *kulübe*'ye geldiği günler. Meryem vakit geçirmek, sonunda onun, dizboyu otların arasından geçip açıklığa çıktığını ve el salladığını göreceği âna kadar oyalanmak için, bir iskemleye çıkmış, annesinin Çin malı porselen çay takımını indirmişti. Bu takım, annesi Nana'nın elindeki tek aile yadigârıydı, daha iki yaşındayken kaybettiği annesinden kalmıştı Nana'ya. Mavili-beyazlı porselenlerin her bir parçası, zarif, kıvrımlı ağzıyla demlik, elle boyanmış ispinozlarla kasımpatılar, şeker kâsesindeki, şeytanı kovalayan ejderha, hepsi de Nana için aziz, paha biçilmez şeylerdi.

İşte, Meryem'in elinden kayan, *kulübe*'nin zeminindeki tahta döşemelere çarpıp kırılan parça, bu sonuncusuydu.

Nana şekerliği görünce kıpkırmızı kesildi, üst dudağı titremeye başladı; gözleri, hem bozuk hem de sağlam olanı, dümdüz, kırpışmasız bir bakışla Meryem'e dikildi. Nana öyle kızgın görünüyordu ki, Meryem ona yine *cin* gireceğinden korktu. Ama *cin* bu kez gelmedi. Onun yerine, Nana Meryem'i bileklerinden yakaladı, yanına çekti, sıkılı dişlerinin arasından, "Seni küçük, sakar *harami* seni," dedi. "Çektiğim onca çilenin ödülü bu işte. Aile yadigârımı kıran, sakar bir *harami*."

O sırada, Meryem anlayamamıştı. *Harami* -piç- sözcüğünün anlamını bilmiyordu. Buradaki haksızlığı ayrımsayacak, asıl suçlunun, tek günahı doğmak olan *harami*'yi dünyaya getirenler olduğunu bilecek yaşta da değildi. Yine de, Nana'nın sözcüğü söyleyiş biçimi, Meryem'i kuşkulandırdı; *harami* olmak çirkin, tiksindirici bir şeydi galiba; bir böcek, Nana'nın sürekli lanet okuduğu, *kulübe*'den süpürüp attığı, şu telaşlı karafatmalar gibi bir şey.

Daha sonra, biraz büyüdüğünde, anladı. Meryem'in asıl içine batan, Nana'nın kelimeyi söyleme, daha doğrusu, *tükürme* biçimiydi. Annesinin ne demek istediğini artık kavrıyordu, *harami*'nin istenmeyen bir şey olduğunu yani; kendisi, yani Meryem, başkalarının sahip olduğu şeylerde, sevgi, aile, yuva, topluma kabul edilme gibi konularda hiçbir zaman hak iddia edemeyecek, gayri meşru bir varlıktı.

Celil ona asla bu şekilde hitap etmezdi. Celil ona hep "küçük çiçeğim" derdi. Kızı kucağına oturtmaktan, ona öyküler anlatmaktan hoşlanırdı; bir keresinde ona Herat'ı, Meryem'in 1959 yılında doğduğu kenti anlattı; bir zamanlar Pers kültürünün beşiği, yazarların, ressamların ve Sufilerin ocağı olduğunu.

"Orada ayağını uzatsan bir şairin kıçına değer," diyerek güldü.

Celil ona Kraliçe Cevher Şah'ın hikâyesini, on beşinci yüzyılda, Herat'a duyduğu sevginin nişanesi olarak diktiği ünlü minareleri anlattı. Herat'ın yemyeşil buğday tarlalarını, meyve bahçelerini, tombul üzümlere gebe asma bahçelerini, üstü kemerli, kalabalık çarşılarını uzun uzun tanımladı.

"Bir fıstık ağacı var," dedi bir gün, "onun altında da, Meryem *co*, büyük ozan Cemi." Eğildi, fısıldadı: "Cemi, beş yüz yıl önce yaşamış. Gerçekten. Seni bir kere oraya götürmüştüm, o ağaca. Çok küçüktün. Anımsayamazsın."

Doğruydu. Meryem anımsamıyordu. İşin kötüsü, ömrünün ilk on beş yılını Herat'a oldukça yakın, neredeyse yürüme mesafesinde geçirecek olsa da, öyküsünü dinlediği bu ağaca bir daha hiç gidemeyecekti. Ünlü minareleri yakından göremeyecek, Herat'ın meyve ağaçlarından tek bir meyve koparamayacak, buğday tarlalarında dolaşamayacaktı. Ama Celil ne zaman böyle konuşsa, Meryem büyülenmişçesine dinlerdi. Celil'in dünyevi bilgisinin enginliğine hayrandı. Bu tür şeyleri bilen bir babası olduğu için gururla, huşuyla ürperiyordu.

"Amma büyük palavralar!" derdi Nana, Celil gittikten sonra. "Eh, büyük adama da büyük palavra yaraşır. Seni hiçbir zaman alıp da bir ağaca filan götürmedi. Seni meftun etmesine, gözünü boyamasına izin verme. Bize ihanet etti; senin şu biricik baban. Bizi sokağa attı. Onun için beş paralık değerimiz yokmuş ki, o büyük, cafcaflı evinden atıverdi bizi. Evet, hem de büyük bir keyifle."

Meryem bunları uslu uslu dinlerdi. Nana'ya, Celil hakkında böyle konuşmasından ne kadar nefret ettiğini söylemeye cesaret edemezdi. İşin aslı, Celil'in yanındayken kendisini hiç de bir *harami* gibi hissetmiyordu. Her perşembe, Celil tebessümlerle, armağanlarla ve sevgi sözcükleriyle, bir-iki saatliğine onu görmeye geldiğinde, Meryem yaşamın sunabileceği bütün güzellikleri, bollukları hak ettiğini hissediyordu. İşte bu yüzden de, Celil'i seviyordu.

Onu paylaşmak zorunda olsa bile.

Celil'in üç karısı, dokuz çocuğu vardı; hepsi de Meryem'e yabancı olan, dokuz meşru çocuk. Herat'ın en varsıl adamlarından biriydi. Meryem'in hiç görmediği bir sineması vardı; ama Celil kızın ısrarları üzerine, en ince ayrıntısına kadar tarif etmişti, dolayısıyla ön cephenin mavi çinilerle, ten rengi tuğlalarla kaplı olduğunu, kafes işi bir tavanı, balkonunda özel koltukları bulunduğunu biliyordu. Çift kanatlı, iki tarafa da açılan giriş kapısı karo döşeli bir lobiye açılıyor, lobideki camekânlarda Hint filmlerinin afişleri sergileniyordu. Salıları, demişti Celil bir gün, çocuklara büfede bedava dondurma dağıtılıyor.

Nana bunu duyunca anlamlı anlamlı gülümsedi. Erkeğin *kulübe*'den ayrılmasını bekledi, sonra alayla, küçümsemeyle güldü: "Yabancıların çocuklarına dondurma veriliyor. Sana ne veriliyor, Meryem? Dondurmanın hikâyesi."

Celil'in sinemadan başka, Karoh'la Ferah'da birer arsası, üç halı mağazası, bir giysi dükkânı ve 1956 model, siyah bir Roadmaster'ı vardı. Herat'ın sırtı en sağlam adamlarından biriydi; belediye başkanıyla, eyalet valisiyle dosttu. Evinde bir aşçı, bir şoför, üç hizmetçi çalışıyordu.

Bir zamanlar, Nana da hizmetçilerden biriydi. Ta ki karnı şişmeye başlayıncaya kadar.

Bunun üzerine, diye anlatmıştı Nana, Celil'in ailesi soluğunu hep birden, bir ağızdan, öyle bir tuttu ki, Herat havasız kaldı. Karılarının ana-babaları ant içtiler, bu işi kan temizler, dediler. Karıları, Nana'yı evden atmasını istedi. Nana'nın babası, yakınlardaki Gül Daman köyünde yaşayan, yoksul sayılabilecek bir taş ustası olan adam, kızını evlatlıktan reddetti. Sonra da kimselerin yüzüne bakamadığını, rezil olduğunu iddia ederek eşyalarını topladı, İran'a giden bir otobüse bindi; kendisinden bir daha da haber alınamadı.

"Bazen," dedi Nana bir sabah erkenden, dışarıdaki tavukları yemlerken, "keşke babamda, bıçaklarından birini bileyip yapması gereken onurlu şeyi yapacak cesaret olsaydı, diyorum. Öylesi benim için çok daha hayırlı olurdu." Kümese bir avuç yem fırlattı, durdu, Meryem'e baktı. "Belki senin için de... *Ne* olduğunu öğrenme acısını tatmazdın hiç olmazsa. Ama korkağın tekiydi; babam yani. Bunu yapacak *dil*'i, yüreği yoktu."

Onurlu şeyi yapacak *dil* Celil'de de yoktu, diye ekledi. Ailesine, karılarına ve kayınlarına karşı gelecek, hatasının sorumluluğunu üstlenecek yürek. Onun yerine, kapalı kapıların ardında, alelacele, durumu kurtaracak bir pazarlık yapılıvermişti. Celil ertesi gün, Nana'ya hizmetkârlar bölümündeki odasında bulunan üç parça eşyasını toplatmış, evden yollamıştı.

"Kendini savunmak için karılarına ne dediğini biliyor musun? Başına *zorla* musallat olduğumu. Her şeyin benim suçum olduğunu. *Didi?* Anlıyor musun? Bu dünyada kadın olmak demek, işte bu demek."

Nana elindeki yem tasını bıraktı. Bir parmağıyla Meryem'in çenesini tuttu, kaldırdı.

"Bana bak, Meryem."

Meryem istemeyerek de olsa baktı.

"Bunu öğren, kafana iyice sok, kızım," dedi Nana. "Pusulanın hep kuzeyi gösteren ibresi gibi, bir erkeğin suçlayan parmağı da daima, mutlaka bir kadını gösterir. Her zaman. Bunu hiç unutma, Meryem."

2

"Celil'le karıları için ben bir dikendim. Bir pelin otu. Sen de öyle. Oysa daha doğmamıştın bile."

"Pelin otu nedir?"

"Zararlı, yabani bir ot," dedi Nana. "Hemen koparıp attığın bir şey."

Meryem içinden kaşlarını çattı. Celil ona yabani otmuş gibi davranmıyordu ki. Hiçbir zaman da davranmamıştı. Ama akıllılık edip itirazını yüksek sesle dile getirmedi.

"Ancak, yabani otların aksine, benim yeniden bir yere ekilmem, beslenip sulanmam gerekiyordu. Senin hatırına. İşte, Celil'in ailesiyle yaptığı sözleşme buydu."

Nana, Herat'ta yaşamayı kabul etmemişti.

"Ne diye kalacaktım orada? Şu *kinçini* karılarını akşama kadar arabayla gezdirmesini seyretmek için mi?"

Babasından boşalan evde, Herat'ın iki kilometre kuzeyindeki Gül Daman köyünde de oturmayacaktı. Uzak, tarafsız bir yerde yaşamak istiyordu; komşuların gözlerini dikip karnına bakmayacağı, onu gösterip burun bükmeyeceği, ya da daha kötüsü, içtenlikten uzak, yapmacık bir şefkatle tebelleş olmayacağı bir yerde.

"Zaten, inan bana, gözünün önünde olmamam babana da rahat bir nefes aldırdı. Bu durum çok işine geldi."

Bu küçük araziyi öneren, Celil'in ilk karısı Hatice'den olma, en büyük oğlu Muhsin olmuştu. Gül Daman'ın epeyce dışındaydı. Buraya, Herat'la Gül Daman arasındaki anayoldan ayrılan, delik deşik, meyilli bir toprak yolla ulaşılıyordu. Patika, her iki yandan dizboyu otlarla, beyaz ve parlak sarı çiçeklerin beneklediği çayırlarla kuşatılmıştı. Yokuş yukarı, döne kıvrıla tırmanıyor, çeşitli kavak cinslerinin boy attığı, yabani çalı öbeklerinin büyüdüğü, düz bir araziye ulaşıyordu. Bu yükseklikten bakıldığında, solda, Gül Daman'ın yeldeğirmenlerinin paslı kanatları seçilebiliyordu; sağ yandaysa Herat uzanıyordu. Patikanın dibinde, Gül Daman'ı çeviren Safidkoh dağlarından doğup gelen, geniş, alabalık dolu bir nehir akıyordu. Irmağın yukarı kısmında, dağlara doğru, iki yüz metre kadar ileride, salkımsöğütlerden oluşan, yuvarlak bir koru vardı. İşte, sözü edilen açıklık, bunun tam ortasında, söğütlerin gölgesindeydi.

Celil gelip araziye bir bakmıştı. Geri döndüğünde, dedi Nana, hapishanesinin temiz duvarlarıyla, pırıl pırıl zeminiyle övünen bir gardiyan gibiydi.

"Böylece, baban bize bu sıçan deliğini yaptı."

***

Nana on beşindeyken, evlenmesine ramak kalmış. Talibi, Şindandlı bir delikanlıymış; genç bir muhabbetkuşu satıcısı. Meryem öyküyü bizzat Nana'dan dinlemişti; annesinin o kısma hiç değinmemesine karşın, gözlerindeki hülyalı, özlem dolu ışıktan, onun için çok mutlu bir dönem olduğunu anlayabiliyordu. Düğün gününe doğru akıp giden bu günler, belki de Nana'nın hayatında tek mutlu olduğu, gerçek saadeti tattığı dönemdi.

Nana öyküyü anlatırken, onun kucağında oturan Meryem, annesinin gelinlik provasındaki halini gözünde canlandırmaya çalıştı. Onu bir atın sırtında hayal etti; yeşil duvağının gerisinde mahcup mahcup gülümsüyor; avuçları kızıl kınalı; gümüş tozuyla ortadan ayrılan saçlarına, bir bitki sapına dizili boncuklar iliştirilmiş. *Şennay* zurnası üfleyen, *dohol*'larını döven çalgıcıları, gelin alayını bağrış çağrış kovalayan çocukları görür gibiydi.

Sonra, düğüne bir hafta kala, Nana'nın bedenine bir *cin* girmişti. Bunu Meryem'e uzun uzun anlatmasına gerek yoktu. Ona kendi gözleriyle defalarca tanık olmuştu zaten. Nana ansızın yere devrilir, vücudu kasılır, kaskatı kesilir, gözleri kayar, kolları ve bacakları, bir şey onu içeriden boğuyormuş gibi titremeye, seğirmeye başlardı; ağzının iki yanında beyaz, bazen de kan yüzünden pembe köpükler. Sonra uyuşukluk, o ürkütücü bilinçsizlik, anlaşılmaz sayıklamalar.

Haber Şindand'a ulaşınca, muhabbetkuşu satıcısının ailesi düğünü iptal etti.

Nana'nın deyişiyle: "Korkuya kapıldılar."

Gelinlik bir dolaba kaldırıldı. Ondan sonra da, başkaca bir talip çıkmadı.

***

Celil'le oğullarından ikisi, Ferhat ve Muhsin, korunun ortasındaki açıklığa küçük bir *kulübe* yaptılar; Meryem'in yaşamının ilk on beş yılını geçireceği evciği. Güneşte kurutulmuş tuğlalar kullandılar, üzerini çamurla, avuç avuç samanla sıvadılar. İçine iki yer döşeği, bir tahta masa, dik sırtlı iki iskemle kondu; bir pencere, bir de duvara çivilenmiş, Nana'nın toprak kaplarını, biricik porselen takımını dizdiği raflar. Celil, kış için dökme demirden bir soba kurdu, *kulübe*'nin arka tarafina kestiği yakacak odunlarını dizdi. Dışarıya bir ekmek *tandır*'ıyla etrafi telli bir kümes yaptı. Birkaç koyun getirdi, bir yem teknesi yaptı. Ferhat'la Muhsin'e, söğütlerin oluşturduğu dairenin yüz metre dışına, derin bir çukur kazdırdı, üstüne tahta bir kulübecik kondurup bir helaya dönüştürdü.

Usta tutup yaptırabilirdi, ama yapmadı, dedi Nana. "Aklınca, günahının bedelini ödemiş oldu."

Nana, Meryem'i doğurduğu günü anlatırken, yardımına hiç kimsenin gelmediğini söylerdi. Dediğine göre, onu 1959 baharında, gri, yağmurlu bir günde doğurmuştu; Kral Zahir Şah'ın genellikle olaysız geçen, kırk yıllık saltanatının yirmi altıncı yılında. Celil bir doktor, hatta bir ebe çağırma zahmetinde bulunmamıştı; hem de vücuduna *cin* girebileceğini, doğum sırasında malum nöbetlerinden birini geçirebileceğini bile bile. *Kulübe*'nin zemininde, tek başına yatmıştı; yanında bir bıçakla, tere batmış bedeniyle.

"Sancılar arttığında, yastığı ısırıyor, sesim kısılıncaya kadar bağırıyordum. Yine de, bir Allah kulu gelip yüzümü silmedi, bir bardak su vermedi. Sana gelince, Meryem *co*, hiç acele etmedin kızım! O soğuk, taş gibi zeminde tam iki gün yatırdın beni. Ne bir şey yedim, ne de uyudum; sürekli ıkınıyor, bir an önce gelmen için Tanrı'ya yakarıyordum."

"Özür dilerim, Nana."

"Göbek bağımızı kendim kestim. Bıçağı yanıma onun için koymuştum."

"Özür dilerim."

Tam burada, her seferinde, Nana'nın yüzünde ağır, dertli bir gülümseme belirirdi; bitmek bilmeyen bir yakınmanın mı, yoksa zoraki bir bağışlayıcılığın mı ifadesiydi, Meryem bir türlü çıkaramazdı. Kendi doğum şekli yüzünden özür dilemenin haksızlığını, buradaki adaletsizliği değerlendirmek, genç Meryem'in hiç aklına gelmedi.

Geldiği zaman, yani on yaşına bastığı sıralarda da, zaten bu doğum öyküsüne inanmaz olmuştu. Celil'in anlattığı şekline inanıyordu: O sırada kendisi uzaklarda olsa da, Nana'nın Herat'taki bir hastaneye götürülmesi, doğumun bir doktor tarafından yaptırılması için gerekli ayarlamaları yapmıştı. Nana'yı iyi aydınlatılmış bir odada, temiz, düzgün bir yatağa yatırmışlardı. Meryem bıçaktan söz edince, Celil başını esefle salladı.

Meryem, annesine tam iki gün boyunca acı çektirdiğinden de kuşkuluydu artık.

"Bir saate kalmadan olup bittiğini söylediler," dedi Celil. "Sen hep iyi bir evlat oldun, Meryem *co*. Daha doğuştan iyi bir evlatsın."

"Yanımda bile değildi ki!" diye tükürdü Nana. "Taht-ı-Sefer'deydi; değerli arkadaşlarıyla at koşturuyordu."

Dediğine göre, yeni bir kızı olduğunu haber verdiklerinde Celil omuzlarını silkmiş, atının yelesini okşamayı sürdürmüş ve Taht-ı-Sefer'de iki hafta daha kalmıştı.

"İşin doğrusu, seni bir aylık oluncaya kadar kucağına bile almadı. O zaman da, eğilip yüzüne şöyle bir baktı, suratı biraz uzun gibi, dedi; sonra da bana geri verdi."

Meryem öykünün bu kısmına da inanmıyordu artık. Evet, Celil kendisinin de kabullendiği gibi, Taht-ı-Sefer'de binek avındaydı, ama haberi alınca omuz filan silkmemişti. Eyerine atladığı gibi Herat'a dönmüştü. Kızını kucağında zıplatmış, başparmağıyla o kabuklu, pul pul kaşlarını sıvazlamış, kulağına bir ninni söylemişti. Tamam, yüzünün azıcık uzun olduğu doğruydu, ama babasının bunu böyle pat diye söylediğine kesinlikle ihtimal vermiyordu.

Nana, Meryem adını kendisinin seçtiğini söyledi; annesinin adıydı çünkü. Celil ise bu adı seçtiğini, çünkü sümbül teberin çok güzel, nefis bir çiçek olduğunu söyledi.

"En sevdiğin çiçek mi?" diye sordu Meryem.

"Eh, onlardan biri," dedi adam, sonra gülümsedi.

3

Meryem'in hatırlayabildiği ilk anılarından biri, bir el arabasının taşlara sürtünen demir tekerleklerinin gıcırtısı. Ayda bir kez. Pirinç, un, çay, şeker, yemeklik yağ, sabun, diş macunuyla yüklenmiş arabayı itenler Meryem'in üvey ağabeyleri, genellikle Muhsin'le Ramin, bazen de Ramin'le Ferhat. Toprak yoldan yukarı, kayaların, çakıl taşlarının üzerinden, çukurların, çalıların etrafından dolanarak, sırayla iterlerdi; ırmağa ulaşıncaya kadar. Orada, el arabasının boşaltılması, malların karşı kıyıya elde taşınması gerekirdi. Sonra oğlanlar boş arabayı ırmaktan geçirir, yeniden yüklerlerdi. Bu kez uzun, kesif otların arasından, sık dikenlerin çevresinden, iki yüz metrelik bir sürüş başlardı. Kurbağalar el arabasının önünden kaçışırdı. İki kardeş, terli yüzlerine konan sivrisinekleri kışkışlardı.

"Hizmetkârları var," dedi Meryem. "Onlardan birini yollayabilir."

"Kendini cezalandırıyor," dedi Nana.

Ana-kız tekerleklerin gıcırtısını duyunca, dışarıya çıkardı. Meryem, Nana'nın Erzak Günü'ndeki halini her zaman anımsayacaktı: kapının eşiğinden dışarıya uzanmış, uzun boylu, kemikli, yalınayak bir kadın; bozuk gözü kısılmış, incecik bir yarığa dönüşmüş, kollar küstah ve alaycı bir edayla kavuşturulmuş. Güneşte parlayan, kısa saçları örtülmemiş, taranmamış. Üzerinde, boğazına kadar iliklediği, bol, gri bir gömlek. Cepleri ceviz iriliğinde taşlarla dolu.

Oğlanlar suyun kıyısına oturur, Meryem'le Nana'nın erzakları *kulübe*'ye taşımasını beklerdi. Otuz metreden fazla yaklaşmamaları gerektiğini çok iyi bilirlerdi; her ne kadar Nana nişan almayı beceremese, taşların çoğu hedefin epey uzağına düşse de. Nana pirinç torbalarını içeriye taşırken oğlanlara avaz avaz bağırır, Meryem'in anlayamadığı sözler sarf ederdi. Annelerine lanet okur, nefretle dolan yüzünü şekilden şekile sokardı. Oğlanlar hakaretlere asla karşılık vermezdi.

Meryem onlar adına üzülürdü. O ağır arabayı sürmekten, kolları, bacakları kimbilir ne kadar yorulmuştur, diye acırdı. Keşke onlara su ikram etmesine izin olsaydı. Ama hiçbir şey söyleyemez, el salladıkları zaman karşılık veremezdi. Bir keresinde, Nana'ya yaranmak için, o da Muhsin'e bağırdı, ağzının kertenkele kıçına benzediğini söyledi – sonra da pişmanlıktan, utançtan ve Celil'e söylerler korkusundan içi içini yedi. Ama Nana buna, çürük ön dişini göstererek öyle çok güldü ki, kız onun şu krizlerinden birini geçireceğini sandı. İşi bitince Meryem'e baktı, "Sen hayırlı bir evlatsın," dedi.

Araba boşalınca, oğlanlar kulpuna yapıştılar, itmeye koyuldular. Meryem durdu, uzun çayırların, çiçekli otların arasında gözden yitmelerini seyretti.

"Geliyor musun?"

"Evet, Nana."

"Sana gülüyorlar. Evet, gülüyorlar. Kahkahalarını duyabiliyorum."

"Geliyorum."

"Bana inanmıyor musun?"

"İşte geldim."

"Ama benim seni sevdiğimi biliyorsun, Meryem *co*."

Sabahları, uzaktan uzağa gelen koyun melemeleriyle, sürülerini çimenli yamaçta otlatmaya götüren Gül Damanlı çobanların kavallarının tiz sesiyle uyanırlardı. Sonra keçilerini sağar, tavuklarını besler, yumurtaları toplarlardı. Birlikte ekmek yaparlardı. Nana ona hamurun nasıl yoğrulduğunu gösterdi; *tandır*'ın nasıl tutuşturulacağını, elde yassıltılan hamurun, tandırın iç duvarlarına nasıl yapıştırılacağını. Dikiş dikmesini, pilav yapmasını, pilava katık edilen değişik sebzeleri pişirmeyi öğretti: *şalgam* güveci, ıspanaklı *sebze,* zencefilli karnabahar.

Nana konuklardan -daha doğrusu, insanlardan- hiç haz etmediğini gizlemezdi, ama ayrıcalık tanıdığı birkaç seçmece kişi vardı. Örneğin, Gül Daman'ın muhtarı, köyün *erbab*'ı Habib Han; bu küçük kafalı, sakallı, göbekli adam ayda bir kez, peşinde kâhyasıyla çıkıp gelirdi; kâhyanın kucağında Meryem için bir tavuk, bazen bir tencere *kiçiri* pilavı ya da bir sepet boyanmış yumurta.

Sonra, Nana'nın Bibi *co* dediği, toparlak, yaşlı kadın; merhum kocası taş ustasıydı ve Nana'nın babasının arkadaşıydı. Bibi *co*'nun yanında mutlaka altı gelininden biriyle, torunlarından bir-ikisi olurdu. Topallayarak, söylenerek açıklığa ulaşır, Nana'nın çıkardığı iskemleye, kalçasını abartılı hareketlerle ovarak, acıyla inleyerek, ağır ağır çökerdi. O da eli boş gelmez, her seferinde Meryem'e bir şeyler getirirdi; bir kutu *dişleme* şekeri, bir sepet ayva. Nana içinse, önce, giderek bozulan sağlığına ilişkin yakınmalar, ardından da Herat ve Gül Daman'dan derlenmiş, uzun uzadıya, tadını çıkararak aktarılan dedikodular. Bütün bunlar olup biterken, gelini terbiyeli bir sessizlikle onu dinlerdi.

Ama Meryem'in en sevdiği konuk -Celil'den sonra elbette- Molla Feyzullah idi; köyün yaşlı Kuran hocası, *akhund*'u. Haftada bir ya da iki kez, Gül Daman'dan kalkıp gelir, Meryem'e günde beş kez kılınan *namaz* dualarını öğretir, Kuran'ı ezberletirdi; tıpkı küçük bir kızken Nana'ya yaptığı gibi. Meryem'e okumayı öğreten de Molla Feyzullah'dı; kızın dudakları sessizce kıpırdar, işaretparmağı her sözcüğün altında oyalanırken, omzunun üstünden sabırla izlemişti onu; Meryem parmağını öyle bir bastırırdı ki, tırnağı bembeyaz kesilirdi; harfleri yeterince sıktığı takdirde, anlamlarını çekip alabilecekmiş gibi. Onun elini tutan, kalemi her *elif*'in kuyruğuna, her *ba*'nın kıvrımına, *se*'lerin noktalarına doğru, tek tek yönlendiren de Molla Feyzullah oldu.

Yaşlılıktan beli bükülmüş, zayıf bir adamdı; dişsiz bir gülümsemesi, göbeğine kadar inen, ak sakalı vardı. Genellikle *kulübe*'ye yalnız gelir, nadiren de, yanında kızıl saçlı oğlu Hamza'yı getirirdi; oğlan Meryem'den birkaç yaş büyüktü. Meryem hocasını kapıda karşılayıp elini öper (ince bir deri tabakasıyla kaplı, bir deste ince dalı, sürgünü öpmeye benzerdi), o da kızı alnından öper, sonra içeriye girip derse başlarlardı. Dersten sonra, birlikte *kulübe*'nin önünde oturur, çamfıstığı yiyip yeşil çay içer, ağaçtan ağaca uçan bülbülleri seyrederlerdi. Bazen, dökülmüş bronz rengi yaprakların, akçaağaç çalılarının arasında yürüyüşe çıkar, ırmağın kıyısında, dağların eteklerinde gezinirlerdi. Molla Feyzullah yürürken bir yandan da *tespih* çeker, o titrek sesiyle Meryem'e gençlik hikâyelerini, gördüğü bir sürü şeyi anlatırdı; İran'da bulduğu iki başlı yılanı, İsfahan'ın Otuz Üç Kemerli Köprüsü'nü, bir keresinde Mezar'da, Mavi Cami'nin önünde bir karpuz yardığını ve şaşırıp kaldığını, bir yarıdaki çekirdeklerin nasıl *Allah*, öteki yarıdakilerinse *Ekber* sözcükleri oluşturduğunu.

Bir gün, Meryem'e Kuran'daki kelimelerin anlamını kavrayamadığını itiraf etti. Ama yine de, Arapça sözcüklerin makamı, o büyüleyici tınıları, dilde yuvarlanış biçimleri hoşuna gidiyordu. Onu rahatlattıklarını, yüreğini hafiflettiklerini söyledi.

"Seni de rahatlatacaklar, Meryem *co*. İhtiyacın olduğunda onları çağırırsın; seni hiçbir zaman hayal kırıklığına uğratmazlar. Tanrı'nın sözleri seni asla yarı yolda bırakmaz, kızım."

Molla Feyzullah öykü anlatmayı sevdiği kadar, dinlemeyi de severdi. Meryem konuşurken, kulak kesilirdi. Başını yavaşça sallar, minnet dolu bir ifadeyle gülümserdi; herkesin gıpta ettiği bir ayrıcalık bahşedilmiş gibi. Nana'ya kesinlikle söylenemeyecek şeyleri Molla Feyzullah'a söylemek kolaydı.

Bir gün yürürlerken, Meryem okula gitmeyi çok istediğini söyledi; keşke izin verseler, dedi.

"Gerçek okuldan bahsediyorum, *akhund sahip*. Derslerin sınıflarda görüldüğü... Babamın öteki çocuklarının gittiği okullardan."

Molla Feyzullah durdu.

Bir hafta önce Bibi *co,* Celil'in kızları Saide'yle Nahit'in, Herat'taki kız okulu Mehri'ye başladığı haberini getirmişti. O andan beri, Meryem'in kafasının içinde sınıflarla, öğretmenlerle ilgili fikirler çınlıyor, çizgili defterlerin, sayıların, koyu, kalın şekiller oluşturan kalemlerin imgeleri uçuşuyordu. Akranı kızlarla birlikte bir sınıfta oturduğunu hayal ediyordu. Bir cetveli kâğıdın üzerine bastırmak, son derece önemli görünen çizgiler çizmek için yanıp tutuşuyordu.

"İstediğin bu mu?" dedi Molla Feyzullah o sevecen, sulu gözlerini kıza dikerek; ellerini arkada, bükülmüş belinde kavuşturmuştu, sarığının gölgesi dikenli düğünçiçeklerinden oluşan, küçük öbeğe düşüyordu.

"Evet."

"Ve benden, izin vermesi için annenle konuşmamı istiyorsun?"

Meryem gülümsedi. Celil sayılmazsa, dünyada hiç kimse onu yaşlı hocası kadar iyi anlayamazdı.

"Bu durumda, elimden ne gelir ki? Yüce, bilge Tanrı hepimize bazı zaaflar vermiş; benim pek çok zaafımdan biri, belki de birincisiyse, sana hayır diyememek, Meryem *co*," dedi, romatizmalı parmağıyla kızın yanağına dokunurken.

Ama sonra, konuyu Nana'ya açınca, kadın soğan doğradığı bıçağı düşürüverdi. "Ne için?"

"Kız öğrenmek istiyorsa, bırak öğrensin, canım. İzin ver de eğitim alsın."

"Öğrenmek mi? Neyi öğrenecekmiş, Molla *sahip*?" dedi Nana sertçe. "Öğrenecek ne var ki?" Ateş saçan gözlerini Meryem'e dikti.

Meryem önüne, ellerine bakıyordu.

"Senin gibi bir kızı okula göndermenin mantığı ne? Tükürük hokkasını parlatmak gibi bir şey. Hem o okullarda değerli hiçbir şey öğrenemezsin. Seninle benim gibi kadınlara hayatta yalnızca bir, tek bir marifet gereklidir, o da zaten okulda öğretilmez. Yüzüme bak."

"Ona böyle şeyler söylememelisin, canım," dedi Molla Feyzullah.

"Bana bak."

Meryem baktı.

"Sadece tek bir hüner. O da: *tahammül*. Sabretmek. Katlanmak."

"Neye katlanmak, Nana?"

"Bak, *bu* konuda hiç endişen olmasın," dedi Nana. "Katlanılacak şey bulmakta hiç zorlanmayacaksın."

Sonra, başladı sıralamaya: Celil'in karılarının onu nasıl basit bir taş işçisinin çirkin kızı diye aşağıladığını. Çamaşırı nasıl dışarıda, buz gibi havada yıkattıklarını; yüzünün soğuktan nasıl uyuştuğunu, parmak uçlarının yandığını.

"Bizim payımıza düşen işte bu, Meryem. Bizim gibi kadınların. Biz katlanırız. *Tahammül* ederiz. Sahip olduğumuz tek şey, bu yeteneğimizdir. Anlıyor musun? Hem okulda sana gülerler. Alay ederler. *Harami* derler. Hakkında korkunç şeyler söylerler. Buna göz yumamam."

Meryem başıyla doğruladı.

"Okul konusu burada kapanmıştır. Sen sahip olduğum tek şeysin. Seni de onlara kaptırmaya hiç niyetim yok. Bak bana. Okuldan söz etmek yok artık, tamam mı?"

"Mantıklı ol. Hadi ama... madem kız istiyor..." diye başladı Molla Feyzullah.

"Sana gelince, *akhund sahip,* saygısızlık etmek istemem, ama bu aptalca fikirleri desteklememen gerektiğini en iyi senin bilmen lazım. Onu gerçekten düşünüyor, iyiliğini istiyorsan, kafasına buraya ait olduğunu, yerinin annesinin yanı olduğunu sokarsın. Oralarda ona göre, ona uygun hiçbir şey yok. Sadece alay, dışlanma ve üzüntü. Bunu çok iyi biliyorum, *akhund sahip,* inan *biliyorum.*"

4

Meryem *kulübe*'ye konuk gelmesine bayılıyordu. Köy *erbabı* ve armağanları, Bibi *co* ve sancıyan kalçası, bitmek bilmez dedikoduları ve tabii Molla Feyzullah. Ama kimse, hiç kimse Celil kadar burnunda tütmez, dört gözle beklenmezdi.

Heyecan, endişe salı akşamından başlardı. Meryem doğru dürüst uyuyamaz, bir iş meselesinin perşembe günü Celil'i alıkoymasından korkar, onu görmek için ya bir hafta daha beklemek zorunda kalırsam, diye ödü kopardı. Çarşambaları dışarıda, *kulübe*'nin etrafında volta atar, kümese dalgın dalgın tavuk yemi serperdi. Amaçsız yürüyüşlere çıkar, çiçeklerin taçyapraklarını koparıp koluna konan sivrisineklere vururdu. Sonunda, perşembe gelip çattığında, sırtını bir duvara verip oturmaktan, gözleri ırmağa mıhlanmış, öylece beklemekten başka hiçbir şey yapamazdı. Celil geç kalmışsa, içine giderek büyüyen, korkunç bir dehşet yayılırdı. Dizlerinin bağı çözülür, bir yere kıvrılıp yatması gerekirdi.

Sonra, Nana seslenirdi: "İşte geliyor! Baban! Olanca haşmetiyle."

Meryem geniş gülümsemeler, candan el sallamalarla, taşlara basarak ırmağı geçen Celil'i seçince, bir sıçrayışta kalkardı. Nana'nın kendisini gözlediğini, tepkisini ölçtüğünü bilirdi; fırlayıp koşmamak, eşikte durup beklemek, ağır ağır yaklaşan erkeği seyretmek hep bir çaba gerektirirdi. Kendini tutar, sabırla beklerdi; çıkarıp tek omzuna attığı ceketiyle, rüzgârda uçuşan kırmızı kravatıyla, uzun otların arasından geçişini.

Celil düzlüğe girince, ceketini *tandır*'ın üzerine fırlatır, kollarını iki yana açardı. Meryem ona doğru yürümeye, sonra koşmaya başlar, babası da onu koltukaltlarından yakalayıp havaya fırlatırdı. Meryem ciyak ciyak bağırırdı.

Bir an havada kalan Meryem, aşağıya bakınca Celil'in yukarı dönük yüzünü, geniş, çarpık tebessümünü, âdemelmasını, gamzeli çenesini (tam serçeparmağının ucuna göre, kusursuz bir cep), çürük dişlerle dolu bir kentteki en beyaz dişleri görürdü. Kırpılmış bıyığına, hava nasıl olursa olsun, gelirken mutlaka takım elbise giymesine (favori rengi olan koyu kahverengi, göğüs cebindeyse bir mendilin beyaz üçgeni), kol düğmelerine, gevşekçe bağladığı, çoğunluğu kırmızı kravatlarına bayılırdı. Meryem böyle havadayken, kendisini de görebilirdi, Celil'in kahverengi gözlerindeki yansısını: kabarmış saçlarını, heyecandan ışıldayan suratını, arkasındaki gökyüzünü.

Nana onu bir gün düşüreceğini söylerdi; elinden kayan Meryem'in yere çarpacağını, bir yerini kıracağını. Ama Meryem Celil'in onu düşüreceğine hiç inanmadı. Her seferinde, babasının temiz, manikürlü ellerinin arasına güvenle konacağına inandı.

Dışarıda, gölgede otururlar, Nana onlara çay getirirdi. Celil'le ikisi, tedirgin bir gülümseme, bir baş hareketiyle selamlaşırdı. Celil, Nana'nın oğlanlara savurduğu taşlara, küfürlerine hiç değinmezdi.

Arkasından onca atıp tutmasına karşın, Nana, erkeğin yanında sakin, terbiyeli davranırdı. Saçları mutlaka yıkanmış olurdu. Dişlerini fırçalar, onun onuruna en iyi *hicap*'ını bağlardı. Celil'in karşısındaki bir iskemlede, elleri kucağında, sessizce otururdu. Erkeğe doğrudan bakmaz, kaba, çirkin sözler sarf etmezdi. Güldüğü zaman, çürük dişini saklamak için eliyle ağzını örterdi.

Ona işlerini sorardı. Karılarını da.

"Bibi *co*'dan, en küçük karın Nergis'in üçüncü çocuğuna gebe olduğunu duydum," deyince, Celil kibarca gülümsedi, başıyla doğruladı.

"Eh. Mutlusundur herhalde," dedi Nana. "Kaç tane oldular şimdi? On, değil mi? *Maşallah*. On muydu?"

Evet, dedi Celil, on.

"Meryem'i de sayarsan, on bir, elbette."

Daha sonra, erkek gittikten sonra, Meryem'le Nana bu yüzden kavga ettiler. Meryem Celil'i oyuna getirmekle suçladı annesini.

Nana'yla içilen çayın ardından, baba-kız balık tutmak için ırmağa inerdi. Celil ona kamışı nasıl savuracağını, alabalığı çekerken misinayı makaraya nasıl saracağını öğretti. Bir balığı temizlemenin en doğru yöntemini, kılçığı tek bir hareketle sıyırıp almayı gösterdi. Oltanın vurmasını beklerken kıza resimler çizer, kalemi kâğıttan hiç kaldırmadan, tek seferde nasıl fil çizileceğini gösterirdi. Ona şiirler, şarkılar öğretti. Birlikte söylerlerdi:

Lili lili kuş tasında yundu,
Toprak yola kondu,
Mırnav tasın kenarına oturdu, içmeye koyuldu,
Ayağı kayınca da suya düşüp boğuldu.

Celil, Herat'ta yayınlanan *İttifak-ı İslam* gazetesinden kestiği kupürleri getirir, kıza okurdu. O, Meryem'in dış dünyayla arasındaki bağ, *kulübe*'nin, Gül Daman'ın, hatta Herat'ın ötesinde koskoca bir dünya uzandığının kanıtıydı; dışarıda, telaffuzu olanaksız isimleriyle devlet başkanlarının, trenlerin, müzelerin, futbolun, gezegenimizin çevresinde dönen, sonra da aya konan füzelerin bulunduğu bir dünya vardı ve Celil her perşembe onun bir parçasını kendisiyle birlikte kulübeye getiriyordu.

1973 yazında, on dört yaşındaki Meryem'e, başkent Kabil'den kırk yıldır ülkeyi yöneten Zahir Şah'ın, kansız bir darbeyle devrildiğini söyleyen de o oldu.

"Kral İtalya'da tedavi görürken, darbeyi kuzeni Davud Han yaptı. Davud Han'ı anımsıyorsun, değil mi? Sana onu anlatmıştım. Sen doğduğunda, Kabil'de başbakandı. Her neyse, Afganistan artık monarşiyle yönetilmiyor, Meryem. O bir cumhuriyet artık, Davud Han da cumhurbaşkanı. Yönetime el koymasına, Kabil'deki sosyalistlerin yardım ettiğine dair söylentiler var. Yo, kendisi sosyalist değil elbette, yalnızca onu desteklemişler. Neyse, sadece söylenti işte."

Meryem sosyalistin ne olduğunu sordu, Celil de açıklamaya girişti, fakat kız doğru dürüst dinlemiyordu.

"Dinliyor musun?"

"Evet."

Meryem'in, yan cebindeki şişkinliğe baktığını ayrımsadı. "Ah. Tabii ya. Pekâlâ, o zaman. Devam etmeden önce..."

Cebinden küçük bir kutu çıkardı, kıza uzattı. Böyle, arada bir küçük hediyeler getirirdi. Bir keresinde akik tokalı bir bilezik, bir başka sefer, lacivert boncuklu bir tasma. O gün, Meryem kutuyu açınca zincirli, yaprak biçiminde bir kolye buldu; ucundan, üzerine ay yıldızlar oyulmuş, minicik sikkeler sarkıyordu.

"Tak bakalım, Meryem *co.*"

Meryem taktı: "Nasıl oldu?"

Celil'in yüzü ışıyıverdi. "Bir kraliçeye benzedin."

O gittikten sonra, Nana kızın boynundaki kolyeyi gördü. "Göçebe takıları," dedi. "Bunları yaparlarken gördüm. İnsanların fırlattığı bozuklukları toplayıp eritiyorlar, takı yapıyorlar. Değerli babacığın bir dahaki sefere sana altınını getirsin de görelim bakalım. O günü bir görelim."

Celil'in gitme vakti gelince, Meryem kapının önünde durur, bir sonraki ziyaretle arasında uzanan, devasa, yerinden oynatılamaz bir nesne gibi duran o koskoca haftanın düşüncesiyle, sönmüş bir balon kadar ölgün, onun açıklıktan çıkışını seyrederdi. Celil'in arkasından bakarken, her seferinde soluğunu tutardı. Soluğunu tutar, içinden saniyeleri sayardı. Nefes almadığı her saniye için, Tanrı'nın ona Celil'le bir gün daha bahşedeceğine inanırdı.

Geceleri yer döşeğinde yatar, babasının Herat'taki evini düşünürdü. Onunla birlikte, o evde yaşamanın, onu her gün görmenin nasıl bir şey olacağını. O tıraş olurken, kendisinin ona havlu tuttuğunu hayal ederdi; bir yerini kestiğinde, kıza seslendiğini. Meryem ona çay demlerdi. Kopmuş düğmelerini dikerdi. Birlikte Herat'ta yürür, Celil'in her aradığını bulursun dediği, üstü kemerli pazarda dolaşırlardı. Onun arabasıyla gezerler, insanlar onları gösterip, "İşte, Celil Han'la kızı," derdi. Meryem'e, altında bir ozanın yattığı şu ünlü ağacı gösterirdi.

Meryem kararını vermişti; bu yakınlarda, bunları Celil'e de anlatacaktı. Bunları duyunca, kızın onu ne kadar özlediğini anlayınca, hiç kuşkusuz, onu da yanında götürecekti. Birlikte Herat'a gidecekler, Meryem onunla aynı evde yaşayacaktı; tıpkı öteki çocukları gibi.

5

“Ne istediğimi biliyorum,” dedi Meryem Celil’e.

1974 baharıydı, Meryem’in on beşine bastığı yıl. Üçü birlikte dışarıda, söğütlerin gölgesine üçgen biçiminde yerleştirilmiş, katlanır iskemlelerde oturmaktaydılar.

“Doğum günüm için... ne istediğimi biliyorum.”

“Biliyorsun demek?” dedi Celil, yüreklendirircesine gülümseyerek.

İki hafta önce, Meryem’in lafı oraya getirmesiyle, Celil sinemasında bir Amerikan filminin oynadığını söylemişti. Özel bir film türüydü; onun deyişiyle “çizgi” film. Baştan sona bir dizi çizimden oluşuyor, dedi, binlerce çizimden; onları filme alıp bir perdeye yansıtıyorlar, seyirci de şekillerin hareket ettiği yanılsamasına kapılıyordu. Film çok yalnızlık çeken, deliler gibi bir oğul isteyen, yaşlı ve çocuksuz bir oyuncakçının öyküsünü anlatıyordu. Adam bir gün tahtadan bir kukla, bir oğlan çocuğu yontar ve oyuncak mucizevi bir biçimde canlanır. Meryem biraz daha anlatmasını isteyince, Celil yaşlı adamla kuklanın başından bir sürü macera geçtiğini söyledi; Eğlence Adası denen bir yer vardı, sonra, eşeğe dönüşen kötü çocuklar. Başlarına gelmeyen kalmıyordu, sonunda bir balina tarafından bile yutuluyorlardı; kuklayla babası yani. Meryem daha sonra filmi Molla Feyzullah'a ballandıra ballandıra anlatmıştı.

"Beni sinemana götürmeni istiyorum," dedi Meryem şimdi. "Çizgi filmi izlemek istiyorum. Kukla çocuğu görmek istiyorum."

Aynı anda, havada bir değişim hissetti. Annesiyle babası iskemlelerinde huzursuzca kıpırdandılar. Meryem onların bakıştığını sezdi.

"Bu pek iyi bir fikir değil," dedi Nana. Sesi sakindi; Celil'in yanında kullandığı şu kontrollü, kibar ses tonu, fakat Meryem onun sert, suçlayıcı bakışlarını hissedebiliyordu.

Celil bacak bacak üstüne attı. Öksürdü, genzini temizledi. "Biliyor musun," diye başladı, "filmin kalitesi, görüntü pek iyi değil. Sesi de öyle. Son zamanlarda makinede bir bozukluk var. Bence annen haklı. Belki de başka bir armağan düşünmelisin, Meryem *co.*"

"*Aneh,*" dedi Nana. "Gördün mü? Baban benimle aynı fikirde."

Daha sonra, ırmak kenarında, "Beni de götür," dedi Meryem.

"Bak ne diyeceğim. Seni alması, sinemaya götürmesi için birini göndereyim. Sana iyi bir yer ayırmalarını, istediğin kadar şeker vermelerini sağlarım."

"*Nay*, beni oraya *senin* götürmeni istiyorum."

"Meryem *co*–"

"Öteki kardeşlerimi de çağırmanı istiyorum. Onlarla tanışmak istiyorum. Hep birlikte gitmemizi istiyorum. İşte dileğim bu."

Celil içini çekti. Bakışları uzaklardaydı; dağlarda.

Meryem onun anlattıklarını çok iyi anımsıyordu; insan yüzünün perdede bir ev kadar büyük göründüğünü, orada bir araba kaza yaptığı zaman, metallerin ezilişini, parçalanışını kemiklerinde hissettiğini. Şimdi de kendisini, balkondaki özel koltukların birinde, kardeşlerinin ve Celil'in yanında otururken, dondurmasını yalarken görmek istiyordu. "Tek arzum bu," diye yineledi.

Celil yüzünde çaresiz bir anlamla ona bakıyordu.

"Yarın," dedi Meryem. "Öğlen. Tam burada buluşalım. Tamam mı? Yarın?"

"Gel buraya," dedi babası. Çömeldi, kızı kendine çekti, uzun, çok uzun bir süre, sıkı sıkı tuttu.

Nana önce, *kulübe*'nin etrafında dönenip durdu; yumruklarını bir sıkıp bir açıyordu.

"Sahip olabileceğim onca kız varken, Tanrı neden bana senin gibi bir nankörü verdi? Senin uğruna katlandığım onca şeyden sonra! Ne cüretle? Beni böyle terk etmeye nasıl cüret edersin, seni küçük hain, seni *harami!*"

Sonra, alaya başladı.

"Senin kadar sersemini de görmedim! Seni umursadığını, evine kabul edeceğini sanıyorsun, ha? Seni kızı gibi görüyor... evine alacak, öyle mi? Bak sana ne diyeyim. Bir erkeğin kalbi fesat, habis bir şeydir, Meryem. Bir ananın rahmine hiç benzemez. Kanamaz, sana yer açmak için genişlemez. Seni tek seven, benim. Bu dünyada sahip olduğun tek insan, benim; ben öldükten sonra, hiç kimsen kalmayacak. Hiçbir şeyin olmayacak. Bir *hiç* olacaksın!"

Sonra, duygu sömürüsünü denedi.

"Gidersen, ölürüm. *Cin* gelir, ben de kriz geçiririm. Görürsün bak, dilimi yutup boğulurum. Beni bırakma, Meryem *co*. Lütfen gitme. Gidersen yaşayamam."

Meryem hiçbir şey demedi.

"Seni ne kadar sevdiğimi biliyorsun, Meryem *co*."

Meryem biraz dolaşacağını söyledi.

Orada biraz daha kalırsa, acıtıcı şeyler söylemekten korkuyordu: *cin*'in bir yalan olduğunu, işin aslını Celil'den öğrendiğini, Nana'nın bir adı olan, ilaçlarla iyileştirilebilecek bir hastalığı olduğunu. Nana'ya, neden Celil'in sözünü dinleyip onun doktorlarına görünmediğini, onun getirdiği hapları almadığını sorabilirdi. Doğru sözcükleri bulabilse, annesine, bir araç, bir silah olmaktan, yalanlarla doldurulmaktan, suçlanmaktan, kullanılmaktan bıkıp usandığını söylerdi. Nana'nın gerçekleri çarpıtmasından, onu, yani Meryem'i, dünyaya karşı sıraladığı sayısız şikâyetten, çektiği bin bir çileden bir tanesine, bu upuzun listedeki bir başka maddeye dönüştürmesinden nasıl bezdiğini.

Korkuyorsun, Nana, derdi ona. *Hiç tadamadığın mutluluğu benim bulmamdan korkuyorsun. Benim mutlu olmamı istemiyorsun. İyi bir hayatımın olmasını istemiyorsun. Habis, fesat kalpli olan sensin.*

Açıklığın ucunda, Meryem'in çok sevdiği bir seyir yeri vardı. Şimdi de gidip oraya, kuru, ılık otların üzerine oturdu. Herat buradan rahatça görülebiliyordu; bir çocuğun oyun tahtası gibi açılmıştı aşağıya: kentin kuzeyinde Kadınlar Bahçesi, *Çar-suk* Pazarı; güneyde Büyük İskender'den kalma, eski kalenin kalıntıları. Uzaktan uzağa, devlerin tozlu parmaklarını andıran minareleri, insanlarla, at arabalarıyla, katırlarla kaynaştığını düşlediği sokakları seçebiliyordu. Başını kaldırıp bakınca, tepesinde dönüp duran, arada bir pike yapan kırlangıçları gördü. Bu kuşları öyle kıskanıyordu ki. Herat'a gitmişlerdi. Kentin camilerinin, pazaryerlerinin üstünde uçmuşlardı. Belki de Celil'in evinin duvarlarına, sinemasının ön basamaklarına konmuşlardı.

Yerden on tane çakıl taşı aldı, diklemesine, üç sütun halinde dizdi. Arada bir, gizlice oynadığı bir oyundu bu – Nana'nın bakmadığı zamanlar. İlk sütuna dört taş koydu, Hatice'nin çocukları; ikinciye Efsun'unkiler için üç, son, yani üçüncü sütuna da Nergis'in çocukları için üç tane. Sonra, dördüncü sütunu ekledi: tek bir taş; on birinci.

Ertesi sabah, dizlerine kadar inen, krem rengi elbisesini, pamuklu pantolonunu giydi, başına da yeşil bir *hicap* örttü. *Hicap* konusu fena halde canını sıkıyordu, çünkü yeşildi, elbisesine uymuyordu, ama başka çaresi yoktu – beyaz olanı güveler yemişti.

Saate baktı. Bu kadranı nane yeşili, rakamları siyah, elle kurulan eski saat, Molla Feyzullah'ın hediyesiydi. Dokuz. Nana neredeydi acaba? Dışarı çıkıp bakmayı düşündü, ama onunla karşılaşmaktan, o incinmiş, ihanete uğramış bakışlarından ödü kopuyordu. Nana onu hainlikle suçlardı. Yersiz, yanlış hevesleriyle dalga geçerdi.

Meryem oturdu. Vakit geçirmek için, Celil'den öğrendiği gibi, tek hamlede fil çizmeye koyuldu; tekrar tekrar. Oturmaktan her tarafı tutulmuştu, fakat yatağa uzanamazdı, elbisesi buruşurdu.

Akreple yelkovan nihayet on bir buçuğu gösterince, on bir çakıl taşını cebine soktu, dışarıya çıktı. Irmağa doğru inerken, Nana'nın gölgeye, kubbeli bir salkımsöğüdün altına çektiği bir iskemlede oturduğunu gördü. Nana'nın onu görüp görmediğini anlayamadı.

Irmağa varınca, bir gün önce sözleştikleri noktada beklemeye başladı. Gökyüzünde birkaç gri, karnabahar biçiminde bulut salınıyordu. Celil ona, bulutların gri olmasının nedenini açıklamıştı: bu bulutlar öyle kesif, öyle yoğundu ki, üst tarafları güneş ışığını emiyor, alt tarafa, tabana kendi gölgelerini düşürüyorlardı. *İşte, gördüğün şey bu, Meryem co,* demişti, *karınlarının altındaki karanlık bölge.*

Aradan uzun bir süre geçti.

Meryem *kulübe*'ye döndü. Bu kez, açıklığın batıya bakan cephesinden dolanmıştı ki, Nana onu göremesin. Saate baktı. Bire gelmek üzereydi.

O bir işadamı, diye düşündü. *Bir işi çıkmıştır.*

Yeniden ırmağa indi, biraz daha bekledi. Başının üstünde birkaç karatavuk dönüp duruyordu; otların arasına bir yere daldılar. Henüz olgunlaşmamış bir devedikeninin dibinde milim milim ilerleyen tırtılı seyretti.

Bacakları uyuşuncaya kadar bekledi. Bu kez, *kulübe*'ye dönmedi. Pantolonunun paçalarını dizlerine kadar sıvadı, ırmağı geçti ve hayatında ilk kez, tepeyi inip Herat'a yollandı.

Nana, Herat hakkında da yanılmıştı. Kimse parmağıyla onu göstermedi. Kimse ona gülmedi. Meryem gürültülü, kalabalık, iki yanı servili bulvarlarda yürüdü; bir yaya, bisiklet ve *gari* selinin, kesintisiz bir akışın içinden geçti, kimse ona taş fırlatmadı. Kimse *harami* demedi. Doğru dürüst bakan bile olmadı. Burada, bir anda, mucizevi bir biçimde sıradan, herhangi biri olup çıkmıştı.

Bir süre, taşlı patikaların çaprazlamasına kestiği, kocaman bir parkın ortasındaki oval havuzun yanında oyalandı. Parmaklarını havuzun kenarında duran, donuk gözlerini suya dikmiş mermer atlarda gezdirdi; hayretle, hayranlıkla. Kâğıt gemilerini yüzdüren oğlan çocuklarını, belli etmemeye çalışarak seyretti. Her yanda çiçekler vardı; laleler, zambaklar petunyalar; taçyaprakları güneşe batmıştı. İnsanlar patikalarda geziniyor, tahta sıralara oturuyor, çaylarını yudumluyordu.

Meryem burada olduğuna inanamıyordu. Yüreği heyecandan gümbür gümbürdü. Keşke Molla Feyzullah şu an görebilseydi onu. Ne kadar cesur bulurdu. Ne kadar gözüpek! Onu bu şehirde bekleyen yeni yaşamın, babasıyla, kız ve erkek kardeşleriyle paylaşacağı, insanları çekincesizce, koşulsuz, utanmaksızın sevebileceği, karşılığında da sevileceği bir hayatın hayaline dalıp gitti.

Sonra canlı, neşeli adımlarla parkın yakınındaki geniş geçide yöneldi. Çınarların gölgesinde oturan, tezgâhlarındaki kiraz piramitlerinin ya da üzüm tepeciklerinin arkasından, bıkkın gözlerle ona bakan, kösele yüzlü, yaşlı satıcıların önünden geçti. Çocuklar yalınayak, arabaların, otobüslerin peşinden koşuyor, ellerindeki ayva torbalarını sallıyordu. Meryem bir köşe başında durdu, yoldan geçenlere baktı; çevrelerindeki bütün bu harika, olağanüstü şeylere nasıl böyle kayıtsız kalabildiklerini aklı almıyordu.

Bir süre sonra cesaretini toplayıp, tek atlı *gari*'sinde müşteri bekleyen, yaşlıca adama gitti, sinemacı Celil'in oturduğu yeri bilip bilmediğini sordu. Yaşlı adamın tombul yanakları, rengârenk çizgili bir *çapan*'ı vardı. "Sen Heratlı değilsin anlaşılan," dedi, canayakın bir tavırla. "Celil Han'ın oturduğu yeri herkes bilir."

"Bana gösterebilir misin?"

Arabacı elindeki karamelanın yaldızlı kâğıdını açtı, sordu: "Yalnız mısın?"

"Evet."

"Hadi, atla. Seni götüreyim."

"Parasını ödeyemem. Hiç param yok."

Karamelayı kıza uzattı. İki saattir tek müşteri çıkmadığını, zaten eve dönmeye hazırlandığını söyledi. Celil'in evi yolunun üzerindeydi.

Meryem *gari*'ye bindi. Yola düştüler; yan yana, sessizce. Meryem yol boyunca baharatçılar, portakal, armut, kitap, şal, hatta atmaca satılan, önü açık, tek göz dükkâncıklar gördü. Çocuklar toprağa çizdikleri dairelerin içinde bilye oynuyorlardı. Çayevlerinin önünde, üzeri kilim kaplı tahta sedirlerde erkekler çay içiyor, nargile fokurdatıyorlardı.

Yaşlı arabacı geniş bir sokağa saptı; yolun iki yanına kozalaklı ağaçlar diziliydi. Ortalarda bir yerde, atını durdurdu.

"İşte. Şansın varmış, *dohtar co*. Şu onun arabası."

Meryem yere atladı. Adam gülümsedi, atını dehledi.

Meryem bir arabaya daha önce hiç dokunmamıştı. Parmaklarını Celil'in siyah otomobilinin kaygan motor kapağında gezdirdi; ışıl ışıl jantlardaki yassılmış, genişlemiş yansısına baktı. Koltuklar beyaz deridendi. Direksiyonun arkasında, içinde ibreler olan, yuvarlak, cam panolar vardı.

Bir an, kafasının içinde Nana'nın sesini, Meryem'in umutlarının parlak, sabit alevini soğuk bir duş gibi söndürüveren, alaycı tıslamasını duyar gibi oldu. Titreyen bacaklarıyla evin giriş kapısına doğru ilerledi. Ellerini duvara dayadı. Öyle yüksek, öyle asık yüzlüydü ki Celil'in duvarları. Duvarın arkasından bu tarafa taşan kavakların tepesini görebilmek için başını geriye atması gerekti. Ağaçların uçları esintide iki yana sallanıyordu; Meryem onların kendisini selamladığını, hoş geldin dediğini hayal etti. İçinde kabarıp duran, gözünü korkutan dalgaları zapt etmeye, kendini toplamaya çalıştı.

Kapıyı çıplak ayaklı, genç bir kadın açtı. Alt dudağının hemen altında dövme vardı.

"Celil Han'ı görmeye geldim. Ben Meryem. Kızıyım."

Kızın yüzünde şaşkın bir ifade belirdi. Sonra, bir kavrayış ışıltısı. Şimdi dudaklarında hafif bir gülümseme vardı, halinde tavrındaysa bir heves, bir evecenlik. "Burada bekle," dedi çabucak.

Kapıyı kapadı.

Birkaç dakika geçti. Bu kez kapıyı bir erkek açtı. Uzun boylu, geniş omuzluydu; mahmur gözleri, sakin, dingin bir yüzü vardı.

"Ben Celil Han'ın şoförüyüm," dedi; hiç de kaba, ters olmayan bir sesle.

"Neyi?"

"Şoförü. Celil Han evde değil."

"Arabası burada ama," dedi Meryem.

"Acil bir işi çıktı."

"Ne zaman döner?"

"Söylemedi."

Meryem bekleyeceğini söyledi.

Adam kapıyı kapadı. Meryem yere oturdu, dizlerini göğsüne çekti. Hava kararmaya başlamıştı bile; karnı acıkmıştı. *Gari* sürücüsünün verdiği karamelayı yedi. Az sonra, şoför yeniden göründü.

"Artık evine gitmelisin," dedi. "Bir saate kalmaz karanlık çöker."

"Karanlığa alışığım."

"Hem hava da soğur. Seni arabayla evine götüreyim mi? Uğradığını kendisine bildiririm."

Meryem sadece bakıyordu.

"Öyleyse seni bir otele götüreyim. Orada rahat bir uyku çekersin. Sabah olunca duruma bakarız."

"Beni eve alın."

"Alamam, talimat var. Bak, ne zaman döneceğini kimse bilmiyor. Günler sürebilir."

Meryem kollarını kavuşturdu.

Adam içini çekti, sitemle, yumuşak bir kınamayla ona baktı.

Sonraki yıllarda Meryem'in, teklifini kabul etseydim ve onunla birlikte *kulübe*'ye dönseydim, olaylar nasıl gelişirdi acaba, diye düşünecek bolca vakti oldu. Ama kabul etmemişti.

Geceyi Celil'in evinin önünde geçirdi. Gökyüzünün kararmasını, gölgelerin komşu evlerin önünü kuşatmasını seyretti. Dövmeli kız ona biraz ekmekle bir tabak pilav getirdi, Meryem istemediğini söyledi. Kız tepsiyi onun yanına bıraktı. Meryem'in kulağına ara ara, sokağın aşağısından gelen ayak sesleri, açılan kapıların gıcırtısı, boğuk selamlaşmalar çarpıyordu. Lambalar yandı, donuk, sarımtırak ışıklar pencereleri aydınlattı. Köpekler havladı. Açlığa daha fazla dayanamayınca, pilavla ekmeği yedi. Sonra bahçelerde ötüşen cırcırböceklerini dinledi. Yukarıda, bulutlar soluk bir ayın önünden akıp geçtiler.

Sabahleyin, sarsılarak uyandırıldı. Gözlerini açınca, gece birinin gelip üzerine bir battaniye örtmüş olduğunu gördü.

Omzunu sarsan, şofördü.

"Hadi, ama. Yeterince olay yarattın. *Bas.* Yeter. Artık gitme vakti."

Meryem doğrulup oturdu, gözlerini ovuşturdu. Sırtı, boynu tutulmuş, ağrıyordu. "Bekleyeceğim."

"Dinle beni," dedi adam. "Celil Han seni geri götürmemi istedi. Hemen şimdi. Anlıyor musun? Bu, Celil Han'ın talimatı."

Arabanın arka kapısını açtı. "*Bia*. Hadi bakalım," dedi tatlılıkla.

"Onu görmek istiyorum," dedi Meryem, yaşlar gözlerine dolarken.

Şoför iç geçirdi. "Bırak da seni evine götüreyim. Hadi, *dohtar co*."

Meryem kalktı, ona doğru yürümeye başladı. Ama sonra, bir anda yön değiştirdi ve kapıya doğru koştu. Omzunda, şoförün tutmaya, kavramaya çalışan parmaklarını hissetti. Bir silkelenişte ondan kurtuldu, açık kapıdan içeriye daldı.

Birkaç saniye sonra Celil'in bahçesindeydi. Meryem'in gözüne ilk, içi bitkilerle dolu, ışıl ışıl, cam bir yapı çarptı; sonra, ahşap kafes işlerine sarılmış üzüm asmaları, gri taş bloklardan yapılma bir balık havuzu, meyve ağaçları ve dört bir yanda, parlak renkli çiçek öbekleri. Bütün bunları hızla tarayan gözleri, sonunda, yuvarlak bir yüze kondu; bahçenin karşı tarafında, üst kattaki pencerelerin birindeydi. Yalnızca bir anlığına, şöyle bir belirmişti, ama yeterli bir süreydi. Meryem'in gözlerin irileştiğini, ağzın açıldığını görmesine yetmişti. Sonra kayboldu. Bir el uzandı, bir ipi hızla çekti. Perdeler indi.

Sonra bir çift el onu koltuk altlarından yakalayıp havaya kaldırdı.

Meryem tekmeler savurdu. Cebindeki çakıl taşları fırladı, sağa sola saçıldı. Arabaya götürülüp arka koltuğun soğuk derisine bırakılıncaya kadar tekme atmayı, ağlamayı sürdürdü.

***

Şoför arabayı kullanırken alçak sesle, avutucu sözler söyledi. Meryem onu duymadı. Sarsılıp durduğu arka koltukta, yol boyunca ağladı. Acı, öfke, hüsran yaşlarıydı bunlar. Ama temelinde derin, çok derin bir utanç yatıyordu; Celil'e inanmakla ne büyük aptallık ettiğini, giyeceği kıyafeti, uyumsuz *hicap*'ı nasıl dert ettiğini, buralara kadar yürüdüğünü, kapıdan ayrılmamakta direndiğini, bir sokak köpeği gibi kaldırımda sabahladığını düşündükçe artan bir utanç. Annesinin yaralı görüntüsüne, ağlamaktan şişmiş gözlerine boş verdiği için de utanıyordu. Onu uyaran, baştan beri haklı olan Nana'yı hiçe saydığı için.

Erkeğin, o üst kat penceresindeki yüzü, hiç aklından çıkmıyordu. Meryem'in sokakta uyumasına göz yummuştu. *Sokakta.* Meryem uzandığı arka koltukta ağladı. Doğrulup oturmak, görülmek istemiyordu. Bu sabah, kendini nasıl küçük düşürdüğünden bütün Herat haberdardı sanki. Molla Feyzullah'ın şu an yanında olmasını, kendini onun kucağına, gönül alıcı sözlerine bırakabilmeyi öyle çok isterdi ki.

Bir süre sonra yol tümsekli, engebeli bir hal aldı, arabanın burnu havaya kalktı. Herat'la Gül Daman arasındaki yokuşu tırmanmaktaydılar.

Meryem, şimdi Nana'ya ne diyeceğini düşünüyordu. Nasıl özür dileyecekti? Onun yüzüne nasıl bakacaktı?

Araba durdu, şoför onun inmesine yardım etti. "Seni geçireyim," dedi.

Meryem onun öne düşmesine izin verdi; adam karşıya geçti, patikayı tırmanmaya başladı. Yolun kenarında hanımeli öbekleri boy atmıştı; tüylü itboğanlar da. Arılar yer yer parlayan kır çiçeklerinin üstünde vızıldayıp duruyordu. Adam onun elini tuttu, ırmağı geçmesine yardım etti. Sonra bıraktı; Herat'ın ünlü yüz yirmi günlük rüzgârının yakında başlayacağını söyledi; öğlen başlayıp günbatımına kadar durmaksızın eseceğini, tatarcıkların tam bir beslenme cinnetine gireceğini... sonra birden, kızın tam önünde, zınk diye duruverdi; yarı döndü, eliyle onun gözlerini örtmeye, geldikleri yöne gerisin geri itmeye çalıştı: "Geri dön! Hayır. Sakın bakma. Dön arkanı! Geri dön!"

Ama yeterince hızlı davranamamıştı. Meryem gördü. Ani bir esinti, salkımsöğüdün yere sarkan dallarını bir perdeymişçesine aralayınca, Meryem de ağacın altındaki şeyi bir anlığına görebildi: yere devrilmiş, yüksek sırtlı iskemle. Yüksekteki dalların birinden sarkan ip. Ucunda sallanan Nana.

6

Nana'yı Gül Daman mezarlığının bir köşesine gömdüler. Molla Feyzullah mezarın başında dua okur, erkekler Nana'nın kefenli bedenini çukura indirirken, Meryem kadınların arasında, Bibi *co*'nun yanında durdu.

Daha sonra Celil onunla birlikte *kulübe*'ye geldi, onlara eşlik eden köylülere, taziyecilere abartılı bir Meryem'e kol kanat germe gösterisi sundu. Kızın birkaç parça eşyasını toplayıp bir bavula koydu. Uzandığı yatağın kenarına ilişti, yüzünü yelpazeledi. Alnını okşadı, yaslara, kederlere batmış bir yüzle, bir şeye ihtiyacı olup olmadığını sordu; *herhangi bir şey?* diye tekrarladı, iki kez.

"Molla Feyzullah'ı istiyorum," dedi Meryem.

"Elbette. Kendisi dışarıda. Gidip çağırayım."

Molla Feyzullah'ı, o bükük belli karaltısını *kulübe*'nin kapısında görünce, o gün ilk kez ağladı Meryem.

"Ah, Meryem *co.*"

Gelip kızın yanına oturdu, yüzünü ellerinin arasına aldı. "Durma, ağla yavrum. Doyasıya ağla. Utanılacak bir şey yok bunda. Ama kızım, Kuran'ın dediklerini de hiç unutma: 'Ne mutlu ki ona, Yaradanın ahretine göçene; her şeye gücü yeten, ölümü ve yaşamı yaratan, seni onlarla sınayan Rabbin yanına.' Kuran gerçeği söyler, kızım. Bize reva gördüğü her imtihanın, her üzüntünün gerisinde, mutlaka bir nedeni vardır Tanrı'nın."

Ama Meryem Tanrı'nın sözleriyle avunacak halde değildi. O gün değil. O sırada değil. Duyabildiği tek şey, Nana'nın, *gidersen ölürüm, gidersen yaşayamam,* diyen sesiydi. Elinden tek gelense, gözyaşlarını Molla Feyzullah'ın ellerinin benekli, kâğıt inceliğindeki derisine akıtmaktı.

Şehre dönüş yolunda Celil arka koltukta, Meryem'in yanında oturdu, elini onun omzuna attı.

"Benimle kalabilirsin, Meryem *co,*" dedi. "Sana bir oda hazırlamalarını tembihledim bile. Üst katta. Orayı seveceksin. Manzaralı; bahçeye bakıyor."

Meryem ilk kez, onu Nana'nın kulaklarıyla duyuyordu. Hep var olan, altlarda, gerilerde gizlenen yapmacıklığı, kof, sahte güvenceleri ilk kez apaçık, olanca duruluğuyla duyabiliyordu. Bir türlü başını kaldırıp onun yüzüne bakamadı.

Araba Celil'in evinin önünde durunca, şoför inip kapılarını açtı, Meryem'in bavulunu taşıdı. Celil iki eliyle omuzlarından kavradığı kızı yönlendirdi, iki gün önce Meryem'in onu beklediği, önündeki kaldırımda sabahladığı ana kapıdan geçirdi. İki gün önce... Meryem'in dünyadaki tek arzusunun, Celil'le birlikte bu bahçeye girmek olduğu günün üstünden bir ömür geçmişti sanki. Hayatının nasıl bu kadar çabuk, böyle bir anda altüst olabildiğini Meryem'in aklı almıyordu. Gözlerini yerden, patikanın gri taşlarını çiğneyen ayaklarından kaldırmadı. Bahçede birileri olduğunun farkındaydı; fısıldaşan, Celil'le ikisinin yaklaştığını görünce kenara çekilen birileri. Üst kattaki camlardan ona dikilmiş olan gözlerin ağırlığını hissediyordu.

Evin içinde de yere bakmayı sürdürdü. Kestane rengi bir halının üzerinde yürüyorlardı, sürekli yinelenen, mavili-sarılı, sekizgen bir deseni vardı; gözünün ucuyla, mermer heykel kaidelerini, vazoların alt kısımlarını, duvarlardaki rengârenk halıların püsküllerini görebiliyordu. Celil'le birlikte tırmanmaya koyuldukları merdiven de, her basamağa çivilenmiş, benzer bir halıyla kaplıydı. Sahanlıkta, Celil onu sola döndürdü, uzun, halı kaplı bir koridordan geçirdi. Bir kapının önünde durdu, kızın geçmesi için açtı.

"Kız kardeşlerin Nilüfer'le Atiye bazen burada oynarlar," dedi, "ama genellikle burayı konuk odası olarak kullanıyoruz. Bence burada rahat edeceksin. Güzel, değil mi?"

Odadaki yatağın üzerinde, bal peteği örgüsüyle, sık dokunmuş, yeşil bir örtü vardı. Aşağıdaki bahçenin görünmesi için açılmış olan perdeler, örtüyle birörnekti. Yatağın başucunda üç çekmeceli bir komodin, üzerinde de bir vazo. Duvarlardaki raflarda, Meryem'in tanımadığı birilerinin çerçeveli resimleri. Raflardan birinde, birbirinin tıpatıp eşi, giderek küçülen tahta bebeklerden oluşan bir koleksiyon vardı; boy sırasına göre dizilmişlerdi.

Celil onun baktığını görünce, "Matruşka bebekleri," dedi. "Moskova'dan almıştım. İstersen onlarla oynayabilirsin. Mahzuru yok."

Meryem yatağa oturdu.

"İstediğin bir şey var mı?" diye sordu erkek.

Meryem yatağa uzandı. Gözlerini kapadı. Biraz sonra, onun kapıyı yavaşça çektiğini duydu.

Koridorun sonundaki banyoyu kullandığı zamanlar hariç, Meryem odasından çıkmadı. İlk geldiğinde kapıyı açan, dövmeli kız yemeğini tepsiyle getiriyordu: kuzu kebap, *sebze, aş* çorbası. Çoğu, olduğu gibi kalıyordu. Celil her gün birkaç kez uğruyor, yatağa oturuyor, nasıl olduğunu soruyordu.

"Yemeğini aşağıda, bizimle birlikte yiyebilirsin," dedi, pek de inandırıcı olmayan bir sesle. Meryem odasında, tek başına yemeyi tercih ettiğini söyleyince de hiç ikilemedi.

Meryem ömrü boyunca merak ettiği, görmek için yanıp tutuştuğu sahneyi, penceresinden kayıtsızca, duygusuzca seyrediyordu: Celil'in günlük yaşantısını, geliş gidişlerini. Ön kapıdan girip çıkan, sağa sola seğirten hizmetkârlar. Sabahtan akşama kadar çalıları kırpan, budayan, seradaki çiçekleri sulayan bahçıvan. Kaldırımın kenarına yanaşan uzun, parlak burunlu arabalar. İçlerinden *çapan*'lı, astragan kalpaklı erkekler, *hicap*'lı kadınlar, saçları tertemiz taranmış çocuklar iniyordu. Celil bu yabancılarla el sıkışıyordu; Meryem onun avcunu göğsüne bastırıp başıyla kadınları selamlayışını izlerken, Nana'nın doğru söylediğini anlıyordu. Buraya ait değildi o.

İyi ama, ben nereye aidim? Şimdi ne yapacağım?

Bu dünyada sahip olduğun tek şey benim, Meryem; ben gittikten sonra hiç kimsen kalmayacak. Hiçbir şeyin. Sen bir hiçsin!

Kulübenin çevresindeki söğütleri yalayan rüzgâr gibi, tanımlanamaz bir kasvetin esintileri de Meryem'in içinden geçip duruyordu.

Celil'in evindeki ikinci gününde, odasına küçük bir kız geldi.

"Bir şey alacağım," dedi.

Meryem yatakta doğrulup oturdu, bağdaş kurdu, örtüyü kucağına çekti.

Kız aceleyle odanın karşı köşesine seğirtti, bir dolabı açtı. Dört köşe, gri bir kutu çıkardı.

"Bunun ne olduğunu biliyor musun?" diye sordu. Kutunun kapağını açtı. "Buna gramofon deniyor. *Gramo-fon*. Plak çalıyor. Bilirsin, müzik. Bir gramofon."

"Sen Nilüfer'sin. Sekiz yaşındasın."

Küçük kız gülümsedi. Aynı Celil'in gülümseyişi, aynı gamzeli çene. "Nerden anladın?"

Meryem omuzlarını silkti. Bir zamanlar bir çakıl taşına onun adını verdiğini söylemedi.

"Bir şarkı dinlemek ister misin?"

Meryem yine omuz silkti.

Nilüfer gramofonun fişini prize soktu. Kapağın altındaki cebi karıştırdı, bir plak çıkardı. Yerleştirdi, pikabın iğnesini indirdi. Müzik başladı.

Kâğıt yerine gül yaprakları kullanacağım,
Ve sana dünyanın en tatlı mektubunu yazacağım;
Sen kalbimin sultanısın,
kalbimin sultanısın.

"Biliyor musun bu şarkıyı?"

"Hayır."

"Bir İran filminden. Babamın sinemasında görmüştüm. Hey, sana bir şey göstereyim mi?"

Meryem'in cevap vermesine kalmadan, Nilüfer eğildi, avuçlarını, alnını yere dayadı. Tabanlarıyla yeri itti, bir çırpıda amuda kalkıverdi.

"Yapabilir misin?" diye sordu, soluk soluğa.

"Hayır."

Kız bacaklarını indirdi, bluzunu çekip düzeltti. "Sana öğretebilirim," dedi, kızarmış alnına dökülen perçemi iterek. "Burada ne kadar kalacaksın?"

"Bilmiyorum."

"Annem senin gerçek kardeşim olmadığını söylüyor, yani senin dediğin gibi..."

"Ben hiçbir zaman böyle söylemedim," diye uydurdu Meryem.

"Söylemişsin. Ama umurumda değil. Demek istediğim, söylemen ya da söylememen umurumda değil. Benim için fark etmez."

Meryem sırtüstü uzandı. "Çok yoruldum."

"Annem, bir *cin* yüzünden annenin kendini astığını söylüyor."

"Şunu keser misin artık," dedi Meryem yatakta yan dönerken. "Müziği, yani."

O gün, Bibi *co* onu görmeye geldi. Geldiğinde, yağmur yağıyordu. İri gövdesini yatağın yanındaki iskemleye güçlükle, oflaya puflaya bıraktı.

"Şu yağmur, Meryem *co*, kemiklerimi mahvediyor. Kemiklerimin katili, inan. Keşke... Ah, hadi ama, evladım. Gel bakayım Bibi *co*'na. Ağlama. Geçti, bak. Seni zavallı çocuk. Şişşt. Zavallım benim."

O gece Meryem uzunca bir süre uyuyamadı. Yattığı yerde gökyüzüne baktı, aşağıdan gelen tıkırtıları, duvarların boğduğu sesleri, konuşmaları, camı döven sağanağı dinledi. Tam dalıp gitmişti ki, haykırışlarla yerinden sıçradı. Alt kattan geliyordu; tiz, öfkeli bağırışlar. Sözcükleri seçemiyordu. Biri bir kapıyı çarparak kapadı.

Ertesi sabah, Molla Feyzullah çıkageldi. Meryem dostunu, ak sakalını ve o sevimli, dişsiz tebessümünü kapıda gördüğü an, gözlerinin yandığını, bir kez daha yaşlarla dolduğunu hissetti. Ayaklarını yatağın kenarından sarkıttı, kapıya koştu. Her zamanki gibi hocasının elini öptü, o da kızın alnını. Konuğuna bir iskemle çekti.

Molla Feyzullah yanında getirdiği Kuran'ı çıkardı. "Düzenimizi bozmamıza gerek yok, değil mi?"

"Artık derse ihtiyacım olmadığını biliyorsunuz, Molla *sahip*. Bana Kuran'daki bütün *sure*'leri, *ayet*'leri yıllar önce öğrettiniz zaten."

Adam gülümsedi, ellerini teslim olur gibi kaldırdı. "Tamam, itiraf ediyorum. Foyam meydana çıktı. Ama seni ziyarete gelmek için, bundan çok daha kötü bahaneler bulabilirdim."

"Bahaneye ihtiyacınız yok ki. Sizin yok."

"Kibarlık ediyorsun, Meryem *co*."

Kuran'ı kıza uzattı. O da, onun öğrettiği gibi, üç kez öpüp başına götürdü, sonra geri verdi.

"Nasılsın, kızım?"

"Hiç aklımdan..." diye başladı Meryem. Sonra, kocaman bir taşın boğazını tıkadığını hissedince, susmak zorunda kaldı. "Çekip gitmemden önce bana söyledikleri hiç aklımdan çıkmıyor. Dedi ki..."

"*Ney, ney, ney.*" Molla Feyzullah elini onun dizine dayadı. "Annen, Allah onu affetsin, dertli, mutsuz bir kadındı, Meryem. Kendine korkunç bir şey yaptı. Kendine, sana, aynı zamanda da Allah'a. O bağışlayacaktır, çünkü her şeyi bağışlar, ama yine de, annenin yaptığı şey Allah'ın gücüne gitti. Cana kıymayı, ister kendinin isterse başkasının canını almayı, kesinlikle tasvip etmez. Hayatın kutsal olduğunu söyler. Biliyor musun..." İskemlesini biraz daha yaklaştırdı, kızın ellerini avuçlarının arasına aldı. "Anneni, sen doğmadan önce tanırdım, çocukluğunu bilirim; inan bana, o zaman da mutsuzdu. Korkarım, yaptığı şeyin tohumları yıllar önce atılmıştı. Demek istediğim, bu senin suçun değil. Senin suçun değil, kızım."

"Onu bırakmamalıydım. Yanında kalmalıydım..."

"Kes şunu. Bunlar zararlı düşünceler, Meryem *co*. Beni duydun mu, evladım? Zararlı. Seni yiyip bitirirler. Hata sende değildi. Senin suçun değildi. Hayır!"

Meryem başını salladı, ama bütün yüreğiyle, deliler gibi istese de, adama inanmayı başaramıyordu.

Bir hafta sonra, bir akşamüstü kapısına vuruldu, içeriye uzun boylu bir kadın girdi. Açık tenliydi; kızıl saçları, uzun parmakları vardı.

"Ben Efsun," dedi. "Nilüfer'in annesi. Yıkanıp aşağıya gelsene, Meryem."

Meryem odasında kalmayı yeğlediğini söyledi.

"Yo, *ne fehmidi* – anlamıyorsun. Aşağıya inmen *gerekiyor*. Seninle konuşacağımız bir şey var. Önemli."

7

Karşısına dizildiler. Celil'le karıları; uzun, koyu kahverengi masada. Aralarında, masanın ortasında taze kadife çiçekleriyle dolu, kristal bir vazoyla buğulanmış bir su sürahisi duruyordu. Nilüfer'in annesi olduğunu söyleyen kızıl saçlı kadın, Efsun, Celil'in sağında oturuyordu. Diğer ikisi, Hatice'yle Nergis ise solunda. Kadınların hepsinde hafif, siyah eşarplar vardı, başlarına bağlamamış, son anda akıllarına gelmiş gibi, boyunlarına gevşekçe dolamışlardı. Nana'nın hatırına siyahlara bürüneceklerine hiç ihtimal vermeyen Meryem, bu fikri içlerinden birinin ya da Celil'in, onu aşağıya çağırmalarından hemen önce ortaya attığını tahmin etti.

Efsun bir bardağa sürahiden su doldurdu, Meryem'in önüne, kareli, kumaş bir altlığın üzerine koydu. "Bahardayız ama hava şimdiden ısındı bile," dedi. Eliyle yelpazelenir gibi yaptı.

"Rahat edebildin mi?" diye sordu Nergis; küçük bir çenesi, siyah, kıvırcık saçları vardı. "İnşallah rahatın yerindedir. Başına gelen... büyük bir felaket. Korkunç."

Diğer ikisi başlarıyla onayladılar. Meryem onların alınmış kaşlarını, cılız, lütufkâr tebessümlerini süzdü. Kafasının içinde sinir bozucu, tatsız bir vızıltı vardı. Boğazı yanıyordu. Biraz su içti.

Celil'in arkasındaki geniş pencereden, çiçeğe durmuş elma ağaçlarını görebiliyordu. Pencerenin yanındaki duvara koyu renk, ahşap bir dolap dayalıydı. İçinde bir saat, bir de çerçeveli fotoğraf vardı: ellerinde tuttuğu balığı havaya kaldırmış olan Celil ve üç küçük oğlu. Güneşte balığın pulları parlıyor. Celil'le oğulları geniş geniş gülümsüyor.

"Evet," diye başladı Efsun. "Ben... yani biz seni çağırdık, çünkü sana vermek istediğimiz çok güzel bir haber var."

Meryem başını kaldırıp baktı.

Kadınların, iskemlesinde gevşekçe oturan, görmeyen gözlerle masadaki sürahiye bakan Celil'i işaret ederek, kendi aralarında, çabucak bakıştıklarını fark etti. Gözlerini Meryem'e diken, diğerlerinden daha büyük gösteren Hatice oldu; bu görevi kimin üstleneceği önceden tartışılıp karara bağlanmıştı belli ki.

"Bir talibin var," dedi Hatice.

Meryem'in midesi kasılıverdi. "Neyim?" dedi, ansızın uyuşan dudaklarının arasından.

"Bir *khastegar*. Talip. Kısmet. Adı Raşit." Hatice açıklamayı sürdürdü. "Babanın bir iş ahbabının arkadaşı. Kendisi Peştun, aslen Kandeharlı ama Kabil'de yaşıyor; Deh-Mazang semtinde, iki katlı bir evi var."

Efsun söylenenleri başıyla doğrulamaktaydı.

"Senin, bizim gibi Farsça konuşuyor. Dolayısıyla Peştun dilini öğrenmek zorunda kalmayacaksın."

Meryem'in göğsü giderek daha çok sıkışıyordu. Oda fırıl fırıl dönmeye, ayağının altındaki zemin kaymaya başlamıştı.

"Ayakkabıcı," diye araya girdi Hatice. "Ama öyle sıradan bir sokak *muçi*'si değil. Hayır. Kendi dükkânı var, Kabil'in en beğenilen ayakkabı ustalarından biri. Diplomatlara, cumhurbaşkanının ailesine ayakkabı yapıyor – üst sınıfa, yani. Kısacası, sana iyi bakacak, rahat ettirecektir."

Meryem gözlerini Celil'e dikti; yüreği göğsünde taklalar atıyordu. "Doğru mu bu? Söyledikleri doğru mu?"

Fakat Celil ona bakamıyordu. Altdudağının köşesini dişliyor, sürahiye bakıyordu.

"Evet, senden *azıcık* yaşlı," diye şakıdı Efsun. "Ama taş çatlasın... kırkında. Hadi bilemedin, kırk beş. Öyle değil mi, Nergis?"

"Evet. Ama ondan yirmi yaş büyük adamlara verilen dokuz yaşında kızlar gördüm, Meryem. Hepimiz gördük. Sen kaçsın şimdi? On beş mi? Eh, bir kız için gayet uygun, ideal evlilik yaşı." Bu sözler hevesli, coşkulu baş sallamalarla onaylandı. Onunla akran olan üvey kardeşleri Saide ile Nahit'ten hiç söz edilmediği, Meryem'in dikkatinden kaçmamıştı; her ikisi de Herat'taki Mehri Okul'da öğrenciydi ve Kabil Üniversitesi'ne girmeyi tasarlıyorlardı. On beş, onlar için uygun, ideal bir evlilik yaşı değildi anlaşılan.

"Dahası," diye sürdürdü Nergis sözünü, "o da sevdiklerini kaybetmenin acısını yaşamış. Duyduğumuza göre, karısı on yıl önce doğum yaparken ölmüş. Sonra, üç yıl önce de oğlu gölde boğulmuş."

"Çok üzücü, gerçekten. Son birkaç yıldır kendine bir eş arıyormuş, fakat uygun birini bulamamış."

"İstemiyorum," dedi Meryem. Gözleri hâlâ Celil'deydi. "Evlenmek istemiyorum. Beni zorlamayın." Sesindeki ağlamaklı, yalvaran tınıdan nefret ediyor ama engel olamıyordu.

"Aa, Meryem, mantıklı ol ama," dedi, kadınlardan biri.

Meryem neyi kimin söylediğini izleyemez olmuştu artık. Gözlerini Celil'e mıhlamış, konuşmasını, bütün bunların yalan olduğunu söylemesini bekliyordu.

"Ömrünü burada geçiremezsin ki."

"Kendi ailen olmasını istemez misin?"

"Evet ya. Bir yuva kurmak, kendi çocuklarını doğurmak?"

"Hayatına devam etmelisin."

"Tamam, buralı biriyle, bir Tacik'le evlenmen çok daha iyi olurdu, ama Raşit varlıklı bir adam, kalkmış sana talip olmuş. Bir evi, bir işi var. Önemli olan da bu zaten, öyle değil mi? Hem Kabil çok güzel, capcanlı bir şehir. Karşına bu kadar iyi kısmet bir daha çıkmayabilir."

Meryem gözlerini Celil'in karılarına çevirdi.

"Molla Feyzullah'ın yanında yaşayabilirim," dedi. "Beni evine alır o. Alacağını biliyorum."

"Bu hiç yakışık almaz," dedi Hatice. "Öyle yaşlı ki, hem çok..." Doğru sözcüğü arandı; Meryem onun aslında ne demek istediğini çok iyi biliyordu: *çok yakın.* Onların ne yapmaya çalıştığını anlamıştı. ***Bu kadar iyi bir fırsatı bir daha bulamayabilirsin.*** Onlar da bulamazdı. Kızın doğumuyla küçük düşmüş, rezil olmuşlardı ve şimdi karşılarına kızdan bütünüyle kurtulma, kocalarının yaptığı yüz kızartıcı hatanın son izini de silme şansı çıkmıştı. Meryem uzaklara gönderiliyordu, çünkü duydukları utancın ete kemiğe bürünmüş haliydi o; yürüyen, soluk alıp veren bir ayıp.

"Çok yaşlı ve güçsüz," diye tamamladı Hatice sonunda. "O öldükten sonra ne yapacaksın? Ailesinin başına dert olursun."

Tıpkı şu an bize olduğun gibi. Meryem söylenmemiş sözcüklerin, Hatice'nın dudaklarından dökülüşünü *görebiliyordu* neredeyse; soğuk bir günde ağızdan çıkan buhar gibi.

Kabil'i düşündü; Herat'ın altı yüz elli kilometre doğusunda olduğunu Celil'den öğrendiği o büyük, yabancı, kalabalık kenti. *Altı yüz elli kilometre*. Bugüne kadar *kulübe*'den en çok uzaklaştığı mesafe, buraya, Celil'in evine yaptığı iki kilometrelik yürüyüştü. Kabil'deki halini gözünün önüne getirmeye çalıştı; bu tahayyül edilemez mesafenin öteki ucunda, bir yabancının evinde, onun keyfine, dayattığı taleplere göre yaşarken. Raşit adındaki bu adam için temizlik yapacak, yemek pişirecek, çamaşır yıkayacaktı. Başka görevleri de olacaktı tabii – kocaların karılarına ne yaptığını Nana anlatmıştı. İşte, onu dehşete düşüren, ter içinde bırakan da, özellikle işin bu mahrem yanı, gözünde acı verici, sapkın eylemler olarak canlandırdığı kısmıydı.

Yeniden Celil'e döndü. "Söyle onlara. Buna izin vermeyeceğini söyle."

"İşin aslı, baban Raşit'e cevabını verdi bile," diye atıldı Efsun. "Raşit burada, Herat'ta; ta Kabil'den kalkıp geldi. *Nikâh* yarın sabah kıyılacak; öğlen Kabil'e kalkan bir otobüs var."

"Söylesene!" diye haykırdı Meryem.

Bunun üzerine kadınlar sustular. Meryem onların da erkeği gözlediğini sezdi. Bekliyorlardı. Odaya derin bir sessizlik çöktü. Celil yüzünde ezik, çaresiz bir anlam, parmağındaki alyansı çevirip duruyordu. Dolabın içindeki saatin tik takları hiç kesilmiyordu.

Sonunda, kadınlardan biri dayanamadı: "Celil *co?*"

Celil gözlerini ağır ağır kaldırdı, Meryem'inkilere dikti; bir an sonra yeniden indirdi. Ağzını açtı, ama yalnızca tek, acılı bir inilti çıktı.

"Bir şey söyle," dedi Meryem.

O zaman Celil boğuk, ölgün bir sesle konuştu. "Allah kahretsin, Meryem; bana bunu yapma," dedi, bir şeyler yapılan kişi kendisiymiş gibi.

Aynı anda Meryem, salondaki gerginliğin dağılıverdiğini hissetti.

Celil'in karıları yeni -ve çok daha ateşli- bir ikna turuna başlarken, Meryem gözlerini masadan ayırmadı. Bakışları masanın kaygan, cilalı ayaklarında, köşelerdeki yılankavi kıvrımlarda, bir ayna kadar yansıtıcı, koyu kahve yüzeyinde gezindi. Soluğunu her bırakışında, yüzeyin buğulandığını, kendi yüzünün babasının masasından silinip gittiğini ayrımsadı.

Efsun ona yukarıya, odasına kadar eşlik etti. Sonra, kadın kapıyı çekince, Meryem kilitte dönen anahtarın şakırtısını duydu.

8

Sabah, Meryem'e beyaz, pamuklu pantolonun üzerine giymesi için uzun kollu, koyu yeşil bir elbise verdiler. Efsun yeşil bir *hicap*'la, aynı renk sandaletler getirdi.

Yine uzun, kahverengi masalı odaya götürüldü, ama bu kez masanın ortasında badem şekeriyle dolu bir kâse, bir Kuran, yeşil bir duvak, bir de ayna duruyordu. Meryem'in daha önce hiç görmediği (ve nikâh şahitleri olduğunu tahmin ettiği) iki erkekle, tanımadığı bir molla masadaki yerlerini çoktan almışlardı.

Celil oturması için bir iskemle çekti. Açık kahverengi bir takım elbise giymiş, kırmızı kravat takmıştı. Saçları yıkanmıştı. İskemleyi çekerken, cesaret verircesine gülümsemeye çalıştı. Hatice'yle Efsun bugün masanın bu tarafında, Meryem'in yanındaydılar.

Molla duvağı gösterdi, Nergis de yerine oturmadan önce alıp Meryem'in başına yerleştirdi. Meryem gözlerini önüne, ellerine dikti.

"İçeriye çağırabilirsiniz artık," dedi Celil birine.

Meryem onu görmeden önce kokusunu aldı. Sigara kokusu, bir de ağır, baygın bir tıraş losyonu; Celil'inki gibi hafif değil. Rayihası duvağın kenarından girip Meryem'in burun deliklerine doldu. Duvağın gerisinden, gözünün ucuyla, başını eğmiş kapıdan geçmekte olan, uzun boylu bir erkek gördü; koca göbekli, geniş omuzluydu. Adamın iri cüssesi, soluğunu keser gibi oldu; yüreği deli gibi atmaya başladı, çabucak gözlerini indiriverdi. Adam kısacık bir an kapının eşiğinde oyalandı. Sonra, yavaş ama güçlü, gümbür gümbür adımlarla odayı geçti. Adımları, masadaki şeker kâsesini şıngırdattı. Boğuk bir hırıltıyla, kendini Meryem'in yanındaki iskemleye bıraktı. Sesli sesli soluk alıp veriyordu.

Molla onları selamladı. Bunun geleneksel bir *nikâh* olmayacağını söyledi.

"Anladığım kadarıyla Raşit *Ağa*'nın, yakında hareket edecek olan Kabil otobüsüne bileti varmış. Dolayısıyla, vakit darlığı nedeniyle, bazı ananevi usulleri atlayacak, töreni hızlandıracağız."

Bir-iki dua okudu, evliliğin önemi hakkında birkaç kelime etti. Celil'e, bu birleşmeye bir itirazı olup olmadığını sordu, Celil başını yok anlamında salladı. Molla, Raşit'e döndü, Meryem'le nikâhlanmayı gerçekten isteyip istemediğini sordu. Raşit, "Evet," dedi. Sert, gıcırtılı sesi Meryem'e kuru güz yapraklarının ezilirken çıkardığı sesi anımsatmıştı.

"Peki sen, Meryem *can*, bu erkeği kocalığa kabul ediyor musun?"

Meryem sesini çıkarmadı. Genizler temizlendi.

"Ediyor," dedi, masanın ucundan bir kadın sesi.

"Aslında," dedi molla, "soruyu kendisi yanıtlamalı. Yanıtlamadan önce de, benim üç kez sormamı beklemeli. Çünkü teklifte bulunan kişi, erkek; kız değil."

Soruyu iki kere daha yineledi. Meryem'den yanıt gelmeyince, bir daha sordu; bu kez biraz daha bastırarak. Meryem yanında oturan Celil'in kıpırdandığını, masanın altındaki bacaklarını üst üste atıp sonra yine indirdiğini hissedebiliyordu. Birileri yine genzini temizledi. Küçük, beyaz bir el uzandı, masadaki bir toz zerresine bir fiske vurdu.

"Meryem," diye fısıldadı Celil.

"Evet," dedi kız, titrek bir sesle.

Duvağın altına bir ayna uzatıldı. Meryem aynada önce kendi yüzünü gördü; kavissiz, biçimsiz kaşlarını, düz saçlarını, neşesiz, yeşil gözlerini; gözleri birbirine öyle yakındı ki, insan onu şaşı sanabilirdi. Cildi kalındı, donuk, lekeli görünüyordu. Alnını çok geniş, çenesini çok dar, dudaklarını çok ince buldu. Genel olarak, uzun bir yüz izlenimi bırakıyordu; üçgen bir surat, biraz tazımsı. Öte yandan, tuhaftı ama, bütün bu silik, albenisiz parçaların bir araya gelince güzel olmasa da, gözü hiç mi hiç rahatsız etmeyen bir çehre oluşturduğunu görebiliyordu.

Aynada, Raşit'in yüzünü de ilk kez gördü: iri, köşeli, sağlıklı ve pembe yüzü; kanca burnu; mahcup bir sevinci dışavuran, kızarmış yanakları; sulu, kanlı gözleri; öndeki ikisi, sivri tepeli bir çatı gibi üst üste binmiş olan, sıkışık dişleri; gür kaşların neredeyse iki parmak üstünden başlayan, inanılmayacak kadar alçak saç çizgisini; sık, sert, kır düşmüş saçları.

Gözleri aynada bir anlığına buluştu, sonra çabucak sıvıştı.

Bu kocamın yüzü, diye düşündü Meryem.

Raşit'in ceket cebinden çıkardığı ince, altın halkaları birbirlerinin parmaklarına taktılar. Erkeğin tırnakları sarımsı kahveydi, çürüyen bir elmanın içi gibi; bazılarının uçları uzamış, kıvrılmıştı. Kız alyansı onun parmağına geçirirken, elleri titredi, Raşit yardım etmek zorunda kaldı. Kendi alyansıysa azıcık dardı, ama Raşit eklemlerden sertçe iterek yüzüğü geçirdi.

"İşte," dedi.

"Çok güzel bir yüzük," diye atıldı, Celil'in eşlerinden biri. "Harika, Meryem."

"Geriye bir tek, nikâh akdinin imzalanması kaldı," dedi molla.

Meryem adını yazdı – *mim, ra, ya,* sonra yine *mim* – bütün gözlerin eline dikildiğinin farkındaydı. Meryem'in imzalayacağı bir sonraki belgeye, yirmi yedi yıl sonra, yine bir din adamı tanıklık edecekti.

"Artık karı kocasınız," dedi molla. "*Tebrik* ederim."

Raşit, rengârenk boyanmış otobüste bekledi. Meryem aşağıdan, durduğu yerden onu değil, sigarasının açık camdan dışarıya süzülen dumanını görebiliyordu – Celil'le birlikte, arka tamponun yakınındaydılar. Çevrelerinde insanlar tokalaşıyor, vedalaşıyordu. Kuranlar öpülüyor, elden ele geçiriliyordu. Çiklet, sigara tepsilerinin gerisinde yüzleri görünmeyen oğlan çocukları, yolcuların arasında yalınayak koşturuyordu.

Celil habire Kabil'in ne olağanüstü bir şehir olduğunu anlatmaktaydı; Moğol imparatoru Babür bile oraya gömülmeyi vasiyet etmişti. Meryem onun ayrılık vaktine kadar böyle konuşup duracağını, Kabil'in bahçelerini, dükkânlarını, ağaçlarını, havasını öveceğini biliyordu; sonra bir bakacaktı kendisi otobüste, Celil'se aşağıda, ona neşeyle el sallamakta: yarasız beresiz, sapasağlam.

Meryem buna izin veremezdi.

"Sana tapardım," dedi.

Celil lafının ortasında duruverdi. Kollarını göğsünde kavuşturdu, sonra çözdü. Genç bir Hindu çift, kucağı bebekli bir kadınla, bir bavulu sürükleyen erkek, aralarından geçti. Bu müdahale Celil'in çok işine gelmiş gibiydi. Çift özür diledi, o da kibarca gülümsedi.

"Perşembeleri saatlerce oturup beklerdim seni. Gelmeyeceksin diye ölesiye kaygılanırdım."

"Yolunuz uzun. Bir şeyler yemelisin." Sonra, ekmekle keçi peyniri alayım mı, diye sordu.

"Sürekli seni düşünürdüm. Yüz yaşına kadar yaşaman için dua ederdim. Bilmiyordum. Benden utandığını bilmiyordum ki."

Celil başını eğdi, vaktinden önce gelişmiş bir oğlan çocuğu gibi, ayakkabısının burnuyla toprağı eşeledi.

"Benden utanıyordun."

"Seni görmeye geleceğim," diye mırıldandı Celil. "Kabil'e gelip seni ziyaret edeceğim. Birlikte..."

"Hayır. Hayır," dedi kız. "Gelme. Seni görmek istemiyorum. Sakın gelme. Senden haber almak istemiyorum. Asla. *Asla.*"

Celil ona yaralı gözlerle baktı.

"Seninle ben burada ayrılıyoruz," dedi Meryem, "işimiz burada bitiyor. Hoşça kal."

"Böyle gitme," dedi erkek cılız bir sesle.

"Bana Molla Feyzullah'la vedalaşacak zamanı bile tanımadın; bu efendiliği bile gösteremedin."

Döndü, otobüsün yan tarafına doğru ilerledi. Celil'in peşinden geldiğini duyabiliyordu. Hidrolik kapılara varınca, hemen arkasından gelen sesi duydu.

"Meryem *co.*"

Basamakları çıktı, gözünün ucuyla Celil'in onunla aynı hizadan yürüdüğünü görebiliyor olsa da, camdan dışarıya hiç bakmadı. Koridorda arkaya, Raşit'in bavulu bacaklarının arasına almış, oturduğu koltuğa doğru ilerledi. Avuçlarını cama bastıran, parmak boğumlarıyla vuran, vuran Celil'e bir kez bile dönüp bakmadı. Otobüs hareket edince, yanları sıra koşturan adama bakmadı. Otobüs hızlandığı zaman da, geriye dönüp giderek küçülen, sonra egzoz dumanının, tozun arasında gözden yiten adama bakmadı.

Cam kenarında oturan Raşit iri, etli elini onunkinin üzerine koydu.

"Hadi ama, kızım. Hadi bakalım. Hadi," dedi. Bunu söylerken gözlerini kısmış camdan dışarıya bakıyordu; gözüne çok daha ilginç bir şey çarpmış gibi.

9

Raşit'in evine ertesi gün, akşama doğru vardılar.

"Deh-Mazang'dayız," dedi adam. Dışarıda, kaldırımda duruyorlardı. Bir elinde kızın valizi vardı, ötekiyle tahta sokak kapısını açmaktaydı. "Kentin güneybatı kesimi. Hayvanat bahçesi yakında, üniversite de öyle."

Meryem başını salladı. Daha şimdiden öğrenmişti: onu gayet iyi anlasa da, konuşurken dikkat kesilmeliydi. Adamın Farsçasındaki Kabil aksanına alışık değildi; Kandehar doğumlu olduğu için, alttan alta hissedilen Peştun vurgusuna da. Adamınsa kızın Herat Farsçasıyla herhangi bir sorun yaşamadığı belliydi.

Meryem, Raşit'in evinin bulunduğu dar, asfaltlanmamış sokağı çabucak inceledi. Yolun iki yanına sıralanan evler dip dibeydi, tek bir duvarla birbirlerinden ayrılıyorlardı; önlerindeki küçük, duvarlı bahçeler sokakla aralarında tampon görevi görüyordu. Evlerin çoğu düz damlıydı ve pişmiş tuğladan yapılmıştı, kimisi de, kenti çeviren dağlarla aynı, pas rengindeki topraktan. Her iki yanda da, kaldırımın kenarını izleyen hendekte, çamurlu bir su akıyordu. Meryem sokağın orasına burasına, küçük tepecikler halinde yığılmış çöp torbaları gördü. Raşit'in evi iki katlıydı. Renginin bir zamanlar mavi olduğu anlaşılıyordu.

Raşit ön kapıyı açınca, Meryem kendini küçük, bakımsız bir bahçede buldu; güçbela boy atmaya çalışan sarı otlar, cılız öbekler. Sağda, yan avluda bir apteshane, solda da tulumbalı bir kuyuyla bir sıra can çekişen fidan. Kuyunun yakınında bir alet-edevat kulübesi, duvara dayalı bir bisiklet.

"Baban balık tutmaktan hoşlandığını söyledi," dedi Raşit, bahçeyi geçip eve doğru giderlerken. Arka bahçe yoktu. "Kuzeyde vadiler var. Ve içi balık kaynayan ırmaklar. Belki bir gün gideriz."

Sokak kapısını açtı, kıza yol verdi.

Raşit'in evi Celil'inkinden epeyce küçüktü, ama Nana'yla Meryem'in *kulübe*'sine kıyasla bir malikâneydi. Alt katta bir hol, bir oturma odası, bir de mutfak yer alıyordu; kızı mutfağa götürüp tencereleri, tavaları, düdüklü tencereyi, gazyağıyla çalışan *iştop*'u gösterdi. Oturma odasında fıstık yeşili, deri bir kanepe vardı. Yan tarafı yırtılmış, beceriksizce dikilmişti. Duvarlar çıplaktı. Bir masa, iki bambu koltuk, iki katlanır iskemle, bir köşede de siyah, dökme demir soba.

Meryem salonun ortasında durdu, etrafına bakındı. *Kulübe*'de, parmak uçlarına kalktığında tavana değebiliyordu. Döşeğinde yatar, pencereden giren gün ışığının açısına bakarak, saati kestirebilirdi. Kapısını, menteşeleri gıcırdatmadan nereye kadar açabileceğini bilirdi. Yerdeki otuz adet parkedeki her bir kıymığı, çatlağı bilirdi. Şimdi bildiği, tanıdığı her şeyden kopmuştu. Nana ölmüştü, kendisiyse yabancı bir şehirde, alıştığı yaşamdan çok uzaklardaydı; onunla arasında vadiler, zirvesi karlı sıradağlar, koskoca çöller uzanıyordu. Farklı odaları, her tarafına sinmiş sigara kokusu, yabancı eşyalarla dolu yabancı dolapları, kalın, koyu yeşil perdeleri ve asla dokunamayacağı tavanıyla, bir yabancının evindeydi. Boşluğu, Meryem'i boğuyordu. Nana'ya, Molla Feyzullah'a, eski yaşamına duyduğu özlemin sancıları yüreğini dağlıyordu.

Sonra, ağlamaya başladı.

"Bu da nereden çıktı şimdi?" dedi Raşit, ters ters. Pantolonunun cebinden çıkardığı mendili kızın avucuna sokuşturdu. Bir sigara yaktı, sırtını duvara yasladı. Mendili gözlerine bastıran Meryem'i seyretti.

"Bitti mi?"

Meryem başını evet anlamında salladı.

"Emin misin?"

"Evet."

Kızı dirseğinden tuttu, oturma odasının penceresine götürdü.

"Bu pencere kuzeye bakar," dedi, işaretparmağının kıvrık tırnağıyla cama vurarak. "Tam karşımızda Asmai Dağları var – görüyor musun? Soldakiyse Ali Abad Dağı. Üniversite onun eteğinde. Şir Derveze Dağı arkamıza, doğuya düşüyor; buradan göremezsin tabii. Her gün, öğlenleri oradan bir pare top atarlar. Kes artık ağlamayı. Ciddiyim."

Meryem gözlerini kuruladı.

"En katlanamadığım şeydir," dedi adam, kaşlarını çatarak. "Ağlayan bir kadının sesi. Kusura bakma. Kesinlikle tahammül edemem."

"Eve gitmek istiyorum," dedi Meryem.

Raşit sabrı taşmışçasına iç geçirdi. Salıverdiği dumanlı soluğu Meryem'in yüzüne çarptı. "Buna alınmayacağım. Bu seferlik."

Sonra yine dirseğini tuttu, kızı üst kata çıkardı.

Yukarıda dar, loş bir koridorla iki yatak odası vardı. Daha büyük olan odanın kapısı aralıktı. Meryem aralıktan, bu odanın da evin kalanı gibi çok az eşyayla döşenmiş olduğunu gördü: köşede bir yatak, üzerinde kahverengi battaniyeyle tek bir yastık, bir dolap, bir de komodin. Küçük ayna sayılmazsa, duvarlar çıplaktı. Raşit kapıyı çekti.

"Bu benim odam."

Meryem konuk odasında kalacaktı. "Kusura bakmazsın umarım. Yalnız uyumaya alıştım da."

Meryem, en azından bu konuda ne kadar rahatladığını söylemedi.

Kalacağı oda, Celil'in evindeki odasından bir hayli küçüktü. İçinde bir yatak, eski, grimsi kahverengi bir şifoniyer, küçük bir dolap vardı. Penceresi bahçeye bakıyor, sokağı da görüyordu. Raşit onun valizini bir köşeye bıraktı.

Meryem yatağa oturdu.

"Fark etmedin," dedi adam. Kapının eşiğinde duruyordu, başını çarpmamak için hafif eğilmişti. "Pervaza bak. Ne cins olduğunu biliyor musun? Herat'a gitmeden önce koymuştum."

Meryem pencere çıkıntısındaki sepeti ancak o zaman ayrımsadı. Yanlarından beyaz sümbül teberler taşıyordu.

"Beğendin mi? Hoşuna gitti mi?"

"Evet."

"Öyleyse teşekkür edebilirsin."

"Teşekkür ederim. Özür dilerim. *Teşekkür.*"

"Titriyorsun. Yoksa seni korkutuyor muyum? Benden korkuyor musun?"

Meryem ona bakmıyordu, ama bu sorularda hafif haylaz bir şakacılık sezdi; bir tür iğneleme gibi. Başını hemen hayır anlamında salladı ve evliliklerinin ilk yalanını söylemiş oldu.

"Hayır mı? Güzel. Senin adına sevindim. Eh, senin yuvan burası artık. Bak gör, burayı seveceksin. Elektriğimizin olduğunu söylemiş miydim? Çoğu günler ve her gece."

Çıkmaya hazırlandı. Kapıda durdu, sigarasından derin bir nefes çekti, dumana karşı gözlerini kıstı. Meryem onun bir şey söyleyeceğini sandı. Ama söylemedi. Kapıyı arkasından kapadı, kızı valizi ve çiçekleriyle yalnız bıraktı.

10

İlk birkaç gün, Meryem odasından neredeyse hiç çıkmadı. Her sabah, uzaktan uzağa yankılanan *ezan* sesiyle kalkıyor, *namaz*'ını kıldıktan sonra yeniden yatağa süzülüyordu. Raşit'in banyoya girdiğini, yıkandığını duyduğunda, adam dükkana gitmeden önce gelip ona bir göz attığında, o hâlâ yatakta oluyordu. Sonra camdan, bahçeye çıkan erkeği seyrediyordu; sefertasını bisikletin arkasındaki sepete yerleştirişini, bisikleti iterek bahçeyi geçişini, sokağa çıkışını. Pedallara asılıp uzaklaşan, geniş omuzlu karaltı sokağın sonundaki köşeyi dönüp gözden kaybolana kadar bakıyordu.

Çoğu günler yataktan hiç çıkmıyor, kendini yapayalnız, terk edilmiş hissediyordu; akıntıya kapılmış sürükleniyordu sanki. Bazen aşağıya, mutfağa iner, parmaklarını yağlı, yapış yapış tezgâhta, yanık yemek kokan, muşamba, çiçekli perdelerde gezdirirdi. Yerine oturmayan, kapanmayan çekmecelere, uyumsuz kaşıklarla bıçaklara, süzgece, ucu kopmuş tahta kaşıklara, yeni yaşantısının sözde gereçlerine bakıyor, baktığı her şey, hayatını altüst eden, kendini köksüz, yersiz yurtsuz, bir başkasının hayatına zorla dalmış, davetsiz misafir gibi hissettiren o büyük sarsıntıyı anımsatıyordu.

Kulübe'deyken normal, iştahlı bir kızdı. Burada, karnı nadiren acıkıyordu. Bazen, akşamdan kalma pilavı bir tabağa koyup bir parça ekmekle oturma odasına götürüyor, pencerenin önünde yiyordu. Camdan, sokaktaki tek katlı evlerin damlarını görebiliyordu. Bahçelerin içini de; çamaşır asan, çocukları kışkışlayan kadınları, toprağı eşeleyen tavukları, kovaları, bahçıvan bellerini, ağaçlara bağlanmış inekleri.

Nana'yla birlikte *kulübe*'nin damında geçirdikleri, Gül Daman'ın üstünde parlayan mehtabı seyrettikleri yaz geceleri burnunda tütüyordu; hava öyle sıcak olurdu ki, gecelikleri göğüslerine yapışırdı; cama yapışan ıslak bir yaprak gibi. *Kulübe*'de Molla Feyzullah'la kitap okudukları kış ikindilerini özlüyordu; ağaçlardan çatıya damlayan buz saçaklarının şıpırtısını, karla yüklü dallarda gaklayan kargaları.

Bu yalnız saatlerde, evin içinde durmadan geziniyordu; mutfaktan oturma odasına, yukarıya, kendi odasına, sonra yine aşağıya. Gezintiyi odasında tamamlar, *namaz*'ını kılıp yatağa otururdu; annesini arıyor, sıla özleminden midesinin bulandığını hissediyordu.

Ama Meryem'in asıl paniği, güneş batıya doğru devrildiği zaman başlıyordu. Geceyi, Raşit'in kocaların karılarına yaptıkları şeyi yapmaya nihayet karar verebileceğini düşündükçe, dişleri takırdıyordu. Erkek alt katta, tek başına karnını doyururken, o sinirleri harap bir halde, yatağında yatıyordu.

Raşit her akşam onun odasına uğrar, başını içeri uzatırdı. "Şimdiden uyumuş olamazsın. Saat daha yedi. Uyanık mısın? Cevap ver. Hadi, ama."

Karanlıkta Meryem'in sesini duyana kadar bastırırdı. "Buradayım."

Çömelir, kapının eşiğine otururdu. Kız yatağından onun iriyarı siluetini, uzun bacaklarını, gaga burnundan kıvrılarak çıkan dumanı, sigarasının bir alevlenip bir donuklaşan amber ucunu görebilirdi.

Meryem'e gününü anlatırdı. Dışişleri Bakanı'nın yardımcısı için, özel olarak yaptığı mokasenleri – Raşit'in dediğine göre, adam ayakkabılarını sadece ondan alıyordu. Polonyalı bir diplomatla karısından gelen sandalet siparişini. İnsanların ayakkabı konusundaki batıl inançlarından söz ederdi: yatağa ayakkabıyla girmenin aileye ölüm getireceğine, önce sol teki giymeninse bir kavgaya neden olacağına inananlar vardı.

"Cumaları dalgınlıkla yapılması hariç," dedi. "Ayrıca, bir çiftin bağcıklarının düğümlenip duvara asılmasının, uğursuzluk getirdiğini biliyor muydun?"

Raşit'in kendisi bunların hiçbirine inanmıyordu elbette. Ona göre bu tür boş inançlar, daha çok kadınlara özgü meşguliyetlerdi.

Sokaklarda kulağına çalınanları da aktarırdı; Amerikan Başkanı Richard Nixon'ın bir skandal yüzünden istifa etmek zorunda kaldığı, türünden haberler.

Ne Nixon'ın adını ne de onu istifaya zorlayan rezaleti duymuş olan Meryem, sesini çıkarmadan dinlerdi. Endişeyle Raşit'in sözünü bitirmesini, sigarasını söndürüp gitmesini beklerdi. Onun koridoru geçtiğini, kapısının açılıp kapandığını duyduktan sonradır ki, midesini sıkan çelik kelepçe gevşerdi.

Sonra, bir gece erkek sigarasını söndürdü ve iyi geceler demek yerine, sırtını kapının pervazına dayadı.

"Şunu hiç açmayacak mısın?" dedi, başıyla kızın bavulunu göstererek. Kollarını göğsünde kavuşturdu. "Biraz zamana ihtiyacın olacağını tahmin ediyordum. Ama bu kadarı saçmalık. Bir hafta oldu... Eh, şey, yarın sabahtan itibaren senden bir eş gibi davranmanı bekliyorum. *Fehmidi?* Anlaşıldı mı?"

Meryem'in dişleri zangırdamaya başladı.

"Cevap bekliyorum."

"Evet."

"Güzel," dedi adam. "Ne sanıyordun yani? Buranın otel olduğunu mu? Ben de otel sahibiyim, öyle mi? Eh, öyleyse... Ah. Ah. *La ilahe ilallah.* Ağlama konusunda sana ne demiştim ben? Meryem. Kadın zırıltısı konusunda ne söylemiştim, ha?"

Ertesi sabah, Raşit işe gittikten sonra, Meryem bavulundaki giysileri çıkardı, şifoniyere yerleştirdi. Kuyudan bir kova su çekti, bir bezle odasının ve aşağıdaki salonun camlarını sildi. Yerleri süpürdü, tavanın köşelerinden sarkan örümcek ağlarını temizledi. Bütün pencereleri açıp evi havalandırdı.

Bir tasa üç kâse mercimek ısladı, bir bıçak bulup biraz havuçla birkaç patates doğradı, onları da suya bıraktı. Una bakındı, dolapların birinde, bir dizi pis baharat kavanozunun arkasında buldu, hamur yoğurdu; Nana'nın öğrettiği gibi, dıştan içe doğru katlaya yuvarlaya. Üzerine un serpti, nemli bir beze sardı, başına bir *hicap* geçirip mahalle fırınına yollandı.

Raşit *tandır'*ın yerini tarif etmişti, sokağın aşağısında, önce sola sonra hemen sağa; ama Meryem'in yapması gereken tek şey, aynı yöne akan kadın ve çocuk kalabalığını izlemek oldu. Annelerinin peşinden koşan ya da önden seğirten çocukların sırtındaki yamalı gömlekler, gözünden kaçmadı.

Pantolonları ya çok bol ya da çok dardı, sandaletlerinin tirtiklenmiş bağcıkları öne arkaya uçuşuyordu. Ellerindeki değneklerle eski, atılmış bisiklet lastiklerini itiyorlardı.

Anneleri üçer-dörder kişilik gruplar halinde yürümekteydi; kimileri *burka*'lıydı, kimileri değil. Meryem onların yüksek, tiz seslerini, birbirine karışan kahkahalarını duyabiliyordu. Başı önde yürürken, kulağına konuşmalar, neredeyse bütünüyle hasta çocukların ya da tembel, nankör kocaların çevresinde dönen gevezelikler çalınıyordu bölük pörçük.

Yemekler kendi kendine pişiyor sanki.

Vallah billah, bir an durup dinlenmek yok!

Bir de kalkmış bana diyor ki, yemin ederim, hiç utanmadan diyor ki...

Bu bitmek bilmez sohbet, yakınmalı ama aynı zamanda şen bir tınısı olan sesler, havada daireler çizerek uçuşup duruyordu. Hiç kesilmedi; sokağın sonuna kadar, köşeyi döndükten sonra, *tandır*'daki kuyrukta. Kumar oynayan kocalar. Annelerine aşırı düşkün olan, karılarına tek rupiyi çok gören kocalar. Meryem bu kadar çok kadının nasıl olup da aynı bahtsızlığa düştüğünü, hepsinin de nasıl böylesine berbat erkeklerle evlenebildiğini merak etti. Yoksa bu, evli kadınlara özgü, kendisinin bilmediği bir oyun, pirinç ıslamak ya da hamur yoğurmak gibi, gündelik bir ritüel miydi?

Tandır'ın önündeki kuyrukta, yan gözle, çaktırmadan ona baktıklarını hissetti, fısıltıları duydu. Elleri terlemeye başladı. Onun bir *harami* olarak doğduğunu, babasına ve onun ailesine bir utanç kaynağı olduğunu biliyorlardı sanki. Hepsi de annesine sırt çevirdiğinden, kendini rezil ettiğinden haberdardı.

Hicap'ının ucuyla dudağının üstündeki teri kuruladı, sakinleşmeye çalıştı.

Birkaç dakika, her şey yolunda gitti.

Sonra biri omzuna dokundu. Meryem arkasını dönünce, açık tenli, tombul, tıpkı kendisi gibi *hicap*'lı bir kadınla karşılaştı. Kısa, siyah saçları, güleç, neredeyse kusursuz yuvarlaklıkta, toparlak bir yüzü vardı. Dudakları Meryem'inkilerden daha dolgundu, altdudağı hafif sarkıktı – dudak çizgisinin hemen altındaki iri, kara ben tarafından aşağıya çekilircesine. İri, yeşilimsi gözleri Meryem'e cana yakın bir parıltıyla bakıyordu.

"Sen Raşit *can*'ın yeni karısısın, değil mi?" dedi, geniş geniş gülümseyerek. "Herat'tan gelen. Ne kadar gençsin! Meryem *can*, değil mi? Benim adım Fariba. Aynı sokakta oturuyoruz, soldan beşinci ev, yeşil kapılı olan. Bu, oğlum Nur."

Yanındaki oğlanın da tıpkı annesi gibi yuvarlak, mutlu bir yüzü, dik, siyah saçları vardı. Sol kulağının memesinde de bir tutam kara kıl. Gözlerinde yaramaz, cin gibi bir parıltı. Elini uzattı. "*Selam, Hala can.*"

"Nur on yaşında. Bundan büyük bir oğlum daha var, Ahmet."

"O, on üç," dedi Nur.

"Hemen de büyümek isterler." Fariba denen kadın güldü. "Kocamın adı Hâkim. Burada, Deh-Mazang'da öğretmen. Bir gün bana gelsene, bir fincan..."

Sonra, bir anda, diğer kadınlar ondan cesaret almışçasına Fariba'yı itekleyip Meryem'in etrafına üşüştüler, korkutucu bir süratle çevresini kuşattılar.

"Raşit *can*'ın genç eşisin demek..."

"Kabil'i beğendin mi?"

"Ben Herat'a gittim. Orada bir kuzenim var."

"Önce kız mı istiyorsun oğlan mı?"

"Ah, o minareler! O ne güzellik! Muhteşem bir şehir!"

"Erkek çocuk daha iyidir, Meryem *can*, onlar soyun devamıdır..."

"Hadi canım! Oğlan evlenir gider. Kızlar her zaman kalır, yaşlandığında sana bakar."

"Geleceğini duymuştuk."

"En iyisi ikiz. Her birinden bir tane! Böylece herkesin gönlü olur."

Meryem geri geri çekildi. Havasız kalmıştı. Kulakları uğuldamaya başlamış, çarpıntısı tutmuştu; gözleri bir yüzden ötekine mekik dokuyordu. Bir adım daha çekildi, ama artık gidebileceği yer kalmamıştı – halkanın tam ortasındaydı. Gözüne Fariba ilişti; kızın rahatsızlığını sezmiş, yüzü asılmıştı.

"Rahat bırakın!" dedi kadınlara. "Yana çekilin, rahat bırakın kızı! Korkutuyorsunuz!"

Meryem hamuru göğsüne bastırdı, çevresini kuşatmış olan kalabalığı yarmaya, aralarından geçmeye çalıştı.

"Nereye gidiyorsun, *hemşire?*"

Meryem kendini iyi kötü açıklığa atıncaya kadar iteklemeyi sürdürdü, sonra sokağın yukarısına doğru koştu. Kavşağa vardıktan sonradır ki, yanlış yöne koştuğunu ayrımsadı. Döndü, başı önde, öteki tarafa doğru koşmaya başladı; bir ara tökezleyip düştü, dizi sıyrıldı, kalkıp yeniden koşmaya başladı, kadınların yanından hızla geçti.

"Neyin var senin?"

"Dizin kanıyor, *hemşire!*"

Meryem bir köşeyi döndü, sonra bir başkasını. Doğru sokağı bulmuştu, ama ansızın beyni boşalmıştı, Raşit'in evini anımsayamıyordu. Sokağı bir uçtan ötekine, telaşla kat etti; soluk soluğa, gözyaşları boşandı boşanacak, kapıları rasgele denemeye koyuldu. Bazıları kilitliydi, bazıları da hiç tanımadığı bahçelere, havlayan köpeklere, ürken tavuklara açıldı. Gözünün önünde, eve dönen ve onu hâlâ yolunu ararken, kanayan diziyle, kendi sokağında kaybolmuş bir halde bulan Raşit canlandı. Bunun üzerine ağlamaya başladı. Kapıları itiyor, yaşlar yüzünü ıslatırken, panik halinde dualar mırıldanıyordu – ta ki bir kapıyı itip de karşısında apteshaneyi, kuyuyu, alet kulübesini buluncaya kadar. Kapıyı arkasından çarparak kapadı, sürgüyü çekti. Sonra duvarın dibine, ellerinin, dizlerinin üzerine çöktü, öğürmeye başladı. İşi bitince emekleyerek ilerledi, sırtını duvara verip oturdu; bacakları iki yana açılmıştı. Hayatında kendini hiç bu kadar yalnız hissetmemişti.

O gece Raşit eve geldiğinde, elinde kahverengi bir kesekâğıdı vardı. Temiz pencereleri, süpürülmüş yerleri, yok olan örümcek ağlarını fark etmediğini gören Meryem'in canı sıkıldı. Ama oturma odasındaki temiz yer *sofra*'sından, yemeğin çoktan hazır olmasından hoşlandığı belliydi.

"*Daal* yaptım," dedi Meryem.

"Güzel. Açlıktan ölüyorum."

Ellerini yıkaması için erkeğe *aftava*'dan su döktü. O havluyla kurulanırken de, önüne bir kâse dumanı tüten *daal*'la bir tabak, tane tane pişmiş pirinç pilavı koydu. Onun için pişirdiği ilk yemekti; keşke yaparken daha iyi durumda olsaydım, diye düşündü. Yemeği hazırlarken *tandır*'daki olayın sarsıntısını üstünden hâlâ atamamıştı, onun için de bütün gün *daal*'ın kıvamını, rengini dert edip durdu; Raşit zencefili fazla, zerdeçalı yetersiz bulursa, diye endişelendi.

Adam kaşığını altın rengi *daal*'a daldırdı.

Meryem hafifçe sallandı. Ya umduğunu bulamazsa, ya kızarsa? Tabağını hoşnutsuzlukla iterse?

"Dikkatli ol," dedi güçlükle. "Sıcak."

Raşit dudaklarını büzdü, üfledi, sonra kaşığı ağzına götürdü.

"İyi olmuş," dedi. "Azıcık tuzsuz, ama iyi. Hatta iyiden de öte."

Rahat bir soluk alan Meryem karnını doyuran erkeği seyretti. İçini şöyle bir yalayıp geçen gurura en çok kendisi şaştı. İyi bir iş çıkarmıştı demek – *hatta iyiden de öte.* Bu küçük övgüden aldığı haz gerçekten şaşırtıcıydı. Gün boyunca yaşadığı tatsızlıkların acısı azalır gibi oldu.

"Yarın cuma," dedi Raşit. "Sana etrafı gezdireyim mi, ne dersin?"

"Kabil'i mi?"

"Hayır, Kalküta'yı."

Meryem gözlerini kırpıştırdı.

"Şaka yaptım. Tabii ki Kabil'i. Başka nereyi olacak?" Elini kesekâğıdına soktu. "Ama önce, söylemem gereken bir şey var."

Torbadan, gök mavisi bir *burka* çıkardı. Kaldırınca bol pilili, metrelerce kumaş, dizlerine döküldü. *Burka*'yı katladı, kıza baktı.

"Müşterilerim var, Meryem, karılarını da dükkana getiren, erkek müşteriler. Örtünmeyen, benimle doğrudan konuşan, hiç çekinmeden gözümün içine bakan kadınlar bunlar. Makyaj yapıyor, dizleri görünen etekler giyiyorlar. Bazen ayaklarını kaldırıp ölçü almam için bana uzatıyorlar, kocaları da öylece seyrediyor. Buna izin veriyorlar. Bir yabancının karılarının çıplak ayağına dokunmasına aldırmıyorlar! Kendilerini modern erkek, entelektüel sayıyorlar; aldıkları eğitim yüzünden herhalde. Kendi *nang* ve *namus*'larını, onurlarını kirlettiklerinin farkında değiller."

Başını salladı.

"Çoğu, Kabil'in zengin bölgelerinde yaşıyor. Seni oralara götürürüm. Kendin görürsün. Ama burada, bizim mahallemizde de var onlardan, bu yumuşak heriflerden. Sokağın aşağısında oturan bir öğretmen var mesela, adı Hâkim; karısı Fariba'yı devamlı sokaklarda başı açık, sadece bir eşarpla dolaşırken görüyorum. Karısının dizginlerini elinden kaçırmış birini görmek, açıkçası beni utandırıyor."

Öfkeyle parlayan gözlerini Meryem'e dikti.

"Ama ben farklı cins bir erkeğim, Meryem. Benim geldiğim yerde, bir yanlış bakış, bir uygunsuz söz, kan dökülmesine yeter. Geldiğim yerde, bir kadının yüzü sadece kocasını ilgilendirir. Bunu daima hatırlamanı istiyorum. Anlıyor musun?"

Meryem başını evet anlamında salladı. Erkeğin uzattığı torbayı aldı.

Yemek için lütfedilen iltifatın keyfi uçup gitmişti. Onun yerini bir büzülme, küçülme duygusu aldı. Bu erkeğin iradesi, arzusu Meryem'e, Gül Daman'ın tepesine heyula gibi dikilen Safid-koh Dağları kadar heybetli, yerinden oynatılamaz görünüyordu.

Raşit torbayı verdikten sonra, "Öyleyse anlaştık," dedi. "Şimdi, bana şu *daal*'dan biraz daha koy."

11

Daha önce hiç *burka* giymemişti. Raşit giymesine yardım etti. İçi takviyeli başlık kısmı, kafatasında sıkı ve ağır bir şey taşıdığı duygusu uyandırıyordu; dünyayı kafesli bir perdenin gerisinden seyretmekse, garip bir histi. Odasında *burka*'yla yürüme alıştırmaları yaptı, ikide bir eteğin ucuna basıp tökezledi. Çevresel görüş açısını yitirmek sinir bozucuydu, pilili kumaşın soluk almasını güçleştirecek biçimde ağzına yapışıp durmasından da hiç hoşlanmamıştı.

"Alışırsın," dedi Raşit. "Hatta zamanla, her bahse varım, hoşuna bile gidecek."

Otobüse binip Raşit'in Şar-e-Nev Park dediği bir yere gittiler; çocuklar salıncakta birbirini sallıyor, ağaç gövdelerine bağlanmış, yırtık pırtık filelerin üstünden voleybol oynuyordu. Parkta dolaştılar, uçurtma uçuran çocukları seyrettiler; Raşit'in yanında yürüyen Meryem'in ayağı ara ara *burka*'ya dolanıyor, sendeliyordu. Öğle yemeğine, Raşit onu Hacı Yakup dediği caminin yakınındaki, küçük bir kebapçıya götürdü. Zemin yağlı, içerisi dumanlıydı. Duvarlardan belli belirsiz bir çiğ et kokusu yayılıyordu; çalan müziğin (*logari*, demişti Raşit) sesi yüksekti. Aşçılar, bir elleriyle şişleri yelpazeleyen, ötekiyle de sinekleri kovalayan, sıska delikanlılardı. Hayatında ilk kez bir lokantaya ayak basan Meryem, bir sürü yabancıyla dolu, kalabalık bir salonda oturmayı, *burka*'nın peçesini kaldırıp lokmaları ağzına sokmayı yadırgadı. Bir ara, *tandır* başında yaşadığı paniğin benzeri midesini yoklar gibi olsa da, Raşit'in varlığı az çok rahatlatıcıydı; bir süre sonra müziği, dumanı, hatta insanları o kadar da dert etmez oldu. Ayrıca çarşafın belli bir rahatlık sağladığını ayrımsayınca şaşırdı. Salt dışarıyı gösteren, tek taraflı bir pencere gibiydi. İçindeyken, o bir gözlemciydi; yabancıların araştıran, meraklı gözlerinden güzelce korunuyordu. Artık insanlar bir bakışta, yüz kızartıcı sırlarla dolu mazisini anlayıverecek diye kaygılanmasına gerek kalmamıştı.

Caddelerde, Raşit bazı binaların adlarını yetkin bir sesle sıraladı; bu Amerikan Elçiliği, dedi, şu Dışişleri Bakanlığı. Arabaları gösteriyor, markalarını, nerede yapıldıklarını söylüyordu: Sovyet Volga'ları, Amerikan Chevrolet'leri, Alman Opel'leri.

"En çok hangisini beğendin?" diye sordu.

Meryem duraksadı, bir Volga'yı gösterdi, Raşit güldü.

Kabil, Meryem'in görebildiği Herat'tan çok daha kalabalıktı. Daha az ağaç, daha az at *gari*'si vardı, ama otomobillerin, yüksek binaların, trafik ışıklarının ve kaldırımlı yolların sayısı çok daha fazlaydı. Dört bir yanda, kentin kendine özgü lehçesini duyuyordu: örneğin, "sevgili" ye *co* değil *can*, "kız kardeş"e *hemşira* değil *hemşire* diyorlardı.

Raşit ona bir sokak satıcısından dondurma aldı. Meryem ilk kez dondurma yiyordu; bir yiyeceğin insan damağına böylesine oyunlar oynayabileceği hiç aklına gelmezdi. Bütün kâseyi iştahla silip süpürdü; üzerine serpilmiş şamfıstığı rendesini, dipteki minicik pirinç eriştelerini. Dondurmanın büyüleyici dokusuna, üst üste binen farklı lezzetlerin tatlılığına hayran kaldı.

Koçeh-Morgha, Tavuk Sokağı denen yere doğru yürüdüler. Raşit'in, şehrin en zengin semtlerinden biri dediği mahallede yer alan, dar, tıklım tıkış bir sokaktı.

"Bu semtte oturanlar hep yabancı diplomatlar, zengin işadamları, kraliyet ailesinin üyeleri – bu tür insanlar yani. Senin benim gibiler değil."

"Hiç tavuk görmüyorum," dedi Meryem.

Adam güldü: "İşte, Tavuk Sokağı'nda bulamayacağın tek şey odur."

Sokağın iki yanına kuzu derisi şapkalar, gökkuşağı renkli *çapan*'lar satan dükkânlar, küçük tezgâhlar sıralanmıştı. Raşit bir dükkânda durup gümüş kakmalı bir hançere baktı, bir başkasında tuhaf görünümlü, eski bir tüfeğe; dükkân sahibi bunun ilk İngiliz savaşından kalma bir yadigâr olduğuna yeminler ediyordu.

"Eh, ben de Moşe Dayan'ım," diye mırıldandı Raşit. Yarım ağız gülümsedi; Meryem bu gülümsemenin salt kendisine yönelik olduğu duygusuna kapıldı: mahrem, *evli* bir tebessüm.

Yavaş yavaş yürüdüler, halıcıların, el sanatları, hamur işleri satılan dükkânların, çiçekçilerin, erkekler için takım elbise, kadınlar için elbise satan mağazaların önünden geçtiler; içlerinde, dantel perdelerin gerisinde, Meryem düğme diken, gömlek ütüleyen genç kızlar gördü. Arada bir, Raşit tanıdığı bir esnafı selamlıyordu; bazen Farsça, bazen de Peştun dilinde. Onlar tokalaşır, yanaktan öpüşürken Meryem birkaç adım geride bekliyordu. Raşit onu yanına çağırmadı, tanıştırmadı.

Kıza bir dokuma dükkânının önünde beklemesini söyledi. "Sahibini tanırım," dedi. "Bir dakikalığına girip *selam* vereyim."

Meryem dışarıda, kalabalık kaldırımda bekledi. Tavuk Sokağı'nda güçlükle, seyyar satıcı ve yaya selini yararak adım adım ilerleyen, yoldan çekilmeyen çocuklara, eşeklere korna çalan arabalara baktı. Minicik dükkânlarında oturmuş sigarasını tüttüren ya da pirinç hokkalara tüküren, sıkıntıdan patlıyormuş gibi görünen tacirlere baktı; arada bir, yüzleri gölgelerin arasından çıkıyor, yoldan geçenlere kumaşları, kürk yakalı *pustin* paltoları beğendirmeye çalışıyorlardı.

Ama Meryem'in asıl ilgisini çekenler, kadınlardı.

Kabil'in bu kesimindeki kadınlar, daha yoksul semtlerdeki, örneğin Raşit'le oturdukları, kadınların çoğunluğunun tepeden tırnağa örtülü olduğu mahallelerdeki hemcinslerinden çok farklıydı – başka bir cinsti bunlar. Bunlar -Raşit'in kullandığı sözcük neydi?- "modern" kadınlardı. Evet, modern Afgan erkekleriyle evlenen modern Afgan kadınları; kocaları onların makyajlı yüzleriyle, açık başlarıyla yabancıların arasında dolaşmasına karşı çıkmıyordu. Meryem onların sokağı serbestçe, özgürce geçişlerini seyretti; bazen bir erkekle, bazen yalnız, bazen de pembe yanaklı çocuklarla birlikte; bu çocukların parlak ayakkabıları, deri kayışlı saatleri, yüksek gidonlu, yaldız jantlı bisikletleri vardı – Deh-Mazang'daki, eski, patlak lastikleri çeviren, yanakları tatarcık çıbanlı çocuklara hiç benzemiyorlardı.

Bu kadınların hepsinin, öne arkaya sallanan çantaları, dalgalanan, hışırdayan etekleri vardı. Meryem'in gözüne, direksiyonda oturmuş sigara içen bir tanesi bile çarptı. Tırnakları uzun, pembe ya da turuncu cilalıydı dudakları laleler kadar kırmızı. Yüksek ökçeleriyle, her an acil bir işleri varmışçasına, hızlı hızlı yürüyorlardı. Koyu camlı güneş gözlükleri takmışlardı; hızla geçip giderlerken, parfümlerinin hafif kokusu Meryem'in burnuna çarpıyordu. Meryem onların üniversite mezunu olduğunu, şirketlerde, bürolarda çalıştıklarını, günü kendilerine ait masalarda daktilo yazarak, sigara içerek, önemli kişilerle önemli telefon görüşmeleri yaparak geçirdiklerini tahayyül etti. Bu kadınlar Meryem'i büyülemişti. Yalnızlığını, basit görüntüsünü, amaçsızlığını ve pek çok konudaki cahilliğini yüzüne çarpıyorlardı.

Sonra, Raşit omzuna dokundu, bir şey uzattı.

"Al."

Koyu kestane rengi, ipek bir şaldı; kenarları sırma işiyle çevrilmiş, boncuklu saçaklarla süslenmişti.

"Beğendin mi?"

Meryem başını kaldırıp baktı. O zaman, Raşit dokunaklı bir şey yaptı. Gözlerini kırpıştırdı, bakışlarını kaçırdı.

Meryem Celil'i düşündü; kıza aldığı takıları şen şakrak, güzelce vurgulayarak, önemseyerek veriş biçimini; insana uysal bir minnettarlık dışında başkaca bir tepki şansı tanımayan, taşkın neşesini. Nana, Celil'in armağanları konusunda da haklıydı. Onlar nedamet niyetine, yarım yürekle, üstünkörü verilen rüşvetlerdi; kızı mutlu etmekten çok kendi vicdanını rahatlatmak için yapılan, içtenliksiz, hesapçı jestler. Oysa Meryem bu şalın gerçek bir hediye olduğunu görebiliyordu.

"Çok güzel," dedi.

O gece Raşit yine Meryem'in odasına geldi. Ama kapının eşiğinde durup sigara içmek yerine, odayı geçti, yatağa ilişti. Yaylar gıcırdadı, döşek çukurlaştı.

Bir anlık bir duraklama oldu, sonra elini kızın boynuna doladı; kalın parmaklarıyla Meryem'in ensesindeki boğumlara hafifçe bastırdı. Başparmağı aşağıya doğru kaydı, köprücükkemiğinin üstündeki çukuru, ardından da çevresini sıvazlamaya başladı. Meryem zangır zangır titriyordu. Erkeğin eli biraz aşağıya indi, sonra biraz daha aşağıya; tırnakları kızın pamuklu bluzuna takılıyordu.

"Yapamam," dedi Meryem, kuru, boğuk bir sesle; ayışığının aydınlattığı profile, kalın omuzlara, geniş göğse, açık yakadan fışkıran kırlaşmış kıl demetine bakarak.

Erkeğin eli şimdi sağ göğsündeydi, bluzun üzerinden sertçe sıkmaktaydı; kız onun burnundan aldığı derin solukları duyabiliyordu.

Battaniyenin altına, kızın yanına kaydı. Meryem onun önce kendi kemeriyle, sonra kızın pijamasının uçkuruyla uğraşan elini hissedebiliyordu. Kendi elleriyse çarşafı avuçlamış, yumruk olmuştu. Adam onun üzerine çıktı; o kıvranıp debelenerek yerleşirken, kızın ağzından hafif bir inilti döküldü. Sonra gözlerini yumdu, dişlerini sıktı.

Acı ani, afallatıcıydı. Gözleri ardına kadar açılıverdi. Havayı dişlerinin arasından içine çekti, başparmağının boğumunu ısırdı. Boştaki kolunu Raşit'in sırtına attı, parmakları erkeğin gömleğine gömüldü.

Raşit yüzünü onun yastığına bıraktı, Meryem'in fal taşı gibi açılmış gözleri onun omzunun üstünden tavana dikildi; tir tir titriyor, dudaklarını sıkıyordu; erkeğin ağzından çıkan, kısa, kesik soluklar omzunu yakıyordu. Aralarındaki hava tütün, soğan ve öğlen yedikleri kuzu şiş kokuyordu. Zaman zaman, Raşit'in kulağı onun yanağına sürtünüyordu; hissettiği hafif tırtıklı, kaşındıran temastan, adamın kulağını tıraş ettiğini anladı.

İşi bitince, Raşit yana devrildi, soluk soluğa yattı. Kolunu alnına atmıştı. Karanlıkta, Meryem onun saatinin mavi akrebiyle yelkovanını görebiliyordu. Bu şekilde bir süre yattılar; sırtüstü, birbirlerine bakmadan.

"Bunda utanılacak bir şey yok, Meryem," dedi, hafif peltekleşmiş bir dille. "Bütün evli insanların yaptığı bir şey. Peygamberimiz de karılarıyla yapardı. Hiçbir ayıp tarafı yok."

Birkaç dakika sonra üzerindeki örtüyü attı, kalkıp odadan çıktı; Meryem yastığın üzerindeki çukurla baş başa kaldı; gökyüzündeki donmuş yıldızlara, ayın çehresini bir gelin duvağı gibi örten buluta baktı, alt kısmındaki sancının geçmesini bekledi.

12

Ramazan o yıl, 1974'te, sonbahara denk geldi. Meryem yeni bir hilalin, koskoca bir kenti nasıl dönüştürebildiğine, ritmini ve ruh halini nasıl değiştirebildiğine hayatında ilk kez tanık oluyordu. Kabil'e derin, uyuşuk bir sessizliğin çöktüğünü gördü. Trafik yavaşladı, seyreldi, hatta sessizleşti. Dükkânlar boşaldı. Lokantalar ışıklarını söndürdü, kepenklerini indirdi. Meryem sokaklarda ne sigara tiryakileri görüyordu, ne de pencere çıkıntılarına bırakılmış, dumanı tüten çay fincanları. *İftar* vakti, güneş battığı ve Şir Dervaza Dağı'ndaki top patladığı zaman, bütün kent gibi Meryem de ekmek ve hurmayla orucunu açıyor, on beş yıllık ömründe ilk kez ortak, toplumsal bir deneyimi paylaşmanın zevkini tadıyordu.

Raşit üç-beş gün dışında, oruç tutmadı. Tuttuğu günler de eve ters, hırçın bir tavırla geldi. Açlık onu huysuz, çabuk sinirlenen, sabırsız biri yapıyordu. Bir gece, Meryem akşam yemeğini azıcık geciktirmiş, adam da ekmekle turp yemeye başlamıştı. Kızın getirip önüne koyduğu pilav, kuzu ve bamya *kurma*'sına elini bile sürmedi. Hiçbir şey demeden ekmek yemeyi sürdürdü; şakakları oynuyordu, alnındaki damar öfkeyle kabarmıştı. Gözleri karşıda, sessizce çiğniyordu; bir şey söyleyen Meryem'e görmeyen gözlerle baktı, ağzına bir ekmek parçası daha soktu.

Ramazan bitince Meryem rahat bir soluk aldı.

Eskiden *kulübe*'de, ramazanın bitiminde kutlanan üç günlük Eid-ül-Fitr bayramının ilk gününde, Celil onları ziyarete gelirdi. Takım elbise, kravat, elinde bayram armağanları. Bir yıl, Meryem'e yün bir atkı vermişti. Üçü oturup çay içerler, sonra Celil izin isteyip kalkardı.

"Bayramı gerçek ailesiyle kutlamaya gidiyor," derdi Nana, ırmağı geçen, el sallayan erkeğin arkasından.

Molla Feyzullah da gelirdi. Meryem'e yaldızlı kağıda sarılı çikolata, bir sepet boyalı yumurta, kurabiye getirirdi. O gittikten sonra Meryem leziz armağanlarını alır, söğütlerden birine tırmanırdı. Yüksekçe bir dala tüner, Molla Feyzullah'ın getirdiği çikolataları yer, yaldızlı kâğıtlarını aşağıya atardı, ta ki bütün ağacın çevresine gümüş tomurcuklar gibi saçılıncaya kadar. Çikolatalar bitince, kurabiyelere başlardı; sonra bir kalemle yumurtaların üzerine kaş- göz çizerdi. Ama bundan öyle büyük bir keyif almazdı.

Eid, bayramlık giysilerine bürünmüş ailelerin birbirini ziyaret ettiği, konukseverliğin ve törenselliğin doruğa çıktığı bu süreç Meryem'i korkuturdu. Gözünün önünde Herat'taki şen, iyimser atmosfer, birbirini sevgi sözcüklerine, hayır dualarına boğan, gözleri ışıl ışıl parlayan insanlar canlanırdı.

O zaman, bir sahipsizlik, kimsesizlik duygusu üzerine bir kefen gibi çöker, ancak bayram bittikten sonra kalkardı.

Bu yıl, çocukluğunda kurduğu Eid hayallerini, daha doğrusu şehirde kutlanan bayram fantezilerini ilk kez kendi gözleriyle gördü.

Raşit'le birlikte sokağa çıktılar; Meryem böyle bir canlılığın, cümbüşün ortasına ilk kez dalıyordu. Serin havanın hiç mi hiç yıldıramadığı aileler, coşkulu akraba ziyaretleri için sokaklara dökülmüş, kenti kaplamıştı. Kendi sokaklarında, Fariba'yla oğlu Nur'u gördü; oğlan takım elbise giymişti. Beyaz bir eşarp bağlamış olan Fariba, ince kemikli, utangaç görünüşlü, gözlüklü bir erkeğin yanında yürüyordu. Büyük oğlu da yanlarındaydı – Meryem tanıştıkları gün, tandırda Fariba'nın söylediği adı her nasılsa anımsıyordu: Ahmet. Biraz çukura kaçmış, derin bakışlı gözleri vardı; yüzü, çocuksuluğunu hâlâ koruyan küçük kardeşininkinden çok daha düşünceli, saygılı, ciddiydi; erken olgunlaşmış bir yüzdü bu. Boynundan ALLAH yazan, ışıltılı bir madalyon sarkıyordu.

Fariba, *burka*'sıyla Raşit'in yanında yürüyen Meryem'i tanımıştı. Elini salladı, seslendi: "*Eid mübarek*!"

Meryem peçenin gerisinden başını belli belirsiz salladı.

"Bu kadını tanıyorsun demek, öğretmenin karısını?" dedi Raşit.

Meryem tanımadığını söyledi.

"Uzak dursan iyi edersin. Felaket dedikoducudur. Kocasıysa eğitimli entelektüel filan havalardadır. Oysa farenin teki. Baksana şuna. Tıpkı bir fareye benzemiyor mu?"

Şar-e-Nev'e gittiler; çocuklar yeni gömlekleri, boncuklu, parlak renkli yelekleriyle koşup oynuyor, aldıkları Eid hediyelerini kıyaslıyordu. Kadınlar tatlı tabaklarını dolaştırıyordu. Meryem vitrinlere bayram fenerleri asılmış olduğunu gördü, hoparlörlerden yayılan müziği duydu. Yabancılar, yanından geçerken, "*Eid mübarek,*" diyordu.

O akşam *Şaman*'a gittiler, Raşit'in arkasında duran Meryem gökyüzünü aydınlatan havai fişekleri, yeşil, pembe, sarı çakımları seyretti. Molla Feyzullah'la *kulübe*'nin önünde oturup uzaklarda, Herat'ın üstünde patlayan havai fişekleri seyredişlerini anımsadı özlemle; hocasının yumuşak, kataraktlı gözlerine yansıyan ani renk patlamalarını. Ama en çok, Nana'yı özlüyordu. Keşke annesi hayatta olup bunları görseydi. Bütün bunların ortasındaki *Meryem*'*i*. Hoşnutluğun, güzelliğin asla ulaşılamaz şeyler olmadığını nihayet görebilseydi... ya da işte benzerlerinin, onları andıran şeylerin.

Eve bayram ziyaretine gelenler oldu. Hepsi de erkekti; Raşit'in arkadaşları. Kapı vurulunca, Meryem yukarıya, odasına çıkma vaktinin geldiğini anlıyor, kapısını kapatıyordu. Erkekler aşağıda Raşit'le çay, sigara içer, sohbet ederken, o odasında bekliyordu. Raşit son konuk da gidinceye kadar aşağıya inmemesini tembihlemişti.

Meryem'in buna bir itirazı yoktu. İşin doğrusu, gururu okşanmıştı. Aralarındaki bağ, Raşit için kutsaldı demek. Kızın onuru, *namus*'u, korunmaya değer bir şeydi. Bu himayeci tavır, Meryem'in kendini değerli hissetmesini sağlıyordu. Değerli ve önemli.

Eid'in üçüncü ve son günü Raşit bazı dostlarını görmeye gitti; bütün gece mide bulantısı çeken Meryem de biraz su kaynatıp kendine bir fincan yeşil çay yaptı, içine dövülmüş kakule attı. Oturma odasına gitti, dün geceki Eid konuklarından kalan dağınıklığı toparladı: ters çevrilmiş fincanlar, minderlerin arasına sıkışmış kabak çekirdeği kabukları, dün geceki yemeğin yağlı sıvaşığını taşıyan, kirli tabaklar. Aylak erkeklerin nasıl bu kadar enerjik olabildiğine şaşarak, ortalığı temizledi.

Raşit'in odasına girmeye niyeti yoktu. Ama kendini temizliğe kaptırınca, salondan merdivenlere, oradan üst kattaki hole, erkeğin kapısına kadar gitti; sonra kendini onun odasında, yatağında otururken buldu; buraya ilk kez giriyordu; özel bir mülke izinsiz dalmış gibiydi.

Kalın, yeşil perdeleri, duvarın dibine düzgünce dizilmiş, cilalı ayakkabıları, gri boyası yer yer kalkmış, alttaki ahşabın göründüğü dolabı süzdü. Yatağın başucundaki komodinde bir paket sigara duruyordu. Bir tane alıp dudaklarının arasına yerleştirdi, duvardaki küçük, oval aynanın karşısına geçti. Aynaya doğru hava üfledi, külü silkeliyormuş gibi yaptı. Sigarayı yerine koydu. Kabilli kadınların, sigaralarını bir an aksamayan bir zarafetle tüttürme biçimini taklit etmesi mümkün değildi. Aynı devinimler Meryem'de gülünç, bayağı durmuştu.

Suçluluk duya duya, komodinin en üst çekmecesini açtı.

Önce silahı gördü. Siyahtı, tahta bir kabzası, kısa namlusu vardı. Meryem, uzanıp almadan önce, tabancanın duruş yönünü aklına kaydetti. Avucunda evirip çevirdi. Göründüğünden çok daha ağırdı. Kabzası kaygan, pürüzsüz, namlu soğuktu. Raşit'in böyle, tek amacı birini öldürmek olan bir şeye sahip olması, rahatsız ediciydi. Ama onu evde bulundurmasının nedeni, güvenlikleri içindi elbette. Meryem'in güvenliği için.

Tabancanın altında, köşeleri kıvrılmış, bir deste dergi vardı. Meryem birini alıp açtı. Birden yüreği hop etti. Ağzı iradesi dışında açılıverdi.

Bütün sayfalar kadınlarla doluydu; gömleksiz, pantolonsuz, çorapsız, hatta külotsuz, birbirinden güzel kadınlar. Üzerlerinde hiçbir şey yoktu. yatakta, buruşuk çarşafların arasında yatıyor, yarı kapalı gözleriyle Meryem'e bakıyorlardı.

Resimlerin çoğunda bacakları ayrıktı, Meryem bacakların arasındaki karanlık bölgeleri olduğu gibi, apaçık görebiliyordu. Bazı resimlerde, kadınlar yüzükoyun uzanmış ya da -benzetmeyi Tanrı affetsin ama- *secde* eder gibi eğilmişlerdi. Bıkkın bir küçümsemeyle omuzlarının üstünden geriye bakıyorlardı.

Meryem dergiyi çabucak yerine koydu. Donmuş kalmıştı. Kimdi bu kadınlar? Bu şekilde fotoğraf çektirmeye nasıl razı olabiliyorlardı? Meryem iğrenmişti, midesi bulanıyordu. Raşit, onun odasına gelmediği günler, bunlarla mı oyalanıyordu? Meryem bu konuda onu hayal kırıklığına mı uğratmıştı? Peki ya, bütün o ar namus, yol yordam söylevleri, kadın müşterilerini, sonuçta ayakkabı denerken sadece ayaklarını gösteren kadınları yerden yere vurmaları? *Bir kadının yüzü,* demişti, *yalnızca kocasını ilgilendirir.* Bu sayfalardaki kadınların da kocaları vardı belki. En azından, erkek kardeşleri, ağabeyleri vardı. Bu durumda, aklı fikri başka erkeklerin karılarının, kız kardeşlerinin mahrem bölgelerinde olan Raşit, *onun* örtünmesi için neden baskı yapıyordu?

Meryem utanmış, aklı karışmış bir halde yatağa çöktü. Elleriyle yüzünü örttü, gözlerini kapadı. Sakinleşinceye kadar derin soluklar aldı.

Yavaş yavaş, bir açıklama belirdi. Sonuçta, o bir erkekti ve yıllardır yalnız yaşıyordu. İhtiyaçları kızınkilerden farklıydı. Meryem için, bunca aydan sonra bile, birleşmeleri hâlâ bir vazife, bir 'acıya katlanma' deneyimiydi. Oysa erkeğin vahşi bir iştahı vardı, bazen şiddetin kıyılarında gezinen bir azgınlığı. Kızı yatağa çivileyişi, göğüslerine sertçe, hoyratça saldırışı, kalçalarının hiddetli devinimi. Bir erkekti o. Ve yıllarca kadınsız kalmıştı. Tanrı böyle yarattığı için, Meryem onu suçlayabilir miydi?

Onunla bu konuyu asla konuşamayacağını biliyordu. Ağza alınamazdı. Peki, bağışlanamaz mıydı? Meryem'in yapması gereken tek şey, hayatındaki öteki erkeği düşünmekti. Celil; üç kadının kocası, dokuz çocuğun babasıyken Nana'yla yasak ilişkiye giren, zina yapan Celil. Hangisi daha kötüydü; Raşit'in dergileri mi yoksa Celil'in yaptığı mı? Ayrıca, yargılama yetkisini kim veriyordu ki Meryem'e; bu köylü kızına, bu *harami*'ye?

Sonra, komodinin en alt çekmecesini açtı.

İşte, oğlanın resmini orada buldu; Yunus'un. Siyah beyazdı. Dört-beş yaşında gösteriyordu. Çizgili bir gömleği, boynunda papyonu vardı. Güzel, küçük bir oğlan çocuğu; ince bir burun, kumral saçlar, koyu renk, hafif gömük gözler. Aklı başka yerde gibiydi; flaş patlamadan hemen önce bir şey dikkatini çekmişti sanki.

Onun altında, bir fotoğraf daha buldu; o da siyah beyazdı, ama ötekinden biraz daha kumlu, damarlıydı. Oturan bir kadınla onun arkasında, ayakta duran, daha genç, daha zayıf bir Raşit; siyah saçlı. Kadın çok güzeldi. Dergideki kadınlar kadar değil belki, ama güzel. Kesinlikle Meryem'den daha güzel. İnce, narin bir çenesi, ortadan ayrılmış, uzun, siyah saçları vardı. Çıkık elmacıkkemikleri, düzgün bir alın. Meryem kendi yüzünü, ince dudaklarını, uzun çenesini gözünün önüne getirdi, içini bir kıskançlık kıvılcımı yaladı.

Fotoğrafa uzun uzun baktı. Raşit'in kadının tepesinde dikiliş biçiminde, belli belirsiz de olsa, rahatsız edici bir yan vardı. Elleri kadının omuzlarında. Yüzünde o kendine özgü, ağzı sımsıkı kapalı tebessümü. Kadının gülümsemeyen, asık yüzü, hafifçe öne eğilmiş bedeni; silkinmek, erkeğin ellerinden kurtulmak ister gibi.

Meryem her şeyi eski yerine, bulduğu gibi bıraktı.

Daha sonra, çamaşır yıkarken, erkeğin odasını karıştırdığına pişman oldu. Ne demeye yapmıştı ki bunu? Onun hakkında işe yarar ne öğrenmişti? Bir tabancası olduğunu, her erkek gibi bazı ihtiyaçları olduğunu mu? Ayrıca, karısıyla ikisinin fotoğrafını da öyle uzun uzadıya incelememesi gerekirdi. Böyle dakikalarca bakarak, zamanın tek bir ânında yakalanmış, gelişigüzel bir duruşa, bir poza bir sürü anlam yüklemişti.

Şimdi, iyice ağırlaşan, esneyip duran çamaşır ipinin gerisinde dikilirken, Meryem'in hissettiği tek şey, Raşit'e duyduğu acımaydı. Onun da çetin bir yaşamı olmuştu; kayıpların, talihsizliklerin belirlediği bir hayat. Düşünceleri Yunus'a kaydı; bir zamanlar bu bahçede kardan adam yapan, şu basamakları koşarak çıkan çocuğa. Göl onu Raşit'ten koparıp almıştı; tıpkı Kuran'da, aynı adlı peygamberi bir balinanın yutması gibi. Raşit'i panik içinde, çaresizce gölün kıyısında koştururken, oğlunu geri vermesi, toprağa tükürmesi için göle yalvarırken hayal etmek, Meryem'in yüreğini sızlattı – basbayağı üzdü. Ve ilk kez, kocasıyla arasında bir yakınlık hissetti. Her şeye karşın iyi bir çift olacağız, diye düşündü.

13

Doktordan eve dönerken, otobüste, Meryem'in başına çok garip bir şey geldi. Nereye baksa canlı, parlak renkler görüyordu: iç karartıcı, beton apartmanlarda, teneke damlı, önü açık dükkânlarda, hendekte akan çamurlu suda. Sanki bir gökkuşağı erimiş, göz çukurlarına dolmuştu.

Raşit eldivenli eliyle dizinde tempo tutuyor, bir şarkı mırıldanıyordu. Otobüs ne zaman bir çukura girip ansızın, şiddetle sarsılsa, elini hemen, korumak istercesine Meryem'in karnına dayıyordu.

"Zalmay'a ne dersin?" dedi. "Sevilen bir Peştun adıdır."

"Ya kız olursa?" dedi Meryem.

"Bence oğlan. Evet. Bir erkek."

Otobüste bir mırıltı dolaştı. Bazı yolcular parmaklarıyla bir şey gösteriyor, kimileri de görmek için cama doğru eğiliyordu.

"Bak," dedi Raşit, parmağının eklem yeriyle cama vurarak. Gülümsüyordu. "Şurada. Gördün mü?"

Meryem, sokaktaki insanların oldukları yerde kaldığını gördü. Trafik ışıklarında bekleyen arabaların camlarından uzanan yüzler yukarıya, yumuşacık dökülen tanelere çevrilmişti. Mevsimin ilk karında bu kadar büyüleyici olan nedir acaba, diye merak etti; neden böylesine etkiler insanı? Henüz kirlenmemiş, el değmemiş bir şeyi görme şansı mı? Yeni bir mevsimin, güzel bir başlangıcın çabucak uçup gidecek olan zarafetini, ayaklar altında ezilmeden, kirletilmeden önce yakalama telaşı mı?

"Eğer kızsa," dedi Raşit, "ki değil, ama eğer kızsa, istediğin adı seçebilirsin."

Meryem ertesi sabah testere, çekiç gürültülerine uyandı. Sırtına bir şal aldı, karlar altındaki bahçeye çıktı. Bir gece önceki tipi durmuştu. Şimdi, yalnızca ara ara uçuşan, hafif kar taneleri yanaklarını gıdıklamaktaydı. Hava rüzgârsızdı, yanan kömür gibi kokuyordu. Kabil korkutucu bir sessizliğe, bembeyaz bir örtüye bürünmüştü; şurada burada, gökyüzüne doğru kıvrılan, ince duman filizleri seçiliyordu.

Raşit'i alet-edevat kulübesinde buldu; kalın bir tahta parçasına çivi çakıyordu. Kızı görünce, ağzının kenarındaki çiviyi çıkardı.

"Sürpriz olacaktı. Oğluma beşik. Bitmeden görmeni istemiyordum."

Meryem keşke bunu yapmasa, bütün umutlarını bir erkek evlada bağlamasa, diye düşündü. Gebeliğinden alabildiğine mutlu olsa da, erkeğin beklentisini sırtında ağır bir yük gibi hissediyordu. Dün Raşit dışarıya çıkmış, eve oğlan çocuklarına uygun, içi yumuşacık kuzu postuyla kaplı, süet bir gocukla dönmüştü; kol ağızları, kırmızı ve sarı ipek ibrişimle, ince ince nakışlanmıştı.

Raşit dar, uzun tahtayı kaldırdı. Testereyle ortadan ikiye keserken, merdivenlerin onu kaygılandırdığını söyledi. "Oğlan tırmanacak kadar büyüdüğünde, bir hal çaresi bulmak gerekecek," dedi. Ocak yüzünden de endişeliydi. Bıçaklar, çatallar erişemeyeceği bir yere kaldırılmalıydı. "Ne kadar dikkat etsen de yetmez. Erkek çocuklar çok yaramaz, hareketli oluyor."

Ansızın ürperen Meryem, şalına biraz daha sarındı.

Ertesi sabah Raşit, dostlarına bir kutlama yemeği vermek istediğini söyledi. Meryem bütün sabahı mercimek ayıklamakla, pirinç ıslamakla geçirdi. *Borani* için patlıcan soydu, *avşak* yapmak için pırasa haşladı, et kıydı. Yerleri süpürdü, perdeleri dövdü, yeniden başlayan kara rağmen evi havalandırdı. Minderleri, döşekleri salondaki duvarın dibine dizdi, şekerlemeyle, kavrulmuş bademle dolu kâseleri sehpanın üzerine yerleştirdi.

Akşamın erken bir vakti, ilk erkek konuk geldiğinde, Meryem odasındaydı. Aşağıdaki bağrışmalar, gülüşmeler, şakalar giderek yükselirken, yatağında yattı. Ellerinin ikide bir karnına gitmesini engelleyemiyordu. Orada büyüyen şeyi düşündü, içini ani bir mutluluk dalgası yaladı; ardına kadar açık bir kapıdan eve dalan, güçlü bir esinti gibi. Gözleri sulandı.

Raşit'le birlikte yaptığı altı yüz elli kilometrelik otobüs yolculuğunu düşündü; batıdaki Herat'tan doğuya, İran sınırının yakınındaki Kabil'e. Kasabalardan, büyük şehirlerden, birbirine ilmeklenen, küçük köy öbeklerinden geçmişlerdi.

Dağlara tırmanmış, çıplak-yanık çölleri aşmış, bir eyaletten ötekine geçmişlerdi. Sonunda, işte buradaydı; sarp kayalıkların, kavrulmuş tepelerin bu yanında, kendi evinde, kendi kocasının yanındaydı ve o son, aziz eyalete doğru yol almaktaydı: anneliğe. Bu bebeği, *kendi* bebeğini, *onların* bebeğini düşünmek ne büyük bir keyifti. Ona duyduğu sevginin daha şimdiden, hissettiği bütün insani duyguları, her şeyi cüceleştirdiğini bilmek, artık çakıl taşlarıyla oynamaya gerek kalmadığını anlamak, ne olağanüstü bir duyguydu.

Aşağıda, biri küçük bir orgu akort etmekteydi. Sonra, *tabla*'yı ayarlayan bir çekicin çıngırtısı duyuldu. Biri genzini temizledi. Ve ıslıklar, el çırpmalar, nidalar, şarkılar başladı.

Meryem yumuşacık karnını okşadı. *Bir tırnak kadar,* demişti doktor.

Anne olacağım, diye düşündü.

"Anne olacağım," dedi yüksek sesle. Sonra gülmeye başladı; sözcükleri üst üste tekrarlıyor, tadını doyasıya çıkarıyordu.

Meryem ne zaman bu bebeği düşünse, yüreği kabarıyordu. Kabarıyor, genişliyordu, ta ki devasa bir dalga gibi hayatının bütün kayıplarını, bütün acılarını, bütün yalnızlıklarını ve aşağılık duygularını, özeleştirilerini alıp götürünceye kadar. Tanrı onu ülkenin ta öteki ucundan buraya bu amaçla getirmişti. Bunu artık biliyordu. Molla Feyzullah'dan öğrendiği bir Kuran suresini anımsadı: *Ve Allah doğudadır ve batıdadır, onun için, ne yana dönersen dön, Allah'ın iradesi karşındadır...* Seccadesini çıkarıp yaydı, *namaz* kıldı. İşi bitince, ellerini açtı, bütün bu nimetlerin elinden kayıp gitmemesi için Tanrı'ya yakardı.

Hamam'a gitme fikri, Raşit'ten çıkmıştı. Meryem'in hayatında hiç hamama gitmediğini öğrenince, sıcaktan çıkıp o serin havayı içine çekmekten, teninden yükselen ısıyı hissetmekten daha zevkli bir şey olamaz, dedi.

Şimdi, kadınlar hamamında, bedenler Meryem'in çevresinde, buharın içinde devinip duruyordu; şurada bir kalça, burada bir omuz. Genç kızların bağrışmaları, yaşlı kadınların homurtuları; sırtlar keselenir, saçlar sabunlanırken, damlayan suyun duvarların arasındaki yankısı. Meryem en uzak köşeye çekildi, ponza taşıyla topuklarını ovmaya koyuldu; bir buhar duvarıyla önünden geçen, gezinen karaltılardan yalıtılmıştı.

Sonra kanı gördü, çığlık çığlığa bağırmaya başladı.

Ayak sesleri duyuldu; ıslak taşlara çarpan ayakların şapırtısı. Buharın içinden ona uzanan yüzler. Şaklayan diller.

O gece yatakta, Fariba kocasına, çığlığı duyup da koşunca, Raşit'in karısını nasıl bir köşeye büzülmüş, dizlerini karnına çekmiş, bir kan gölcüğünün ortasında bulduğunu anlattı.

"Zavallı kızın dişlerinin takırtısını duyabiliyordun, Hâkim. Zangır zangır titriyordu."

Meryem onu görünce, tiz, yalvaran bir sesle sormuştu: *Bu normal, değil mi? Değil mi? Normal, öyle değil mi?*

Raşit'le bir başka otobüs yolculuğu. Yine kar yağmakta. Ama bu kez, lapa lapa. Kaldırımlara, çatılara öbek öbek yığılıyor, seyrek ağaçların gövdesinde yamalar halinde birikiyor. Meryem dükkânlarının önündeki karı küreyen tüccarları seyretti. Birtakım oğlanlar siyah bir köpeği kovalıyordu. Otobüse neşeyle el salladılar. Meryem Raşit'i inceledi. Gözleri kapalıydı. Şarkı mırıldanmıyordu. Meryem başını geriye yasladı, gözlerini yumdu. Buz kesmiş çoraplarından, tenine batan, ıslak, yün kazaktan bir an önce kurtulmak istiyordu. Bu otobüsten inmek istiyordu.

Evde, kanepeye uzanınca Raşit onun üzerine bir battaniye örttü, ama bu hareketinde bile katı, baştan savma bir hava vardı; yalnızca bir formaliteyi yerine getirir gibi.

"Ne biçim yanıttı o öyle?" dedi, bir kez daha. "Ancak bir mollanın söyleyebileceği bir şey. İnsan dünyanın parasını verdiği bir doktordan daha doğru dürüst bir cevap bekliyor. 'Allah bilir'miş."

Meryem battaniyenin altında dizlerini karnına çekti, dertop oldu, sen de dinlen biraz, dedi.

"Allah bilirmiş," diye homurdandı adam.

Sonra odasına gitti, bütün günü sigara içerek geçirdi.

Meryem elleri dizlerinin arasında, kanepede yattı, camın önünde girdap gibi dönen, çevrilen tipiyi seyretti. Aklına Nana'nın bir keresinde söylediği şey geldi; her bir kar tanesinin, dünyanın bir yerinde haksızlığa uğrayan bir kadının ağzından dökülen bir ah olduğunu. Bütün bu iç geçirmeler gökyüzüne yükseliyor, bulutlar halinde toplanıyor, sonra minicik parçalara bölünüp sessizce aşağıya, insanların üstüne yağıyordu.

Bizim gibi kadınların neler çektiğinin göstergesi, demişti. *Başımıza gelen her şeye nasıl sessizce katlandığımızın.*

14

Çektiği acı Meryem'i şaşırtıyordu. Olanca şiddetiyle saldırması için, kulübedeki yarım kalmış beşiği ya da Raşit'in dolabındaki süet gocuğu düşünmesi yetiyordu. O zaman bebek canlanıyor, Meryem onu duyabiliyordu; acıktığını belirten homurdanmalarını, gurultularını, anlaşılmaz mırıltılarını. Göğüslerini kokladığını hissediyordu. Acı Meryem'i bir dalga gibi kaplıyor, tutup havaya kaldırıyor, tepe üstü yere fırlatıyordu. Yüzünü bile görmediği bir varlığı böyle üzüntüden katılıp kalacak kadar özleyebilmesi, Meryem'i hayretler içinde bırakıyordu.

Neyse ki kederin Meryem'e o kadar da gaddar davranmadığı günler oluyordu. Eski yaşam akışına, eski düzenine dönmenin o kadar da yıpratıcı görünmediği, yataktan çıkmanın, namaz kılmanın, çamaşır yıkayıp Raşit'e yemek pişirmenin insanüstü bir çaba gerektirmediği günler.

Meryem'in en nefret ettiği şey, dışarıya çıkmaktı. Birdenbire komşu kadınları, sahip oldukları çocuk bolluğunu kıskanır olmuştu. Kimisinin yedi-sekiz çocuğu vardı, ama ne kadar şanslı olduklarının, rahimlerinde büyüttükleri bebekleri sağ salim doğurup kucağına almanın, emzirmenin ne büyük bir lütuf olduğunun farkında bile değillerdi. Onların bebekleri sabunlu suyla, yabancıların bedensel kirleriyle birlikte, bir hamamın kanalizasyonuna akıtılmamıştı. Meryem haylaz oğlanlardan, tembel kızlardan yakındıklarını duydukça, nefret ediyordu bu kadınlardan.

Kafasının içindeki bir ses, iyi niyetli ama aldatıcı tesellilerle onu avutmaya çalışıyordu.

Başka çocukların olur. İnşallah. Çok gençsin. Karşına daha bir sürü fırsat çıkacaktır.

Oysa Meryem'in ıstırabının bir kaynağı, belirgin bir hedefi vardı. O *bu* çocuğun yasını tutuyordu; onu belli bir süre böylesine mutlu eden, *bu* bebeğin.

Bazı günler, bebeğin zaten hak etmediği bir nimet olduğuna, Nana'ya yaptığı şey yüzünden cezalandırıldığına inanıyordu. O ilmeği annesinin boynuna kendi elleriyle geçirmiş sayılmaz mıydı? Hain, nankör bir kız evlat, anne olmayı hak etmezdi, cezasını da işte böyle bulurdu. Kötü rüyalarla boğuşuyor, Nana'nın *cin*'inin geceleri gizlice odasına süzüldüğünü, pençelerini onun rahmine geçirdiğini, bebeğini çaldığını görüyordu. Bu rüyalarda Nana keyifle, oh oldu dercesine kıkırdıyordu.

Kimi günler, müthiş bir öfkeye kapılıyordu. Bu düşüğün suçlusu, Raşit'ti. Bebeğin cinsiyetine dair o mantıksız, delice inancı. Bebeğin adını şimdiden koyması. Tanrı'nın iradesini elde bir sayması. Evet, suç Raşit'teydi. Meryem'i hamama gönderen de o değil miydi? Oradaki bir şey, belki buhar, belki kirli su, ya da sabun, bir şey neden olmuştu buna. Hayır. Raşit değil. Suçlanması gereken, *kendisiydi.* Yanlış pozisyonda yattığı, fazla baharatlı yemekler yediği, yeterince meyve yemediği, çok fazla çay içtiği için. Kendine kızıyor, yüklendikçe yükleniyordu.

Hayır, Tanrı'nın suçuydu; Meryem'le resmen alay etmişti işte. Bir sürü kadına bahşettiği şeyi Meryem'den esirgemişti. Önünde sallamış, gösterip vermemişti; kıza dünyanın en büyük mutluluğunu getirecek olan şeyi uzatır gibi yapmış, sonra da çekivermişti.

Ancak bütün bu suç biçmeler, kafasının içinde tepinip duran bütün bu ithamlar hiçbir işe yaramadı. Böyle şeyler düşünmek *küfür*'dü, günahtı. Allah kinci değildi, kin gütmezdi. Basit hesaplarla uğraşan bir Tanrı değildi o. Molla Feyzullah'ın sözleri beyninde uğuldadı: *O ki, her şeye kadir olan, her şeyi yöneten yüce Yaradandır; ölümü ve hayatı yaratmıştır ki, seni sınayabilsin.*

Vicdan azabıyla kıvranan Meryem diz çöker, bu düşünceler yüzünden bağışlanmak için dua ederdi.

Bu arada, hamamdaki olaydan sonra Raşit'te de büyük bir değişiklik oldu. Çoğu akşam, eve gelince ağzını bıçak açmıyordu. Karnını doyuruyor, sigara içiyor, gidip yatıyordu; bazı geceler, geç vakit, kısa, son zamanlarda oldukça sertleşen bir birleşme için Meryem'in odasına geliyordu. Yüzü çok daha çabuk asılır olmuştu; yemeklere kusur buluyor, bahçedeki dağınıklıktan yakınıyor, evde temiz bulmadığı en ufak yeri hemen gösteriyordu. Arada bir, cuma günleri, eskiden olduğu gibi kızı gezmeye götürüyor, ama kaldırımda hızlı adımlarla, ondan mutlaka birkaç adım önde, hiç konuşmadan yürüyor, ona yetişmek için bazen koşmak zorunda kalan Meryem'e hiç aldırmıyordu. Bu gezmelerde yüzü hiç gülmüyordu artık. Kıza tatlı ya da armağan almıyor, eskiden olduğu gibi durup bazı yerlerin adlarını söylemiyordu. Meryem'in sorularıysa sinirini bozar gibiydi.

Bir gece, oturma odasında radyo dinliyorlardı. Kış sona ermek üzereydi. İnsanın yüzüne kar yapıştıran, gözleri sulandıran inatçı rüzgârlar dinmişti. Uzun karaağaçların dallarına tutunan, tüy hafifliğindeki, gümüşsü karlar erimeye yüz tutmuştu, birkaç haftaya kadar yerlerini tıknaz, uçuk yeşil tomurcuklar alacaktı. Raşit radyodan yayılan Hamahang şarkısındaki *tabla* ritmine uyarak, dalgın dalgın ayağını sallıyordu; sigarasının dumanına karşı gözlerini kısmıştı.

"Bana kızgın mısın?" diye sordu Meryem.

Raşit sesini çıkarmadı. Şarkı bitti, haberler başladı. Bir kadın sesi, Cumhurbaşkanı Davut Han'ın, Sovyet danışmanlardan oluşan bir ekibi daha, Kremlin'in olası hoşnutsuzluğunu dikkate almaksızın, Moskova'ya geri gönderdiğini duyurdu.

"Bana kızgın olduğunu hissediyor, endişeleniyorum."

Raşit iç geçirdi.

"Kızgın mısın?"

Gözleri Meryem'e çevrildi. "Neden kızgın olayım ki?"

"Bilmiyorum, ama bebeğin..."

"Benim öyle erkeklerden olduğumu mu sanıyorsun... senin için yaptığım onca şeyden sonra?"

"Hayır. Tabii ki değil."

"Öyleyse başımın etini yemeyi kes!"

"Özür dilerim. *Bebakiş,* Raşit. Affedersin."

Erkek sigarasını söndürdü, yenisini yaktı. Radyonun sesini açtı.

"Ama düşünüyordum da..." dedi Meryem, müziği bastırmak için sesini biraz yükselterek.

Raşit bir kez daha, asabice içini çekti, radyonun sesini kıstı. Bezgin bezgin alnını ovuşturdu. "Şimdi ne var?"

"Düşünüyordum da, belki doğru düzgün bir cenaze yapmalıyız. Bebek için, yani. Sadece biz, birkaç dua, hepsi o kadar."

Meryem bunu bir süredir düşünmekteydi. Bu bebeğin unutulup gitmesini istemiyordu. Bu kaybın şöyle ya da böyle kalıcı bir hatırası olmalıydı.

"Neye yarayacak ki? Aptalca bir fikir."

"Kendimi daha iyi hissetmemi sağlar belki."

"Öyleyse *sen* yap," diye yapıştırdı adam. "Ben zaten bir oğul gömdüm. Bir tane daha gömmeyeceğim. Şimdi, izin verirsen, radyo dinlemeye çalışıyorum."

Sesi yeniden açtı, başını geriye yasladı, gözlerini kapadı.

O hafta, güneşli bir sabah, Meryem bahçede bir yer saptadı, bir çukur kazdı.

"Allah adına ve Allah'la birlikte ve Allah'ın elçisi adına, dualar ve Allah'ın rahmeti üzerine olsun," diye mırıldanarak, küreği toprağa daldırdı. Raşit'in bebek için aldığı süet paltoyu çukura yerleştirdi, üzerine toprak attı.

"Gecenin gündüze dönmesini, günün geceye devrilmesini sağlayan sensin, ölümden dirim hasıl eden, canlıdan ölüm çıkaran sensin; senin her şeye gücün yeter; bağışladığın dayanma gücüyle kuluna destek olan sensin."

Küreğin tersiyle toprağı düzeltti. Küçük yığının önüne diz çöktü, gözlerini kapadı.

Dayanma gücü ver, Allahım.

Bana sabır ver.

15
NİSAN, 1978

17 Nisan 1978'de, Meryem'in on dokuzuna bastığı yıl, Mir Ekber Hayber adında bir adamın cesedi bulundu; öldürülmüştü. İki gün sonra, Kabil'de büyük bir gösteri düzenlendi. Mahalledeki herkes sokaklara dökülmüş, bundan söz ediyordu. Meryem pencereden bakınca, komşularının bir araya toplaştığını, kulaklarında transistorlu radyolar, hararetle konuştuklarını gördü. Fariba evinin duvarına yaslanmış, Deh-Mazang'a yeni taşınan bir kadınla sohbet etmekteydi. Fariba gülümsüyordu, avuçlarını şiş, gebe karnına bastırmıştı. Öteki, Meryem'in adını unuttuğu kadın, Fariba'dan daha büyük gösteriyordu; saçlarının tuhaf, hafif eflatunumsu bir rengi vardı. Küçük bir oğlanın elinden tutmuştu. Meryem

çocuğun adının Tarık olduğunu biliyordu, çünkü kadının sokakta çocuğa seslendiğini duymuştu.

Meryem'le Raşit komşularına katılmadılar. Radyodan dinlediler; on bin kişilik bir kalabalığın sokaklara döküldüğünü, Kabil'in devlet dairelerinin bulunduğu bölgesinde, bir aşağı bir yukarı yürüdüğünü. Raşit, Mir Ekber Hayber'in tanınmış, önemli bir komünist olduğunu, yandaşlarının bu ölümden Cumhurbaşkanı Davut'u sorumlu tuttuğunu söyledi. Bunları söylerken kıza hiç bakmadı. Son günlerde hiç bakmıyordu zaten; Meryem onun kendisiyle konuştuğundan bile emin olamıyordu.

"Komünist nedir?" diye sordu.

Raşit alaylı bir horultu saldı, kaşlarını kaldırdı. "Komünistin ne olduğunu bilmiyor musun? Bu kadar basit bir şeyi. Herkes bilir. Dünya âlemin bildiği bir şey. Ve senin haberin bile yok... Hıh. Neden şaşırdığımı da anlamıyorum ya, neyse." Bacaklarını sehpanın üzerine uzattı, ayak ayak üstüne attı, ağzının içinde, "Karl Marksist'e inanan kişi," diye geveledi.

"Karl Marksist kim?"

Raşit iç geçirdi.

Radyoda bir kadın sesi, Afgan komünist partisi PDPA'nın halk cephesi lideri Taraki'nin de meydanda olduğunu, göstericilere ateşli, kışkırtıcı konuşmalar yaptığını söyledi.

"Demek istediğim, ne istiyorlar?" dedi Meryem. "Bu komünistler, neye inanıyorlar?"

Raşit kıkırdadı, başını salladı, ama Meryem onun kollarını kavuşturuşunda, gözlerini başka yöne çevirişinde bir tereddüt hissetti. "Hiçbir şeyden haberin yok, değil mi? Çocuk gibisin. Beynin bomboş. İçinde tek bir bilgi yok."

"Soruyorum, çünkü..."

"*Çup ko*. Kapa çeneni."

Meryem kapadı.

Raşit'in onunla bu şekilde konuşmasına katlanmak kolay değildi; küçümseyen, hor gören, alay eden tavrına, hakaretlerine, yalnızca bir ev kedisiymiş gibi kızın yanından geçip gitmelerine. Ama dört yıllık evliliğin ardından, Meryem korkan bir kadının neleri sineye çekebileceğini çok iyi görüyordu. Ve *kendisi* korkuyordu. Erkeğin değişken mizacından, bir anda alevlenen öfkesinden, günlük, sıradan konuşmaları bile bir tartışmaya, bir er meydanına dönüştürme ısrarından ürkerek yaşıyordu; meseleyi bazen yumruklarla, tekme tokatlarla çözmeye kalkıp sonra da bulanık özürlerle geçiştirmesinden, bazen buna bile gerek görmemesinden korkuyordu.

Hamamdaki kanamadan sonraki dört yılda, umutları altı kez canlanmış, sonra da yerle bir olmuştu; her kayıp, her çöküş, doktora yapılan her ziyaret, Meryem için bir öncekinden de yıkıcı oldu. Her hayal kırıklığı Raşit'i biraz daha uzaklaştırdı, biraz daha acılaştırdı. Artık Meryem ne yapsa hoşnut edemiyordu onu. Evi temizliyor, elinin altında bolca temiz gömlek bulunmasını sağlıyor, en sevdiği yemekleri pişiriyordu. Bir gün, sonu fecaate varan bir şey yapıp, makyaj malzemeleri satın aldı, erkek için boyandı. Ama adam eve gelince, ona şöyle bir bakıp suratını öyle bir tiksintiyle buruşturdu ki, Meryem hemen banyoya koşup yüzünü yıkadı; utanç gözyaşları sabunlu suya, dudak boyası rimele karıştı.

Artık akşamları erkeğin eve dönüşünü ürküntüyle bekler olmuştu. Anahtarın şakırtısı, kapının gıcırtısı – yüreğini gümbür gümbür attırmaya yetiyordu. Yatağından, Raşit'in ökçelerinin takırtısını, daha sonra da çoraplı ayakların çıkardığı boğuk tıpırtıyı dinliyordu. Kulaklarıyla, erkeğin hareketlerini izliyordu: zeminde sürüklenen iskemlenin gıcırtısı, oturunca bambu koltuğun salıverdiği şikâyetçi inilti, tabağa çarptıkça çınçın öten kaşık, çevrilen gazete sayfalarının hışırtısı, içilen suyun şapırtısı. Kalbi deli gibi atarken, merak ediyordu: Bu gece saldırmak için nasıl bir bahane bulacaktı bakalım? Önemsiz de olsa, tepesini attıracak bir şey, daima, mutlaka çıkıyordu, çünkü kız onu memnun etmek için ne yaparsa yapsın, isteklerini, taleplerini ne kadar eksiksizce yerine getirirse getirsin, yetmiyordu. Oğlunu ona geri veremiyordu. Adamın bu en önemli, en temel ihtiyacını karşılayamamış, onu yedi kez hüsrana uğratmıştı, dolayısıyla, Raşit için bir yükten, bir külfetten başka bir şey değildi artık. Bunu adamın ona bakış biçiminden anlayabiliyordu; *bakarsa* tabii. Meryem yalnızca bir baş belasıydı artık.

"Şimdi ne olacak?" diye sordu adama.

Raşit ona ters ters baktı. İç çekmeyle inleme arası bir ses çıkardı, bacaklarını masadan indirip radyoyu kapadı. Radyoyu da alıp yukarıya, odasına çıktı. Kapısını kapadı.

Meryem sorusunun yanıtını 27 Nisan'da aldı: çatırtılar, derin, ani kükremelerle. Yalınayak aşağıya, oturma odasına koştu, Raşit'i fanilası, karman çorman saçlarıyla pencerenin önünde buldu; ellerinin ayasını cama bastırmıştı. Meryem pencereye, onun yanına gitti. Gökyüzünden yıldırım hızıyla geçen, kuzeye ve doğuya yönelmiş askeri uçakları görebiliyordu. Saldıkları sağır edici cayırtı, kulaklarını acıttı. Uzaklarda, gök gürültüsünü andıran gürlemeler yankılanıyor, bir anda beliren duman sorguçları göğe yükseliyordu.

"Ne oluyor, Raşit? Nedir bütün bunlar?"

"Allah bilir," diye homurdandı adam. Radyoyu karıştırdı, yalnızca parazit buldu.

"Ne yapacağız?"

"Bekleyeceğiz," dedi Raşit sabrı taşmışçasına, sinirli.

***

O gün, daha sonra, o hâlâ radyoyu kurcalıyor, Meryem de mutfakta ıspanak garnitürlü pilav hazırlıyordu. Raşit için yemek pişirmekten zevk aldığı, hatta can attığı günleri anımsadı. Şimdi yemek yapmak kaygılandırıcı, hatta korkutucu bir işlemdi. *Kurma*'lar her zaman, adamın ağız tadına göre ya çok tuzlu ya da çok yavandı. Pilav ya çok yağlı ya da çok kuru olmakla eleştiriliyor, ekmek bazen hamur gibi bazen de fazla gevrek bulunuyordu. Raşit'in sürekli kusur bulması, Meryem'in mutfakta elini ayağına dolaştırıyor, özgüvenini yerle bir ediyordu.

Tepsiyi götürdüğünde, radyoda milli marş çalınmaktaydı.

"*Sebze* yaptım," dedi.

"Koy şuraya, çeneni de kapa."

Müzik bitince, bir erkek sesi duyuldu. Kendini Hava Kuvvetlerinden Albay Abdül Kadir olarak tanıttı. Günün erken saatlerinde, başkaldıran Dördüncü Zırhlı Tümen'in havalimanını ve kentin kilit kavşaklarını ele geçirdiğini bildirdi. Kabil Radyosu, Ulaştırma ve İçişleri bakanlıkları, Dışişleri Bakanlığı binası da zapt edilmişti. Kabil artık halkın elinde, dedi gururla. İsyancıların denetimindeki MiG uçakları, Cumhurbaşkanlığı Sarayı'na saldırmıştı. Tanklar konutun arazisine girmişti, orada şiddetli bir çatışma sürmekteydi. Davut'a bağlı güçlerin tamamının yenilgisi yakın, dedi Abdül Kadir, güven veren bir ses tonuyla.

Günler sonra, komünistler Davut Han rejimiyle bağlantılı olanları alelacele, toplu halde infaza başladığında, Pol-e-Çarkhi hapishanesinde oyulan gözlerin, elektrik verilen cinsel organların söylentileri Kabil'e yayıldığında, Cumhurbaşkanlığı Sarayı'nda gerçekleşen katliamı Meryem de duydu. Davut Han *öldürülmüştü*, ama komünist isyancılar önce aileden, kadınlarla torunlar dahil, yaklaşık yirmi kişiyi öldürmüştü. Dedikodular muhtelifti; Davut Han'ın kendi canına kıydığı, çatışmanın doruğa çıktığı an kurşunlandığı, sona saklandığı, ailesinin katlini seyretmeye zorlandığı, ondan sonra vurulduğu söyleniyordu.

Raşit radyonun sesini açtı, öne doğru eğildi.

"Silahlı güçlerden oluşan bir devrim konseyi kuruldu; *vatan*'ımız bundan böyle Afganistan Demokratik Cumhuriyeti olarak bilinecektir," diyordu Abdül Kadir. "Aristokrasi, akraba kayırmacılığı ve eşitsizlik dönemi sona ermiştir, sevgili *hemvatan*'larımız. Yıllardır süren istibdada son verdik. İktidar şimdi kitlelerin ve özgürlük-âşığı insanların elinde. Ülkemizin tarihinde parlak, şanlı bir dönem başlıyor. Yeni bir Afganistan doğdu. Sizi temin ederiz ki, hiçbir şeyden korkmanıza gerek yoktur, değerli Afgan halkı. Yeni rejim yasalara, hem İslami hem de demokratik ilkelere sıkı sıkıya bağlı kalacaktır. Şimdi sevinç gösterileri, kutlamalar yapma zamanıdır."

Raşit radyoyu kapadı.

"Şimdi bu iyi mi, kötü mü?" diye sordu Meryem.

"Anladığım kadarıyla zenginler için kötü," dedi Raşit. "Ama bizim için o kadar da kötü olmayabilir."

Meryem'in aklına Celil geldi. Bu durumda, komünistler onun peşine düşer miydi acaba? Onu hapse atarlar mıydı? Ya oğullarını? İşini, malını mülkünü elinden alırlar mıydı?

"Sıcak mı?" dedi Raşit, gözlerini pilava dikerek.

"Tencereden şimdi aldım."

Erkek homurdandı, kâseyi uzatmasını söyledi.

Sokağın aşağısında, kırmızılı sarılı, ani ışık çakımları geceyi aydınlatırken, yorgunluktan bitkin haldeki Fariba dirseklerinin üzerinde doğruldu. Saçları terden sırılsıklamdı, üstdudağının kenarında ter damlaları titreşiyordu. Yatağın yanında duran yaşlıca ebe, Vecma, bebeği elden ele geçiren Hâkim'le oğullarını seyrediyordu. Bebeğin açık renk saçlarına, pembe yanaklarına, büzülmüş, tomurcuk dudaklarına, şiş kapakların gerisinde kıpırdayıp duran, incecik yarıklardan görünen yeşim yeşili gözlerine hayran hayran bakmaktaydılar. Sesini ilk kez duyunca, birbirlerine gülümsediler; bir kedi miyavlaması gibi başlayan ağlama sağlıklı, gırtlak dolusu bir ulumaya dönüştü. Nur, gözlerinin mücevhere benzediğini söyledi. Ailenin en dindarı olan Ahmet, yeni doğan kız kardeşinin kulağına *ezan* okudu, yüzüne üç kez üfledi.

"Leyla, öyle mi?" diye sordu Hâkim, kızını kucağında hafif hafif zıplatırken.

Fariba yorgun yorgun gülümsedi: "Leyla, evet. Gece Güzeli. Tam uydu."

Raşit parmaklarıyla pilavdan bir top yaptı. Ağzına attı, bir kez çiğnedi, sonra bir daha; yüzünü buruşturdu, *sofra*'ya tükürdü.

"Ne oldu?" dedi Meryem, sesindeki ürkek, af dileyen tınıdan nefret ede ede. Nabız atışlarının hızlandığını, derisinin çekildiğini hissetti.

"Ne oldu?" diye mızıldandı adam, ona öykünerek. "Olan şu ki, yine aynı şeyi yapmışsın."

"Ama her zamankinden beş dakika fazla kaynattım."

"Yalanın daniskası."

"Yemin ederim..."

Adam parmaklarındaki pirinçleri öfkeyle silkeledi, sosu, pilavı *sofra*'ya döke saça, tabağını itti. Meryem salondan bir hışım çıkan erkeğin arkasından baktı, sokak kapısının gürültüyle kapandığını duydu.

Yere diz çöktü, pirinç tanelerini toplayıp tabağa koymaya çalıştı, ama elleri çok kötü titriyordu, durup titremenin geçmesini beklemek zorunda kaldı. Korku göğsüne çökmüş, ezdikçe eziyordu. Birkaç derin nefes almaya çalıştı. Salonun karanlık camında solgun, rengi atmış yansısını gördü, bakışlarını hemen kaçırdı.

Sonra ön kapı açıldı, Raşit oturma odasına döndü.

"Ayağa kalk," dedi. "Buraya gel. Kalk!"

Kızın elini yakaladı, açtı, avucuna bir miktar çakıl taşı koydu.

"Sok ağzına."

"Ne?"

"Doldur. Ağzına."

"Kes şunu, Raşit, ben..."

Güçlü elleri kızın çenesine yapıştı. İki parmağını Meryem'in ağzına soktu, dudaklarını zorla araladı, soğuk, sert taşları içine sokuşturmaya başladı. Meryem direniyor, bir şeyler söylemeye çalışıyordu, ama adam üstdudağı tiksintiyle kıvrılmış bir halde, çakıl taşlarını sokmayı sürdürdü.

"Şimdi çiğne," dedi.

Ağzı kumla, taşla dolan Meryem yalvarmayı denedi, bir şeyler geveledi. Gözlerinden yaşlar yuvarlanıyordu.

"ÇİĞNE!" diye kükredi adam. Tütün kokulu soluğu kızın yüzüne çarptı.

Meryem çiğnedi. Ağzının gerisinde, bir şey çatırdadı.

"Güzel," dedi Raşit. Yanakları seğiriyordu. "Pilavının tadının neye benzediğini şimdi öğrendin işte. Bu evlilikte bana ne verdiğini biliyorsun artık. Berbat yemekler dışında hiçbir şey."

Sonra çıkıp gitti; Meryem ağzındakileri tükürdü: taşlar, kan ve kırılan iki azıdişinin parçaları.

İKİNCİ BÖLÜM

16
KABİL, 1987 BAHARI

Dokuz yaşındaki Leyla yatağından, her sabah olduğu gibi, dostu Tarık'ı bir an önce görme açlığıyla fırladı. Ama bu sabah Tarık'ı göremeyeceğini biliyordu.

"Ne kadar kalacaksın?" demişti, ailesiyle birlikte güneye, Gazne'deki amcasını ziyarete gideceğini söyleyen Tarık'a.

"On üç gün."

"*On üç mü?*"

"O kadar da uzun sayılmaz canım. Şu suratının haline bak, Leyla."

"Suratımda bir şey yok."

"Ağlamaya kalkmayacaksın, değil mi?"

"Ağlamayacağım! Senin uğruna, asla. Bin yıl geçse de."

Oğlanın bacağına bir tekme attı, ama takma olana değil, gerçeğine; o da kızın ensesine şakacı bir şaplak indirdi.

On üç gün. Neredeyse iki hafta. Daha beşinci gün dolmadan, Leyla zaman hakkında son derece önemli bir gerçeği öğrendi: Tarık'ın babasının arada bir eski Peştun şarkıları çaldığı akordeon gibi, zaman da Tarık'ın yokluğuna ve varlığına bağlı olarak, uzuyor ve kısalıyordu.

Alt katta, annesiyle babası kavga etmekteydi. Yine. Leyla sahneyi çok iyi biliyordu: Anne, öfkeden gözü dönmüş odayı arşınlıyor, bir an pes etmeden bağırıp çağırıyor; Babi oturduğu yerde, sersemlemiş ve şaşkın, uysalca başını sallıyor, fırtınanın geçmesini bekliyor. Leyla kapısını kapadı, giyindi. Ama annesini hâlâ duyabiliyordu. Sonunda, bir kapı sertçe çarpıldı. Basamakları döven ayak sesleri. Anne'nin somyasının yüksek gıcırtısı. Görünüşe bakılırsa, Babi bir günü daha sağ salim atlatmıştı.

"Leyla!" diye seslendi az sonra. "İşe gecikiyorum!"

"Bir dakika!"

Leyla ayakkabılarını giydi, aynanın karşısına geçip omzuna gelen, sarışın buklelerini çabucak taradı. Anne Leyla'ya hep, saçlarının rengini (gür kirpikli, turkuvaz yeşili gözlerini, gamzeli yanaklarını, çıkık elmacıkkemiklerini ve -kendisinde de bulunan- sarkık altdudağı) büyük-büyükannesinden aldığını söylerdi – yani Anne'nin anneannesinden. O bir *peri*, soluk kesici bir güzeldi, derdi Anne. *Güzelliği bütün vadinin dilindeydi. Bu dillere destan güzellik, ailenin kadınlarında iki kuşağı atladı, ama senden kurtulamadı, Leyla.* Anne'nin sözünü ettiği vadi, Farsça konuşan Tacik yöresinde, Kabil'in yüz kilometre kuzeydoğusunda bulunan Penşir'di. Birinci dereceden kuzen olan Anne'yle Babi Penşir'de doğup büyümüşlerdi; Kabil'e, Babi'nin Kabil Üniversitesi'ne kabul edilmesi üzerine, 1960'da umut dolu, ışıl ışıl gözlü, çiçeği burnunda bir çift olarak gelmişlerdi.

Leyla merdiveni bir çırpıda, Anne'nin odasından çıkıp yeni bir maç başlatmaması için dualar ederek indi. Babi'yi telli kapının önüne çömelmiş buldu.

"Bunu gördün mü, Leyla?"

Sinek telindeki yırtık haftalardır oradaydı. Leyla babasının yanına çöktü. "Yo. Yeni olmuş galiba."

"Ben de Fariba'ya öyle dedim," diye mırıldandı Babi. Anne'nin onunla işi bittikten sonra hep olduğu gibi, sarsılmış, ezilmiş görünüyordu. "Arıların içeri dolduğunu söylüyor."

Leyla'nın yüreği ona duyduğu acımayla kabardı. Babi ufak tefek bir adamdı; dar omuzlu, neredeyse bir kadınınkiler kadar ince, narin elli. Geceleri, Leyla ne zaman Babi'nin odasına gitse, onu bir kitaba gömülmüş, gözlüğü burnunun ucuna kaymış halde bulurdu. Bazen, kızın orada olduğunu bile fark etmezdi; edince, sayfanın köşesini kıvırır, tatlı tatlı gülümserdi. Babi, Rumi'nin ve Hafiz'ın *gazel*'lerinin çoğunu ezbere bilirdi. İngiltere ile Çar Rusyası arasındaki Afganistan mücadelesi hakkında saatlerce konuşabilirdi. Bir sarkıtla dikit arasındaki farkı da, dünyayla güneş arasındaki uzaklığın, Kabil'den Gazne'ye bir buçuk milyon kez gitmeye eşdeğer olduğunu da bilirdi. Ama Leyla bir kavanozun kapağını açtırmak istediğinde, babasına ihanet ediyormuş duygusuna kapılsa bile, Anne'ye başvururdu. Sıradan eşyalar, aletler Babi'nin kafasını karıştırırdı. Ona kalsa, gıcırdayan kapıların menteşeleri sonsuza kadar yağlanmazdı. Tavanlar, o delikleri tıkadıktan sonra da akmaya devam eder, küfler mutfak dolaplarına küstahça yayılırdı. Anne, onun 1980 yılında Nur'la birlikte Sovyetler'e karşı *cihat*'a gittiğinde, bu tür işleri Ahmet'in büyük bir sorumluluk ve başarıyla hallettiğini söylerdi.

"Ama derhal okunması gereken bir kitabın varsa," diye eklerdi, "o zaman doğruca Hâkim'e gitmelisin."

Yine de Leyla bir zamanlar, Ahmet'le Nur'un Sovyetler'le savaşmaya gitmesinden... Babi'nin onların savaşa gitmesine *izin* vermesinden önce, Anne'nin bundan, yani Babi'nin kitap düşkünlüğünden hoşlandığını gayet iyi anımsıyordu; bir zamanlar, kocasının unutkanlığını, beceriksizliğini çok sevimli bulduğunu da.

"E, bugün kaçıncı gün?" diye sordu babası, hınzırca gülümseyerek. "Beşinci mi? Yoksa altıncı mı?"

Leyla omuz silkti. "Umurumda mı sanki? Saymıyorum ki," diye uydurdu; hatırladığı için babasını bir kez daha severek. Annesinin, Tarık'ın gittiğinden haberi bile yoktu.

"Eh, bir de bakmışsın el feneri çakıp duruyor," dedi Babi; Leyla'yla Tarık'ın geceleri oynadığı işaretleşme oyununu kastediyordu. Bunu öyle uzun zamandır yapıyorlardı ki, her yatma vakti yinelenen bir ritüele dönüşmüştü; diş fırçalama gibi.

Babi parmağıyla teldeki yırtığa dokundu. "İlk fırsatta yamayacağım. Hadi, gidelim." Sesini yükseltti, omzunun üstünden seslendi, "Biz gidiyoruz, Fariba! Leyla'yı okula bırakacağım. Çıkışta onu almayı unutma!"

Dışarıda, Babi'nin bisikletinin taşıma sepetine tırmanırken, gözüne sokağın az yukarısına park etmiş bir araba çarptı; ayakkabıcı Raşit'le münzevi karısının oturduğu evin tam önündeydi. Benz markaydı; böylesi arabalara bu mahallede hiç rastlanmazdı. Rengi maviydi, kalın, beyaz bir şerit motor kapağını, tavanı ve bagajı ikiye bölüyordu. Leyla içinde iki erkeğin oturduğunu seçti; biri direksiyonda, öteki arka koltukta.

"Kim bunlar?" diye sordu.

"Bizi ilgilendirmez," dedi Babi. "Hadi atla, derse geç kalacaksın."

***

O gün sınıfta Leyla dikkatini derse vermekte epeyce zorlandı; aklı Tarık'ın yokluğuyla ana babasının kavgasındaydı. Romanya ve Küba'nın başkentlerini sormuş olan öğretmen, yanıtlaması için onun adını söyleyince, hazırlıksız yakalandı.

Öğretmenin adı Şanzay'dı, ama öğrenciler ona, arkasından *Rengmaal Hala* derdi; onları tokatlama biçimine atfen, Ressam Hala: önce avucuyla, sonra elinin tersiyle vurur, eli bir sağa bir sola devinirdi; tıpkı fırça kullanan bir ressam gibi. Rengmaal Hala sivri yüzlü, kalın kaşlı, genç bir kadındı. Okulun ilk günü, sınıfa büyük bir gururla açıkladığı gibi, Khost'lu, yoksul bir köylünün kızıydı. Dik durur, simsiyah saçlarını sıkı, yuvarlak bir topuz yapardı; saçlarını öyle bir gererdi ki, arkasını döndüğü zaman, Leyla onun ensesindeki kara kıl diplerini görebilirdi. Hiç makyaj yapmaz, mücevher takmazdı. Örtünmez, kız öğrencilerin kapanmasını da yasaklardı. Kadınlarla erkeklerin her bakımdan eşit olduğunu, erkekler örtünmediğine göre, kadınların da örtünmesine gerek olmadığını söylerdi.

Ona göre, Sovyetler Birliği, Afganistan'ın yanı sıra, dünyanın en mükemmel devletiydi. İşçilerine karşı sevecendi, halkının tamamı eşitti. Sovyetler Birliği'nde herkes mutlu, güleryüzlüydü, ilişkiler dostaneydi: işlenen suçlar yüzünden insanların evden çıkmaya korkar olduğu Amerika'nın aksine. Afganistan'da da herkes mutlu olacak, derdi, tabii gelişme karşıtları, tutucu yobazlar temizlendikten sonra.

"İşte, Sovyet yoldaşlarımız 1979'da bunun için geldiler buraya. Komşularına yardım eli uzatmak için. Ülkemizi geriye götürmek, ilkel bir topluma dönüştürmek isteyen vahşileri yenmemize yardım etmek için. Buna sizler de kendi çapınızda destek vermelisiniz, çocuklar. Bu başıbozuklarla ilintisi olan herkesi ihbar etmelisiniz. Sizin göreviniz bu. Kulaklarınızı açıp dinlemeli, sonra da yetkililere bildirmelisiniz. Bu kişi ebeveyniniz, amcanız ya da teyzeniz olsa bile. Çünkü onların hiçbiri sizi ülkeniz kadar sevemez. Önce vatanınız gelir, unutmayın! Sizinle gurur duyacağım, ülkeniz de öyle."

Rengmaal Hala'nın masasının arkasındaki duvarda Sovyetler Birliği'yle Afganistan'ın haritaları ve son komünist cumhurbaşkanı Necibullah'ın çerçeveli bir fotoğrafı vardı; Babi, Necibullah'ın bir zamanlar çok korkulan KHAD'ın, Afgan gizli polisinin başı olduğunu söylemişti. Başka fotoğraflar da vardı; köylülerle el sıkışan, elma fidanları diken, ev inşa eden, sürekli gülümseyen, genç Sovyet askerleri.

"Evet," diyordu Rengmaal Hala şimdi, "seni daldığın hayallerden mi uyandırdım, *İnkılap* Kızı?"

Devrim Kızı. Leyla'ya taktığı addı bu; 1978 Nisan'ında, darbe gecesi doğduğu için – ama sınıfta biri *darbe* sözcüğünü kullandığında kadının tepesi atardı. Israrla belirttiğine göre, olanlar bir *inkılap*, bir devrimdi, çalışan insanların eşitsizliğe karşı ayaklanmasıydı. Bir başka yasak sözcük de *cihat* idi. Ona kalırsa, taşrada savaş filan yoktu, sadece yabancı "provokatörler" dediği kişilerin kışkırttığı baş belalarıyla bir çatışma söz konusuydu. Ve onun karşısında hiç kimse, *hiç kimse,* giderek yayılan şu söylentiye değinmeye cüret edemezdi: sekiz yıldır süren savaşı Sovyetler'in kaybetmeye başladığına. Özellikle de şimdi, Amerikan Başkanı Reagan'ın, Sovyet helikopterlerini düşürmeleri için *Mücahit'*lere Stinger füzeleri göndermeye başladığı, dünyanın her yanındaki Müslümanların mücadeleye katıldığı bir dönemde: Mısırlılar, Pakistanlılar, hatta varsıl Suudiler, milyonluk servetlerini bırakıp *cihat* uğruna Afganistan'a geliyordu.

Leyla zar zor toparlayabildi: "Bükreş. Havana."

"Peki, bu ülkeler bize dost mu değil mi?"

"Dostumuz, *muallim sahip*. Dost ülkeler."

Rengmaal Hala başıyla sertçe onayladı.

***

Okul kapanınca, Anne'yi göremedi; onu almaya yine gelmemişti. İki sınıf arkadaşıyla, Citi ve Hasena'yla eve doğru yürümeye koyuldu.

Citi fazlasıyla asabi, ufak tefek, kemikli bir kızdı; saçlarını iki atkuyruğu yapar, lastik bantla tuttururdu. Şimdiden kaş çatıyor, yürürken kitaplarını göğsüne bastırıyordu; bir kalkanmışçasına. Hasena on ikisindeydi, Leyla'yla Citi'den üç yaş büyük, çünkü üçüncü sınıfta bir kez, dördüncü sınıfta iki kez kalmıştı. Derslerdeki başarısızlığını, yetersizliğini kurnazlıkla ve Citi'nin "dikiş makinesi gibi" dediği çenesiyle kapatırdı. Ressam Hala lakabını bulan, Hasena'ydı.

Bugünkü gevezeliğinin konusu, çirkin, istenmeyen talipleri baştan savmanın yollarıydı. "Kusursuz bir yöntem, kesin işe yarıyor. Sözüme güvenin."

"Bütün bunlar saçmalık. Ben henüz çok küçüğüm, kısmetim filan çıkmaz!" dedi Citi.

"O kadar da küçük değilsin."

"Eh, henüz kimse istemedi *beni*."

"Nedeni, sakallı olman, canım."

Citi'nin eli hemen çenesine gitti, dehşet içinde Leyla'ya döndü. Leyla acıyan bir gülümsemeyle arkadaşına baktı (şakadan Citi kadar anlamayan birini görmemişti), yatıştırırcasına başını salladı.

"Her neyse, tavsiyeyi duymak istiyor musunuz, istemiyor musunuz, hanımlar?"

"Devam et," dedi Leyla.

"Kuru fasulye. Ama en az dört tabak. Dişsiz kertenkelenin seni istemeye geldiği gün yenecek. Fakat zamanlama, bayanlar, buradaki en önemli nokta, zamanlama. Kendinizi tutacak, bombardımanı ona çay ikram edeceğiniz âna saklayacaksınız."

"Bunu unutmayacağım," dedi Leyla.

"Oğlan da öyle."

Leyla sözün burasında, bu tür öğütlere ihtiyacı olmadığını, çünkü Babi'nin onu öyle çabucak kocaya vermeye hiç niyeti olmadığını söyleyebilirdi. Her ne kadar Babi Silo'da, Kabil'in devasa ekmek fabrikasında, sıcağın, uğuldayan makinelerin ortasında çalışıyor, kocaman fırınların ateşini beslemekle, tahıl öğütmekle uğraşıyor olsa da, üniversite okumuş adamdı. Komünistler tarafından kovulmadan önce, bir lisede öğretmendi – 1978 darbesinden hemen sonra, Sovyet işgalinden bir buçuk yıl önce işten atılmıştı. Babi, daha küçüklüğünde Leyla'nın kafasına sokmuştu: Hayatında en önemsediği şey, kızının önce güvenliğini sağlamak, sonra da okutmaktı.

Daha çok küçüksün, biliyorum, ama bunu şimdiden anlamanı ve iyice öğrenmeni istiyorum, demişti. *Evlilik bekleyebilir, eğitim beklemez. Sen çok, çok zeki bir kızsın. Gerçekten öylesin. İstediğin her şey olabilirsin, Leyla. Seni tanıyorum. Ayrıca, bu savaş bittikten sonra Afganistan'ın erkekler kadar, belki daha da çok, sizlere gereksineceğini biliyorum. Çünkü bir toplumun, kadınları eğitimsiz olduğu sürece başarıya ulaşma şansı yoktur, Leyla. Hiç yoktur.*

Ama Leyla, Babi'nin bu sözlerini Hasena'ya aktarmadı; onun gibi bir babası olduğuna ne kadar sevindiğini, Leyla'ya ilişkin görüşlerinin, koltuklarını nasıl kabarttığını, zaten kendisinin de, eğitimini sonuna kadar, inatla sürdürmeye kararlı olduğunu da. Leyla son iki yıldır *eval numre* belgesini kazanıyordu; her yıl sınıfın en başarılı öğrencisine verilen takdirnameyi. Bunlardan Hasena'ya hiç söz etmedi, zira onun babası huysuz, aksi bir taksi şoförüydü ve kızını üç yıla kalmadan baş göz edeceği kesindi. Hasena çok nadir görülen, ciddi anlarından birinde, Leyla'ya, ondan yirmi yaş büyük olan ve Lahor'da bir otomobil galerisi bulunan kuzeniyle evlenmesinin kararlaştırıldığını anlatmıştı. *Onu iki kez gördüm,* demişti. *Her ikisinde de, ağzını aça aça yemek yedi.*

"Evet, kızlar, kuru fasulye," diye yineledi Hasena. "Bunu aklınızda tutun. Tabii eğer" -şeytanca sırıttı, dirseğiyle Leyla'yı dürttü- "kapıyı çalan kişi genç, yakışıklı, tek bacaklı prensiniz değilse. O zaman..."

Leyla onun dirseğini itti. Tarık hakkında bunları söyleyen bir başkası olsaydı, çok bozulurdu. Ama Hasena'nın fesat, kötü niyetli olmadığını biliyordu. Sadece takılır, alay ederdi, üstelik alaylarından herkes nasibini alırdı; en çok da kendisi.

"O insanlar hakkında böyle konuşmamalısın!" dedi Citi.

"Hangi insanlarmış bunlar?"

"Savaş yüzünden yaralanan insanlar," dedi Citi içtenlikle, Hasena'nın dalga geçtiğinden habersiz.

"Galiba Molla Citi'miz Tarık'a âşık olmuş. Anlamıştım! Hah! Ama o sözlü sayılır, kızım, bilmiyor muydun? Öyle değil mi, Leyla?"

"Âşık filan değilim. Hiç kimseye!"

Leyla'dan ayrıldılar, hâlâ tartışarak, köşeyi döndüler.

Leyla son üç sokağı tek başına geçti. Kendi sokaklarına girince, mavi Benz'in hâlâ orada, Raşit'le Meryem'in evinin önünde durduğunu gördü. Kahverengi takım elbiseli, yaşlıca erkek şimdi dışarıda, arabanın önündeydi, bastonuna dayanmış, eve bakıyordu.

Tam o sırada, arkasından gelen bir ses, "Hey. Sarı Saçlı. Buraya bak," dedi.

Leyla arkasını döndü ve bir tabancanın namlusuyla burun buruna geldi.

17

Tabanca kırmızıydı, horozu parlak yeşil. Silahın gerisinde Kadim'in sırıtan yüzü. Kadim on bir yaşındaydı; Tarık'la yaşıt. Kilolu, uzun boyluydu; göze batacak kadar çıkık, sivri bir çenesi vardı. Babası Deh-Mazang'da kasaptı; Kadim'in ara ara, yoldan geçenlere sakatat, bağırsak parçaları fırlattığı bilinirdi. Bazen, Tarık yakınlarda değilse, Leyla'yı okulun avlusunda bir köşeye kıstırır, baygın baygın bakıp inlemeyi andıran sesler çıkarırdı. Bir keresinde kızın omzuna vurmuş, *Ne kadar da güzelsin, Sarı Saçlı. Seninle evlenmek istiyorum,* demişti.

Elindeki silahı salladı. "Merak etme," dedi. "Belli olmaz. *Senin* saçında yani."

"Sakın yapma! Seni uyarıyorum."

"Ne yaparsın yani?" dedi oğlan. "Topalını üstüme mi salarsın? 'Ah, Tarık *can*. Ah, yanıma gel de beni şu *bedmeş*'ten kurtar!' "

Leyla geri geri çekildi, ama Kadim tetiği pompalamaya başlamıştı bile. İnce, ılık su fiskiyeleri peş peşe, kızın saçlarına, yüzünü korumak için kaldırdığı avucuna fışkırdı.

Aynı anda, öteki oğlanlar da saklandıkları yerden çıktılar; gülmekten yerlere yatıyorlardı. Sokakta duyduğu bir küfür Leyla'nın dilinin ucuna geldi. Anlamını tam olarak bilmiyor, buradaki uygulamayı gözünün önüne getiremiyordu, fakat sözcüklerde öyle ateşli bir güç vardı ki, savurmanın tam sırasıydı.

"Anan çük yiyor!"

"Hiç olmazsa seninki gibi çatlak değil," diye yapıştırdı Kadim, sakince. "Babam da hanım evladı değil! Bu arada, neden ellerini koklamıyorsun?"

Öteki oğlanlar bir ağızdan çığrıştı: "Kokla! Kokla!"

Leyla kokladı, ama daha koklamadan anlamıştı; oğlanın, saçlarında belli olmaz, derken ne kastettiğini de. Tiz, canhıraş bir çığlık attı. Bunu duyan oğlanlar daha da azıttılar, yuhalamaya başladılar.

Leyla döndü, avaz avaz bağırarak eve koştu.

Kuyudan su çekti, banyodaki leğene doldurdu, giysilerini yırtarcasına çıkardı. Saçlarını sabunladı; parmaklarıyla kafatasını deli gibi ovuyor, tiksintiyle inliyordu. Bir tastan döktüğü suyla duruladı, sonra bir kez daha sabunladı. Midesi kalkıyor, kusacak gibi oluyordu. Sabunlu el bezini yüzüne defalarca, kazırcasına sürterken inildiyor, titriyordu; yüzüyle boynu kıpkırmızı kesilinceye kadar silinmeyi sürdürdü.

Tarık yanımda olsaydı, bu başıma gelmezdi, diye düşündü, temiz bir gömlekle pantolon giyerken. Kadim asla cüret edemezdi. Ama tabii, Anne yapması gerekeni yapıp onu okuldan alsaydı, böyle bir şey zaten yaşanmazdı. Bazen Leyla, Anne'nin neden zahmet edip onu doğurduğunu merak ediyordu. Artık şuna inanıyordu: Bütün sevgilerini, zaten sahip oldukları çocuklara verip tüketen ana-babaların, yeni çocuk yapmalarına izin verilmemeliydi. Haksızlıktı bu. İçinde bir öfke dalgası kabardı. Odasına girdi, kendini yatağa attı.

Az biraz yatışır gibi olunca koridora çıktı, annesinin yatak odasına gidip kapıyı tıklattı. Küçükken, bu kapının önünde saatlerce otururdu. Hafif hafif vurur, annesinin adını defalarca, üst üste fısıldardı; bir büyüyü bozacak, sihirli bir nakarat gibi: *Annecim, Annecim, Annecim*... Ama Anne kapıyı hiç açmamıştı. Şimdi de açmadı. Leyla tokmağı çevirdi, içeriye girdi.

Bazen, kırk yılda bir, Anne iyi gününde olurdu. Yataktan parlayan gözlerle, şakacı bir tavırla fırlayıp kalkardı. Sarkık altdudağı bir gülümsemeyle kıvrılırdı. Yıkanırdı. Temiz bir elbise giyer, kirpiklerini rimellerdi. Kızına saçlarını taratır (Leyla bayılırdı buna), kulaklarına küpe takardı. Birlikte alışverişe, Manday Pazarı'na giderlerdi. Birlikte kızmabirader oynar, kocaman bir sütsüz çikolata kalıbından kestirdikleri yaprakları yerlerdi – sayısı bir-ikiyi geçmeyen ortak zevklerinden biriydi. Anne'nin iyi günlerinde, Leyla'nın en sevdiği kısım, Babi'nin eve döndüğü andı; ana-kız başlarını çikolata kâsesinden kaldırır, kahverengi dişleriyle ona sırıtırlardı. Odayı bir hoşnutluk esintisi yalar, Leyla bir zamanlar, bu ev kalabalıkken, gürültülü ve şenken, annesiyle babasını sımsıkı kenetleyen sevdanın, sevecenliğin tadına bir anlığına da olsa bakmış olurdu.

Anne bazen, iyi günlerinde, hamur işleri yapar, komşu kadınları çaya çağırırdı. Leyla kek, kurabiye hamurundan kalanı yalar, kâseyi tertemiz ederken, Anne de fincanlar, peçeteler ve iyi tabaklarla sofrayı kurardı. Daha sonra, Leyla masada, bağıra çağıra konuşan, çay içen, Anne'nin hamur işlerini öven kadınların arasındaki yerini alır, lafa karışmaya çalışırdı. Konuşma firsatı pek bulamasa da, aralarında olmaktan, dinlemekten hoşlanırdı, çünkü bu toplantılarda nadiren tattığı bir zevki tadardı: Anne'yi, Babi hakkında sevgi dolu sözler ederken dinlemek.

"Birinci sınıf bir öğretmendi," derdi Anne. "Öğrencileri ona bayılırdı. Nedeniyse salt onlara diğer öğretmenler gibi cetvelle vurmaması değildi. Ona saygı duyarlardı, anlıyor musunuz; çünkü o da *onlara* saygı duyardı. Olağanüstü bir hocaydı."

Anne evlenme teklifini nasıl aldığını anlatmaya da bayılırdı.

"Ben on altıydım, o on dokuz. Ailelerimiz Penşir'de kapı komşusuydu. Ah, evet, ona âşıktım, *hemşireler*! Evlerimizi ayıran duvara tırmanır, onların bahçesine geçerdim; babasının meyve bahçesinde oynardık. Yakalanacağız, babamdan dayak yiyecek diye Hâkim'in ödü kopardı. 'Baban beni bir güzel pataklayacak,' derdi. Öyle sakıngan, öyle ciddiydi ki; daha o zamandan. Sonra bir gün ona dedim ki, "Evet, kuzen, ne yapıyoruz? Bana evlenme teklif edecek misin, yoksa benim sana *khastegari* gelmem mi gerekiyor?' Aynen böyle söyledim. Yüzünü bir görmeliydiniz!"

Kadınlarla Leyla kahkahaları koyuverirken, Anne avuçlarını birbirine vururdu.

Anne'nin anlattığı bu tür öyküleri dinlerken, Leyla onun Babi'den hep böyle, sevgiyle söz ettiği bir dönem olduğunu anlardı. Annesiyle babasının ayrı odalarda yatmadığı bir dönem. O günleri kaçırmamış olmayı nasıl da isterdi.

Anne'nin evlilik öyküsü sözü, kaçınılmaz olarak, çöpçatanlık hikâyelerine, çevrilen entrikalara getirirdi. Afganistan Sovyet işgalinden kurtulduğu, delikanlılar eve döndüğü zaman, onları baş göz etmek gerekecekti; dolayısıyla, kadınlar kolları sıvamış mahallenin kızlarını tek tek elden geçiriyor, Ahmet'le Nur'a hangisinin uyup hangisinin uymayacağını saptamaya çalışıyorlardı. Sohbet ne zaman ağabeylerine kaysa, Leyla kendini dışlanmış hissederdi; kadınlar bir tek onun görmediği, harika bir filmden söz ediyorlardı sanki. Ahmet'le Nur Kabil'den ayrılıp *cihat*'a, Komutan Ahmet Şah Mesut'un güçlerine katılmak üzere kuzeye, Pençir'e gittiklerinde, Leyla iki yaşındaydı. Onlar hakkında pek az şey anımsıyordu. Ahmet'in boynundan sarkan, parlak, ALLAH madalyonu. Nur'un bir kulağından fışkıran siyah kıl demeti. Hepsi bu kadar.

"Azita'ya ne dersin?"

"Halıcının kızı mı?" dedi Anne, yapmacık bir kızgınlıkla yanağına vurarak. "O kızın bıyığı Hâkim'inkinden bile kalın!"

"Anahita da var. Duyduğumuza göre, Zarguna'da sınıf birinciymiş."

"O kızın dişlerini hiç gördün mü? Her biri bir mezar taşı. O dudakların gerisinde bir mezarlık yatıyor."

"Pek ya Vahidi kardeşler?"

"O iki cüce mi? Yo, hayır hayır. Oğullarıma olmaz. Sultanlarıma olmaz. Çok daha iyilerine layık benim oğullarım."

Gevezelikler sürüp giderken Leyla'nın zihni kayar, sürüklenir ve her zamanki gibi Tarık'a konardı.

Anne sarımtırak perdeleri çekmişti. Karanlıkta, odanın bol katmanlı bir kokusu vardı: uyku, yıkanmamış çarşaf, ter, kirli çorap, parfüm, dün akşamki *kurma*. Leyla gözlerinin karanlığa alışmasını bekledi, sonra ilerledi. Yine de ayakları, yere saçılmış giysi parçalarına dolandı.

Gidip perdeleri açtı. Yatağın ayakucunda madeni, katlanır bir iskemle duruyordu. İskemleye oturdu, hiç kıpırdamayan örtü yığınına baktı; annesine.

Anne'nin odasının duvarları Ahmet'le Nur'un resimleriyle kaplıydı. Leyla nereye baksa, gülümseyen iki yabancıyla karşılaşıyordu. Şurada, üç tekerli bir bisiklete binmiş Nur. Bu tarafta, namaz kılan ya da on iki yaşındayken Babi'yle birlikte yaptıkları güneş saatinin yanında poz veren Ahmet. Sonra, iki kardeş, bahçedeki yaşlı armut ağacının dibinde, sırt sırta vermiş oturuyor.

Anne'nin karyolasının altından, Ahmet'in ayakkabı kutusunun ucu görünüyordu. Anne arada bir çıkarır, içindeki eski, buruşuk gazete kesiklerini, el ilanlarını gösterirdi Leyla'ya; Ahmet isyancı gruplardan ve Pakistan'da üslenmiş olan direniş örgütlerinden toplamıştı bunları. Leyla fotoğraflardan birini çok iyi anımsıyordu; uzun, beyaz paltolu bir adam, bacakları olmayan bir çocuğa lolipop uzatmaktaydı. Resmin altında şöyle yazıyordu: *Sovyet kara mayınlarının hedefi çocuklar.* Makalede, Sovyetler'in patlayıcıları parlak renkli oyuncakların içine gizledikleri belirtiliyordu. Çocuk eline alınca, oyuncak patlıyor, parmakları hatta elinin tamamı kopuyordu. Bu durumda, çocuğun babası *cihat*'a katılamıyordu; evde kalması, sakat çocuğa bakması gerekiyordu. Ahmet'in kutusundaki bir başka makalede, genç bir Mücahit, Sovyetlerin köyüne insanların derisini kavuran, gözlerini kör eden gaz bombaları attığını söylüyordu. Annesiyle kız kardeşinin can havliyle, kan tükürerek dereye koştuklarını görmüştü.

"Anne."

Yığın belli belirsiz kıpırdandı. Bir inilti saldı.

"Anne, kalk. Saat üç oldu."

Bir inilti daha. Bir el kalktı; denizaltının suyun yüzeyini yaran periskopu gibi; sonra indi. Örtü yığını bu kez biraz daha belirgin bir biçimde kımıldadı. Sonra, birer birer sıyrılan, kaldırılan, kat kat örtülerin hışırtısı. Anne yavaşça, aşama aşama cisimleşti: önce karışık saçlar, ardından beyaz, buruşturulmuş, ekşi yüz, ışığa karşı acıyla kısılmış gözler; sonra, karyolanın başucu tahtasını kavrayan bir el. O inleyerek, homurdanarak doğrulurken yere kayan çarşaflar. Anne başını kaldırıp kıza bakmak için kendini zorladı, ışık yüzünden irkildi, başı göğsüne düştü.

"Okul nasıldı?" diye geveledi.

Böylece, gösteri başlamış oldu. Âdet yerini bulsun diye sorulan sorular, baştan savma yanıtlar. Her iki taraf da rol yapıyordu. Çoktan bıkılmış, eskimiş bir dansın coşkusuz, şevksiz çifti.

"Okul iyiydi," dedi Leyla.

"Yeni bir şey öğrendin mi?"

"Her zamanki şeyler."

"Yemek yedin mi?"

"Yedim."

"Güzel."

Anne yine elini kaldırdı; bu kez pencereye doğru. Yüzü buruştu, gözkapakları çırpındı. Sağ yanağı kızarmış, o taraftaki saçları kafasına yapışmıştı. "Başım ağrıyor."

"Aspirin getireyim mi?"

Anne şakaklarını ovdu. "Belki daha sonra. Baban geldi mi?"

"Saat daha üç."

"Ah. Doğru. Söylemiştin." Esnedi. "Rüya görüyordum," dedi, çarşafa sürtünen geceliğinin hışırtısını zar zor bastıran bir sesle. "Az önce, sen içeri girdiğinde. Ama anımsayamıyorum. Sana da oluyor mu?"

"Herkese olur, Anne."

"Çok tuhaf."

"Sen rüya görürken, oğlanın biri su tabancasıyla saçlarıma çiş püskürttü."

"Ne püskürttü? Ne dedin? Anlayamadım."

"Çiş. Sidik."

"Bu... bu korkunç bir şey. Tanrım. Çok üzüldüm. Zavallıcık. Sabah ilk iş onunla konuşurum. Ya da annesiyle. Evet, böylesi daha iyi olur."

"Kim olduğunu söylemedim ki daha."

"Şey, evet, kimdi?"

"Boş ver."

"Kızgınsın."

"Hani beni almaya gelecektin?"

"Ya," dedi Anne kısık, çatlak bir sesle. Leyla bunun bir soru olup olmadığını anlayamamıştı. Anne saçından birkaç tel kopardı. Leyla'nın bir türlü çözemediği sırlardan biriydi bu; Anne böyle saçlarını yolup durduğu halde, nasıl oluyor da cascavlak kel kalmıyordu? "Şeyden ne haber... şu arkadaşından, hah Tarık'tan? Evet, o ne yapıyor?"

"Bir haftadır burada değil."

"Ah." Anne burnundan derin bir soluk aldı. "Yıkandın mı?"

"Evet."

"Temizlendin, yani?" Yorgun gözlerini pencereye çevirdi. "Sen temizsin, her şey yolunda."

Leyla doğruldu. "Gidip ödevlerimi yapayım."

"Elbette. Çıkmadan şu perdeleri kapasana, birtanem," dedi annesi, giderek hafifleyen bir sesle. Çoktan örtülerin altına gömülmüştü bile.

Leyla perdeye uzanırken, bir arabanın, arkasında bir toz bulutu bırakarak uzaklaştığını gördü. Herat plakalı, mavi

Benz'di; nihayet gidiyordu. Arka camı güneşte parıldayan arabayı, köşeyi dönüp gözden kaybolana kadar izledi.

"Yarın unutmam," diyordu annesi, arkasından. "Söz veriyorum."

"Dün de böyle demiştin."

"Bilmiyorsun, Leyla."

"Neyi?" Kız hızla döndü, annesinin karşısına geçti. "Neyi bilmiyorum?"

Anne'nin eli göğsüne kondu, orayı usulca dövdü. "*Burayı. Buradakini.*" Sonra el gevşedi, durdu. "Bilemezsin."

18

Aradan bir hafta geçti, Tarık'tan ses çıkmadı. Sonra, bir hafta daha geçti.

Leyla vakit öldürmek için, Babi'nin hâlâ el atmadığı telli kapıyı onardı. Babi'nin kitaplarını indirdi, tozlarını aldı, alfabe sırasına göre dizdi. Hasena, Citi ve Citi'nin annesi Nila'yla birlikte Tavuk Sokağı'na gitti; Nila kadın terzisiydi, bazen Anne'yle birlikte dikiş dikerlerdi. O hafta Leyla, bir insanın çekebileceği bütün çilelerin arasında, eli kolu bağlı, öylece beklemekten daha ağırı olmadığı sonucuna vardı.

Bir hafta daha geçti.

Leyla kendini korkunç düşüncelerden oluşan bir ağa kıskıvrak yakalanmış buldu.

Tarık asla geri dönmeyecekti. Ana babası buradan temelli göçmüştü; Gazne gezisi bir aldatmacaydı. Yetişkinlerin, iki genci üzücü bir vedalaşmadan kurtarmak amacıyla düzenlediği bir komploydu.

Tarık yine bir kara mayınına çarpmıştı. Tıpkı 1981'de olduğu gibi: beş yaşındayken, ailesi onu yine güneye, Gazne'ye götürdüğünde. Leyla'nın üçüncü yaş gününden hemen sonraydı. Tarık'ın şansı o sefer yaver gitmiş, yalnızca bir bacağını kaybetmişti; canını kurtarabildiği için gerçekten talihliydi.

Leyla'nın beyni bu tür düşüncelerle çınlıyor, çınlıyordu.

Sonra, bir gece yolun aşağısında yanıp sönen, minicik bir ışık gördü. Dudaklarından iniltiyle soluma arası bir ses döküldü. Hemen eğildi, yatağın altından kendi el fenerini çıkardı, ama çalışmıyordu. Feneri avucuna vurdu, bitmiş pillere lanet okudu. Olsun, önemi yoktu. Tarık dönmüştü. Yatağının ucuna ilişti, duyduğu ferahlamadan sarhoş bir halde, yanıp sönen, kırpışan o güzelim sarı gözü seyretti.

Ertesi gün Tarık'ın evine doğru giderken, sokağın karşısında Kadim'le arkadaşlarını gördü. Oğlan yere çömelmiş, elindeki değnekle toprağa bir şey çiziyordu. Kızı görünce değneği bıraktı, parmaklarını kıpırdattı. Bir şey söyledi, gruptan kıkırtılar yükseldi. Leyla başını öne eğdi, hızla yürüyüp geçti.

"Ne yaptın *böyle*?" diye çığırdı, kapıyı açan Tarık'a. Aynı anda da, amcasının berber olduğunu anımsadı.

Tarık elini yeni tıraş edilmiş kafatasından geçirdi, beyaz, hafif çarpık dişlerini göstererek gülümsedi.

"Beğendin mi?"

"Askere gidiyor gibisin."

"Dokunmak ister misin?" Başını eğdi.

Minicik, sert kıllar kızın elinin ayasını tatlı tatlı gıdıkladı. Tarık bazı oğlanlar gibi değildi; hani şu, saçların sivri, konik kafataslarını, çirkin yumruları gizlediği oğlanlardan. Onun kusursuz yuvarlaklıkta, yumrusuz, topaksız bir kafası vardı.

Başını kaldırınca, Leyla yanaklarının, alnının güneşten yanmış olduğunu gördü.

"Neden bu kadar geciktin?" diye sordu.

"Amcam hastaydı. Hadi gel. İçeri gir."

Kızı koridordan geçirip oturma odasına götürdü. Leyla bu evin her şeyine bayılıyordu. Oturma odasındaki eski püskü halıya, kanepenin üzerindeki yama işi örtüye, Tarık'ın yaşamının bildik dağınıklığına: annesinin kumaş topları, makaralara saplanmış dikiş iğneleri, eski dergiler, çatırdayarak açılmayı bekleyen akordeon kutusu.

"Kim o?"

Annesinin, mutfaktan gelen sesiydi.

"Leyla!" diye yanıtladı oğlan.

Kıza bir iskemle çekti. Aydınlık bir odaydı; bahçeye açılan çift kanatlı bir penceresi vardı. Pervaza, Tarık'ın annesinin patlıcan turşuları kurduğu, havuç reçelleriyle doldurduğu boş kavanozlar dizilmişti.

"Yani *aruz*'umuz, gelinimiz," diye düzeltti babası odaya girerken. Marangozdu; altmış yaşlarında, ince uzun, ak saçlı bir erkek. Ön dişlerinin arasında boşluklar, yaşamının çoğunu açık havada geçirenler gibi, kısık gözleri vardı. Kollarını açtı, Leyla da gidip aralarına sokuldu, talaş tozunun hoş, tanıdık kokusunu içine çekti. Yanaktan üç kez öpüştüler.

"Ona böyle dersen buraya gelmeyi keser," dedi Tarık'ın annesi, yanlarından geçerken. İçinde geniş bir kâse, bir servis kaşığı ve daha küçük dört kâse bulunan bir tepsi taşıyordu. Tepsiyi masaya bıraktı. "Sen ihtiyara aldırma." Leyla'nın yüzünü ellerinin arasına aldı. "Seni görmek ne güzel, canım. Gel, otur. Size komposto getirdim."

Açık renk, işlenmemiş ağaçtan yapılma, oldukça iri bir masaydı – Tarık'ın babası eliyle yapmıştı, iskemleleri de öyle. Üzerinde küçük, morumsu hilaller ve yıldızlar bulunan, yosun yeşili, muşamba bir örtüsü vardı. Oturma odasının duvarının büyük bir bölümü, Tarık'ın farklı yaşlarda çekilmiş resimleriyle kaplıydı. Bazılarında, oğlan iki bacaklıydı.

"Kardeşiniz hastalanmış," dedi Leyla, Tarık'ın babasına; kaşığını kuru üzümlü, şamfıstıklı, kayısılı hoşaf kâsesine daldırırken.

Adam bir sigara yaktı. "Evet, ama şimdi iyi; atlattı, *Hüda'ya şükür.*"

"Kalp krizi. İkinci," dedi Tarık'ın annesi, kocasına uyaran bir bakış fırlatarak.

Tarık'ın babası sigarasının dumanını üfledi, Leyla'ya göz kırptı. Kızın aklına bir kez daha, bilmeyen birinin, Tarık'ı onların torunu sanabileceği geldi. Annesi kırk küsur yaşında doğurmuştu onu.

"Baban nasıl, canım?" diye sordu kadın, kâsesinin üstünden ona bakarak.

Tarık'ın annesi, Leyla onu tanıdı tanıyalı, peruk takardı. Rengi yıllar içinde, donuk bir eflatuna dönüşmüştü. Peruğu bugün kaşlarına doğru indirmişti; Leyla şakaklarındaki kır telleri görebiliyordu. Bazı günler alnından iyice geriye iterdi. Ama Leyla'ya göre, Tarık'ın annesi bu perukla hiç de gülünç, acınası görünmüyordu. Onun gördüğü şey, peruğun altındaki dingin, kendinden emin çehre, zeki gözler, zarif, acelesiz tavırlardı.

"Çok iyi," dedi Leyla. "Hâlâ Silo'da, elbette. Gayet iyi."

"Peki ya annen?"

"Bazen iyi. Bazen kötü. Aynı yani."

"Evet," dedi kadın düşünceli; kaşığını kâseye batırdı. "Bir anne için oğullarından ayrı olmak çok zor... korkunç."

Tarık söze karıştı: "Öğle yemeğine kalacak mısın?"

"Kalmalısın," dedi annesi de. "*Şorva* yapıyorum."

"*Zahmet* vermek istemem."

"*Zahmet* mi?" dedi kadın. "Birkaç haftalığına ayrı kaldık diye yabancı mı olduk yoksa?"

Leyla kızardı, gülümsedi. "Peki, kalırım."

"Tamam, anlaştık."

İşin doğrusu, Leyla karnını kendi evinde doyurmaktan ne kadar haz etmiyorsa, Tarık'ların evinde yiyip içmeye de o kadar bayılıyordu. Burada, kimse tek başına yemezdi, sofraya hep ailece oturulurdu. Kullandıkları eflatun, plastik bardaklar, sürahide mutlaka yüzen çeyrek limon, öyle hoşuna gidiyordu ki. Her öğüne bir kâse taze yoğurtla başlamaları, her şeye, hatta yoğurda bile turunç sıkmaları, küçük, zararsız şakalarla birbirlerine takılmaları harikaydı.

Yemek sırasında sohbet hiç kesilmezdi. Ailece Peştun olmalarına karşın, Leyla'nın yanında, onun hatırına sürekli Farsça konuşurlardı; her ne kadar kız onların özgün dili olan Peştuncayı az çok anlıyor olsa da (okulda öğrenmişti). Babi halklar arasında gerginlik olduğunu söylemişti – azınlık olan Taciklerle, Afganistan'ın en geniş etnik grubunu oluşturan Peştunlar arasında. *Tacikler oldu bitti dışlandıklarını, küçümsendiklerini hissederler,* demişti Babi. *Bu ülkeyi neredeyse iki yüz elli yıl salt Peştun krallar yönetti; Taciklerse topu topu dokuz ay; o da ta 1929'da.*

Peki ya sen, diye sormuştu Leyla, *sen küçümsendiğini hissediyor musun?*

Babi gömleğinin ucuyla gözlüğünün camlarını temizledi. *Bence tam bir saçmalık -hem de çok tehlikeli bir saçmalık- bütün bu ben Taciğim, sen Peştunsun, şu Hazara, bu Özbek laf-*

ları. Hepimiz Afganız, önemli olan tek şey de bu. Ama bir grup ötekine bu kadar uzun süre tahakküm ederse... Hor görmeler, aşağılamalar başlar. Rekabet. Husumet. Daima böyle olmuştur.

Doğruydu belki. Ama Leyla bu duyguya Tarıkların bu konuların asla açılmadığı evinde, bir kez olsun kapılmamıştı. Bu aileyle geçirdiği zaman ona son derece doğal, zorlamasız geliyordu; soy ya da dil farklılıklarının, ya da kendi evindeki gibi kişisel garezlerin, hınçların bozmadığı, karmaşıklaştırmadığı saatlerdi bunlar.

"Bir el iskambile ne dersin?" dedi Tarık.

"Evet, hadi yukarı çıkın," dedi annesi, kocasının savurduğu duman bulutunu hoşnutsuzlukla kışkışlarken. "Ben gidip *şorva*'ya bakayım."

Tarık'ın odasında yüzükoyun yere uzandılar, *pençper* oynamaya başladılar. Ayağını havada öne arkaya sallayan Tarık yolculuğunu anlattı. Amcasıyla birlikte ektikleri şeftali fidanları. Bahçede yakaladığı yılan.

Ev ödevlerini bu odada yapar, iskambil kartlarından kuleler diker, birbirlerinin karikatürlerini çizerlerdi. Yağmur yağıyorsa pencerenin çıkıntısına yaslanır, ılık portakallı Fanta'larını yudumlarken cama vuran tombul damlaları seyrederlerdi.

"Pekâlâ, sana bir bilmece," dedi Leyla kartları karıştırırken. "Dünyayı dolaşan ama bir köşede duran şey nedir?"

"Dur." Tarık elleriyle yeri iterek yarı doğruldu, takma bacağını öteki yana savurdu. Göz kırparak yan döndü, dirseğine yaslandı. "Şu yastığı uzatsana." Alıp bacağının altına yerleştirdi. "Hah. Şimdi oldu."

Leyla kopuk bacağı, geride kalan kökü ilk kez gördüğü günü çok iyi anımsıyordu. Altı yaşındaydı. Bir parmağıyla, oğlanın sol dizinin hemen altındaki gergin, parlak deriyi dürtmüştü. Orada parmağına küçük, sert yumrular değmiş,

Tarık bunların, bazen uzuv kesildikten sonra fırlayan sivri kemik mahmuzları olduğunu söylemişti. Kesik yer acıyor mu, diye sormuş, oğlan da günün sonunda, bacak şiştiği ve proteze tam oturmadığı, yani parmağa geçen dikiş yüksüğü gibi yerleşmediği zaman hassaslaştığını, ağrıdığını açıklamıştı. *Bazen de proteze sürtünüyor. Özellikle hava sıcaksa. O zaman kızarıp su topluyor, ama annemde bazı kremler var, faydası oluyor. O kadar da kötü değil.*

Leyla hüngür hüngür ağlamaya başlamıştı.

Neden ağlıyorsun ki? Takma bacağını yeniden yerleştirmiş, kayışlarını sıkmıştı. *Görmek isteyen sendin, seni* ciryanok, *sulugöz! Böyle böğüreceğini bilseydim, göstermezdim.*

"Pul," dedi Tarık.

"Ne?"

"Bilmecenin cevabı. Yemekten sonra hayvanat bahçesine gidelim mi?"

"Biliyordun. Değil mi?"

"Kesinlikle hayır."

"Sahtekârın tekisin."

"Sen de kıskançsın."

"Neyi kıskanacağım?"

"Erkeksi zekâmı."

"*Erkeksi* zekan mı? Yok canım? Söyle bakalım, satrançta hep kim kazanıyor?"

"Kazanmana göz yumuyorum." Oğlan güldü. Bunun doğru olmadığını ikisi de biliyordu.

"Matematikten kim kaldı, peki? Bir sınıf büyük olmana karşın, matematik ödevlerine yardım etmem için bana gelmedin mi?"

"Matematik beni bu kadar sıkmasaydı, iki sınıf yukarıda olurdum."

"Galiba coğrafya da sıkıyor seni?"

"Nerden anladın? Tamam, kes artık. Hayvanat bahçesine gidiyor muyuz gitmiyor muyuz?"

Leyla gülümsedi. "Gidiyoruz."

"Güzel."

"Seni özledim."

Bir duraklama oldu. Sonra Tarık yüzünde yarı sırıtır yarı dudak büker bir anlamla ona döndü. "*Neyin* var senin?"

Hasena, Citi ve ben bu iki sözcüğü birbirimize karşı kimbilir kaç kez kullanmışızdır, diye düşündü Leyla. İki-üç gün birbirimizi görmesek, kolayca, hiç duraksamadan söyleriz: *Seni özledim, Hasena. Ah, ben de seni çok özledim.* Tarık'ın suratındaki ekşimeye bakılırsa, oğlanlar bu açıdan kızlardan farklıydı. Onlar dostluklarını bir gösteriye dönüştürmüyordu. Bu tür sözler etme dürtüsü, ihtiyacı hissetmiyorlardı. Leyla ağabeylerinin de aynen böyle davrandığını tahmin etti. Oğlanların, dostluklara da güneşe davrandıkları gibi davrandığını anlamaya başlamıştı: varlığını tartışılmaz, mutlak kabul etmek, parlaklığının tadını çıkarmak, ama üzerinde kafa yormamak.

"Seni kızdırmaya çalışıyordum," dedi kız.

Tarık ona yan yan baktı. "Eh, başardın."

Ama yüzü yumuşamıştı. Yanaklarındaki bronzluk bir an için koyulaşır gibi mi olmuştu ne?

Leyla'nın ona söylemeye niyeti yoktu. İşin aslı, ona söylemenin çok kötü olacağına karar vermişti. Birinin canı yanabilirdi, çünkü Tarık böyle bir şeye asla boş vermezdi. Ama daha sonra sokakta, otobüs durağına doğru yürürlerken, bir duvara yaslanmış duran Kadim'i gördü. Çevresi her zamanki gibi arkadaşlarıyla sarılıydı, başparmaklarını kemerinin ilmeklerine sokmuştu. Kıza meydan okurcasına sırıttı.

Bunun üzerine, Tarık'a anlattı. Durdurmasına kalmadan, öykü ağzından dökülüverdi.

"Ne yaptı?"

Leyla bir kez daha söyledi.

Tarık parmağıyla Kadim'i gösterdi. "Bu mu? Yapan bu muydu? Emin misin?"

"Eminim."

Tarık dişlerini sıktı, Peştun dilinde bir şeyler mırıldandı; Leyla sözcüklerin anlamını çıkaramamıştı. "Sen burada bekle," dedi kıza, bu kez Farsça.

"Tarık, hayır..."

Oğlan sokağın karşısına geçmişti bile.

Onu ilk, Kadim fark etti. Sırıtışı silindi, duvardan uzaklaştı. Parmaklarını ilmeklerden çıkardı, sırtını dikleştirdi; beceriksizce de olsa, gözdağı verir bir hava takındı. Diğerleri de onun baktığı yöne döndüler.

Leyla söylediğine bin pişman olmuştu. Ya birlik olurlarsa? Toplam kaç kişiydiler – on? on bir? on iki? Ya Tarık'a zarar verirlerse?

Tarık, Kadim'le avanesine birkaç adım kala durdu. Bir an, durumu tartar gibi oldu; belki de gözü yemedi, diye düşündü Leyla; oğlanın eğildiğini görünce de, ayakkabısının bağcığı çözülmüş gibi yapacağını, sonra da dönüp yanına geleceğini varsaydı. Ama oğlanın elleri harekete geçince, Leyla anladı.

Tarık doğrulup tek bacağının üzerinde dimdik durunca, ötekiler de anladılar. Sonra, topallayarak Kadim'e doğru ilerledi; kayışları çözülmüş olan takma bacağını bir kılıç gibi havaya kaldırmıştı.

Oğlanlar hızla yana kaçıştılar. Kadim'le ikisinin arasında yeterli bir boşluk bıraktılar.

Sonra tozlar, tekmeler, yumruklar, naralar havada uçuştu.

Kadim Leyla'yı bir daha hiç rahatsız etmedi.

***

O akşam, çoğu akşam gibi, Leyla sofrayı iki kişilik kurdu. Anne aç olmadığını söylemişti. Böyle gecelerde, Babi'nin eve gelmesini bile beklemeden bir tabak hazırlar, göstererek, güzelce vurgulayarak odasına çıkarırdı. Leyla'yla Babi yemeğe oturduğunda, o -uyur ya da uyanık- çoktan yatağına çekilmiş olurdu.

Babi banyodan çıktı; eve geldiğinde un serpilmiş olan saçları şimdi temizdi, geriye taranmıştı.

"Ne yemek var, Leyla?"

"Dünden kalma *aş* çorbası."

"Gayet güzel," dedi adam, saçlarını kuruladığı havluyu katlarken. "Bu gece ne çalışıyoruz? Ondalık kesirleri mi?"

"Tam sayılı bayağı kesirleri."

"Ah. Doğru."

Her gece, yemekten sonra Babi onun ev ödevlerine yardım eder, birkaç ödev de kendisi verirdi. Bunun nedeni, Leyla'yı sınıftakilerden bir-iki adım öne geçirmekti, yoksa okulun verdiği ödevleri onaylamaması değil – her ne kadar eğitimin yerini propaganda almış olsa da. İşin aslı, oldukça ironikti ama, Babi'ye göre komünistlerin yaptığı (ya da en azından amaçladığı) tek doğru uygulama okullarda, onu kovdukları eğitim alanındaydı. Özellikle de, kadınların eğitimi konusunda yapılanları alkışlıyordu. Hükümet her yaştaki kadınlar için parasız okuma-yazma sınıfları açmıştı. Babi'nin dediğine göre, Kabil Üniversitesi'ndeki öğrencilerin neredeyse üçte ikisi artık kızdı; hukuk, tıp, mühendislik okuyan kızlar.

Bu ülkede kadınların işi hep çok zor oldu, Leyla, ama artık, komünistler sayesinde daha özgürler, eskisinden çok daha fazla haklara sahipler, demişti, sesini iyice alçaltarak; Anne'nin komünistler hakkında çok dolaylı da olsa olumlu sözlere hiç tahammülü olmadığını biliyordu. *Ama bu bir gerçek,* diye ekledi Babi, *Afganistan'da kadın olmanın tam zamanı. Bundan yararlanmalısın, Leyla. Öte yandan, kadın özgürlüğü* -başını esefle salladı- *ne yazık ki, oradakilerin silaha sarılmasının da nedenlerinden biri.*

"Oradakiler" derken, her zaman görece liberal ve ilerici olan Kabil'i kastetmiyordu. Burada, başkentte kadınlar öteden beri üniversitede ders vermiş, okullar yönetmiş, hükümette yer almıştı. Hayır, Babi aşiret, kabile topraklarını kastediyordu, özellikle de güneyde ya da doğudaki, Pakistan sınırı yakınındaki Peştun bölgelerini. Kadınların sokakta çok ender görüldüğü, o da ancak *burka*'yla ve erkek eşliğinde çıkabildiği yöreleri. Kadim aşiret yasalarına göre yaşayan erkekler, komünistlere ve onların kadın özgürlüğünden yana olan, kızların zorla evlendirilmesini yasaklayan, evlenme yaşını on altıya çıkaran uygulamalarına karşı ayaklanmıştı. Bu erkekler, kızlarının evden ayrılıp okula gideceğinin, erkeklerle yan yana çalışacağının hükümet tarafından -üstelik Allahsız bir hükümet tarafından- söylenmesini, hatta dayatılmasını, yüzlerce yıllık geleneklerine bir hakaret sayıyor, demişti Babi.

Aman Allah korusun! diye ekledi alayla. Sonra içini çekti, ekledi: *Leyla, birtanem, bir Afgan'ın yenemeyeceği tek düşman, kendisidir.*

Babi masadaki yerini aldı, ekmeğini *aş* kâsesine batırdı.

Leyla, Tarık'ın Kadim'e yaptığını yemek sırasında, derse başlamadan anlatmaya karar vermişti. Ama fırsat bulamadı. Çünkü tam o sırada kapıya vuruldu; gelen bir yabancıydı, bir haber getirmişti.

19

“Annenlerle konuşmam gerekiyor, *dohtar can*, ” dedi adam, kapıyı açan Leyla’ya. Tıknaz bir adamdı; yüzü açık havadan yıpranmış, haşin. Üzerinde patates rengi bir palto, başında kahverengi, yün *pakol*.

“Kim geldi diyeyim?”

Aynı anda Babi’nin eli Leyla’nın omzuna kondu, kızı tatlılıkla kapıdan uzaklaştırdı.

“Sen yukarı çık, Leyla. Hadi, kızım.”

Leyla merdivene doğru giderken, ziyaretçinin, Penşir’den haber getirdim, dediğini duydu. Şimdi Anne de aşağıda, oturma odasındaydı. Bir eliyle ağzını örtmüştü, gözleri Babi’yle *pakol*’lu adam arasında mekik dokuyordu.

Leyla merdiven başında durup aşağıya baktı. Üçü şimdi oturma odasındaydılar. Yabancı, Anne'yle Babi'ye doğru eğildi. Leyla'nın duyamadığı birkaç kelime söyledi. Babi'nin yüzü bembeyaz kesildi, giderek daha da beyazlaştı; ellerine bakıyordu, Anne'yse çığlık çığlığa bağırıyor, bağırıyor, saçlarını yoluyordu.

Ertesi sabah, *fatiha* günü, mahallenin kadınları eve doluştu, cenazeden sonra verilecek *hatim* yemeğini hazırlamaya koyuldu. Anne salondaki kanepeden bütün gün kalkmadı; elindeki mendili didikliyordu, yüzü şişmişti. Burnunu çekip duran iki kadın onunla ilgileniyor, sırayla Anne'nin elini okşuyorlardı, usulca, incitmekten korkarcasına; dünyanın en nadir bulunan, en kırılgan taşbebeğiymiş gibi. Anne onların farkında değil gibiydi.

Leyla annesinin önüne diz çöktü, ellerini tuttu. "Anneciğim."

Anne gözlerini aşağıya çevirdi. Sonra, kırpıştırdı.

"Biz onunla ilgileniriz, Leyla *can*," dedi kadınlardan biri, kendini önemseyen bir edayla. Leyla daha önce de cenazelere katılmış, aynen bunlar gibi kadınlar görmüştü; ölüme ilişkin her şeyin hakkını doyasıya veren, kendi tayin ettikleri görev sahasına hiç kimsenin dalmasına izin vermeyen, resmi avutucular.

"Her şey kontrol altında. Hadi kızım, sen git başka şeyle meşgul ol. Anneni rahat bırak."

Kışkışlanan Leyla, bir işe yaramadığını hissetti. Bir odadan diğerine geçip durdu. Bir süre mutfakta oyalandı. Ondan umulmayacak bir suskunluğa gömülmüş olan Hasena, annesiyle birlikte çıkageldi. Citi'yle annesi de öyle. Citi Leyla'yı görünce, hemen yanına seğirtti, o kemikli kollarıyla sarıldı, şaşırtıcı bir güçle, uzun uzun kucakladı. Geri çekildiğinde gözleri yaş içindeydi. "Öyle üzgünüm ki, Leyla," dedi. Leyla teşekkür etti. Üç kız dışarıda, bahçede oturdular, ta ki kadınlardan biri gelip onları işe koşuncaya kadar – bardaklar yıkanacak, tabaklar masaya üst üste yığılacaktı.

Babi de amaçsızca eve girip çıkıyor, göründüğü kadarıyla, yapacak bir iş arıyordu.

"Onu benden uzak tutun." Anne'nin bütün sabah ağzından çıkan tek cümle bu olmuştu.

Babi sonunda tek başına, holdeki katlanır bir iskemleye oturdu; bitmiş, ufalmış görünüyordu. Sonra bir kadın, ayakaltında olduğunu söyledi. Adam özür diledi, çalışma odasına kapandı.

O akşamüstü, erkekler Karteh-Seh'e, Babi'nin *fatiha* için kiraladığı salona gittiler. Kadınlar evde toplandı. Leyla annesinin yanındaki iskemleye yerleşti; yaslı ailenin, oturma odasının girişine yakın bir yerde oturması âdettendi. Başsağlığı dilemeye gelenler kapıda ayakkabılarını çıkarıyor, odayı geçerken tanıdıklarını başlarıyla selamlıyor, sonra da duvarlar boyunca dizilmiş olan iskemlelere oturuyorlardı. Leyla Vecma'yı gördü, onu dünyaya getiren yaşlı ebeyi. Tarık'ın annesini de gördü; peruğun üzerine siyah bir eşarp bağlamıştı. Leyla'ya bakıp başını salladı, kapalı dudaklarıyla hafifçe, kederle gülümsedi.

Kasetçalardan, bir erkeğin genizden gelen sesiyle okuduğu Kuran ayetleri yayılıyordu. İki dua arasında, kadınlar iç geçiriyor, kıpırdanıyor, burunlarını çekiyordu. Bastırılmış öksürükler, mırıltılar duyuluyordu; zaman zaman, içlerinden biri teatral, yürek parçalayan bir höykürtü salıyordu.

Raşit'in karısı Meryem girdi. Başına siyah bir *hicap* örtmüştü. Altından kurtulan birkaç tutam saçı alnına dökülmüştü. Duvarın önüne, Leyla'nın karşısına düşen bir iskemleye oturdu.

Leyla'nın yanında, Anne uğunuyor, öne arkaya sallanıyordu. Leyla onun elini tutup kucağına çekti, avuçlarının arasına aldı, ama Anne farkına bile varmadı.

"Su ister misin?" diye fısıldadı annesinin kulağına. "Susamadın mı?"

Anne karşılık vermedi. Öne arkaya sallanmaktan, yüzünde uzak, ruhsuz bir ifadeyle halıya bakmaktan başka hiçbir şey yapmıyordu.

Onun yanında oturur, salondaki bitik, elemli yüzlere bakarken, arada bir, ailenin başına gelen felaketin boyutu Leyla'ya dank ediyordu. Silinen hayaller. Yerle bir olan umutlar.

Ama bu duygu çok uzun sürmüyordu. Anne'nin kaybını hissetmek, *gerçekten* hissetmek güçtü. Varlıklarını Leyla'nın zaten hiçbir zaman tam anlamıyla algılayamadığı insanların acısına gömülmek, ölümlerine yanmak zordu. Ahmet'le Nur yalnızca bir bilgiydi Leyla için. Bir masaldaki kahramanlar gibi. Tarih kitabındaki krallar.

Var olan, etiyle kanıyla gerçek olan, Tarık'tı. Ona Peştun dilinde küfürler öğreten, tuzlu yonca yapraklarına bayılan, çiğnerken suratını buruşturup inlemeyi andıran, alçak bir ses çıkaran, sol köprücükkemiğinin hemen altında, ters mandolin biçiminde, uçuk pembe bir doğum lekesi olan Tarık.

Annesinin yanında oturdu, Ahmet'le Nur'un yasını usulünce, hürmetle tuttu, fakat yüreğinin derinliklerinde, gerçek ağabeyinin sağ ve sağlıklı olduğunu biliyordu.

20

Böylece, Anne'nin yakasını ömrünün sonuna kadar bırakmayacak olan hastalıklar başlamış oldu. Göğüs sancıları, baş ağrıları, eklem sızıları, gece terlemeleri, kulaklardaki sağır edici zonklamalar, kimsenin eline gelmeyen yumrular. Babi onu doktora götürdü, kan ve idrar testleri yapıldı, röntgenler çekildi, ama fiziksel bir hastalık bulunamadı.

Anne çoğu günleri yatakta geçiriyordu. Sadece siyah giyiyordu. Saçından tel koparıyor, dudağının altındaki beni dişliyordu. Anne uyanıksa, Leyla onu evin içinde sendeleyerek dolaşırken buluyordu. Bu gezintiler mutlaka Leyla'nın odasında son bulurdu; bir zamanlar uyudukları, yellendikleri, yastık kavgası yaptıkları bu odaya gelmeyi sürdürürse, oğullarına er geç rastlayacaktı sanki. Oysa karşısına çıkan tek şey, boşluktu. Ve Leyla. Ki, Leyla'nın inancına göre, bu ikisi Anne için aynı şeydi zaten.

Kadının asla ihmal etmediği tek görev, günde beş kez kıldığı *namaz*'dı. Her *namaz*'ın sonunda, başını öne eğer, avuçlarını yüzüne doğru kaldırır, Mücahitleri zafere ulaştırması için Tanrı'ya yakarırdı. Leyla ev işlerinin neredeyse tamamını sırtlanmıştı. O ilgilenmeseydi, ev büyük bir olasılıkla, dört bir yana saçılmış giysilerden, ayakkabılardan, ağzı açık pirinç torbaları, fasulye konserveleri, dağ gibi yığılmış bulaşıklardan geçilmezdi. Anne'nin elbiselerini yıkıyor, çarşaflarını değiştiriyordu. Yıkanması, karnını doyurması için diller dökerek, rica minnet yataktan çıkarıyordu. Babi'nin gömleklerini ütüleyen, pantolonlarını katlayan, oydu. Aşçılığı her gün biraz daha üstlenen de.

Bazen, evdeki işlerini bitirince yatağa, annesinin yanına sokulurdu. Kollarıyla beline sarılır, parmaklarını onunkilere geçirir, yüzünü onun saçına gömerdi. Anne kıpırdanır, bir şeyler mırıldanırdı. Sonra, kaçınılmaz olarak, oğullarıyla ilgili bir öykü anlatmaya başlardı.

Bir gün, yine böyle yatarlarken, "Ahmet gerçek bir önder olacaktı," dedi. "Onda lider karizması vardı. Yaşı onun üç katı olanlar bile, saygıyla dinlerdi onu, Leyla. Görülecek şeydi. Ya Nur. Ah, Nur'um benim. Sürekli çizim yapardı; binalar, köprüler çizerdi. Mimar olacaktı, biliyor musun? Yaptığı tasarımlarla Kabil'i bambaşka bir yere dönüştürecekti. Şimdi, ikisi de *şehit* düştü; oğullarım *şehit* oldu."

Leyla kıpırdamadan yatar, dinlerdi; keşke Anne *onun,* Leyla'nın *şehit* olmadığını, hâlâ yaşadığını, yanında olduğunu, umutları, bir geleceği olduğunu fark etseydi. Ama Leyla kendi geleceğinin, ağabeylerinin geçmişiyle boy ölçüşemeyeceğini biliyordu. Yaşarken kızı gölgede bırakmışlardı. Ölümleriyle de yeryüzünden tamamen silmişlerdi. Anne şimdi onların hayat müzelerinin müdürüydü, Leyla ise yalnızca bir ziyaretçi. Onlara ait efsanelerin doldurulduğu bir kap. Anne'nin mürekkeple, onların destanını yazdığı bir parşömen.

"Haberi getiren, oğullarımı kampa geri getirdikleri zaman, Ahmet Şah Mesut'un cenaze törenine bizzat katıldığını söyledi. Mezarlarının başında durup dua okumuş. İşte, ağabeylerin böylesine cesur, yürekli delikanlılardı, Leyla; cenazelerine Komutan Mesut, Penşir Aslanı bile kalkıp geldi; Allah ondan razı olsun."

Anne sırtüstü döndü. Leyla yerini değiştirdi, başını onun göğsüne dayadı.

"Bazı günler," dedi kadın boğuk bir sesle, "holdeki saatin tik taklarını dinliyorum. Ve beni bekleyen bütün o saniyeleri, dakikaları, saatleri, günleri, haftaları, ayları, yılları düşünüyorum. Onlarsız geçecek olan onca zamanı. O zaman, nefes alamıyorum; sanki biri kalbimin üzerinde tepiniyor, Leyla. Elim ayağım tutmaz olmuyor. Öyle bitap düşüyorum ki, bir yere yığılıp kalmak istiyorum."

"Keşke elimden bir şey gelseydi," dedi kız; içtendi. Ama kulağa yavan, baştan savma gelmişti; kibar bir yabancının dudaklarından usulen dökülen bir teselli gibi.

"Sen iyi, hayırlı bir evlatsın," dedi Anne, derin bir ah çektikten sonra. "Bense sana doğru dürüst analık edemedim."

"Böyle söyleme."

"Doğru ama. Bunu biliyorum ve bunun için çok üzgünüm, aşkım."

"Anne?"

"Hım."

Leyla doğruldu, aşağıya, annesine baktı. Anne'nin saçlarında artık yol yol aklar vardı. Oldu bitti kilolu, hatta tombul olan kadının ne kadar zayıfladığını ayrımsamak, Leyla'yı afallattı. Yanakları solgun, çöküktü. Üzerindeki bluz omuzlarından düşüyordu, boynuyla yaka arasında boşluk vardı. Leyla alyansın parmaklarından kaydığını kaç kez görmüştü.

"Sana hep sormak istediğim bir şey var."

"Nedir?"

"Sen... yani, sakın ola..." diye başladı Leyla.

Bu konuyu Hasena'yla konuşmuştu. Hasena'nın önerisiyle aspirin şişesini su hendeğine boşaltmış, mutfak bıçaklarını, sivri kebap şişlerini kanepenin altındaki halının altına sokmuşlardı. Hasena'nın bahçede bulduğu ipi sakladılar. Babi tıraş bıçaklarını bulamayınca, Leyla ona korkularını açmaya mecbur kaldı. Babi kendini kanepenin ucuna bırakmış, ellerini dizlerinin arasına sokmuştu. Leyla ondan yatıştırıcı bir sözcük, iyi kötü bir güvence bekledi. Ama karşısında yalnızca allak bullak bir yüz, boş bakışlı gözler buldu.

"Yani sen... yapmazsın, değil mi? Anne, çok endişeleniyorum..."

"Haberi aldığımız gece bunu düşündüm," dedi annesi. "Sana yalan söylemeyeceğim, ondan sonra da düşündüm. Ama hayır. Merak etme, Leyla. Oğullarımın hayalinin gerçekleştiğini görmek istiyorum. Sovyetler'in rezil olmuş bir halde memleketlerine döndüklerini, Mücahitlerin zaferle Kabil'e girdikleri günü görmek istiyorum. Bunlar olurken, Afganistan özgülüğüne kavuşurken, orada bulunmalıyım ki oğullarım da görebilsinler. Benim gözlerim aracılığıyla seyredebilsinler."

Az sonra uyudu, Leyla'yı birbiriyle çatışan düşüncelerle baş başa bıraktı: Anne'nin yaşamaya kararlı olması yüreğini ferahlatmış, nedeninin *kendisi* olmaması ise, yaralamıştı. Anne'nin kalbine damgasını asla ağabeyleri gibi vuramayacaktı, çünkü bu kalp soluk, sığ bir kumsaldı; Leyla'nın ayak izlerinin, kabaran ve sahile vuran, kabaran ve kırılan keder dalgaları tarafından daima, sonsuzcasına silindiği bir kumsal.

21

Taksi sürücüsü Sovyet ciplerinden, zırhlı araçlarından oluşan bir başka, uzun konvoya yol vermek üzere, arabasını kenara çekti. Tarık ön koltuğa, şoförün camına doğru eğildi, haykırdı: "*Pajalusta! Pajalusta!*"

Bir cip korna çaldı, Tarık ıslıkla karşılık verdi; gülüyor, neşeyle el sallıyordu. "Harika silahlar!" diye bağırdı. "Harika cipler! Mükemmel bir ordu! Sapan atan bir avuç köylüye yenilmeniz ne kötü!"

Konvoy geçip gitti. Taksi yeniden yola koyuldu.

"Ne kadar kaldı?" diye sordu Leyla.

"En çok bir saat," dedi şoför. "Tabii başka konvoylara ya da kontrol noktalarına rastlamazsak."

Günübirlik bir geziye çıkmışlardı; Leyla, Babi ve Tarık. Hasena da gelmek istemiş, babasına yalvarmış ama izin koparamamıştı. Yolculuk fikri Babi'den çıkmıştı. Maaşını bir hayli sarsacak olsa da, taksiyi bütün günlüğüne tutmuştu. Nereye gittikleri hakkında Leyla'ya hiçbir bilgi vermemiş, yalnızca kızın eğitimine katkıda bulunduğunu belirtmişti.

Sabahın beşinden beri yoldaydılar. Leyla'nın camından görünen manzara sürekli değişmişti: zirveleri karlı dağlardan çöllere, vadilerden güneşin kavurduğu kaya oluşumlarına. Yol boyunca saz damlı, çamur evlerden, biçilmiş, destelenmiş buğday balyalarının beneklediği tarlalardan geçtiler. Leyla'nın gözüne, Kooçi göçerlerinin tozlu tarlalara kurduğu kara çadırlar çarptı. Sık sık da, yanmış Sovyet tanklarının, düşmüş helikopterlerin enkazları. Bu, diye düşündü, Ahmet'le Nur'un Afganistan'ı. Savaş asıl burada, bu kırsal yörede sürüyor. Kabil'de değil. Kabil genellikle sakin. Orada, zaman zaman açılan yaylım ateşi, kaldırım kenarlarında sigara içen Sovyet askerleri, caddelerden hoplaya zıplaya geçen Sovyet cipleri olmasa, savaşın yalnızca bir söylenti olduğuna inanabilirdiniz.

Sabahın ilerleyen saatlerinde, iki kontrol noktası daha geçtikten sonra, bir vadiye girdiler. Babi Leyla'ya koltuğun bu tarafına doğru eğilmesini söyledi, az uzaktaki, çok eski zamanlardan kalmaymış gibi görünen, güneşte kurumuş, kırmızı renkli duvarları gösterdi.

"Burası Şehr-i-Zohak. Kırmızı Şehir. Eskiden bir hisarmış. Dokuz yüz yıl kadar önce, vadiyi istilacılardan korumak amacıyla yapılmış. Cengiz Han'ın torunu, on üçüncü yüzyılda buraya saldırmış, ama öldürülmüş. Sonra Cengiz Han kaleyi yerle bir etmiş."

"İşte size ülkemizin hikâyesi, genç dostlarım, istilacıların biri gitmiş öteki gelmiş," dedi şoför, sigarasının külünü camdan silkelerken. "Makedonyalılar. Sasaniler. Araplar. Moğollar. Şimdi de Sovyetler. Ama biz şu karşıdaki surlar gibiyiz. Hırpalanmış, dövülmüş, pek bakılacak hali kalmamış, fakat hâla ayakta. Öyle değil mi, *peder*?"

"Aynen öyle," dedi Babi.

Yarım saat sonra, şoför arabayı kenara çekti.

"Hadi bakalım, siz ikiniz," dedi Babi. "İnip bir bakın."

Taksiden indiler. Babi parmağıyla gösterdi. "İşte orada. Bakın."

Tarık soluğunu tutuverdi. Leyla da öyle. Aynı anda, yüz yaşına kadar yaşasa da böylesine muhteşem bir şeyi bir daha asla göremeyeceğini anladı.

Her iki Buda da devasaydı; tahmininden, gördüğü resimlerin zihninde oluşturduğu tablodan çok daha büyüktüler, çok daha yükseklere uzanıyorlardı. Güneşin ağarttığı, sarp bir kayalığa oyulmuş, keskiyle biçimlendirilmiş olan heykeller tepeden onlara bakıyordu; tıpkı Leyla'nın, iki bin yıl önce vadiden geçişlerini hayal ettiği İpek Yolu kervanlarına baktıkları gibi. İki yanlarındaki kayalara, çıkıntılı nişler boyunca, sayısız mağara oyulmuştu.

"Kendimi küçücük hissettim," dedi Tarık.

Babi sordu: "Tırmanmak ister misiniz?"

"Heykellere mi?" diye sordu Leyla. "Bunu yapabilir miyiz?"

Babi gülümsedi, elini uzattı. "Hadi gelin."

Tırmanış Tarık için zor oldu; dar, dik, loş merdiveni ağır ağır çıkarlarken, hem Leyla'ya hem de Babi'ye tutunmak zorunda kaldı. Tırmanırken, karanlık kovukları, kayalığı bal peteği gibi, her yanından delen tünelleri gördüler.

"Bastığınız yere dikkat edin," dedi Babi. Sesi gümbür gümbür yankılandı. "Zemin çok tehlikeli."

Bazı kısımlarda, merdivenin bir yanı Buda'nın oyulmuş, çukur kısımlarına açılıyordu.

"Aşağıya bakmayın, çocuklar. Gözleriniz hep, sürekli ileride olsun."

Bir yandan da, Bamyan'ın geçmişini anlatıyordu; bir zamanlar canlı, refah bir Budizm merkezi olduğunu, dokuzuncu yüzyılda Müslüman Arapların eline geçtiğini. Kumtaşı kayalar Budist rahiplerin yuvasıydı; hem mesken niyetine, hem de yorgun düşen gezgin hacılara sığınak olarak mağaralar, kovuklar oymuşlardı. "Keşişler," dedi Babi, "kovukların duvarlarına, tavanlarına nefis freskler yapmışlar."

"Bir dönem," diye ekledi, "bu mağaralarda, inzivaya çekilmiş beş bin keşiş yaşarmış."

Tepeye ulaştıklarında Tarık tıkanmıştı, nefes almakta bayağı zorlanıyordu. Babi de soluk soluğaydı. Ama gözleri heyecanla parlıyordu.

"Başının üstünde duruyoruz," dedi, bir mendille alnını kurularken. "Şurada bir girinti var, oradan manzaraya bakabiliriz."

Adım adım, sarp çıkıntıya doğru ilerlediler, yan yana durup (Babi ortadaydı) aşağıdaki vadiye baktılar.

"Şuna bakın!" dedi Leyla.

Babi gülümsedi.

Aşağıdaki Bamyan Vadisi gümrah, yemyeşil ekili arazilerle kaplıydı. Babi bunların, sonbaharda ekilip yazın biçilen buğdayla kaba yonca olduğunu söyledi; patates de vardı. Birbirinden kavak ağaçlarıyla ayrılan tarlaları dereler, sulama kanalları kesiyordu; bunların kıyısına çömelmiş çamaşır yıkayan kadınlar küçücük karaltılardı. Babi meyilli yüzeyleri, bayırları kaplayan arpa, çeltik tarlalarını gösterdi. Sonbahardı,

Leyla çamur tuğlalı evlerin damlarına kuruması için tahıl seren insanların parlak renkli gömleklerini seçebiliyordu. Kasabadan geçen anayolun iki yanı kavaklıydı. Her iki tarafa da küçük dükkânlar, çayevleri, sokak berberleri sıralanmıştı. Köyün ilerisinde, ırmağın ve derelerin ötesinde, Leyla dağ etekleri gördü, çıplak, tozlu kahverengi; onların ilerisinde, sanki Afganistan'daki her şeyin ötesinde, zirveleri karlı Hindukuş.

Hepsini örten gökyüzüyse kusursuz, lekesiz bir mavilikteydi.

"Ne kadar sessiz," diye soludu Leyla. Minicik koyunlar, atlar görüyor ama melemelerini, kişnemelerini duyamıyordu.

"Buradan en çok aklımda kalan da bu," dedi Babi. "Bu sessizlik. Bu huzur. Bunu sizlerin de tatmanızı istedim. Ama aynı zamanda da, ülkenizin mirasını görmenizi, zengin tarihini öğrenmenizi istedim, çocuklar. Bakın, bazı şeyleri ben size öğretebilirim. Bazılarını kitaplardan öğrenirsiniz. Ama bazı şeyler vardır ki, mutlaka *görmeniz* ve *hissetmeniz* gerekir."

"Bakın," dedi Tarık.

Köyün üstünde daireler çizerek kayan şahini seyrettiler.

"Anne'yi buraya hiç getirdin mi?" diye sordu Leyla.

"Ah, pek çok kez. Oğlanların doğumundan önce. Sonra da. Annen o zamanlar gözüpek, maceracı bir kadındı, öyle... *canlıydı ki*. Tanıdığım en hayat dolu, en mutlu insandı." Anıya gülümsedi. "Olağanüstü bir kahkahası vardı. Yemin ederim, onunla evlenmemin nedeni oydu, Leyla, kahkahası. İnsanı alıp götürürdü. Karşı koyman mümkün değildi."

Leyla'nın içi sevgiyle kabardı. Bundan böyle, Babi'yi hep böyle hatırlayacaktı: Anne'yi yad ederken, dirsekleri kayaya dayanmış, elleri çenesinde; rüzgâr saçlarını dağıtıyor, gözleri güneş yüzünden kırışmış.

"Şu mağaralara bir bakacağım," dedi Tarık.

"Dikkatli ol," dedi Babi.

Tarık'ın sesi yankılandı: "Olurum, *Kaka can*."

Leyla ta aşağıda, çite bağlı bir ineğin yanında durmuş sohbet eden üç erkek seçti. Çevrelerindeki ağaçların rengi dönmeye başlamıştı; koyu sarı, turuncu, ateş kırmızısı.

"Oğlanları ben de özlüyorum, biliyorsun," dedi Babi. Gözlerinde yaşlar birikmişti. Çenesi titriyordu. "Ama gösteremem... Annen... sevinci de üzüntüsü de öyle aşırıdır ki. Hiç saklayamaz. Hiçbir zaman da saklayamadı. Ben, galiba farklıyım. Ben daha çok... Ama beni de yıktı, oğullarımın ölümü. Burnumda tütüyorlar. Tek bir gün geçmiyor ki, ben... Çok zor, Leyla. Çok çok zor." Baş ve işaret parmaklarıyla gözlerinin iç köşelerini sıktı. Konuşmaya çalıştığında, sesi gidiverdi. Dudaklarını dişledi, bekledi. Uzun, derin bir nefes aldı, kıza baktı. "İyi ki sen varsın. Seni verdiği için, her gün şükrediyorum Tanrı'ya. Her gün. Bazen, annen gerçekten kötü günlerinden birindeyse, bana dünyada sahip olduğum tek şey senmişsin gibi geliyor, Leyla."

Leyla ona sokuldu, yanağını göğsüne bastırdı. Erkek biraz şaşırmış gibiydi – Anne'nin aksine, sevgisini fiziksel olarak çok ender dışavururdu. Kızın başının tepesine candan, kısa bir öpücük kondurdu, beceriksizce kucakladı. Bir süre böyle kaldılar, Bamyan Vadisi'ni seyrettiler.

"Bu ülkeyi bu kadar çok sevmeme karşın, bazen çekip gitmeyi düşünüyorum," dedi Babi.

"Nereye?"

"Unutmanın kolay olacağı bir yere. Önce Pakistan'a sanırım. Bir ya da iki yıllığına. Belgelerimiz tamamlanıncaya kadar."

"Ya sonra?"

"Sonrası, eh, dünya büyük. Belki Amerika. Denize yakın bir yer. California, mesela."

Babi, Amerikalıların cömert insanlar olduğunu söyledi. Bir süre onlara para ve yiyecek yardımı yaparlardı; kendi ayaklarının üzerinde durana kadar.

"Bir iş bulurum, birkaç yıl sonra, yeterli parayı biriktirince küçük bir Afgan lokantası açarım. Öyle gösterişli bir şey değil, mütevazı, küçük bir yer; birkaç masa, birkaç kilim. Belki duvarlarda Kabil'in bir-iki resmi. Amerikalılara Afgan yemeklerini tanıtırız. Eh, annenin aşçılığıyla, sokakta kuyruk olacakları kesin.

"Sana gelince, sen de eğitimine devam edeceksin elbette. Bu konudaki duygularımı biliyorsun. Bu bizim en önemli amacımız, birincil önceliğimiz olmalı, sana iyi bir eğitim vermek; lise, ardından üniversite. Ama boş vakitlerinde, tabii *istersen,* lokantada yardım edersin, sipariş almak, sürahileri doldurmak gibi şeyler."

Lokantada doğum günü kutlamaları, nişan törenleri, Yılbaşı partileri yapacaklardı. Diğer Afganlar için de bir buluşma yeri olacaktı; onlar gibi savaştan kaçanlar için. Sonra, gece geç vakit, herkes gittikten, ortalık temizlendikten sonra, boş masaların ortasında, oturup çay içeceklerdi, üçü birlikte; yorgun ama talihlerine müteşekkir.

Babi sözlerini bitirince, suskunlaştı. Leyla da öyle. Anne'nin hiçbir yere gitmeyeceğini biliyorlardı. Ahmet'le Nur yaşarken, Afganistan'dan ayrılmak onun için zaten düşünülemez bir şeydi. Şimdi, *şehit* olmalarından sonra, toplanıp kaçmak daha da korkunç bir hakaret, bir ihanetti; oğullarının yaptığı fedakârlığın inkârıydı.

Leyla onun sesini duyar gibi oldu. *Böyle bir şeyi nasıl düşünebilirsiniz? Ölümlerinin senin için hiçbir anlamı yok mu, kuzen? Beni avutan tek şey, onların kanını emen topraklarda yürüdüğümü bilmek. Hayır. Asla!*

Babi de onsuz asla ayrılmazdı buradan, Leyla biliyordu – her ne kadar Anne, Leyla'ya analık etmediği gibi, Babi'ye karılık etmeyi de kesmiş olsa da. Babi karısının hatırına, bu hayalini bir yana atıverecekti, tıpkı işten döndüğünde ceketinden silkelediği unlar gibi. Ve burada kalacaklardı. Savaşın bitmesini bekleyeceklerdi. Savaştan sonra başlarına gelecek şeyi.

Leyla, Anne'nin bir keresinde Babi'ye, "İnançları, davası olmayan bir erkekle evlenmişim," dediğini duymuştu. Anne anlamıyordu. Bir aynaya baksa, karşısında erkeğin asla sarsılmayan inancını, en vazgeçilmez davasını göreceğini anlayamıyordu.

Daha sonra, çağıltılı bir derenin kenarına oturdular, ekmek, haşlanmış yumurta ve patatesle karınlarını doyurdular; Tarık bir ağacın altında biraz kestirdi. Başını, katlayıp yastık ettiği ceketine bırakmış, ellerini göğsünde kavuşturmuştu. Taksi sürücüsü, badem almak için köye gitmişti. Babi, geniş gövdeli bir akasyanın gölgesinde, kitap okuyordu. Leyla kitabı biliyordu; babası bir keresinde ona da okumuştu. Dev bir balık yakalayan, Santiago adındaki yaşlı balıkçının öyküsüydü. Ama teknesini sağ salim limana ulaştırdığında, yakaladığı görkemli balıktan geriye hiçbir şey kalmamıştı; köpekbalıkları parçalamıştı.

Leyla derenin kıyısına oturdu, ayaklarını serin suya soktu. Tepesinde sivrisinekler vızıldıyor, kavak pamukçukları uçuşuyordu. Yakınlarda bir yusufçuk pırladı. Leyla ince, uzun otların birinden kalkıp ötekine konan böceğin, güneş vurdukça parlayan kanatlarını seyretti. Mor, sonra yeşil, turuncu parıltılar. Derenin karşısında, bir grup yerel Hazara çocuk, yerden öbek öbek kurumuş inek pisliği topluyor, sırtlarına bağlanmış çuvallara dolduruyordu. Bir yerlerde bir eşek anırdı. Bir jeneratör hırıldayarak çalıştı.

Leyla'nın aklına yine babasının küçük düşü geldi. *Denize yakın bir yerde.*

Buda'nın tepesinde, Babi'ye söylemediği bir şey vardı: bir bakıma, *önemli* bir bakıma, gidemeyeceklerine seviniyordu. Citi'yi, o kavruk-yüzlü ciddiyetini özleyecekti; kurnaz gülüşleri, bitmek bilmez şaklabanlıklarıyla Hasena'yı da. Ve tabii, Tarık. Onun Gazne'de olduğu o dört haftanın nasıl bir türlü geçmek bilmediğini Leyla gayet iyi anımsıyordu. Onsuz zamanın nasıl uzadıkça uzadığını, nasıl yolunu, dengesini yitirmişçesine oradan oraya sürüklendiğini. Onsuz bir yaşamla nasıl başa çıkardı?

Belki de böyle, iki ağabeyinin birden kurşunlarla delik deşik edildiği bir ülkede birine bağlanmak, hep yanında olmayı istemek mantıksızlıktı. Ama Leyla'nın tek yapması gereken, takma bacağıyla Kadim'e saldıran Tarık'ın görüntüsünü gözünün önüne getirmekti; o zaman, dünyada hiçbir şey bundan daha mantıklı gelmiyordu ona.

Altı ay sonra, 1988 Nisanı'nda, Babi eve büyük haberlerle geldi.

"Bir barış antlaşması imzalamışlar!" dedi. "Cenevre'de. Resmi bir antlaşma! Gidiyorlar. Dokuz ay içinde Afganistan'da tek bir Sovyet kalmayacak!"

Anne yatağında oturuyordu. Omuzlarını silkti.

"Ama komünist rejim kalıyor," dedi. "Necibullah, Sovyetler'in kukla başkanı. Onun bir yere gittiği yok. Hayır, savaş sürecek. Sonu gelmedi henüz."

"Necibullah fazla dayanamaz," dedi Babi.

"Gidiyorlar, Anne! Gerçekten gidiyorlar!"

"İstiyorsanız, siz ikiniz kutlayın. Fakat ben Mücahitlerin tam burada, Kabil'de bir zafer resmi geçidi yaptığını görünceye kadar huzur bulmayacağım."

Sonra, yeniden uzandı, örtüyü üzerine çekti.

22
OCAK 1989

1989 yılının soğuk, kapalı bir ocak günü, on birinci yaş gününe üç ay kala, Leyla ana babası ve Hasena'yla birlikte, son Sovyet konvoyunun da kentten ayrılışını izlemeye gitti. Seyirciler, Vezir Ekber Han yakınındaki Orduevi'nin önüne, caddenin iki yanına dizilmişti. Çamurlu karın içinde durup, tek sıra halinde geçen tanklara, zırhlı araçlara, ciplere baktılar; kar hafif hafif atıştırıyor, araçların tepe lambalarının parıltısında uçuşuyordu. Yuhalamalar, alaylı laf atmalar duyuluyordu. Halkı caddeden uzak tutmaya çalışan Afgan askerler, arada bir, havaya bir uyarı ateşi açmak zorunda kalıyordu.

Anne, Ahmet'le Nur'un fotoğrafını havaya, başının üstüne kaldırmıştı. Armut ağacının altında, sırt sırta oturdukları resimdi. Onun gibi başka kadınlar da vardı, *şehit* kocalarının, oğullarının, erkek kardeşlerinin resimlerini tutan kadınlar.

Biri Leyla'yla Hasena'nın omuzlarına dokundu. Tarık'tı.

"O şeyi de nerden buldun?" diye çığırdı Hasena.

"Duruma uygun giyineyim dedim." Başında Rus işi, kocaman bir kalpak vardı; kulaklıklarını indirmişti. "Yakışmış mı?"

Leyla güldü. "Komik olmuş."

"Amaç da bu zaten."

"Annenler bu kılıkta sana eşlik mi etti?"

"Yo, onlar evde," dedi oğlan.

Geçen sonbahar, Tarık'ın Gazne'deki amcası kalp krizinden ölmüş, birkaç hafta sonra da babası kalp krizi geçirmişti; epeyce sarsılan, bitkin düşen adam, bazen haftalarca süren bunalımlara, moral çöküntülerine giriyordu. Tarık'ı böyle, yine eskisi gibi görmek Leyla'nın hoşuna gitti. Babasının rahatsızlığını izleyen haftalarda, yüzünden düşen bin parça, gamlı gamlı dolanıp durmuştu.

Anne'yle Babi durmuş Sovyetler'i seyrederken, üç genç sıvıştı. Tarık bir sokak satıcısından herkese bir tabak, üzerine bol kişnişli turşu eklenmiş, haşlanmış fasulye aldı. Kapalı bir halı dükkânının tentesinin altında yediler, sonra Hasena ailesini bulmaya gitti.

Otobüsle eve dönerlerken, Tarık'la ikisi yan yana oturdu; Leyla'nın ebeveyni ön koltuktaydı. Anne cam kenarındaydı, dışarıya bakıyordu; fotoğrafı göğsüne bastırmıştı. Onun yanındaki Babi sakin, kayıtsızdı; hararetle konuşan bir adamı dinliyordu; adam Sovyetler'in gidiyor olabileceğini, ama Kabil'e, Necibullah'a silah göndermeyi sürdüreceklerini iddia ediyordu.

"Adam onların kuklası. Savaşa onun aracılığıyla devam edecekler, emin olabilirsiniz."

Koridorun öteki tarafında oturan biri, ona katıldığını belirtti.

Anne fısıl fısıl dua okuyordu; mırıltıları sürdükçe sürdü, ta ki nefessiz kalıncaya, son birkaç sözcüğü ince, tiz bir fısıltıyla, zar zor tamamlayıncaya kadar.

Leyla'yla Tarık aynı gün, daha sonra Cinema Park'a gittiler, dublajlı bir Sovyet filmi izlediler; konuşmaların Farsça olması istemeyerek de olsa gülünç bir etki yaratıyordu. Film bir ticaret gemisinde geçiyordu; ikinci kaptan, kaptanın kızına âşıktı. Kızın adı Alyona'ydı. Sonra şiddetli bir fırtına patladı; yıldırımlar, sağanak, gemiyi havaya kaldıran, azgın dalgalar. Çılgına dönmüş bir denizci, bir şey haykırdı. Absürd denecek kadar sakin bir Afgan ses, "Sayın bayım, lütfen şu halatı uzatabilir misiniz?" dedi.

Bunun üzerine Tarık makaraları koyuverdi. Az sonra, ikisi birden önlenemez bir gülme krizine girdiler. Tam biri yorgun düştüğünde, öteki burnundan bir horultu salıyor ve yeni bir kahkaha tufanı başlıyordu. İki sıra önde oturan adam döndü, onları susturdu.

Sonlara doğru bir düğün sahnesi vardı. Kaptan baba sonunda yumuşamış, Alyona'nın ikinci kaptanla evlenmesine razı olmuştu. Yeni evliler birbirine gülümsemekteydi. Herkes votka içiyordu.

"Ben asla evlenmeyeceğim," diye fısıldadı Tarık.

"Ben de," dedi Leyla, ama anlık, gergin bir duraksamanın ardından. Sesinin, duyduğu hayal kırıklığını ele vermediğini umuyordu. Yürek atışları hızlanırken, daha güçlü bir sesle ekledi: "Hiçbir zaman."

"Düğünler aptalca."

"Bütün o yaygara."

"Harcanan onca para."

"Hem de ne uğruna?"

"Bir daha hiç giymeyeceğin kıyafetlere."

"Hah!"

"Olur a, *evlenirsem,*" dedi Tarık, "nikâhın kıyıldığı sahnede üç kişilik yer hazırlamaları gerekecek. Ben, gelin, bir de başıma tabanca dayayan adam için."

Öndeki seyirci bir kez daha dönüp uyaran bir bakış fırlattı.

Perdede, Alyona'yla taze kocasının dudakları kenetlenmişti.

Öpüşen çifti seyrederken, Leyla birden, duyularının garip bir biçimde keskinleştiğini duyumsadı. Yüreğinin güm güm attığını, kanın kulaklarında zonkladığını, yanındaki bedenin gerildiğini, sonra kıpırtısız kaldığını inanılmaz bir yoğunluk, keskinlikle hissediyordu. Öpüşme sürüyordu. Ansızın, kıpırdamamak ya da ses çıkarmamak, Leyla için büyük bir önem kazanmış, âdeta bir zorunluluk olup çıkmıştı. Tarık'ın onu gözlediğini sezdi -bir gözü perdede, öteki gözü kızdaydı- tıpkı kendisinin de *onu* gözlediği gibi. Soluk alıp verirken Leyla'nın burnundan çıkan tıslamayı dinliyor, belli belirsiz bir değişiklik, kızın aklından geçenleri ele verecek bir düzensizlik duymayı mı bekliyordu?

Peki, Tarık'ı öpmek, dudağının üstündeki seyrek tüylerin kendi dudaklarına sürtündüğünü, gıdıkladığını hissetmek, nasıl bir şey olurdu acaba?

Aynı anda Tarık yerinde rahatsızca kıpırdandı. Gergin, zorlama bir sesle, "Sibirya'da sümkürsen, yere yeşil bir buz parçası olarak düşeceğini biliyor muydun?" dedi.

Gülüştüler, ama bu kez kısaca, asabice. Film bitip de dışarıya çıktıklarında, havanın kararmaya yüz tuttuğunu gören Leyla rahat bir soluk aldı; Tarık'la gün ışığında göz göze gelmek zorunda kalmayacaktı.

23
NİSAN 1992

Aradan üç yıl geçti.

Bu zaman süresince Tarık'ın babası birkaç beyin kanaması geçirdi. Bunlardan geriye, doğru dürüst tutmayan bir sol elle, hafif peltek bir konuşma kaldı. Heyecanlandığında, ki sık oluyordu, konuşması daha da bozuluyordu.

Bacağı bir kez daha Tarık'a küçük gelmeye başlamış, altı ay bekledikten sonra, Kızıl Haç'ın gönderdiği yeni proteze kavuşmuştu.

Hasena'nın korktuğu başına geldi, ailesi onu şu araba galerisi olan kuzenle evlendirmek üzere Lahor'a götürdü. Onu götürdükleri sabah, Leyla'yla Citi vedalaşmak için Hasena'nın evine gittiler. Hasena'nın dediğine göre kuzen, yani müstakbel koca, Almanya'ya göç etme hazırlıklarına çoktan başlamıştı; adamın erkek kardeşleri de orada yaşıyordu. Herhalde bir yıla kalmaz Frankfurt'ta oluruz, dedi. Birbirlerine sarıldılar, ağlaştılar. Citi'yi avutmak olanaksızdı. Leyla Hasena'yı son kez, babasının yardımıyla, tıka basa dolu bir taksiye binerken gördü.

Sovyetler Birliği inanılmaz bir hızla dağıldı. Leyla'ya öyle geliyordu ki, Babi neredeyse her hafta eve, bağımsızlığını ilan eden, yeni bir cumhuriyetin haberini getirmekte. Litvanya. Estonya. Ukrayna. Kremlin'in üstündeki Sovyet bayrağı indirildi. Rusya Cumhuriyeti doğdu.

Kabil'de, Necibullah taktik değiştirmiş, kendini dindar bir Müslüman olarak sunmaya çalışıyordu. "Anlamsız, değersiz bir girişim; ve tabii çok çok geç," dedi Babi. "Bir gün KHAD'ın başkanıyken ertesi gün camiye gidip işkence ettiğin, öldürdüğün insanların akrabalarıyla bir arada namaz kılamazsın." Kabil'in çevresindeki ilmeğin daraldığını hisseden Necibullah, Mücahitlerle bir antlaşma yapmayı denedi, ama Mücahitler yanaşmadı.

Anne yatağından seslendi: "Aferin onlara!" Mücahitler için dua etmeyi sürdürüyor, geçit törenini bekliyordu. Oğullarının düşmanlarının devrilmesini bekliyordu.

Sonunda, devrildiler. 1992 Nisanı'nda, Leyla'nın on dördüne bastığı yıl.

Necibullah nihayet pes etti, kentin güneyinde, Darülaman Sarayı'nın yakınındaki Birleşmiş Milletler üssüne sığındı.

Cihat bitmişti. Leyla'nın doğduğu geceden bu yana iktidara gelen, çeşitli komünist rejimlerin tamamı yenilmişti. Anne'nin kahramanları, Ahmet'le Nur'un savaş kardeşleri kazanmıştı. Ve şimdi, on yılı aşkın bir süredir bu uğurda her şeylerini feda eden, ailelerini bırakıp dağlarda yaşamaya giden, Afganistan'ın egemenliği için savaşan Mücahitler Kabil'e geliyordu; kanları, canları ve savaş-yorgunu kemikleriyle.

Anne onların adlarını tek tek biliyordu.

Dostum, örneğin; çalımlı Özbek komutan, taraf değiştirmekle ünlü Cünbiş-i-Milli grubunun lideri. Sonra, Hizb-i-İslami cephesinin ciddi, asık yüzlü önderi Gülbettin Hikmetyar; Peştun kökenli adam mühendislik okumuş, bir zamanlar, Maocu bir öğrenciyi öldürmüştü. Monarşi döneminde Kabil Üniversitesi'nde İslam dersi veren, Cemiyet-i-İslami fraksiyonunun Tacik lideri Rabbani. Pağmanlı bir Peştun olan, Arap bağlantılı Sayyaf; bu sert, tavizsiz Müslüman, İttihat-i-İslami grubunun önderiydi. Sonra, Hizb-i-Vahdet hizbinin kurucusu, Hazara yandaşları arasında Baba Mezari olarak bilinen, İran'la güçlü Şii bağları olan Abdül el Mezari.

Ve elbette, Anne'nin gerçek kahramanı, Rabbani'nin müttefiki, her daim dalgın, düşünceli, karizmatik Tacik kumandan Ahmet Şah Mesut – Penşir Aslanı. Anne odasının duvarına onun bir posterini asmıştı. Mesut'un yakışıklı, mütefekkir yüzü, kalkık kaşı ve alametifarikası olan, yan yatmış *pakol*'u kısa bir süre sonra Kabil'in dört bir yanını saracaktı. Anlamlı, duygulu kara gözleri ilan tahtalarından, duvarlardan, mağaza vitrinlerinden, taksilerin antenlerindeki küçük flamalardan bakacaktı.

Anne için bu, hasretle, büyük bir özlemle beklenen gündü. Onca yıllık bekleyişin ardından murada ermekti.

Oğulları artık huzur içinde yatabilir, kendisi de dualara, okuyup üflemelere nihayet son verebilirdi.

Necibullah'ın teslim olduğu günün ertesi sabahı, Anne yatağından yepyeni bir kadın olarak kalktı. Beş yıldır, Ahmed'le Nur *şehit* düştüğünden beri, ilk kez siyah giymedi. Sırtına beyaz benekli, kobalt mavisi, keten elbisesini geçirdi. Camları sildi, yerleri süpürdü, evi havalandırdı, uzun uzun yıkandı. Sesi sevinçten çınlıyordu.

"Bir parti vereceğiz," diye duyurdu.

Davet etmesi için Leyla'yı komşulara gönderdi. "Yarın öğlen büyük bir ziyafet vereceğimizi söyle!"

Mutfakta durdu, elleri kalçalarında, etrafına bakındı, dert yanarcasına söylendi: "Mutfağımı ne hale getirmişsin, Leyla? *Vıyy.* Her şeyin yeri değişmiş."

Tavaları, tencereleri sağa sola oynatmaya, abartılı, gösterişçi hareketlerle düzenlemeye başladı; artık geri döndüğüne göre, eşyalarını yeniden sahipleniyor, arazisinin sınırlarını belirliyordu sanki. Leyla onun ayağının altından çekildi. En iyisi buydu. Anne böyle aşırı zindelik hallerine girdiğinde, en az öfke krizlerindeki kadar laf dinlemez, inatçı biri olup çıkardı. Dinmek bilmez bir enerjiyle, yemek pişirmeye koyuldu: kuru fasulyeli, dereotlu *aş* çorbası, *köfte,* bol yoğurtlu, üzerine nane serpilmiş, dumanı tüten *mantı.*

"Kaşlarını alıyorsun," dedi, mutfak tezgâhına koyduğu kocaman, bez pirinç torbasını açarken.

"Azıcık."

Torbadaki pirinci büyük, siyah tenceredeki suya döktü. Kollarını sıvadı, karıştırmaya başladı.

"Tarık nasıl?"

"Babası çok hastalandı," dedi Leyla.

"Şimdi kaç yaşında o?"

"Bilmiyorum. Altmış küsur herhalde."

"Tarık'ı kastetmiştim."

"Ah. On altı."

"Tatlı bir çocuk. Öyle değil mi?"

Leyla omuz silkti.

"Aslında, artık çocuk da sayılmaz tabii... On altı. Neredeyse erkek olmuş. Öyle değil mi?"

"Lafı nereye getirmeye çalışıyorsun, Anne?"

"Hiçbir yere," dedi Anne masumca gülümseyerek. "Hiçbir yere. Yalnızca sen... Ah, boş ver. Söylemesem daha iyi."

"Ama söylemek istiyorsun," dedi, bu dolambaçlı, oyunbaz dokundurmalara sinirlenen Leyla.

"Pekâlâ." Anne ellerini tencerenin kenarına dayadı. Leyla bu "pekâlâ"nın söyleniş biçiminde, ellerin kavuşturuluşunda doğal olmayan, neredeyse prova edilmiş bir eda sezdi. Arkasından bir söylevin geleceği belliydi.

"İki küçük çocukken düşüp kalkmanız başkaydı. Hiçbir zararı yoktu. Sevimliydi. Oysa şimdi. Şimdi. Sutyen taktığını fark ettim, Leyla."

Leyla afalladı; hazırlıksız yakalanmıştı.

"Bu arada, bana sutyenden bahsedebilirdin." Üstünlüğü ele geçirdiğini hisseden Anne, bastırdı. "Hiç haberim olmadı. Söylememene üzüldüm. Neyse, konumuz sutyen değil. Konu senle Tarık. O bir delikanlı, biliyorsun, dolayısıyla itibarını düşünmek zorunda değil. Ama sen? Bir kızın, özellikle de senin kadar güzel bir kızın şerefi, itibarı çok hassas bir şeydir, Leyla. Avuçlarında tuttuğun bir sığırcık gibi. Elini azıcık gevşetsen, uçup gider."

"İyi de, senin bütün o duvar atlamalarından, Babi'yle meyve bahçelerinde gizlenmelerinden ne haber?" dedi Leyla, kendini böyle çabucak toparlamaktan gayet hoşnut.

"Biz kuzendik. Ve evlendik. Bu oğlan sana evlenme teklif etti mi, peki?"

"O bir arkadaş. Bir *refik*. Aramızda öyle bir şey yok." Kızın sesi, kendini savunur gibi çıkıyordu; pek inandırıcı da değildi. "Benim için bir ağabey gibi," diye ekledi, son derece yanlış bir taktikle. Der demez de hata yaptığını anladı; bunun için Anne'nin yüzünden geçen bulutu, kararan yüz hatlarını bile görmesine gerek kalmamıştı.

"Kesinlikle *değil,*" dedi Anne, dümdüz bir sesle. "O tek bacaklı marangoz çocuğunu ağabeylerinle bir tutamazsın. Ağabeylerinle *hiç kimseyi* kıyaslayamazsın."

"Öyle demedim... Amacım bu değildi."

Anne burnundan derin bir soluk aldı, dişlerini sıktı.

"Her neyse," diyerek konuya döndü, ama birkaç dakika önceki cilveli neşesinden eser kalmamıştı, "benim söylemeye çalıştığım şey, dikkatli olmazsan milletin ağzına laf vermiş olursun."

Leyla bir şey söylemek üzere ağzını açtı. Aslında Anne haksız değildi. Tarık'la birlikte sokaklarda masumca, gönüllerince koşturma günlerinin sona erdiğini kendisi de biliyordu. Bir süredir, ikisi ortalığa, insan içine çıktıklarında yeni, tuhaf bir duyguya kapılıyordu zaten. Bakıldığını, incelendiğini, fısıldanıldığını algılamak; Leyla'nın daha önce hiç hissetmediği bu farkındalık, tedirgin ediciydi. Aslında, şimdi de *hissetmezdi* belki, eğer şu önemli olgu olmasaydı: Leyla Tarık'a âşık olmuştu. Umutsuzca, çılgınca. O yakınlardayken, ne yapsa kafasına üşüşen rezilce düşüncelere engel olamıyordu. Delikanlının onunkine dolanmış çıplak, sırım gibi bedeni, örneğin. Geceleri yatağında yatarken, gözünün önünde onu göbeğinden öpen Tarık'ın imgesi beliriyordu; oğlanın kalçalarının yumuşaklığına, boynunda, göğsünde, sırtında ve daha aşağılarda gezinen parmaklarının uyandırdığı duygulara şaşıyordu. Onu bu tarzda düşününce, derin bir suçluluk duyuyor, ama aynı zamanda da garip, ılık bir heyecanla doluyordu; karnından başlayıp yukarıya yayılan, yüzünün pespembe ışıldadığını hissedinceye kadar süren bir heyecanla.

Hayır. Anne haklıydı. Hem de tahmin edemeyeceği kadar. Leyla'nın kuşkuları doğruysa, komşu kadınlardan kimisi, hatta belki de çoğu, Tarık'la ikisi hakkında dedikoduya başlamıştı bile. Bıyık altından gülümsemeler kızın gözünden kaçmamıştı; mahallede onların bir "çift" olduğuna ilişkin fısıltılar dolaştığı da. Örneğin, geçen gün, Tarık'la ikisi sokakta yürürken Raşit'le, şu ayakkabıcıyla ve peşindeki *burka*'lı karısı Meryem'le karşılaşmışlardı. Yanlarından geçerken, Raşit şakacı bir tavırla, "Leyla'yla Mecnun değil mi bunlar?" demişti, Nizami'nin on ikinci yüzyılda yazdığı, bahtsız âşıkları anlatan, çok tanınmış destana gönderme yaparak – Babi, *Romeo ile Jülyet*'in Farsça bir çeşitlemesi, diye açıklamıştı, ama Nazimi'nin bu kadersiz sevgilileri, Shakespeare'den dört yüz yıl önce yazdığını da eklemişti.

Anne doğru bir noktaya parmak basmıştı.

Leyla'nın sinirine dokunan, Anne'nin bunu yapma hakkını kazanmamış olmasıydı. Konuyu Babi açsaydı, belki. Ama Anne? Bunca yıllık inzivanın, odasına kapanmanın ardından, Leyla'nın nereye gittiğine, kiminle görüştüğüne, ne düşündüğüne şu kadarcık aldırmadan... haksızlıktı bu. Leyla kendini şu tencerelerden, tavalardan daha üstün hissetmiyordu; bir köşede unutabileceğin, sonra, canın istediği an üzerinde hak iddia edebileceğin bir eşya mıydı o?

Ama bu, büyük bir gündü, hepsi için önemli bir gün. Bu konu yüzünden böyle bir günün tadını kaçırmak yazık olurdu. Ortamın hatırına, Leyla fazla uzatmadı.

"Ne demek istediğini anladım," dedi.

"Güzel!" dedi Anne. "Mesele halloldu, öyleyse. Şimdi, Hâkim nerede? Nerede, ah, benim küçük, tatlı kocam nerelerde?"

Bulutsuz, göz kamaştırıcı bir gündü; parti için mükemmel bir gün. Erkekler bahçedeki açılır-kapanır, sarsak iskemlelere oturdular. Çay içip sigaralarını tüttürüyor, bağıra çağıra Mücahitlerin tasarısını tartışıyorlardı. Leyla planın genel hatlarını Babi'den öğrenmişti: Afganistan'ın adı artık Afganistan İslam Devleti idi. Peşaver'de, farklı Mücahit hiziplerce oluşturulan İslami Cihat Konseyi, Sibgatullah Mucedidi başkanlığında iki ay süreyle işleri idare edecekti. Bunu Rabbani başkanlığındaki bir idari konsey izleyecek, onun yönetim süresi de dört ay olacaktı. Bu toplam altı aylık süreçte bir *loya jirga* oluşturulacaktı; liderler ve deneyimli devlet büyüklerinden oluşan bu yüce kurul, iki yıl iktidarda kalacak, ülkeyi demokratik bir seçime götürecek olan geçici hükümeti kuracaktı.

Erkeklerden biri, portatif mangalda cızırdayan koyun şişlerini yelliyordu. Babi, Tarık'ın babasıyla yaşlı armut ağacının altında satranç oynamaktaydı. Pür dikkat, kaşlar çatık. Tarık da satranç tahtasının başındaydı, bazen oyunu seyrediyor, bazen de bitişik masada sürüp giden siyasi sohbete kulak veriyordu.

Kadınlar oturma odasında, holde ve mutfakta toplaşmıştı. Kucaklayıp bellerine dayadıkları bebekleri, evin içinde koşuşup duran çocuklardan kalçalarının hafif bir hareketiyle, uzmanca kaçırarak, gevezelik ediyorlardı. Kasetçalarda, Üstat Sarahang'ın bir *gazel*'i.

Leyla mutfaktaydı, Citi'yle birlikte sürahiler dolusu *doğ* yapmakla meşguldü. Citi artık ne eskisi kadar utangaçtı ne de ciddi. İki kaşının arasındaki o dikey, derin çizgi aylardır ortada yoktu. Son günlerde çok daha uluorta, çok daha sık gülüyordu; üstelik -Leyla'yı afallatan- bir cilveyle. O sıkıcı atkuyruklarından vazgeçmiş, saçlarını uzatıp aralara kızıl röfle attırmıştı. Leyla bu değişimin itici gücünü sonunda öğrendi: Citi'ye ilgi duyan, on sekiz yaşında bir delikanlı. Adı Sabır'dı, Citi'nin ağabeyinin futbol takımında kaleciydi.

"Ah, nefis bir tebessümü var; saçları da öyle gür, öyle gür ki!" demişti Citi. Birbirlerinden hoşlandıklarını hiç kimse bilmiyordu elbette. Citi onunla iki kez gizlice, kentin ta öteki ucunda, Taymani'deki küçük bir çayevinde buluşmuştu; on beşer dakikalığına.

"Gelip beni isteyecek, Leyla! Hem de bu yaz. İnanabiliyor musun? Aklımdan bir an bile çıkmıyor, yemin ederim."

"Peki, ya okul?" diye sordu Leyla. Citi başını yana yatırmış, *cevabı her ikimiz de biliyoruz,* diyen bir bakış fırlatmıştı.

Yirmimize geldiğimizde, derdi Hasena, *Citi'yle ikimiz, adam başı dörder-beşer çocuk peydahlamış olacağız. Ama sen, Leyla, sen bu iki budalayı gururlandıracaksın. Sen önemli biri olacaksın. Bir gün elime bir gazete alacağım ve ön sayfada resmini göreceğim; çok iyi biliyorum.*

Şimdi Citi yüzünde hülyalı, dalıp gitmiş bir anlam, Leyla'yla birlikte salatalık doğramaktaydı.

Anne, sırtında parlak renkli yazlık elbisesi, ebe Vecma ve Tarık'ın annesiyle birlikte, haşlanmış yumurtaları soyuyordu.

"Komutan Mesut'a, Ahmet'le Nur'un bir resmini hediye edeceğim," dedi Vecma'ya; beriki başını salladı, ilgili ve candan görünmeye çalıştı.

"Cenazeye bizzat katılmış. Mezarlarının başında dua okumuş. Bu nezaketine karşılık bir teşekkür armağanı olacak." Katı yumurtalardan birini daha kırdı. "Düşünceli, asil biri olduğunu duydum; hoşuna gidecektir."

Çevrelerinde, kadınlar mutfağa girip çıkıyor, *kurma* kâseleri, *masteva* tabakları, ekmek somunları taşıyor, hepsini oturma odasının zeminine serilmiş olan *sofra*'ya yerleştiriyorlardı.

Arada bir, aylak aylak gezinen Tarık görünüyordu. Şundan bir parça alıyor, bunun tadına bakıyordu.

"Erkekler giremez," dedi Citi.

"Dışarı, dışarı, dışarı," diye bağırdı Vecma.

Tarık kadınların onu böyle tatlılıkla kışkışlamasına gülümsedi. Burada istenmiyor olmaktan, bu kadınsı atmosferi yarı sırıtkan, erkeksi bıçkınlığıyla bozmaktan keyif alır gibiydi.

Leyla ona bakmamak için elinden geleni yapıyordu; bu kadınlara daha fazla dedikodu malzemesi vermeye hiç niyeti yoktu. Gözlerini yerden kaldırmadı, Tarık'la hiçbir şey konuşmadı, ama birkaç gece önce gördüğü rüyayı anımsadı; ikisinin yüzleri, bir aynada, yumuşak, yeşil bir duvağın altında. Ve pirinç taneleri; erkeğin saçlarından dökülüyor, tıpır tıpır aynaya çarpıyor.

Tarık patatesli tas kebabının tadına bakmak için tencereye uzandı.

Citi onun eline vurdu. "*Ho baça!*" Tarık yine de bir parça aşırdı, güldü.

Artık Leyla'dan neredeyse bir baş uzundu. Tıraş oluyordu. Yüzü daha zayıf, daha köşeliydi. Omuzları genişlemişti. Pilili pantolon, siyah parlak mokasen ve son zamanlarda (bahçede her gün kaldırdığı bir çift, eski, paslı halter sayesinde) iyice kaslanan kollarını gösteren, kısa kollu gömlekler giyiyordu. Yine son zamanlarda, yüzüne şakacı bir kavgacılık, diklenmeye hazır bir ifade yerleşmişti. Konuşurken, başını sıkılgan bir edayla hafifçe yana eğiyor, gülerken tek kaşını kaldırıyordu. Saçları uzamıştı, alnına düşen perçemleri sık sık, gereksizce geriye atmak gibi bir huy edinmişti. Bu bıçkın, yarı-sırıtış da yeniydi.

Tarık mutfaktan son kez kovalanırken, oğlanın annesi Leyla'yı çaktırmadan ona bakarken yakaladı. Kızın yüreği hop etti, gözleri suçlu suçlu kırpıştı. Hemen önüne eğildi, doğranmış salatalıkları sürahideki sulandırılmış, tuzlu yoğurda katmaya koyuldu. Ama Tarık'ın annesinin onu izlediğini hissedebiliyordu; dudaklarında hafif, bilen, onaylayan bir tebessümle.

Erkekler tabaklarını doldurdular, bahçeye götürdüler. Onlar alacağını aldıktan sonra, kadınlarla çocuklar yer *sofra*'sının etrafına dizilip, karınlarını doyurdular.

Sofra kaldırıldıktan, bulaşıklar mutfakta üst üste yığıldıktan, kimin yeşil kimin siyah istediğini anımsamaya çalışarak çay demleme curcunası başladıktan sonra, Tarık başıyla bir işaret yaptı, kapıdan dışarıya süzüldü.

Leyla beş dakika bekledi, sonra onu izledi.

Delikanlıyı üç ev ileride buldu; iki komşu evin arasındaki dar-ağızlı geçidin başında, duvara yaslanmıştı. Üstat Eval Mir'den, eski bir Peştun şarkısı mırıldanıyordu:

Da ze ma ziba vatan,
Da ze ma dada vatan.
Bu bizim güzel vatanımız,
Bu bizim sevgili vatanımız.

Sigara içiyordu; bu yeni alışkanlığı da Leyla'nın onu son günlerde birlikte gördüğü oğlanlardan kapmıştı. Leyla onlara katlanamıyordu; Tarık'ın bu yeni arkadaşlarına. Hepsi de birörnek giyiniyordu; pilili pantolonlar, kollarını, göğüslerini meydana çıkaran, dar tişörtler. Hepsi çok fazla tıraş losyonu sürüyor, hepsi sigara içiyordu. Mahallede gruplar halinde, çalımlı çalımlı dolanır, şakalaşır, yüksek sesle güler, hatta bazen kızlara laf atarlardı; suratlarında hep o aynı, budala, kendinden hoşnut sırıtma. Bunlardan biri, Sylvester Stallone'yi şöyle böyle, son derece uzaktan andırmasına dayanarak, kendisine ısrarla Rambo dedirtiyordu.

"Annen sigara içtiğini bilse, öldürür seni," dedi Leyla; geçide girmeden önce sağı solu güzelce kolaçan ederken.

"Ama bilmiyor," dedi oğlan. Kıza yer açmak için yana kaydı.

"Her an öğrenebilir tabii."

"Kim söyleyecek? Sen mi?"

Leyla ayağıyla hafif hafif yere vuruyordu. "Sırrını rüzgâra fısıldarsan, ağaçlara söylediği için suçlayamazsın."

Tarık gülümsedi; tek kaşı yine havalanmıştı. "Kim demiş bunu?"

"Halil Cibran."

"Hava atmaya da bayılırsın."

"Bir sigara versene."

Delikanlı başını hayır anlamında salladı, kollarını kavuşturdu. Bu duruş, poz dağarcığına yeni girmişti: sırt duvarda, kollar kavuşturulmuş, sigara ağzının bir köşesinden sarkıyor, sağlam bacağı umursamazca kıvrılmış.

"Neden vermiyorsun?"

"Sana dokunur," dedi oğlan.

"Ama sana dokunmaz?"

"Ben kızlar için sigara içiyorum."

"Hangi kızlar?"

Yılışık yılışık sırıttı. "Seksi buluyorlar."

"Değil ki."

"Ya?"

"Bana güven."

"Seksi değil, yani?"

"*Khila* görünüyorsun; geri zekâlı gibi."

"Bak bu canımı acıttı işte."

"Hangi kızlarmış bunlar?"

"Kıskandın."

"Sadece merak ettim, öylesine... kayıtsızca yani."

"İkisi birden olamazsın." Sigarasından bir nefes daha çekti, dumanın arasından gözlerini kıstı. "Şu anda bizden bahsettiklerine her bahse varım."

Leyla'nın kafasında, Anne'nin sözleri çınladı. *Avucundaki sığırcık gibi. Azıcık gevşetsen uçar gider.* Suçluluk duygusu dişlerini kıza geçiriverdi. Sonra, Anne'nin sesini kapattı. Onun yerine, Tarık'ın *biz* deyişinin tadını çıkarmaya koyuldu. Onun ağzından döküldüğünde kulağa nasıl da heyecan verici, nasıl da mahrem geliyordu. Söyleyiş biçimiyse -gelişigüzel, doğallıkla- öyle rahatlatıcıydı ki. *Biz.* Aralarındaki bağı tasdik ediyor, cisimleştiriyordu.

"Ne diyorlar, peki?"

"Küreklere asılmış Günah Irmağı'nın sularında ilerlediğimizi," dedi Tarık. "Bir dilim İffetsizlik Pastası'nı bölüştüğümüzü."

Leyla ona ayak uydurdu: "Günahkârlık Faytonu'nda doludizgin yol aldığımızı."

"Zındıklık *Kurma*'sı pişirdiğimizi."

Kahkahaları koyuverdiler. Sonra Tarık, saçlarının iyice uzadığına değindi. "Çok hoş," dedi.

Leyla kızardığı için kendine kızdı. "Konuyu değiştiriyorsun."

"Konumuz neydi ki?"

"Seni seksi bulan, boş kafalı kızlar."

"Biliyorsun."

"Neyi biliyorum?"

"Gözlerimin sadece seni gördüğünü."

Leyla bayılacak gibi oldu. Oğlanın yüzünü okumaya çalıştı, ama çözülemez bir ifadeyle karşılaştı: o şen, budalaca sırıtışla çelişen, gözlerdeki kısık, yarı-çaresiz anlam. Zekice bir parıltı; tam da alaycılıkla içtenlik arasındaki sınıra düşmesi amaçlanmış bir ışıltı.

Tarık sağlam ayağının topuğuyla izmariti ezdi. "Ee, ne diyorsun bütün bunlara?"

"Partiye mi?"

"Geri zekâlılık eden kim şimdi? Mücahitleri kastediyorum, Leyla. Kabil'e gelişlerini."

"Ah."

Tam Babi'den duyduğu bir şeyi, silahla egonun evliliğinden hayır gelmez, türünden bir sözü aktarıyordu ki, evden gelen gürültüyü duydu. Haykırışlar. Çığlıklar.

Koşmaya başladı. Tarık topallayarak onu izledi.

Bahçede bir meydan kavgası vardı. Tam ortasında da birbirine girmiş, yerlerde yuvarlanan iki erkek, aralarında bir bıçak. Leyla bir tanesinin daha önce, masada politika konuşan adam olduğunu gördü. Öteki, kebap şişlerini yelleyen adamdı. Üç-beş kişi onları ayırmaya çalışıyordu. Babi aralarında değildi. O duvarın önünde, itiş-kakıştan güvenli bir uzaklıkta duruyordu; yanında Tarık'ın babası vardı, bağırıyordu.

Leyla havada uçuşan heyecanlı seslerden derlediği bölük pörçük parçacıkları birleştirdi: Politika konuşulan masadaki adam, bir Peştun, Ahmet Şah Mesut'u 1980'lerde Sovyetler'le "bir antlaşma yaptığı" için hainlikle suçlamıştı. Mangalın başındaki, Tacik olansa buna bozulmuş, sözünü geri almasını istemişti. Peştun ayak diremişti. Tacik, "Mesut olmasaydı, kız kardeşin hâlâ Sovyetler'e *veriyor* olurdu," demişti. Ve yumruklaşma başlamıştı. Sonra ikisinden biri, bıçak çekmişti; hangisinin çektiği konusunda fikir ayrılığı vardı.

Leyla dehşetle, Tarık'ın kendini ortaya attığını gördü. Barışı sağlamaya çalışanlardan birkaçı da şimdi kendi aralarında yumruklaşmaya başlamıştı. Gözüne ikinci bir bıçak çarpar gibi oldu.

O akşam, daha sonra, kavganın nasıl giderek tırmandığını düşündü; birbirinin üzerine çullanan adamlar, haykırışlar, naralar, bağrışmalar, savrulan yumruklar ve bütün bunların ortasında, çatık kaşları, diken diken saçlarıyla Tarık; bacağı kayışlarından kurtulmuş, emekleyerek uzaklaşmaya çalışıyor.

* * *

Her şeyin bu kadar çabuk çözülmesi, baş döndürücüydü. Liderlik konseyi vaktinden önce kuruldu, Rabbani'yi cumhurbaşkanı seçti. Diğer gruplar kayırmacılık yapıldığını haykırdılar. Mesut herkesi barışa, sabırlı olmaya çağırdı.

Dışlanan Hikmetyar kızdı, küstü. Çok uzun yıllardır ezilen, horlanan Hazaralar patlama noktasındaydı.

Hakaretler havada uçuşuyordu. Yüklenmeler, suçlamalar birbirini izliyordu. Toplantılar öfkeyle terk ediliyor, kapılar çarpılıyordu. Kent soluğunu tutmuş bekliyordu. Dağlarda, Kalaşnikoflara fişek sürülüyordu.

Tepeden tırnağa silahlı olan ama ortak bir düşmandan yoksun kalan Mücahitler, düşmanı birbirlerinde bulmuştu.

Kabil'in hesaplaşma günü sonunda gelmişti.

Ve roketler Kabil'e yağmaya başlayınca, insanlar kaçıp saklandı. Anne de öyle; sözcüğün gerçek anlamıyla. Yeniden siyahlara büründü, odasına kapandı, perdeleri kapattı, battaniyeyi tepesine çekti.

24

"Şu ıslık sesi," dedi Leyla Tarık'a, "kahrolası vınlama; en çok ondan nefret ediyorum."

Tarık başını sallayarak ona katıldı.

Aslında ıslığın kendisi değil, diye düşündü kız daha sonra, başladığı anla çarptığı an arasındaki saniyeler. Muallakta kaldığını hissettiğin o kısa, bitmek bilmez süreç. Bilememek. Beklemek. Hükmü duymak üzere olan bir davalı gibi.

Genellikle akşam yemeğinde oluyordu; Babi'yle ikisi sofradayken. Başlayınca, başlarını kaldırıyorlardı. Çatal havada, lokmalar ağızda, öylece durup ıslık sesini dinliyorlardı. Leyla zifiri karanlık camdaki, yarı aydınlık yüzlerinin yansısına, duvarlardaki kıpırtısız gölgelerine bakardı. Vınlama. Sonra patlama. Neyse ki bir başka yerde. Bırakılan soluklar; şimdilik kurtulduklarını ama bir başka yerde, çığlıkların ve kesif duman bulutlarının arasında bir çırpınmanın sürüp gittiğini, çıplak elle, deli gibi toprağı kazan, enkazın altından bir kız kardeşten, bir ağabeyden, bir torundan kalanı çekip çıkarmaya çabalayan birilerinin olduğunu bilmek.

Canını kurtarmış olmanın bedeliyse, kimin kurtaramadığını merak etmenin ıstırabıydı. Leyla düşen her roketten, her patlamadan sonra sokağa fırlıyor, dualar mırıldanarak, enkazın, dumanın altında bu kez, bu sefer, kesinlikle Tarık'ı bulacağından emin, koşuyordu.

Geceleri yatağında yatarken, penceresine yansıyan ani, beyaz çakımları seyrediyordu. Makineli tüfeklerin takırtısını dinliyor, ev sarsılır, tavandan sıva parçaları dökülürken, tepeden vınlayarak geçen roketleri sayıyordu. Bazı geceler, roket ateşi öylesine parlak olurdu ki, insan istese kitap okuyabilirdi; böyle gecelerde uyku bir türlü gelmezdi. Gelse bile, Leyla'nın rüyalarını hep yangınla, kopan uzuvlarla, yaralıların iniltileriyle doldururdu.

Sabahlar, hiçbir ferahlama getirmiyordu. *Ezan* sesi yankılanınca, Mücahitler silahlarını bırakıyor, yüzlerini batıya çevirip *namaz* kılıyorlardı. Sonra seccadeler katlanıp kaldırılıyor, tüfekler dolduruluyor ve dağlar Kabil'e yaylım ateşine başlıyordu, Kabil de onlara ateşle karşılık veriyordu – Leyla'yla bütün şehir eli kolu bağlı, çaresizce bakarken; tıpkı köpekbalıkları göz alıcı balığını parçalarken öylece seyreden yaşlı Santiago gibi.

Leyla nereye gitse, Mesut'un adamlarını görüyordu: caddelerde dolaşırken, birkaç yüz metrede bir, bir aracı durdurup sorgulama yaparken. Tankların üzerine oturuyor, sigara içiyorlardı; sırtlarında asker giysileri, başlarında olmazsa olmaz *pakol*'lar. Kavşaklara yığdıkları kum torbalarının ardından, yoldan geçenleri gözetliyorlardı.

Öte yandan, Leyla'nın dışarıya fazla çıktığı yoktu. Çıktığı zaman da, yanında hep Tarık oluyordu; oğlan bu şövalyece görevden müthiş keyif alır gibiydi.

"Bir tabanca satın aldım," dedi bir gün. Leyla'ların bahçesinde, armut ağacının altında oturuyorlardı. Silahı gösterdi. Yarı-otomatik Beretta, dedi. Leyla için yalnızca siyah, ölümcül bir aletti.

"Hoşlanmadım," dedi. "Silahlar beni ürkütüyor."

Tarık namluyu havaya kaldırdı, şarjörü döndürdü.

"Geçen hafta Karteh-Seh'de üç ceset bulmuşlar," dedi. "Duymuş muydun? Kız kardeşler. Üçüne de tecavüz edilmiş. Gırtlakları kesilmiş. Yüzüklerini almak için parmaklarını ısırıp koparmışlar. Diş izlerinden anlaşılmış..."

"Bunları duymak istemiyorum."

"Amacım seni üzmek değil," dedi Tarık. "Ben yalnızca... yanımda bu varken kendimi daha iyi hissediyorum."

Delikanlı, kızın sokakla arasındaki hayat bağıydı artık. Konuşulanları, haberleri taşıyordu ona. Örneğin, dağlarda mevzilenen milislerin atıcılıklarını geliştirmek için aşağıdaki sivillere, kadın, erkek, çocuk demeden, rasgele ateş ettiklerini, dahası, söz konusu nişancılıkları üzerine bahse tutuştuklarını. Arabalara füze fırlattıklarını, ama her nedense taksilere ilişmediklerini - böylece Leyla, insanların son zamanlarda arabalarını neden bir gayret sarıya boyadığını anlamış oldu.

Tarık ona Kabil içindeki güvenilmez, sıkça değişen sınırları da açıkladı. Mesela bu yol, soldan ikinci akasya ağacına kadar, bir savaş lorduna aitti; sonraki dört sokak, yıkılan eczanenin bitişiğindeki fırına kadar, bir başka savaş lordunun bölgesiydi; eğer yolun karşısına geçip batıya doğru bir kilometre ilerlerse, kendini başka bir savaş lordunun arazisinde bulur, dolayısıyla bir keskin nişancının haklı hedefi olurdu. İşte, Anne'nin kahramanlarının yeni adı buydu: Savaş Lordları. Leyla onlara *tüfengder* dendiğini de duymuştu. Tüfekçiler. Diğerleri kendilerine hâlâ Mücahit diyordu, ama sözcüğü duyanların suratı değişiyor, yüzlerine hor gören, ekşi bir ifade yerleşiyordu; sözcük, derin bir tiksinti ve küçümseme kokuyordu buram buram.

Tarık şarjörü yerine yerleştirdi.

"Bunu yapabilir misin?" dedi Leyla.

"Neyi?"

"Onu kullanabilir, onunla birini öldürebilir misin?"

Tarık silahı kot pantolonunun kemerine soktu. Sonra, hem çok güzel hem de çok korkunç bir şey söyledi. "Senin için evet," dedi. "Senin uğruna öldürürüm, Leyla."

Kıza doğru kaydı, elleri birbirine sürtündü; bir kez, sonra bir kez daha. Tarık'ın parmakları yoklarcasına parmaklarına dolanırken, Leyla sesini çıkarmadı. Sonra oğlan ansızın eğildi, dudaklarını onunkilere bastırdı; kız yine ses çıkarmadı.

O anda, Anne'nin şanla şerefle, sığırcık kuşlarıyla ilgili bütün sözleri Leyla'ya önemsiz göründü. Hatta saçma. Bütün bu öldürmelerin, yağmaların, bunca çirkinliğin ortasında, bir ağacın altında oturup Tarık'la öpüşmek öyle zararsız, öyle naifti ki. Küçücük bir şey. Kolayca bağışlanabilecek bir zaaf ânı. Böylece erkeğin onu öpmesine göz yumdu; o geri çekilince de uzandı, güm güm atan yüreği ağzında, yüzü karıncalanır, göbek çukuru alev alev yanarken, kendisi *onu* öptü.

O yılın, 1992'nin Haziranı'nda, Batı Kabil'de çok şiddetli çarpışmalar oldu. Savaş lordu Sayyaf'ın Peştun güçleriyle Vahdet fraksiyonundan Hazaralar arasında. Bombalar elektrik direklerini devirdi, dükkânların, evlerin sıralandığı koskoca mahalleleri yerle bir etti. Leyla, Peştun milislerin Hazara kökenlilerin evlerine daldığını, kapıları kırıp bütün aileyi, infaz edercesine kurşunladıklarını duydu; Hazaraların da misilleme olarak Peştun sivilleri kaçırdığı, Peştun kızların ırzına geçtiği, Peştun mahallelerini bombalayıp insanları ayrım gözetmeksizin öldürdükleri söyleniyordu. Gün geçmiyordu ki, ağaçlara bağlanmış ya da tanınmayacak ölçüde yanmış cesetler bulunmasın. Çoğunun da kafasına ateş edilmiş, gözleri oyulmuş, dilleri kesilmiş oluyordu.

Babi Kabil'den ayrılmaları için, bir kez daha Anne'yi razı etmeyi denedi.

"Bir yolu bulunacak," dedi Anne. "Bu kavga geçici. Oturup konuşacak, bir hal çaresi bulacaklar."

"Fariba, bu insanların *tek* bildiği, savaşmak," dedi Babi. "Bir elde süt şişesi, ötekinde silahla yürümeyi öğrendiler."

"Bunu söylemek *sana* mı düştü?" diye yapıştırdı Anne. "*Cihat*'a katıldın mı sen? Sahip olduğun her şeyden vazgeçip hayatını tehlikeye attın mı? Mücahitler olmasaydı, biz hâlâ Sovyetler'in uşağıydık, unutma. Şimdi de kalkmış, onlara ihanet etmemizi istiyorsun!"

"Onlara ihanet eden biz değiliz, Fariba."

"Sen git o zaman. Al kızını kaç. Bana da bir kart atarsınız. Barış yakında gelecek ve ben, tek başıma da kalsam onu bekleyeceğim."

Sokaklar öyle güvenilmez bir hal almıştı ki, Babi en akla gelmeyecek şeyi yaptı. Leyla'yı okuldan aldı.

Onu eğitme görevini kendisi üstlendi. Leyla her gün, güneş battıktan sonra onun çalışma odasına gitti; Hikmetyar kentin güneydeki dış mahallelerinden Mesut'a bomba yağdırırken, baba-kız oturup Hafız'ın *gazel*'lerini, çok sevilen, aziz Afgan şair Üstat Halilullah Halili'nin eserlerini tartıştılar. Babi ona ikinci derece denklemleri türetmeyi öğretti, polinomların çarpanlarını bulmayı, parametrik eğrileri birleştirmeyi gösterdi. Babi ders verirken dönüşüyor, bambaşka biri oluyordu. Kendi çöplüğünde, kitaplarının arasındayken, boyu bile uzuyordu sanki. Sesi daha dingin, daha derin bir yerden yükseliyor, gözleri eskisi kadar kırpışmıyordu. Leyla onun eski halini gözünde canlandırabiliyordu; karatahtayı zarif devinimlerle silişini, bir öğrencisine eğilip, omzunun üstünden bakışını; babaca ve dikkatle.

Ama kendini derse vermek kolay değildi. Leyla'nın dikkati sık sık dağılıyordu.

"Bir piramidin alanı nedir?" diye sorardı Babi; oysa Leyla'nın aklındaki tek şey, Tarık'ın dudaklarının dolgunluğu, kızın ağzına değen soluğunun sıcaklığı, ela gözlerindeki kendi yansısıydı. Ağacın altındaki o günden sonra, iki kere daha öpüşmüşlerdi; daha uzun, daha tutkulu ve kıza kalırsa, biraz daha beceriyle. Her ikisinde de, gizlice, o loş aralıkta buluşmuşlardı – Anne'nin ziyafet verdiği gün buluştukları geçitte. İkincisinde, oğlanın göğüslerine dokunmasına izin vermişti.

"Leyla?"

"Evet, Babi."

"Piramit. Alanı. Aklın nerelerde?"

"Affedersin, Babi. Hım, şey... Piramit. Piramit. Tabanın üçte biri çarpı yükseklik."

Babi başıyla doğruladı, yüzü düşünceliydi, gözleri kızın yüzünü tarıyordu; Leyla ise Tarık'ın ellerini, öpüşme sırasında göğüslerini sıkan, sırtından aşağıya kayan parmaklarını düşünüyordu.

Yine haziran ayında, bir gün, Citi iki arkadaşıyla okuldan eve dönmekteydi. Evine sadece üç sokak kala, bir roket kızlara isabet etti. O korkunç günün ilerleyen saatlerinde Leyla, Nila'nın (Citi'nin annesinin), kızının öldüğü sokakta bir aşağı bir yukarı koştuğunu, delirmişçesine haykırarak, tiz çığlıklar atarak, kızının parçalarını topladığını, önlüğüne doldurduğunu duydu. Citi'nin çürümeye başlamış, hâlâ naylon çoraplı ve mor lastik ayakkabılı sağ ayağı, iki hafta sonra bir çatının üzerinde bulundu.

Citi'nin, ertesi gün okunan *fatiha*'sında, Leyla bir oda dolusu ağlayan, hıçkıran kadının arasında, taş kesilmişçesine oturdu. Tanıdığı, yakın olduğu, sevdiği birini ilk kaybedişiydi. Citi'nin artık yaşamadığı gerçeğini bir türlü idrak edemiyordu. Sınıfta gizli pusula alışverişinde bulunduğu, tırnaklarını boyadığı, cımbızla çenesindeki kılları aldığı Citi. Kaleci Sabır'la evlenecek olan Citi. Citi ölmüştü. *Ölmüştü.* Paramparça olmuştu. Sonunda, Leyla dostu için ağlamaya başladı. Ağabeylerinin cenazesinde dökemediği bütün yaşlar, bir sel gibi gözlerinden boşandı.

25

Leyla kıpırdayamıyordu, sanki bütün eklemlerine beton dökülmüş, her bir mafsalı kilitlenmişti. Bir konuşma yapılıyordu ve Leyla muhataplardan birinin kendisi olduğunu biliyordu, ama kendini öyle uzakta, dışarıda hissediyordu ki, sanki sadece kulak misafiri olmaktaydı. Tarık konuşurken, Leyla yaşamının çürümüş bir ip olduğunu düşündü; kopan, sökülen, lif lif ayrılan, dökülen bir sicim.

1992 Ağustosu'nda sıcak, rutubetli bir öğle sonrasıydı, Leyla'ların oturma odasındaydılar. Anne'nin bütün gün karnı ağrımış, Babi birkaç dakika önce, Hikmetyar'ın güneyden savurduğu füzelere karşın, onu doktora götürmüştü. Şimdi Tarık'la ikisi yan yana, kanepede oturuyorlar, oğlan dizlerinin arasından yere bakıyordu.

Ve gideceğini, terk edeceğini söylüyordu.

Mahalleyi değil. Kabil'i değil. Afganistan'ı.

Gitmek.

Leyla beyninden vurulmuştu âdeta.

"Nereye? Nereye gideceksin?"

"Önce Pakistan'a. Peşaver'e. Sonrasını bilmiyorum. Belki Hindistan. Ya da İran."

"Ne kadar?"

"Bilmiyorum."

"Demek istediğim, karar vereli ne kadar oldu?"

"Birkaç gün. Sana söyleyecektim, Leyla, yemin ederim, ama bir türlü beceremedim. Seni ne kadar üzeceğini biliyordum."

"Ne zaman, peki?"

"Yarın."

"Yarın mı?"

"Leyla, bak bana."

"Yarın..."

"Nedeni, babam. Kalbi artık kaldıramıyor... bütün bu kavgayı, ölümleri."

Leyla yüzünü avuçlarına gömdü; bir dehşet baloncuğu göğsünü sıkıştırıyordu.

Bunu tahmin etmem gerekirdi, diye düşündü. Neredeyse tanıdığı herkes eşyalarını toplamış, çekip gitmişti. Mahallede tek bir tanıdık sima kalmamıştı; Mücahit hizipler arasında savaşın patlamasından yalnızca dört ay sonra, Leyla sokaklarda tek bir tanıdığa rastlamaz olmuştu. Hasena'nın ailesi mayısta kaçmıştı; Tahran'a. Vecma, kalabalık ailesiyle birlikte, yine aynı ay İslamabad'a göçtü. Citi'nin ana babasıyla kardeşleri haziranda, Citi'nin ölümünden kısa bir süre sonra gittiler. Leyla onların nereye gittiğini bilmiyordu – İran'daki Meşat'a gittiklerine dair söylentiler vardı. İnsanlar gidince, evleri üç-beş gün boş kalıyor, sonra ya milisler ya da yabancılar gelip yerleşiyordu.

Herkes gidiyordu. Şimdi de, Tarık.

"Eh, annem de artık genç sayılmaz," diyordu delikanlı. "Her an korku içindeler. Yüzüme bak, Leyla."

"Bana söylemeliydin."

"Lütfen bak bana."

Leyla'nın ağzından bir inilti çıktı. Sonra bir feryat. Ve ağlamaya başladı. Başparmağıyla onun yanağındaki yaşı silmek isteyen oğlanın elini itiverdi. Bencilce, mantıksızca davrandığını biliyor ama onu terk ettiği, böyle bırakıp gittiği için Tarık'a ateş püskürüyordu. Bedeninin bir uzantısı gibi olan, her anısına bir gölgeymişçesine eşlik eden Tarık. Nasıl bırakırdı Leyla'yı? Oğlana bir tokat attı. Sonra bir tane daha; saçlarını çekti, Tarık onu bileklerinden yakaladı, kızın anlayamadığı bir şey söyledi; makul, yatıştırıcı bir şeyler; sonra, nasıl olduysa kendilerini alın alına, burun buruna buldular; oğlanın sıcak nefesini bir kez daha dudaklarında hissetti.

Sonra, ansızın, Tarık üzerine uzanınca, Leyla da sırtüstü uzandı.

İleriki günlerde, haftalarda, Leyla, olanları derlemek, belleğine kazımak için deliler gibi arandı, parçaları topladı. Yanan müzeden kaçan, kaçarken de eline geçeni kucaklayan, yanıp kül olmaktan kurtarmak için, yakalayabildiği her şeye yapışan bir sanat âşığı gibi – bir bakış, bir fısıltı, bir inleme. Ama zaman, yangınların en acımasızıdır; sonuçta, hepsini kurtaramadı elbette. Yine de elinde bir şeyler kaldı: aşağılarda hissettiği o ilk, ani, inanılmaz acı. Halıya vuran güneş huzmesi. Leyla'nın, aceleyle sökülen, yanlarında yatan, soğuk, sert bacağa sürtünen topuğu. Elleriyle oğlanın dirseklerini kavrayışı. Tarık'ın köprücükkemiğinin altındaki, ters dönmüş mandolin biçimindeki, kırmızı doğum lekesi. Tepesinde, kendi yüzünün üstünde devinen yüzü. Sallanan, kızın dudaklarını, çenesini gıdıklayan, siyah perçemleri. Yakalanma korkusu. Kendi cüretlerine, gözü karalıklarına duydukları inanmazlık. Acıyla iç içe geçen o tuhaf, tanımlanamaz zevk. Ve anlamlar; Tarık'ın yüzünden geçen, *sayısız* anlam: endişe, şefkat, özür, mahcubiyet, ama en çok, en çok, açlık.

Sonrası tam bir keşmekeşti. Telaşla iliklenen düğmeler, takılan kemerler, sıvazlanan saçlar. Sonra, kanepede yan yana, birbirlerinin kokusunu içlerine çekerek oturdular; yüzler pespembe, az önce yaşananlardan donup kalmış, dilleri tutulmuş. Yaptıklarından.

Leyla halıda üç damla kan gördü, *kendi* kanı; gözünün önünde, kızlarının tam da burada işlediği günahtan habersiz, kanepede oturan annesiyle babası canlandı. Bunun üzerine, duyduğu utançtan, suçluluktan yanaklarına al bastı; üst kattaki saatin tik takları, Leyla'nın kulaklarında güm güm ötüyordu. Bir yargıcın kürsüye inen, tekrar tekrar inen, kızı lanetleyen tokmağı gibi.

Sonra Tarık, "Benimle gel," dedi.

Bir an için, bunun mümkün olabileceğine, neredeyse inandı. O, Tarık ve onun ana-babası, hep beraber yola çıkıyorlar. Çantalarını topluyor, bir otobüse biniyor, bütün bu dehşeti arkalarında bırakıp mutluluğu ya da sıkıntıyı bulmaya gidiyorlar – artık bahtlarına hangisi çıkarsa, onu hep birlikte, omuz omuza karşılayacaklar. Leyla onların arasında olacak, kendisini bekleyen kasvetli ıssızlığa, o ölümcül yalnızlığa katlanması gerekmeyecek.

Gidebilirdi. Beraber olabilirlerdi.

Bunun gibi bir sürü ikindi yaşayabilirlerdi.

"Seninle evlenmek istiyorum, Leyla."

Halının üzerine devrilmelerinden beri ilk kez, gözlerini kaldırıp erkeğinkilere dikti. Çehresini araştırdı. Şakacılıktan eser yoktu. Tarık'ın yüzü kararlı, riyasız, sapına kadar içtendi.

"Tarık..."

"İzin ver de seninle evleneyim, Leyla. Bugün. Bugün evlenebiliriz."

Başka şeyler de söyledi; camiye gitmek, bir *molla*'yla iki tanık bulmak, hemen *nikâh*...

Fakat Leyla annesini düşünüyordu, en az Mücahitler kadar dik kafalı ve uzlaşmaz olan, çevresindeki havayı kine, kasvete boğan Anne'yi; sonra Babi'yi düşündü; teslim bayrağını uzun zaman önce çekmiş olan, Anne'nin hüzünlü, acınası karşıtı olan babasını.

Bazen... bana dünyada sahip olduğum tek şey senmişsin gibi geliyor, Leyla.

Bunlar Leyla'nın yaşamının olguları, kaçılamaz gerçekleriydi.

"*Kaka* Hâkim'den seni isterim. Hayır duasını esirgemeyecektir bizden. Biliyorum."

Haklıydı. Babi karşı çıkmazdı. Ama bu olay onu yıkar, paramparça ederdi.

Tarık hâlâ konuşuyordu, başlarda kısık olan sesi giderek tizleşti; yalvarıyor, ikna etmeye çalışıyordu; yüzü önce umutlu, sonra yaralı.

"Yapamam," dedi kız.

"Böyle söyleme. Seni seviyorum."

"Üzgünüm..."

"Seni seviyorum."

Bu sözleri onun ağzından duymayı ne zamandır bekliyordu? Bu sözcüklerin fısıldandığını kaç kez düşlemişti? İşte söylenmiş, nihayet dillendirilmişti; buradaki ironi, acımasızlık kızın yüreğini ezdi.

"Babamı bırakamam," dedi. "Elinde bir ben kaldım. Kalbi buna dayanamaz."

Bunu Tarık da biliyordu. Kız yükümlülüklerini bir kalemde silip atamazdı, tıpkı kendisinin de yapamayacağı gibi. Yine de sürdü gitti: onun yakarıları, kızın reddetme gerekçeleri, onun önerileri, kızın özürleri, ikisinin gözyaşları.

Sonunda, Leyla onu göndermek zorunda kaldı.

Kapıda, oğlandan söz aldı: vedalaşmadan gidecekti. Kapıyı yüzüne kapadı. Sırtını, erkeğin yumruklarıyla sarsılan kapıya dayadı; Tarık kapının arkasından konuşur, geri döneceğine, onu almaya geleceğine ant içerken, Leyla bir kolunu beline dolamış, elini ağzına bastırmış, öylece bekledi. Oğlan yorgun düşünceye, nihayet pes edinceye kadar bekledi, sonra dışarıdan gelen düzensiz, kararsız ayak seslerini dinledi; ta ki sesler hafifleyene, tepelerde çatırdayan top ateşleri ve karnında, gözlerinde, kemiklerinde gümbürdeyen yüreği sayılmazsa, sessizlik çökene kadar.

26

Yılın, şu âna kadar, en sıcak günüydü. Dağların hapsettiği, kemik-kavuran sıcak, kenti bir yangın dumanıymışçasına boğuyordu. Elektrikler günlerdir kesikti. Kabil'in her tarafında elektrikli vantilatörler, insanla alay edercesine, boş boş duruyordu.

Leyla salondaki divanda ölü gibi yatmaktaydı; bluzu terden sırılsıklamdı. Verdiği her nefes, burnunun ucunu yakıyordu. Ebeveyninin, Anne'nin odasında konuştuklarının farkındaydı. İki gece önce olduğu gibi, dün gece de uyanmış, alt kattan gelen seslerini duymuştu. Artık her gün, baş başa verip konuşuyorlardı; o kurşundan beri, bahçe kapısında açılan o yeni delikten beri.

Dışarıda, topların uzaklardan gelen gümbürtüsü; sonra, daha yakından, bir makineli tüfeğin kısa, kesik takırtısı; ardından bir başkası.

Leyla'nın içinde de bir savaş sürmekteydi: bir yanda, utancın eşlik ettiği suçluluk duygusu, öte yanda Tarık'la yaptıkları şeyin hiç de çirkin, ahlaksızca olmadığı inancı. Birbirlerini belki de bir daha hiç göremeyecek olmalarının kışkırttığı, doğal, iyi, güzel, hatta kaçınılmaz bir şey yaşadıklarına inanıyordu.

Kanepede yan döndü, anımsamak için kendini zorladı: Bir ara, yerde yatarlarken Tarık alnını onunkine dayamış, soluk soluğa bir şey demişti: *Canını acıtıyor muyum?* ya da *Canın acıyor mu?*

Leyla hangisi olduğunu bir türlü hatırlayamıyordu.

Canını acıtıyor muyum?

Canın acıyor mu?

Gideli yalnızca iki hafta olmasına karşın, işte başlamıştı bile: Zaman o keskin hatlı anıların kenarlarını kemirmeye koyulmuştu. Leyla belleğini sıkıştırdı. Ne demişti? Hangisini? Bu sorunun yanıtını bilmek birdenbire canalıcı, yaşamsal bir önem kazanmıştı.

Gözlerini kapadı. Yoğunlaştı.

Zaman geçtikçe, yavaş yavaş, bu işlemden usanacaktı. Zihinden bulup çıkarmak, tozunu almak, çoktan ölmüş ânı yeniden diriltmeye çalışmak giderek daha yorucu olacaktı. Ve işin doğrusu, bir gün, yıllar sonra bir gün gelecek, Leyla artık onu kaybettiğine ah vah etmeyecekti. En azından, şimdiki kadar sık, daha doğrusu, böyle kesintisizce değil. Gün gelecek, erkeğin yüzünün ayrıntıları belleğin pençesinden sıvışacak, sokakta oğlu Tarık'a seslenen bir annenin sesini duymak, kızın bir anda bütün palamarlarını kesip onu rüzgâra, açık denizlere savurmayacaktı. Tarık'ı şu anki kadar çok özlemeyecek, yokluğunun sancısı şimdiki gibi Leyla'ya sımsıkı yapışıp, ayrılmaz bir yoldaşı olmayacaktı – bir uzvunu kaybedenlerin hissettiği şu hayali acı gibi.

Ama tabii, Leyla yetişkin bir kadın olduğunda, zaman zaman, bir gömlek ütüler ya da çocuklarını salıncakta sallarken, önemsiz, küçücük bir şey, belki sıcak bir günde tabanına değen halının ılıklığı ya da bir yabancının çıkık alnı, malum ikindiye ilişkin bir ayrıntıyı, bir anıyı fitilleyiverecekti. Ve her şey, bütün anılar doludizgin dönecekti. Nasıl ansızın, kendiliğinden oluverdiği. Akıl almaz tedbirsizlikleri. Beceriksizlikleri. Birleşmenin acısı, zevki, hüznü. Sarmaş dolaş bedenlerin yaydığı ısı.

Anılar içini bir sel gibi kaplayacak, soluğunu çalacaktı.

Fakat sonra, geçip gidecekti. O an bitecekti. Geride, kendini sönmüş bir balon gibi, havası boşalmış gibi hisseden, belli belirsiz bir huzursuzluk dışında hiçbir şey hissetmeyen Leyla'yı bırakarak.

Canını acıtıyor muyum? Evet, böyle söylemişti. Buydu. Leyla anımsamasına sevindi.

Sonra, Babi sahanlığa çıktı, merdivenin başından ona seslendi, hemen yukarı gelmesini istedi.

"Kabul etti!" dedi, dizginlenmiş heyecanın titrettiği sesiyle. "Gidiyoruz, Leyla! Üçümüz birlikte. Kabil'den ayrılıyoruz."

Anne'nin odasında, yatağa oturdular. Dışarıda, Hikmetyar'la Mesut'un güçleri savaşıyor, savaşıyor, roketler gökyüzünde vızıldıyordu. Leyla şu an, kentin bir yerinde, birinin öldüğünü biliyordu; kapkara bir kefene benzeyen dumanın, bir toz bulutu salarak çöken bir binanın tepesine heyula gibi çöktüğünü. Sabah, çevresinden dolanılması gereken cesetler olacaktı. Kimisi toplanacaktı. Kimisi olduğu yerde bırakılacaktı. Sonra Kabil'in, insan eti yemeğe alışan köpekleri kendilerine ziyafet çekecekti.

Yine de, Leyla kendini o sokaklara atmak, deli gibi koşmak istiyordu. Mutluluğunu zapt etmekte zorlanıyordu. Oturmak, sevinç çığlıkları atmamak çaba gerektiriyordu. Babi önce Pakistan'a gideceklerini ve vize başvurusunda bulunacaklarını söyledi. Pakistan, Tarık'ın olduğu yer! İçi kıpır kıpır, saydı: Tarık gideli sadece on yedi gün olmuştu. Anne kararını on yedi gün önce vermiş olsaydı, yola hep birlikte çıkabilirlerdi. Leyla da şu an Tarık'ın yanında olurdu! Ama bunun hiç önemi yoktu şimdi. Peşaver'e gidiyorlardı (üçü birlikte!); orada Tarık'la ailesini nasılsa bulurlardı. Elbette bulurlardı. Evrak işlerini hep birlikte hallederlerdi. Sonra, kimbilir? Kim bilebilir? Avrupa? Amerika? Belki de, Babi'nin hep dediği gibi, denize yakın bir yer...

Anne karyolanın başucundaki tahtaya dayanmış, yarı uzanır, yarı oturur durumdaydı. Gözleri şişti. Saçlarından tel koparıyordu.

Üç gün önce, Leyla biraz hava almak için dışarıya çıkmıştı. Ön kapıya yaslanmış duruyordu ki, birden müthiş bir çatırtı duydu, bir şey sağ kulağının dibinden vınlayarak geçti; gözlerinin önünde sıçrayan kıymıklar, tahta parçacıkları uçuştu. Citi'nin ölümünden sonra, Kabil'e yağan binlerce bombadan, sayısız roketten sonra, Anne'yi sarsarak uyandıran, gözünü açan şey de işte kapıdaki o delik, Leyla'nın başının durduğu yerden taş çatlasın üç parmak ilerideki kurşun deliği oldu. Bir savaşın ona zaten iki çocuğa mal olduğu, bu son savaşın da elinde kalan tek çocuğa patlayabileceği, kadının kafasına dank etti.

Odanın duvarlarından, Ahmet'le Nur gülümseyerek bakıyordu. Leyla, annesinin gözlerinin fotoğraflarda suçlu suçlu gezindiğini gördü. Onaylarını almaya çalışır gibi. Hayır dualarını. Bağışlanmayı diler gibi.

"Burada bizim için hiçbir şey kalmadı," dedi Babi. "Oğullarımızı kaybettik, ama Leyla'mız var. Biz hâlâ bir aileyiz, Fariba. Yeni bir yaşam kurabiliriz."

Babi ona doğru eğildi. Ellerini tutmak için uzanınca, Anne karşı çıkmadı. Yüzünde, bir teslimiyet ifadesi. Bir boyun eğiş. El ele tutuştular, hafifçe; sonra birbirlerine sarıldılar, sessizce öne arkaya sallandılar. Anne yüzünü erkeğin boynuna gömdü. Bir eliyle gömleğini avuçladı.

O gece heyecan Leyla'yı uykusundan etti. Yattığı yerden, usulca aydınlanan, turuncunun, sarının en cafcaflı tonlarına bürünen ufku seyretti. Bir ara, içerdeki coşkulu zindeliğe, dışarıdaki bomba çatırtılarına karşın, yine de dalıp gitti.

Ve rüya gördü.

İnce, uzun bir kumsaldalar; bir örtünün üzerinde oturuyorlar. Serin, bulutlu bir gün, ama Tarık'ın yanı, omuzlarına kadar çektikleri battaniyenin altı ılık. Boyası yer yer kalkmış, beyaz, alçak çitin gerisinde, rüzgâra açık, bir sıra palmiyenin altında duran arabaları görebiliyor. Rüzgâr gözlerini sulandırıyor, ayakkabılarını kuma gömüyor, kuru çalı demetlerini bir kumulun kavisli sırtından ötekine savuruyor. Uzakta, hafif yan yatmış, süzülen yelkenlileri seyrediyorlar. Etraflarında martılar bağrışıyor, rüzgârda ürperiyorlar. O sırada, tekdüze bir melodiyi andıran bir ses duyuluyor. Leyla Tarık'a, Babi'den yıllar önce öğrendiği, şarkı söyleyen kumlarla ilgili bilgiyi aktarıyor.

Erkek gözlerini ovuşturuyor, kirpiklerindeki kum taneciklerini silkeliyor. Kızın gözüne, onun parmağındaki alyansın ışıltısı çarpıyor. Kendi alyansıyla aynı – baştan sona bir tür kafes deseniyle bezenmiş, altın.

Ama doğru, diyor oğlana. *Kumların sürtünürken çıkardığı ses bu. Dinle.* O da dinliyor. Kaşlarını çatıyor. Bekliyorlar. Ve yine duyuyorlar. Rüzgâr hafiflediğinde, iniltili bir ses; şiddetlendiğinde, ağlayan, tiz sesli bir bebekler korosu.

Babi yanlarına sadece en gerekli şeyleri alacaklarını söyledi. Gerisini satacaklardı.

"Bu para, ben iş bulana kadar bizi Peşaver'de idare eder."

Sonraki iki gün, satılacakları topladılar. Koca koca denkler oluştu.

Leyla odasında eski bluzları, eski ayakkabıları, kitapları, oyuncakları bir yana ayırdı. Yatağın altına bakınca, Hasena'nın beşinci sınıfta, teneffüste verdiği sarı camdan, küçük ineği buldu. Ucunda minyatür bir futbol topu sallanan anahtarlığı da – Citi'nin hediyesi. Tekerli, küçük, tahta bir zebra. Tarık'la bir gün su hendeğinde buldukları, seramik astronot. Kendisi altısındaydı, Tarık sekizinde. Onu kimin bulduğuna dair, ufak bir kavga çıkmıştı aralarında; Leyla anımsıyordu.

Anne de eşyalarını topladı. Devinimlerinde bir tutukluk vardı, gözlerindeyse uyuşuk, dalmış gitmiş bir bakış. İyi cins tabaklarını, peçetelerini, bütün takılarını -nikâh yüzüğü dışında- giysilerinin çoğunu gözden çıkarmıştı.

"Bunu satmayacaksın, değil mi?" dedi Leyla, Anne'nin gelinliğini kaldırarak. Giysi, bir çağlayan gibi kucağına döküldü. Dantele, yakayı çeviren kurdeleye, kol ağızlarına elle işlenmiş, küçük incilere dokundu.

Anne omuz silkti, gelinliği aldı. Giysi destesinin üzerine kabaca fırlattı. Bir yara bandını tek hareketle çeker gibi, diye düşündü Leyla.

En üzücü görev, Babi'ye düştü.

Leyla onu çalışma odasında buldu; yüzünde acılı bir ifade, ayakta, kitap raflarını inceliyordu. Kullanılmış giysiler satan dükkândan aldığı tişörtü giymişti; tişörtün göğsünde San

Francisco'nun kırmızı köprüsünün resmi vardı. Beyaz köpüklü sulardan yükselen kalın sis, köprünün ayaklarını sarmalamıştı.

"Şu malum klişeyi bilirsin," dedi. "Issız bir adaya düşüyorsun. Yanına yalnızca beş kitap alabilirsin. Hangilerini seçerdin? Bir gün buna ciddi ciddi mecbur kalacağım hiç aklıma gelmezdi."

"Sana yeni baştan bir kütüphane oluştururuz, Babi."

"Hım." Kederle gülümsedi. "Kabil'i terk ettiğime inanamıyorum. Okula burada gittim, ilk işime burada başladım, bu şehirde baba oldum. Yakında bir başka kentte, bir başka gökyüzünün altında uyuyacağımı düşünmek öyle garip geliyor ki."

"Bana da öyle."

"Kabil hakkındaki şu şiir bütün gün beynimde çınlayıp durdu. Saib-i-Tebrizi, yanılmıyorsam on yedinci yüzyılda yazmış. Tamamını ezbere bilirdim, ama şu an yalnızca iki dizesini hatırlayabiliyorum:

Bu kentin ne çatılarını ışıldatan ayları sayabilirsin,
Ne de duvarlarının gerisine gizlenen bin muhteşem güneşi."

Leyla başını kaldırıp bakınca, babasının ağladığını gördü. Kolunu onun beline doladı. "Ah, Babi. Geri döneceğiz. Savaş biter bitmez. Kabil'e döneceğiz, *inşallah*. Göreceksin."

Üçüncü günün sabahı, Leyla denkleri bahçeye taşımaya, ön kapının yanına yığmaya başladı. Sonra bir taksi çağıracak, hepsini rehineci dükkânına götüreceklerdi.

Evle bahçe arasında mekik dokuyor, bir içeri bir dışarı, giysi torbalarını, tabak çanağı, Babi'nin kutular dolusu kitabını taşıyordu. Öğleye kalmaz yorgunluktan bitap düşerdi; kapıdaki yığın şimdiden beline geliyordu. Ama, her gidiş gelişte, Tarık'a bir adım daha yaklaştığını biliyor, bacakları her seferinde biraz daha canlanıyor, kolları biraz daha güçleniyordu.

"Büyük bir taksi gerekecek."

Dönüp baktı. Anne'ydi, üst kattaki yatak odasından sesleniyordu. Camdan dışarı sarkmış, dirseklerini pervaza dayamıştı. Güneş, parlak ve ılık, kırlaşan saçlarına vuruyor, bitkin, zayıf yüzünü aydınlatıyordu. Sırtında, dört ay önceki davette giydiği kobalt mavisi elbise vardı; genç bir kadına yaraşan, iç açıcı bir elbiseydi, oysa Anne şu an Leyla'ya yaşlı bir kadın gibi görünmekteydi. Etsiz, kavruk kolları, çökük şakakları, mor halkalarla çevrili, ölgün gözleri olan, o kumlu düğün resimlerindeki, ışıltılı tebessümlü, tombul, değirmi yüzlü kadınla hiçbir ilgisi olmayan, ihtiyar bir kadın.

"İki büyük taksi," dedi Leyla.

Babi'yi de görebiliyordu; oturma odasında, kitap dolu kutuları üst üste yığmaktaydı.

"Onları bitirince yukarı gel," dedi Anne. "Öğle yemeğine oturalım. Haşlanmış yumurtayla dünden kalma fasulyemiz var."

"En sevdiğim."

Birden aklına rüyası geldi. Tarık'la ikisi örtünün üzerinde. Okyanus. Rüzgâr. Kumullar.

Sesi nasıldı, şu şarkı söyleyen kumların çıkardığı ses?

Leyla durdu. Gri bir kertenkelenin topraktaki bir çatlaktan sürünerek çıktığını görmüştü. Hayvan başını telaşla bir o yana, bir bu yana çevirdi. Gözlerini kırpıştırdı. Hızla bir taşın altına seğirtti.

Kumsal bir kez daha Leyla'nın gözünün önünde canlandı. Ama bu sefer, kumların şarkısı her yandaydı. Ve yükseliyordu. Her an biraz daha, biraz daha güçleniyor, tizleştikçe tizleşiyordu. Bir sel gibi kulaklarına doldu. Başka her şeyi boğdu, susturdu. Martılar şimdi tüylü pantomimciydiler, gagalarını sessizce açıp kapıyorlardı; dalgalar köpüklerle, serpintilerle kıyıya vuruyordu, ama hiç kükremeksizin. Kumlar şarkılarını sürdürdü. Sonra, bir ses... bir çıngırtı?..

Yo, çıngırtı değil. Hayır. Bir vınlama. Islık sesi.

Kitapları yere, ayağının dibine bıraktı. Başını gökyüzüne çevirdi. Bir eliyle gözlerini perdeledi.

Sonra, müthiş bir kükreme.

Leyla'nın arkasında, bembeyaz bir parıltı.

Ayağının altındaki toprak silkelendi.

Sıcak, güçlü bir şey sırtına var gücüyle çarptı. Kızı ayağındaki sandaletlerden koparıp aldı. Havaya kaldırdı. Leyla şimdi uçuyordu, havada taklalar atarak, fırıl fırıl dönerek; gökyüzünü gördü, sonra toprağı, sonra yine göğü, yine toprağı. Yanından alev alev, iri bir tahta parçası geçti. Ve binlerce cam parçası; Leyla çevresinde uçuşan her parçayı, her bir cam kırığını tek tek görebildiği duygusuna kapıldı; yavaşça, peş peşe, güneşte ışıldayarak, döne kıvrıla uçuyorlardı.

Sonra Leyla duvara çarptı. Yere çakıldı. Yüzüne, kollarına bir toprak ve çakıl taşı ve cam sağanağı indi. Yakınına, toprağa saplanmış bir şey görür gibi oldu. İrice, kanlı bir parça. Üzerinde, kırmızı bir köprünün, kesif pusu delen ayağı. Leyla'nın anımsadığı son şey, buydu.

Etrafta kıpırdayan biçimler. Tavanda yanan bir floresan lamba. Bir kadın yüzü belirdi, onun yüzüne doğru eğildi.

Leyla yeniden karanlığa gömüldü.

***

Bir başka çehre. Bu kez, bir erkeğinki. Yüz hatları genişliyor, sarkıyor sanki. Dudakları oynuyor, ama ses çıkmıyor. Leyla'nın duyduğu tek şey, çınlama.

Adam ona elini sallıyor. Kaşlarını çatıyor. Dudakları kıpırdıyor.

Çok acıtıyor. Soluk almak canını acıtıyor. Her yeri ağrıyor.

Bir bardak su. Pembe bir hap.

Yeniden karanlığa dönüş.

Yine aynı kadın. Uzun bir yüz, birbirine yakın gözler. Bir şey söylüyor. Leyla çınlamalardan başka bir şey duyamıyor ki. Ama sözcükleri görebiliyor; kara, ağdalı bir şurup gibi kadının dudaklarından döküldüğünü.

Göğsü ağrıyor. Kolları, bacakları sızlıyor.

Etrafında şekiller deviniyor.

Tarık nerede?

Neden burada değil?

Karanlık. Bir sürü yıldız.

Babi'yle ikisi yüksek bir yere tünemişler. Babi parmağıyla bir arpa tarlasını gösteriyor. Bir jeneratör çalışmaya başlıyor.

Uzun suratlı kadın tepesinde, eğilmiş ona bakıyor.

Soluk almak canını yakıyor.

Bir yerde, bir akordeon çalıyor.

Neyse ki, yine o pembe hap. Sonra derin bir sessizlik. Her şeyin örten, derin bir sessizlik.

ÜÇÜNCÜ BÖLÜM

27
MERYEM

"Kim olduğumu biliyor musun?"

Kızın göz kapakları titreşti.

"Olanları hatırlıyor musun?"

Kızın dudakları titredi. Gözlerini yumdu. Yutkundu. Eli sol yanağına sürtündü. Ağzını oynattı.

Meryem ona biraz daha yaklaştı.

"Bu kulak," diye soludu kız. "Duymuyor."

İlk haftanın neredeyse tamamını, Raşit'in hastaneden satın aldığı pembe haplar sayesinde, uykuda geçirdi. Uykusunda mırıldanıyordu. Bazen anlaşılmaz, karmakarışık şeyler söylüyor, haykırıyor, Meryem'in çıkaramadığı birilerine sesleniyordu. Uykusunda ağladı, heyecanlandı, örtüleri tekmeledi, Meryem onu tutmak, yatağa bastırmak zorunda kaldı. Bazen öğürüyor, öğürüyor, Meryem'in zorla yedirdiği her şeyi çıkarıyordu.

Sakinken, battaniyenin altından bakan bir çift hüzünlü gözdü; Meryem'le Raşit'in sorularına kısık sesle, kısa yanıtlar veriyordu. Bazı günler çocuk gibiydi; Meryem, ardından Raşit bir şeyler yedirmeye çalıştığında, başını bir o yana bir bu yana çeviriyordu. Meryem'in elindeki kaşığı uzattığını görünce, kaskatı kesiliyordu. Ama çok çabuk yoruluyor, sonunda kadının ısrarcı tavrına boyun eğiyordu. Bu teslimiyeti uzun süren ağlama krizleri izliyordu.

Meryem, Raşit'in getirdiği antibiyotikli merhemi kızın yüzündeki, boynundaki kesiklere, omuzlarındaki uzun, derin dikiş yerlerine, kollarına, bacaklarına sürdü. Yaralara sardığı gazlı bezi sık sık değiştiriyor, yıkayıp yeniden sarıyordu. Kız öğürmeye başlayınca saçlarını yüzünden çekiyor, geriye sıvazlıyordu.

"Ne kadar kalacak?" diye sordu Raşit'e.

"İyileşene kadar. Baksana şuna. Gidecek durumda mı? Zavallıcık."

Raşit, onu bulduğunu, toprağı kazıp molozların altından çıkardığını anlattı.

"Talihin varmış ki evdeydim," dedi. Meryem'in yatağında yatan kızın yanında, portatif bir iskemlede oturuyordu. "Gerçekten şanslıymışsın. Demek istediğim, seni ellerimle çıkardım oradan. Şu büyüklükte bir metal parçası vardı..." Kıza göstermek için başparmağıyla işaretparmağını iyice ayırdı; Meryem'e kalırsa, verdiği ölçü parçanın gerçek boyunun en az iki katıydı. "Bu kadar büyüktü işte. Ucu omzundan görünüyordu. Oraya tam anlamıyla gömülmüştü. Kerpeten kullanmayı bile düşündüm. Neyse, artık iyisin. Bir de bakmışsın, *nev soça,* sapasağlam olmuşsun."

Hâkim'in kitaplarından çok azını kurtarabilmişti.

"Çoğu kül olmuştu. Gerisi de yağmalandı, korkarım."

O ilk hafta, Meryem'e yardım etti, kıza birlikte baktılar. Bir gün işten yeni bir battaniye ve yastıkla döndü. Bir başka gün, bir ilaç şişesiyle.

"Vitamin," dedi.

Leyla'ya, arkadaşı Tarık'ın evine el konduğu haberini getiren de oydu.

"Bir armağan," dedi. "Sayyaf'ın komutanlarından biri, üç adamına armağan olarak vermiş. Hah!"

Üç *adam* aslında, gencecik yüzleri güneşten yanmış oğlanlardı. Meryem oradan geçerken görüyordu onları; sırtlarında hiç çıkarmadıkları üniformalar, Tarık'ın evinin önüne çömelip iskambil oynar, sigara tüttürür, Kalaşnikoflarını duvara yaslarlardı. En güçlü, kaslı görünen, kendinden memnun, mağrur bir havası olan, liderleriydi. En gençleri aynı zamanda en sessizleriydi; arkadaşlarının tepeden bakan, üstünlük taslayan tavırlarına ayak uyduramaz gibiydi. Önlerinden geçen Meryem'e gülümser, başıyla *selam* verir olmuştu. Böyle anlarda, yüzeydeki kendini beğenmişlik az da olsa siliniyor, Meryem onun genç çehresinde henüz yozlaşmamış, alçakgönüllü bir ışıltı yakalıyordu.

Sonra, bir sabah füzeler evi yerle bir etti. Söylentilere göre, saldırı Vahdet grubundaki Hazaralardan gelmişti. Komşular bir süre sağda solda oğlanların parçalarını, kırıntılarını buldular.

"Eh, böyle olacağı belliydi," dedi Raşit.

***

Meryem, roketin evi nasıl duman tüten bir taş yığınına dönüştürdüğünü görünce, kızın böyle ufak tefek, görece önemsiz yaralarla kurtulmasının ne büyük bir şans olduğunu düşündü. Zaten, giderek de düzeliyordu. Daha çok yemeye, saçlarını taramaya başlamıştı. Kendi başına yıkanabiliyordu. Yemeklerini aşağıda, Meryem ve Raşit'le yiyordu artık.

Ama sonra, durduk yerde bir anı canlanıyor, taş gibi suskunluklara ya da hırçınlık nöbetlerine yol açıyordu. İçe kapanmalar ve çöküşler. Bitkin, kül gibi yüzler. Karabasanlar, ani keder saldırıları. Kusmalar.

Ve bazen de, pişmanlıklar.

"Burada olmamalıydım," dedi bir gün.

Meryem çarşafları değiştiriyordu. Kız yere oturmuş, dizlerini göğsüne çekmiş, onu seyrediyordu.

"Kutuları babam çıkarmak istemişti. Kitapları. Benim için fazla ağır olduğunu söylemişti. Ama bırakmadım. Öyle hevesliydim ki. Olay olduğunda, evin içinde bulunması gereken kişi bendim."

Meryem temiz çarşafı silkeleyerek açtı, yatağa yaydı. Kıza baktı; sarı buklelerine, ince, uzun boynuna, yeşil gözlerine, çıkık elmacıkkemiklerine, dolgun dudaklarına. Onu küçükken sokakta gördüğünü anımsıyordu; *tandır*'a giden annesinin peşinden yalpalayarak koştururken, ya da ağabeyinin -kulağında kıl demeti olanın- omzunda giderken. Marangozun oğluyla bilye oynarken.

Meryem'den bilgece bir yorum, yüreklendirici bir söz duymayı bekler gibi bakıyordu. İyi ama, Meryem'de sunabileceği bir bilgelik var mıydı? Aşılayabileceği cesaret? Nana'yı gömdükleri gün, Molla Feyzullah'ın Kuran'dan yaptığı alıntıların, teselli açısından ne kadar yetersiz kaldığını çok iyi anımsıyordu. *Ne mutlu ona ki, Yaradanın ahretine göçene;*

her şeye gücü yeten, ölümü ve yaşamı yaratan, seni onlarla sınayan Rabbin yanına. Ya da, Meryem'in duyduğu vicdan azabı için söyledikleri. *Bunlar hiç iyi düşünceler değil, Meryem co. Seni mahvederler. Senin hatan değildi. Senin suçun değildi.*

Şimdi bu kıza, yükünü hafifletecek ne söyleyebilirdi?

Söylemesine de gerek kalmadı zaten. Kızın yüzü buruştu, çarpıldı; dizlerinin, ellerinin üzerine çöktü, midem bulanıyor, dedi.

"Dur! Bekle. Bir tas getireyim. Yere olmaz. Daha yeni temizledim... Ah. Ah. *Hüdaya.* Tanrım."

Bir gün, kızın annesiyle babasını öldüren patlamadan bir ay kadar sonra, kapı çalındı. Meryem açtı. Kapıdaki adam geliş nedenini belirtti.

"Seni görmek isteyen biri var," dedi Meryem.

Kız başını yastıktan kaldırdı.

"Adı Abdül Şerif'miş."

"Abdül Şerif diye birini tanımıyorum."

"Eh, gelmiş seni soruyor. Aşağı inip onunla konuşmalısın."

28

Leyla, Abdül Şerif'in karşısına geçip oturdu; küçük kafalı, zayıf bir adamdı; soğan biçimindeki, toparlak burnu da tıpkı yanakları gibi çiçek bozuğuydu. Kısa, kahverengi saçları kafatasında iğnedenliğe batırılmış toplu iğneler gibi duruyordu.

"Beni bağışla, *hemşire,*" dedi, gevşek yakasını düzeltir, alnını mendiliyle kurularken. "Hâlâ tam toparlanamadım da... Şunlardan beş gün daha alacağım, ne diyorlardı... hah, sülfa haplarından."

Leyla oturduğu yerde hafifçe döndü, sağ kulağını, sağlam olanı adama doğru çevirdi. "Annemlerin arkadaşı mıydınız?"

"Yo, hayır," dedi Abdül Şerif çabucak. "Affedersin." Bir parmağını kaldırdı, Meryem'in önüne koyduğu su bardağından uzun bir yudum aldı.

"En baştan başlamam gerekiyor... sanırım." Mendili dudaklarına, sonra yine alnına bastırdı. "Ben bir işadamıyım. Giysi dükkânlarım var; daha çok erkek kıyafetleri. *Çapan*, şapka, *tumban*, takım elbise, kravat – ne istersen. Burada Kabil'de iki mağazam vardı, biri Taymani'de öteki Şar-e-Nev'de; kısa süre önce sattım. İki tane de Pakistan'da, Peşaver'de var. Toptan satış yerim de orada. Dolayısıyla, sürekli gidip geliyorum. Buysa son günlerde," -başını salladı, bezgin bezgin gülümsedi- "bir serüvenden farksız, diyelim.

"Geçenlerde Peşaver'deydim, iş nedeniyle... siparişleri almak, envanter çıkarmak gibi şeyler işte. Aynı zamanda da ailemi görmek için. Üç kızımız var, *elhamdülillah*. Mücahitler birbirinin gırtlağına sarılınca, ailemi Peşaver'e taşıdım. İsimleri *şehit* listesine eklensin istemedim. Benimkinin de tabii, dürüst olmak gerekirse. Çok yakında onlara katılacağım, *inşallah*.

"Her neyse, evvelki çarşamba günü Kabil'de olmam gerekiyordu. Ama kader işte, hastalandım. Seni bunlarla sıkmak istemem, *hemşire*, yalnızca şu kadarını söyleyeyim; hacet görmeye çalıştığımda, şey, küçük olanı, sanki yoluna kırık cam parçaları döşenmiş gibi oluyordu. Hikmetyar'ın başına bile gelmesini istemem, anla artık. Karım Nadia *can*, Allah ondan razı olsun, doktora görünmem için yalvardı. Ama ben sorunu aspirinle, bol suyla alt edeceğimden emindim. Nadia *can* bastırdı, ben ayak diredim, epeyce çekiştik. Şu deyişi bilirsin: *İnatçı katırın hakkından inatçı katırcı gelir*. Bu kez, korkarım katır kazandı. O da ben oluyorum."

Suyunu içip bitirdi, bardağı Meryem'e uzattı. "Çok *zahmet* olmayacaksa..."

Meryem bardağı aldı, doldurmaya gitti.

"İşin doğrusu, karımı dinlemeliydim elbette. O hep daha mantıklı olmuştur, Tanrı ömür versin. Kendimi hastaneye attığımda, alev alev yanıyor, rüzgârdaki *beid* ağacı gibi titriyordum. Ayakta güçlükle durabiliyordum. Doktor, kan zehirlenmesi, dedi. Birkaç gün daha geçseydi karını dul bırakırdın, dedi.

"Beni özel bir koğuşa yatırdılar, ağır hastalara ayrılmış olan bölüme. Ah, *teşekkür*." Bardağı Meryem'den aldı, ceketinin cebinden irice, beyaz bir hap çıkardı. "Şunların da *boyu* yani."

Leyla onun ilacı yutuşunu izledi. Soluklarının hızlandığının farkındaydı. Bacakları ağırlaşmıştı; ucuna külçeler takılmış gibi. Kendi kendine anımsattı: henüz lafını bitirmedi, henüz her şeyi anlatmadı. Ama bir saniye sonra sözünü sürdüreceğini biliyor, hemen kalkıp gitme, odadan çıkma dürtüsüyle savaşıyordu – bir an önce, duymak istemediği şeyler söylenmeden önce.

Abdül Şerif bardağı sehpanın üzerine bıraktı.

"İşte, arkadaşınla orada tanıştım. Muhammet Tarık Valizay'la."

Leyla'nın yürek atışları hızlanıverdi. Tarık hastanede? Özel bir koğuşta? *Ağır hastalara* ayrılmış bölümde?

Kuru kuru yutkundu. Koltuğunda kıpırdandı. Derhal katılaşmak, çelikleşmek zorundaydı. Aksi halde menteşelerinden ayrılacak, dağılacaktı. Zihnini hastanelerden, özel koğuşlardan uzaklaştırdı, Tarık'ın böyle tam adını duymayalı ne kadar olduğunu düşündü. Yıllar önce, ikisi birlikte kışlık bir Farsça kursuna yazılmışlardı. Öğretmen zilden sonra yoklama yapar, bu adı aynen böyle söylerdi: Muhammet Tarık Valizay. İsmin tamamının söylenmesi, Leyla'ya gülünç bir işgüzarlık gibi gelirdi.

"Başına geleni, bir hemşireden öğrendim," diye sürdürdü Abdül Şerif, hapın geçişini kolaylaştırmak istercesine göğsüne hafif hafif vurarak. "Peşaver'de onca zaman geçirdikten sonra, Urduca'yı epeyce söktüm tabii. Her neyse, edindiğim bilgiye göre, arkadaşın sığınmacılarla dolu bir kamyondaymış, toplam yirmi üç kişi; istikamet Peşaver. Sınıra yakın bir yerde, çapraz ateşte kalmışlar. Kamyona bir roket isabet etmiş. Muhtemelen serseri bomba, ama bilinmez tabii, bu insanlarla hiçbir şeyden emin olamazsın ki. Sadece altı kişi kurtulmuş, hepsi de aynı koğuşa yatırılmış. Üçü, yirmi dört saat içinde ölmüş. İki tanesi -yanılmıyorsam, iki kız kardeş- düzelip taburcu olmuş. Dostun, Bay Valizay sonuncuydu. Ben geldiğimde, neredeyse üç haftadır oradaydı."

Kurtulmuştu, öyleyse? Peki ama, yarası çok mu kötüydü? Leyla meraktan çıldıracak haldeydi. Çok mu fena yaralanmıştı? Belli ki durumu, özel bir koğuşa yatırılacak kadar kötüydü. Leyla terlemeye başladığını, yüzünün kızardığını hissetti. Başka bir şey, keyifli bir şey düşünmeye çalıştı; Tarık ve Babi'yle, Buda heykellerini görmek üzere Bamyan'a gidişlerini, örneğin. Ama onun yerine, karşısına bir başka imge dikildi: Tarık'ın annesi kamyonda sıkışmış, baş aşağı, dumanların arasından Tarık'a sesleniyor, yardım istiyor, kolları, göğsü alev alev yanıyor, eriyen peruğu kafatasına yapışıyor...

Üst üste, derin soluklar aldı.

"Yanımdaki yatakta yatıyordu. Aramızda duvar yoktu, yalnızca bir perde. Dolayısıyla, onu rahatça görebiliyordum."

Abdül Şerif birden alyansıyla oynama ihtiyacı hissetti. Şimdi çok daha yavaş konuşuyordu.

"Dostun... kötü, çok kötü yaralanmıştı. Her tarafından lastik hortumlar çıkıyordu. Önce..." Genzini temizledi. "Önce, saldırıda her iki bacağını da kaybettiğini sandım, ama hastabakıcı hayır, yalnız sağı, dedi; sol bacağı daha önce, bir başka kazada kopmuş. Dahili yaralar da vardı. Ben gelmeden önce, üç kez ameliyat etmişler. Bağırsaklarının bir kısmını almışlar; ötekileri anımsayamıyorum. Yanmıştı da. Fena halde. Daha fazla ayrıntıya girmeyeceğim. Geceleri yeterince kâbus görüyorsundur, *hemşire*. Bir de ben katkıda bulunmayayım."

Tarık artık bacaksızdı, demek? Dizden aşağısı olmayan bir bedendi yalnızca. *Bacaksız*. Leyla bir an bayılacağını sandı. İnsanüstü bir çabayla, zihninin filizlerini bu odadan, bu adamdan uzaklaştırdı, camdan dışarıya, sokağa, kentin üstüne yolladı; düz damlı evlerin, pazaryerlerinin, kumdan kalelere dönüşmüş, labirent benzeri, dar sokakların tepesine.

"Genellikle uyuşturuluyordu. Acı yüzünden... bilirsin. Fakat ilaçların etkisinin geçtiği, zihninin açıldığı anlar da vardı. Dayanılmaz acılar içinde, ama zihni açık, berrak. Yatağımdan onunla konuşurdum. Kim olduğumu, nereli olduğumu söyledim. Bir *hemvatan*'la yan yana yattığına memnundu, sanırım.

"Bazen, o da konuşurdu. Söylediklerinin yarısını anlayamıyordum, ama hakkında yeterince şey öğrendim. Yaşadığı yeri tarif etti. Gazne'deki amcasından söz etti. Annesinin yemeklerinden, babasının marangozluğundan, akordeon çaldığından.

"Ama daha çok, senden söz ederdi, *hemşire*. Senin... nasıl demişti... hah, ilk anısı olduğunu söyledi. Böyleydi galiba, evet. İlk anım. Sana çok değer verdiği belliydi. *Balay,* onu böyle görmek insanın yüreğini burkuyordu. Ama senin orada olmamana seviniyordu. Onu böyle görmeni istemezmiş."

Leyla'nın ayakları yeniden ağırlaştı, zemine demirledi; bütün kanı ansızın oraya birikmişti sanki. Ama aklı uzaklardaydı, özgür ve çevik, son hızla yol alan bir füze gibi Kabil'den çıkıyor, kahverengi, sarp kayalıkların, adaçayı öbekleriyle bezeli çölün üstünden, sivri uçlu, kırmızı kayalı vadilerden, zirvesi karlı dağların üstünden geçiyor...

"Kabil'e döneceğimi söyleyince, seni bulmamı istedi. Seni düşündüğünü söylememi. Seni özlediğini. Yapacağıma söz verdim. Ondan çok hoşlanmaya başlamıştım, anlıyor musun? Düzgün, efendi bir delikanlıydı."

Abdül Şerif mendille alnını kuruladı.

"Bir gece uyandım," diye sürdürdü sözünü; nikâh yüzüğüne duyduğu ilgi canlanmıştı. "Galiba geceydi, öyle yerlerde zamanı kestirmek güçtür, bilirsin. Hiç pencere yoktu. Güneş doğmuş mu batmış mı, anlayamazsın. Neyse, uyandım ve yan yatağın etrafında bir telaş, bir koşuşturma gördüm. Bana da bir sürü ilaç veriliyordu, sürekli gidip geliyordum, bazen neyin gerçek neyin hayal olduğunu çıkaramıyordum. Tek anımsadığım, doktorların yatağın etrafında toplaştığı, şunu bunu istediği; öten alarmlar, yere saçılmış şırıngalar...

"Sabah, yatak boştu. Hemşireye sordum. Yiğitçe savaştığını söyledi."

Leyla başını salladığının farkında değildi. Anlamıştı. Tabii ki anlamıştı. Bu adamın karşısına geçip oturduğu an, neden burada olduğunu, hangi haberi getirdiğini anlamıştı.

"Başlarda, yani önceleri senin var olduğuna hiç inanmadım," diyordu adam şimdi. "Konuşanın morfin olduğunu sandım. Belki de var olmadığını *umdum;* kötü haber getirmekten hep ödüm kopmuştur. Ama ona söz verdim. Ayrıca, dediğim gibi, onu sevmiştim. Böylece, birkaç gün önce buraya geldim. Etrafta seni sordum, bir-iki komşuyla konuştum. Bu evi gösterdiler. Ebeveyninin başına geleni de anlattılar. Bunu duyunca, şey, arkamı dönüp gittim. Ve sana söylememeye karar verdim. Bu kadarını kaldıramayacağını düşündüm. Kimse kaldıramaz."

Abdül Şerif sehpanın üstünden uzandı, elini kızın dizine koydu. "Fakat geri geldim. Çünkü, son tahlilde, senin bilmeni isterdi. Buna inanıyorum. Çok üzgünüm. Keşke..."

Leyla artık dinlemiyordu. Aklı, Penşirli adamın, Ahmet'le Nur'un ölüm haberini getirdiği gündeydi. Yüzü bembeyaz kesilen Babi'nin kanepeye yığılışını, duyunca eli ağzına giden Anne'yi anımsadı. Leyla annesinin o gün kahroluşunu izlemiş, korkmuştu, fakat gerçek bir ıstırap hissetmemişti. Annesinin kaybının korkunçluğunu algılayamamıştı. Şimdiyse bir başka yabancı bir başka ölüm haberi getirmişti. Şimdi kanepede oturan, *kendisiydi.* Ona kesilen ceza bu muydu yoksa; öz annesinin çektiği acıya uzak kalmasının bedeli?

Anne'nin nasıl yere yığıldığını, nasıl çığlık çığlığa haykırdığını, saçlarını yolduğunu anımsadı. Oysa kendisi bunu bile beceremiyordu. Doğru dürüst kıpırdayamıyordu. Tek bir kasını bile oynatamıyordu.

Koltukta öylece oturuyordu; cansız elleri kucağında, gözleri boşlukta, zihnini özgürce uçmaya bırakmış. Aradığı yeri, o iyi ve güvenli noktayı bulana kadar uçmasına izin verdi; arpa tarlalarının yemyeşil, akan suyun berrak, kavak tohumlarının binlercesinin havada dans ettiği yeri; Babi'nin bir akasyanın gölgesinde kitap okuduğu, Tarık'ın ellerini göğsünde birleştirip uyuduğu, kendisininse ayağını dereye soktuğu, güneşte ağarmış kaya-tanrıların dikkatli bakışları altında, güzel hayaller kurduğu çimenliği.

29
MERYEM

"Çok üzüldüm," dedi Raşit, Meryem'in uzattığı *masteva* ve köfte tabağını, kadının yüzüne bile bakmadan alırken. "Biliyorum, çok yakın... *arkadaştınız*. Hep beraberdiniz, çocukluktan beri. Başına gelen, korkunç bir şey. Böyle gencecik Afgan erkeklerini kaybedip duruyoruz."

Gözleri hâlâ kızda, eliyle sabırsız bir işaret yaptı, Meryem hemen bir peçete uzattı.

Meryem yıllardır onu yemek yerken seyretmişti, şakaklarındaki kasların çalkalanışını, bir el pilavdan sıkı, küçük toplar yaparken, ötekinin tersiyle akan yağın silinip ağzın kenarlarındaki pirinç tanelerinin toparlanışını. Yıllarca, başını hiç kaldırmadan, hiç konuşmadan yiyip içmişti; sessizliği suçlayıcıydı, sanki bir hüküm verilmekteydi; sessizliği yalnızca hoşnutsuz bir homurtu, tenkitçi bir dil şaklatma, tek kelimelik ekmek ya da su buyrukları bozardı.

Şimdi yemeğini kaşıkla yiyordu. Peçete kullanıyordu. Su isterken *lütfen* diyordu. Ve konuşuyordu. Şevkle, durmaksızın.

"Bana sorarsanız, Amerikalılar yanlış adamı silahlandırdılar. Hikmetyar'ı yani. CIA'nin seksenli yıllarda, Sovyetler'e karşı kullanması için verdiği tonla silahı kastediyorum. Sovyetler gitti, ama silahlar hâlâ onda, o da masum insanlara çeviriyor, annenle baban gibilere. Bir de buna *cihat* diyor. Ne komedi! Kadınlarla çocukları öldürmenin neresi *cihat*'mış? CIA, Komutan Mesut'u donatsaydı çok daha iyi ederdi."

Meryem'in kaşları iradesi dışında kalkıverdi. *Komutan* Mesut mu? Raşit'in Mesut hakkındaki atıp tutmaları, hainlikle, komünistlikle suçlamaları hâlâ kulaklarındaydı. Sonra, anlayıverdi. Mesut, Tacik'ti elbette. Leyla gibi.

"Eh, memlekette aklı başında *biri* kalmış anlaşılan. Saygıdeğer bir Afgan. Barışçıl bir çözümü gerçekten, içtenlikle arayan bir adam."

Omuzlarını silkti, iç geçirdi.

"Eh, Amerika'nın da umurundaydı yani. Peştunların, Hazaraların, Taciklerin, Özbeklerin birbirini öldürmesini kim takar ki? Aralarındaki farkı kaç Amerikalı bilir? Onlardan yardım geleceği yok, derim ben. Artık Sovyetler çöktüğüne göre, biz hiçbir işlerine yaramayız. Amaçlarına hizmet ettik, bizi kullandılar ve işleri bitti. Afganistan onlar için bir *kenarab*, bir kenef. Kullandığım sözcükler için kusura bakma, ama doğru bu. Sen ne diyorsun, Leyla *can*?"

Leyla anlaşılmaz bir şeyler mırıldandı, tabağındaki köfteyi oradan oraya itti.

Raşit başıyla düşünceli düşünceli onayladı, sanki kız bugüne kadar duyduğu en zekice lafı etmiş gibi. Meryem daha fazla bakamadı, bakışlarını kaçırdı.

"Babanla, Allah rahmet eylesin, babanla ikimiz bu tür sohbetler yapardık. Sen doğmadan önce, elbette. Saatlerce politika konuşurduk. Kitaplardan da. Öyle değil mi, Meryem? Sen hatırlarsın."

Meryem hemen bardağını aldı, suyunu yudumladı.

"Her neyse. Umarım bütün bu siyasi konuşmalarla seni sıkmıyorumdur."

Daha sonra, Meryem mutfakta bulaşıkları sabunlu suya batırırken, sımsıkı düğümlenmiş bir ilmeğin midesini sıktıkça sıktığını hissetti.

Önemli olan *söyledikleri* değildi; o apaçık yalanlar, o düzmece duygudaşlık, kızı tuğlaların altından, toprağı kazarak çıkaran Meryem'e yardım etmek için kılını bile kıpırdatmamış olması da değildi.

Bunların *sahneleniş* biçimiydi. Bir gösteri gibi. Hem çekingen hem de acınası bir tavırla, kızı etkileme çabası. Cezbetme gayreti.

Sonra, birden, Meryem kuşkularında haklı olduğunu anlayıverdi. Gerçek, kafasının yan tarafına inen, kör edici bir darbeden farksızdı: Gözlerinin önünde sahnelenen şey bir ayartma, kur yapma oyunuydu.

Sonunda, gerekli metaneti toplayabildiğinde, erkeğin odasına gitti.

Raşit bir sigara yaktı, "Neden olmasın?" dedi.

Meryem hemen o anda, yenildiğini anladı. Adamın her şeyi yadsıyacağını, ima edilen şeye şaşırmış hatta belki de öfkelenmiş gibi yapacağını sanmış, daha doğrusu ummuştu. O zaman, üstünlüğü ele geçirebilirdi. Onu utandırmayı başarabilirdi. Oysa bu sakin kabulleniş, bu doğal, heyecansız tavır, Meryem'in diklenme hakkını elinden alıvermişti.

"Otur," dedi Raşit. Yatağına uzanmış, sırtını duvara dayamıştı; kalın, uzun bacakları şilteye yayılmıştı. "Bayılıp başını filan yarmadan, otur bir yere."

Meryem yatağın yanındaki iskemleye yığılırcasına çöktü.

"Şu kül tablasını verir misin," dedi adam.

Uysal uysal, verdi.

Raşit şimdi altmışında olmalıydı, belki biraz daha fazla – her ne kadar tam yaşını kendisi de bilmese de. Saçları ağarmıştı, ama eskisi kadar gür, sertti. Gözkapaklarında bir sarkma vardı; boynunun derisi buruşmuş, kırışmıştı. Yanakları da eskisi kadar gergin sayılmazdı. Sabahları, belinde hafif bir bükülme göze çarpıyordu. Ama geniş omuzları, irikıyım bedeni, güçlü elleri, odaya kendisinden önce giren, iri göbeği yerli yerindeydi.

Genel olarak, Meryem onun yıllara kendisinden çok daha iyi direndiğini görebiliyordu.

"Bu durumu meşrulaştırmamız gerek," diyordu adam şimdi, kül tablasını göbeğine yerleştirirken. Dudakları haylaz bir büzülmeyle uzadı. "Yoksa laf çıkar. Genç, bekâr bir kadının bizimle yaşaması yakışık almıyor. Adım lekelenebilir. Onunki de. Hatta, seninki de."

"On sekiz yıl," dedi Meryem. "Bugüne kadar senden hiçbir şey istemedim. Hiçbir şey. Şimdi istiyorum."

Adam dumanı içine çekti, yavaş yavaş saldı. "Önerdiğin şey buysa, burada *böyle* kalamaz. Onu beslemeyi, giydirmeyi, barındırmayı sürdüremem. Ben Kızılhaç değilim, Meryem."

"Ama bu?.."

"Ne varmış bunda? Ne? Çok mu genç buluyorsun? On dördünde. Artık çocuk sayılmaz. Sen on beştin, unuttun mu?

Annem beni doğurduğunda, on dört yaşındaymış. Evlendiğinde, on üç."

"Ben...ben... bunu istemiyorum," diye kekeledi Meryem, duyduğu içerlemeden, çaresizlikten dili tutulmuşçasına.

"Karar sana ait değil. Onunla bana ait."

"Çok yaşlıyım."

"O çok genç, sen çok yaşlısın. Saçmalıyorsun."

"*Çok* yaşlıyım. Bu yaştan sonra bana bunu yapamazsın," dedi Meryem; elbisesini avuçlamış, öyle bir sıkıyordu ki, elleri titriyordu. "Beni bunca yıldan sonra bir *embağ* yapamazsın."

"Bu kadar dramatikleştirme. Gayet yaygın bir şey, sen de biliyorsun. Üç-dört karılı arkadaşlarım var. Senin baban da üç karılıydı. Ayrıca, benim şu anda yaptığım şeyi, pek çok erkek yıllar önce yapardı. Doğru söylediğimi sen de biliyorsun."

"İzin vermeyeceğim."

Bunun üzerine, Raşit acı acı gülümsedi.

"Bir seçenek *daha* var," dedi, bir topuğunu, öteki ayağının nasırlı topuğuyla kaşırken. "Çekip gidebilir. Yoluna dikilecek değilim. Ama fazla uzaklaşabileceğini sanmam. Aç susuz, cebinde tek rupi yok, kurşunlar, roketler havada uçuşuyor. Kaç gün dayanabilir dersin... kaçırılmadan, ırzına geçilmeden, boğazı kesilip bir hendeğe atılmadan? Ya da üçü birden?"

Öksürdü, arkasındaki yastığı düzeltti.

"Sokaklar çok gaddar, Meryem, inan bana. Her köşeyi kan emiciler, haydutlar tutmuş. Hiçbir şansı olamaz, hem de hiç. Ama diyelim ki, bir mucize oldu ve Peşaver'e ulaştı. Ya sonra? O mülteci kampları ne halde, haberin var mı?"

Bir duman sütununun ardından kadını süzdü.

"İnsanlar karton parçalarının altında yaşıyor. Verem, dizanteri, açlık, suç. Üstelik daha kış gelmedi. Hele bir soğuk, ayaz başlasın. Zatürree. Donan, buz kesen insanlar. O kamplar donmuş mezarlıklara dönüşecek.

"Ama tabii," elini fırıldak gibi, sağa sola çevirdi, "şu meşhur Peşaver genelevlerinin birinde güzelce ısınabilir. Duyduğuma göre, en parlak devirlerini yaşıyorlarmış. Eh, onun kadar güzel bir kız, insana servet kazandırır, öyle değil mi?"

Kül tablasını başucu sehpasına bıraktı, bacaklarını yatağın kenarından aşırttı.

"Dinle," dedi, daha uzlaşmacı, gönül alıcı bir sesle; zaferi kazanmış biri olarak, biraz alttan almasında sakınca yoktu sanki. "Bundan hoşlanmayacağını biliyordum. Seni suçlamıyorum, gerçekten. Ama en iyi çözüm, bu. Göreceksin. Şöyle düşün, Meryem: *sana* ev işlerinde bir yardımcı veriyorum, *ona* da bir barınak. Bir yuva ve bir koca. Bugünlerde, şu ortamda, her kadının bir kocaya ihtiyacı var. Sokaklarda dövünüp duran onca dulu fark etmedin mi? Böyle bir fırsat için birbirlerini öldürürlerdi. İşin aslı, bu... Her neyse, büyük bir iyilik yaptığımı söyleyebilirim; gerçek bir hayırseverlik."

Gülümsedi.

"Benim bakış açımdan, bir madalyayı bile hak ediyorum."

Daha sonra, karanlıkta, Meryem kıza aktardı.

Uzun bir süre, kızın sesi çıkmadı.

"Sabaha bir yanıt bekliyor," dedi Meryem.

"Sabahı beklemeye gerek yok," dedi kız. "Cevabım evet."

30
LEYLA

Ertesi gün, Leyla yataktan çıkmadı. Raşit başını uzatıp, berbere gidiyorum, dediğinde, o örtünün altındaydı. Akşamüstü eve döndüğünde, kız hâlâ yataktaydı; gelip yeni kestirdiği saçlarını, yeni aldığı, krem rengi çizgileri olan, lacivert, ikinci el takım elbisesini, kıza aldığı nikâh yüzüğünü gösterdi.

Yatağın ucuna ilişti, abartılı, gösterişli hareketlerle kurdeleyi çözdü, kutuyu açtı, zarifçe tuttuğu yüzüğü çıkardı. Meryem'in eski alyansıyla takas ettiğini belirtti.

"Aldırmaz. İnan bana. Fark etmez bile."

Leyla yatağın öteki ucuna çekildi. Meryem'in alt katta ütü yaptığını, buharın tıslayışını duyabiliyordu.

"Zaten hiç takmadı ki," dedi Raşit.

"İstemiyorum," dedi kız, cılız bir sesle. "Böylesini değil. Geri götürmelisin."

"Geri mi?" Adamın yüzünden bir sabırsızlık ifadesi gelip geçti. Gülümsedi. "Üstüne biraz da nakit vermem gerekti – işin aslı, epeyce. Bu çok daha iyi bir yüzük, yirmi iki ayar altın. Bak, ne kadar ağır. Hadi, al. Hayır mı?" Kutuyu kapadı. "Peki ya çiçekler? Güzel olmaz mı? Çiçekleri sever misin? En sevdiğin hangisi? Papatya? Lale? Leylak? İstemiyor musun? Güzel! Ne işe yaradıklarını ben de anlayamıyorum zaten. Yalnızca düşünmüştüm ki... Neyse, burada, Deh-Mazang'da tanıdığım bir kadın terzisi var. Yarın gidip düzgün bir elbise ısmarlarız sana."

Leyla başını hayır anlamında salladı.

Raşit kaşlarını kaldırdı.

"Bence bir an önce..." diye başladı kız.

Adam elini onun boynuna dayadı. Leyla elinde olmadan irkildi, geri çekildi. Bu dokunuş, insanın tenini dalayan, eski, yün bir kazağı, gömleksiz, doğrudan giymekten farksızdı.

"Evet?"

"Bir an önce yapalım bitsin," dedi Leyla.

Raşit'in ağzı açıldı, sonra sarı, dişlek bir sırıtışla yayıldı. "Ne kadar da hevesliyiz," dedi.

Abdül Şerif'in ziyaretinden önce, Leyla Pakistan'a gitmeye karar vermişti. Abdül Şerif'in getirdiği haberden sonra da, kararını değiştirmemişti. Çekip gitmek. Buradan uzaklaşmak. Her köşe başının bir pusuya dönüştüğü, her dar geçidin, yaylı bir kukla gibi karşısına fırlayıveren bir hayaleti gizlediği bu şehirden kaçmak. Tehlikeyi göze almalı, çekip gitmeliydi.

Ama birden, bu seçenek ortadan kalkıverdi.

Her gün yinelenen bulantılarla, kusmalarla, mümkün değildi.

Dolgunlaşan göğüsleriyle.

Ve bütün bu keşmekeşin ortasında, her nasılsa ayrımsadığı gibi, geciken aybaşısıyla.

Kendini bir sığınma kampında tahayyül etti; çadır kazıklarına bağlanmış binlerce naylon örtünün ısırgan rüzgârda çırpındığı, çıplak, buz gibi bir arsada. Bu geçici, uyduruk çadırlardan birinin altında, bebeği gördü, Tarık'ın bebeğini; şakakları çökmüş, bir deri bir kemik, teni lekeli, mavimsi gri. Minicik bedenin yabancılarca yıkandığını, pis bir paçavraya sarıldığını, rüzgâra açık, kaskatı toprakta kazılan, küçük çukura indirildiğini gördü – umduğunu bulamayan akbabaların hüsran dolu bakışlarını.

Alıp başını nasıl giderdi şimdi?

Yaşamına giren insanların bir dökümünü çıkardı; iç karartıcı, kapkara bir liste. Ahmet ve Nur, ölü. Hasena, uzaklarda. Citi, ölü. Anne, ölü. Babi, ölü. Şimdi de Tarık...

Ama mucizevi bir biçimde, eski hayatından bir parça kurtulmuştu işte; böyle yapayalnız, bir başına kalmadan önceki haliyle, eski Leyla'yla arasındaki son bağdı o. Tarık'ın bir parçası, kızın içinde hâlâ sağdı; minicik kollar sürgün vererek, saydam eller çıkararak yaşıyordu. Tarık'tan, eski yaşamından geriye kalan tek şeyi nasıl tehlikeye atardı?

Kararını çabucak verdi. Tarık'la seviştikleri günün üstünden altı hafta geçmişti. Biraz daha geçerse, Raşit şüphelenmeye başlardı.

Bunun haysiyetsizlik olduğunu biliyordu. Rezilce, fesat, utanılası bir şey. Ve Meryem'e karşı, akıl almaz bir haksızlık. Öte yandan, içindeki bebek henüz bir duttan daha büyük olmasa da, bir annenin yapması gereken fedakârlıkları şimdiden anlamaya başlamıştı Leyla. Ahlaklılık, gözden çıkarılacaklar listesindeki maddelerden biriydi yalnızca.

Elini karnına bastırdı.Gözlerini yumdu.

Leyla sessiz töreni bölük pörçük anımsayacaktı. Raşit'in takım elbisesindeki bej çizgiler. Saç spreyinin keskin kokusu. Âdemelmasının hemen üstündeki küçük jilet kesiği. Yüzüğü kıza takarken, tütünden sararmış parmaklarının sert derisi. Dolmakalem. Yazmıyor. Yeni kalem arayışı. Nikâh akti. İmzalar; adamınki sabit, kendininki titrek. Dualar. Aynada, Raşit'in kaşlarını makasla kırpıp düzelttiğini ayrımsamak.

Ve odanın bir köşesinde, seyreden Meryem. Hoşnutsuzluğuyla dolan, boğucu hava.

Leyla kendini ne kadar zorladıysa da, başını kaldırıp daha büyük olan kadının gözlerine bakamadı.

O gece, erkeğin soğuk çarşaflarının arasında yatarken, onun perdeleri kapatışını izledi. Kalın parmaklar daha bluzunun düğmelerine uzanmadan, pijamasının uçkurunu çekiştirmeden önce, Leyla zangır zangır titremeye başlamıştı bile. Adam heyecanlıydı. Parmakları, kendi gömleğinin düğmeleriyle, deri kemeriyle boğuşup duruyordu. Leyla onun sarkık göğüslerini, fırlak göbek deliğini, tam ortasındaki mavi damarı, göğsündeki sık, kırlaşmış kıl yumaklarını, omuzlarını, kollarını açık seçik görebildi. Adamın gözlerinin de kendi bedeninde gezindiğini hissedebiliyordu.

"Tanrı yardımcım olsun, galiba sana âşık oldum," dedi Raşit.

Kız takırdayan dişlerinin arasından, ışığı söndürmesini istedi.

Daha sonra, onun uyuduğundan emin olunca, usulca döşeğin altına, önceden gizlediği bıçağa uzandı. Bıçağın ucunu işaretparmağının etli kısmına batırdı. Sonra örtüyü kaldırdı, parmağındaki kanı çarşafa, birlikte yattıkları yere sürdü.

31
MERYEM

Gündüzleri, kız üst katta gıcırdayan somyadan, pıtır pıtır ayak seslerinden ibaretti. Banyoda şarıldayan su, yatak odasında, bardağa değen kaşığın şıngırtısıydı. Arada bir, şöyle bir göründüğü de oluyordu: Meryem'in göz ucuyla seçebildiği, bulanık, dalgalanan bir elbise; kollarını kavuşturmuş, basamakları bir çırpıda tırmanan bir leke; topuklara çarptıkça şaplayan sandaletler.

Yüz yüze gelmeleri de kaçınılmazdı elbette. Meryem merdivende, dar koridorda, mutfakta, bazen de bahçeden içeriye girerken rastlıyordu ona. Böyle karşılaştıklarında, aralarındaki boşluğa tedirgin, beceriksiz bir gerginlik doluveriyordu. Kız bir-iki özür mırıldanır, eteklerini toplar, aceleyle uzaklaşırdı. Meryem onu yandan, çaktırmadan süzer, yanaklarının kızardığını görürdü. Bazen kızdan Raşit'in kokusunu alırdı. Teninden erkeğin teri, tütünü, cinsel iştahı yayılırdı. Cinsellik, çok şükür ki, kendi hayatında kapanmış bir sayfaydı. Biteli epeyce olmuştu, fakat şimdi bile, Raşit'in altında geçirdiği o yorucu, tatsız anları düşündükçe, midesi kalkar gibi oluyordu.

Ancak, her iki tarafın da elbirliğiyle sahnelediği bu kaçınma, uzak durma dansını akşamları sürdürmek mümkün değildi. Raşit bir aile olduklarını söylemişti. Bunu ısrarla yinelemiş, aileler hep birlikte yer, demişti.

"Bu da ne böyle?" dedi, parmakları kemikteki eti sıyırırken – çatal-kaşıklı pantomim, nikâhtan bir hafta sonra terk edilmişti. "Bir çift heykelle mi evlendim ben? Hadi, Meryem, *gap bezan,* konuş onunla. Seni görgülü, terbiyeli bilirdim."

Kemiğin iliğini emdikten sonra, kıza döndü: "Ama onu suçlama. Oldu bitti sessizdir. Aslında Tanrı'nın bir lütfu, *vallahi;* kişinin söyleyecek fazla sözü yoksa, susması evladır. Biz şehirliyiz, seninle ben, ama o *dehati.* Köy kızı. Hatta köylü bile değil. Hayır. Köyün *dışında,* çamurdan yapılma bir *kulübe*'de büyümüş. Oraya babası yerleştirmiş bunları. Leyla'ya söyledin mi, Meryem, *harami* olduğunu? Evet, haram bir çocuk. Fakat her şeye rağmen, meziyetleri olan biridir. Kendin de göreceksin, Leyla *can.* Öncelikle, sağlam bünyeli, güçlü kuvvetlidir; sıkı çalışır, hem de gık demeden. Şöyle söyleyeyim: Bir araba olsaydı, Volga olurdu."

Meryem şimdi otuz üç yaşındaydı, ama şu sözcük, *harami,* hâlâ canını yakıyordu. Onu her duyduğunda kendini bir böcek, bir karafatma gibi hissediyordu. Nana'nın bileğinden tutup çektiği günü anımsadı. *Seni küçük, sakar harami. Katlandığım onca şeyin ödülü bu, işte. Aile yadigârlarını kıran, sakar bir harami.*

"Sen," dedi Raşit kıza, "sense bir Benz olurdun. Yepyeni, birinci sınıf, gıcır gıcır bir Benz. *Vay vay*. Ama. Ama..." Yağlı işaretparmağını kaldırdı. "İnsan bir Benz'e... bayağı özen göstermeli. Güzelliğine ve işçiliğine duyduğu saygıdan, anlıyor musun? Gözü gibi bakmalı. Ah, bu araba laflarına bakıp deli olduğumu düşünüyorsundur, *divane* olduğumu. Sizin otomobil olduğunuzu söylemiyorum, elbette. Yalnızca bir noktayı vurguluyorum."

Bir sonraki noktayı vurgulamak içinse, yaptığı pirinç topunu gerisin geri tabağına bıraktı. Ciddi, düşünceli bir yüzle önüne bakarken, ellerini tabağın üstüne sarkıtmıştı.

"Bırakın *şehit*'leri, ölünün bile arkasından konuşulmaz, biliyorum. Şimdi söyleyeceğim şey... amacım kesinlikle hürmetsizlik değil, bilmeni isterim, ama bazı çekincelerim var. Yani ebeveyninin -Allah onları affetsin, mekânları cennet olsun- sana olan tutumu... sana gösterdikleri hoşgörü konusunda. Kusura bakma."

Kızın burada Raşit'e fırlattığı buz gibi, nefret dolu bakış Meryem'in gözünden kaçmadı, ama adam önüne bakıyordu, ayrımsamamıştı.

"Her neyse. Söylemeye çalıştığım şu ki, ben artık kocanım, salt *senin* değil, *hepimizin* onurunu korumak, evet, *nang* ve *namus*'uzumu kollamak benim görevim. Bu sorumluluk, kocaya aittir. Onunla ben ilgilenirim, sen dert etme. Lütfen. Sana gelince, sen bir kraliçe, bir *melike*'sin, bu ev de senin sarayın. Bir şey istediğinde Meryem'e söylemen yeter, yerine getirecektir. Öyle değil mi, Meryem? Canın bir şey çektiğinde de, ben alır getiririm sana. İşte, ben *böyle* bir kocayım.

"Karşılığında tek istediğimse, eh, gayet basit bir şey. Yanında ben olmadan, bu evden dışarıya adım atmamanı istiyorum. Hepsi bu. Basit, değil mi? Ben yoksam, sen de acilen bir şeye gereksiniyorsan, yani *gerçekten* ihtiyaç duyuyorsan ve beni bekleyemeyeceksen, o zaman Meryem'i gönderip aldırırsın, anlaşıldı mı? Buradaki çelişkiyi fark ettin, eminim. Eh, insan Volga'yla Benz'i aynı şekilde kullanmaz. Bu aptallık olur, öyle değil mi? Ha, bir arzum daha var, o da benimle sokağa çıkarken, *burka* giymen. Senin iyiliğin için, elbette; korunman için. En iyisi bu. Bu kenti gözü dönmüş ahlaksızlar bastı. Öylesine rezil herifler ki, evli bir kadına bile sataşmaktan çekinmezler. Evet. Hepsi bu kadar."

Öksürdü.

"Şöyle diyeyim: ben yokken, Meryem gözüm kulağım olacak." Meryem'e anlık bir bakış fırlattı; şakağa inen, demir ökçeli bir tekme kadar sertti. "Güvenmediğim için değil. Tam tersine. Açık konuşmak gerekirse, seni yaşından katbekat olgun, akıllı buluyorum. Ama yine de, genç bir kadınsın, Leyla *can, dohtar e civan;* genç kadınlar bazen çok talihsiz seçimler yapabilir. Yanlış yola sevk edilebilirler. Her neyse, bundan Meryem sorumlu olacak. Ve eğer bir hata yapılırsa..."

Sürdükçe sürdü. Raşit'in buyrukları, talepleri üzerlerine Kabil'i döven roketler gibi yağarken, Meryem göz ucuyla kızı izledi.

Bir gün, oturma odasında Raşit'in bahçedeki çamaşır ipinden topladığı gömleklerini katlamaktaydı. Kızın ne zamandır orada dikildiğini bilemiyordu, bir gömleği alıp arkasını dönünce, kapının eşiğinde durduğunu gördü; ellerinin arasında bir bardak çay.

"Seni korkutmak istemedim," dedi kız. "Özür dilerim."

Meryem ona bakmakla yetindi.

Güneş kızın yüzüne vuruyordu, iri, yeşil gözlerine, pürüzsüz alnına, çıkık elmacıkkemiklerine ve Meryem'in cılız, anlamsız kaşlarının yanından bile geçemeyeceği, biçimli, gür kaşlarına. Henüz taranmamış, sarı saçları ortadan ayrıktı.

Meryem onun fincanı sımsıkı tutuşundan, kasılmış omuzlarından, gergin olduğunu görebiliyordu. Yatakta uzunca bir süre oturup cesaret topladığını tahmin etti.

"Yapraklar sararıyor," dedi kız dostane bir tavırla. "Fark ettin mi? Sonbahar en sevdiğim mevsimdir. İnsanlar bahçede yaprak yakarken çıkan kokuya bayılırım. Annem en çok baharı severdi. Annemi tanır mıydın?"

"Pek sayılmaz."

Kız bir elini kulağının arkasına götürdü. "Efendim?"

Meryem sesini yükseltti. "Hayır, dedim. Anneni iyi tanımazdım."

"Ya?"

"Bir şey mi istiyorsun?"

"Meryem *can*. Ben... yani geçen akşam söyledikleri..."

"Ben de bu konuda seninle konuşmak istiyordum," diye araya girdi Meryem.

"Evet, lütfen," dedi kız içtenlikle, adeta hevesle. Öne doğru bir adım attı. Rahatlamış görünüyordu.

Dışarıda, bir sarı asma kuşu şakıyordu. Biri bir el arabası çekiyordu; Meryem menteşelerin gıcırtısını, yere çarptıkça hoplayan demir tekerlerin takırtısını duyabiliyordu. Çok da uzaktan gelmeyen bir silah sesi duyuldu, önce tek bir atış, ardından üç el daha, sonra sessizlik.

"Senin hizmetçin olmayacağım," dedi Meryem. "Olmayacağım."

Kız irkildi. "Hayır. Tabii ki olmayacaksın!"

"Sen bir saray *melike*'si bense bir *dehati* olabilirim, ama senden emir almayacağım. Ona şikâyet edebilirsin, o da gırtlağıma yapışabilir; yine de yapmayacağım. Duyuyor musun? Hizmetçin olmayacağım."

"Hayır! Böyle bir şeyi zaten..."

"Ayrıca, güzelliğini kullanarak beni başından atabileceğini sanıyorsan yanılıyorsun. Buraya ilk ben geldim. Kapı dışarı edilmeyeceğim. Beni sokağa atmana izin vermeyeceğim."

"Bunu istemiyorum ki," dedi kız, cılız bir sesle.

"Hem, gördüğüm kadarıyla yaraların iyileşti. Ev işlerine yardım etmeye başlayabilirsin..."

Kız başını hızlı hızlı sallıyordu. Yere biraz çay döküldü, ama o fark etmedi. "Evet, yanına gelmemin bir nedeni de buydu, bana baktığın için teşekkür etmek..."

"Eh, keşke yapmasaymışım," diye yapıştırdı Meryem. "Dönüp kocamı çalacağını bilseydim, seni elimle beslemez, yıkamaz, iyileştirmezdim."

"Çalmak mı..."

"Yemeği yapar, bulaşıkları yıkarım. Sen de çamaşırları, silip süpürmeyi halledersin. Kalanını sırayla yaparız. Bir şey daha. Arkadaşlığını istemiyorum. Eksik olsun! Tek isteğim, yalnız kalmak. Beni kendi halime bırak, ben de seni. Ancak böyle geçinip gidebiliriz. Kurallar böyle."

Konuşması bittiğinde, yüreği deli gibi atıyordu, ağzı kurumuştu. Meryem daha önce hiç bu tarzda konuşmamış, arzusunu böylesine güçlü beyan etmemişti. Sergilediği tavra sevinmesi gerekirdi, fakat kızın gözlerinin yaşla dolduğunu, suratının düştüğünü görünce, bu patlamanın verdiği doyumu pek yavan, hatta nedense yanlış buldu.

Gömlekleri kıza uzattı.

"Bunları *almari*'ye koy, dolaba değil. Beyazları en üst çekmecede, gerisini ortada, çorapların yanında ister."

Kız fincanı yere bıraktı, ellerini gömleklere uzattı; avuçlar yukarı bakacak şekilde. "Bütün bunlar için çok üzgünüm," dedi, hırıltılı bir sesle.

"İyi edersin," dedi Meryem. "Üzül zaten."

32
LEYLA

Leyla bir toplantıyı anımsadı; yıllar önce, kendi evlerinde, Anne'nin iyi günlerinden birinde. Kadınlar bahçede oturmuş, Vecma'nın kendi bahçesinden toplayıp getirdiği dutları yiyorlardı. Tombul dutlar beyaz ve pembeydi; bazılarıysa koyu mor, tıpkı Vecma'nın burnundaki minik, çatlak damarlar gibi.

"Oğlunun nasıl öldüğünü duydunuz mu?" dedi kadın, bir avuç dolusu dutu çökmüş ağzına iştahla tıkıştırırken.

"Boğulmuştu, öyle değil mi?" dedi Nila, Citi'nin annesi. "Gharğa Nehri'ndeydi, galiba?"

"İyi de, Raşit'in... o sıralar..." Vecma bekleyin dercesine bir parmağını kaldırdı, başını salladı, abartılı hareketlerle ağzındakini yuttu. "O zamanlar habire *şarap* içtiğini, olay günü, ağlarken bile sarhoş olduğunu biliyor muydunuz? Doğru söylüyorum. Sarhoş sarhoş ağlıyordu, dediler. Üstelik öğle vakti. Yemekten sonra bir şezlongda uyuyakalmış. Kulağının dibinde top atsanız duymayacak haldeymiş."

Vecma'nın ağzını kapatıp geğirişi, diliyle, ağzında kalan üç-beş dişin arasını yoklayışı bugün gibi gözünün önündeydi Leyla'nın.

"Gerisini tahmin edebilirsiniz. Oğlan kimseye fark ettirmeden suya girmiş. Onu epey sonra görmüşler, yüzüstü sürüklenirken. Millet yardıma koşmuş; yarısı oğlanı ayıltmaya çalışıyormuş, öteki yarısı da babayı. Biri oğlanın üzerine eğilmiş, şu... hani ağızdan ağza şeyi yapmış. Faydasızmış. Bunu herkes görebiliyormuş. Oğlan çoktan gitmiş."

Leyla, Vecma'nın havaya kalkan parmağını, acımayla titreyen sesini anımsadı. "İşte, Kutsal Kitabın *şarap*'ı yasaklamasının nedeni de bu: Sarhoşun günahının bedelini hep ayık öder. Daima."

Raşit'e bebek haberini verdiğinden beri, bu öykü Leyla'nın kafasının içinde dönüp duruyordu. Adam hemen bisikletine atlamış, bir camiye gidip bebek için dua etmişti.

O akşam, bütün yemek boyunca, Leyla tabağındaki et parçasını oradan oraya itip duran Meryem'i izledi. Raşit yüksek, duygusal bir sesle haberi Meryem'e verirken, kendisi de oradaydı – böylesine şen şakrak bir gaddarlığa daha önce hiç tanık olmamıştı. Duyunca, Meryem'in kirpikleri çırpındı. Yüzüne bir kızarıklık yayıldı. Asık, perişan bir yüzle, oturdu kaldı.

Daha sonra, Raşit radyo dinlemek üzere üst kata çıktı, Leyla da Meryem'in *sofra*'yı kaldırmasına yardım etti.

"Şimdi ne olduğunu hayal bile edemiyorum," dedi kadın, pirinç tanelerini, ekmek kırıntılarını toplarken. "Yani daha önce Benz olduğuna göre..."

Leyla işi şakaya vurmayı denedi. "Tren mi? Belki de kocaman bir jumbo jet?"

Meryem doğruldu. "Bunu bahane edip işten kaytarmazsın umarım."

Leyla ağzını açtı, sonra kendini tuttu. Bu sözleşmede masum olan tek tarafın Meryem olduğunu anımsattı kendine. Meryem'le bebek.

Daha sonra, yatakta gözyaşlarına boğuldu.

Neyin var? dedi Raşit, çenesini tutup kaldırarak. Hasta mıydı yoksa? Bebek mi... bebekte bir sorun mu vardı? Hayır mı? Meryem ona kötü mü davranıyordu?

"Sorun bu, değil mi?"

"Hayır."

"*Vallah billah,* aşağı iner, dersini veririm onun. Kendini ne sanıyor bu *harami*, sana ne hakla..."

"Hayır!"

Adam doğrulmuş, yataktan inmeye hazırlanıyordu bile, kız onu kolundan yakaladı, yatağa çekti. "Sakın! Hayır! Bana karşı öyle iyi ki. Bana bir dakika izin ver, hepsi bu. Şimdi geçer."

Kızın yanına oturdu, mırıl mırıl bir şeyler söyleyerek ensesini okşadı. Eli yavaşça sırtına indi, sonra yine yukarı çıktı. Eğildi, çarpık dişlerini göstererek sırıttı.

"Bir görelim bakalım," diye mırladı kedi gibi; "moralini düzeltmeyi başarabilecek miyim?"

Önce, ağaçlar (yakacak odun niyetine kesilmemiş olanlar) benekli, sarı-bakırımsı yapraklarını döktüler. Sonra rüzgârlar geldi; soğuk ve taze, kenti bir uçtan ötekine yırtan. Hâlâ tu-

tunabilen son yaprakları da koparıp aldılar, geride, dağların sessiz kahverengisine karşı hayaletimsi karaltılar gibi dikilen, çıplak ağaçlar kaldı. Mevsimin ilk karı hafifti, taneler konar konmaz eriyordu. Ardından yollar dondu, kar çatılarda öbek öbek birikti, buzlanan pencere camlarının yarısına kadar yığıldı. Karla birlikte uçurtmalar da sökün etti; Kabil'in kış göklerinin bu eski hâkimleri, şimdilerde, uçuşan roketlerin, savaş uçaklarının el koyduğu, cirit attığı bir sahanın ürkek sığıntılarıydı.

Raşit eve savaş haberlerini taşımayı sürdürüyordu; kurulan, bozulan ittifaklar, adam ne kadar açıklamaya çalışsa da, Leyla'nın aklını karıştırıyordu. Sayyaf Hazaralarla çarpışıyor, dedi. Hazaralar Mesut'la çarpışıyor.

"O da, Pakistan'ın desteklediği Hikmetyar'la savaşıyor elbette. Ölesiye düşman, bu ikisi. Mesut'la Hikmetyar. Sayyaf, Mesut'un tarafını tutuyor. Hikmetyar ise şimdilik Hazaraları destekliyor."

Ne yapacağı kestirilemeyen, Özbek komutan Dostum'a gelince, "Onun nerede saf tutacağını kimse bilmiyor," dedi Raşit. Dostum 1980'lerde Sovyetler'e karşı Mücahitlerle omuz omuza savaşmıştı, ama daha sonra onlardan ayrılmış, Sovyetler'in gidişinden sonra kurulan Necibullah'ın komünist kukla rejimine katılmıştı. Hatta bir madalya bile kazanmış, madalyası bizzat Necibullah tarafından takılmıştı; ardından bir kez daha yön değiştirip Mücahitler'in yanına geçmişti. Dostum şimdilik, dedi Raşit, Mesut'u destekliyor.

Kabil'de, özellikle de Kabil'in batısında patlamalar oluyor, mantar biçimindeki dumanlar karlı damların üstüne yayılıyordu. Elçilikler kapanmıştı. Okullar yıkılmıştı. Hastanelerin bekleme odalarında, yaralılar kan kaybından ölüyor, dedi Raşit. Ameliyathanelerde, kollar, bacaklar narkoz verilmeden kesiliyor.

"Ama endişelenme," diye ekledi. "Yanımda güvendesin, çiçeğim, *gül*'üm benim. Senin kılına zarar vermeye yeltenenin ciğerini söker kendisine yediririm."

O kış, Leyla ne yana dönse, karşısına duvarlar dikildi. Çocukluğunun açık, engin gökleri burnunda tütüyordu; Babi'yle *buzkaşi* karşılaşmalarına gittiği, Anne'yle Manday'da alışverişe çıktığı, sokaklarda özgürce koşturduğu, Citi ve Hasena'yla birlikte oğlanları çekiştirdiği günleri özlemle anıyordu. Tarık'la yan yana, bir akarsuyun kıyısına, bir yonca şiltesinin üzerine oturup bulmaca ve şekerleme değiştokuşu yaptıkları, güneşin batışını seyrettikleri günleri.

Ama Tarık'ı düşünmek tehlikeliydi, çünkü, kendini durdurmasına kalmadan, onu hastane yatağında yatarken görüyordu; evinden çok uzaklarda, yanmış bedeni tüplerle delik deşik. Tıpkı son günlerde genzini yakıp duran balgam gibi, felç eden, elini kolunu bağlayan bir acı gelip göğsüne yerleşiyordu. Bacakları pelteleşiyordu. Mutlaka bir şeye tutunması gerekiyordu.

Leyla 1992 kışını evi süpürerek, Raşit'le paylaştığı yatak odasının balkabağı rengindeki duvarlarını kazırcasına silerek, dışarıda, kocaman, bakır bir *legen*'de çamaşır yıkayarak geçirdi. Bazen sanki havalanıyor, kendine yukarıdan bakıyordu: *legen*'in kenarına çömelmiş, dirseklerini sıvamış, pembe elleriyle Raşit'in gömleğindeki sabunlu suyu sıkıyor. O zaman kaybolduğu, amaçsızca, başıboş sürüklendiği duygusuna kapılıyordu; batan bir gemiden kurtulmuş, en küçük bir kara parçası göremeyen, dört yanı suyla, uçsuz bucaksız denizle çevrili bir kazazede gibi.

Hava dışarıya çıkılamayacak kadar soğuksa, evin içinde boş boş dolanıyordu. Bir tırnağını duvara sürterek, koridoru bir uçtan ötekine kat ediyor, sonra geri dönüyor, basamakları çıkıyor, sonra yine iniyordu; yüzü yıkanmamış, saçları taranmamış. Meryem'le burun buruna gelinceye kadar yürüyor, yürüyordu; kadın ona neşesiz gözlerle şöyle bir bakar, elindeki dolmalık biberi temizlemeye, etin üzerindeki yağları, sinirleri sıyırmaya dönerdi. Mutfağa acıtan, can yakan bir sessizlik çöker, Leyla Meryem'den yayılan sessiz, sözcüksüz düşmanlığı neredeyse gözleriyle görürdü; asfalttan yükselen, titreşen ısı dalgaları gibi. Gerisin geri odasına döner, yatağına oturur, yağan karı seyrederdi.

Bir gün Raşit onu işyerine, dükkâna götürdü.

Sokakta kızla yan yana yürüyor, bir eliyle onun dirseğini tutuyordu. Leyla için dışarıya, sokağa çıkmak, bir sınava, yaralanmama, bir yerini incitmeme müsabakasına dönüşmüştü. Gözleri hâlâ, *burka*'nın sunduğu kafesli, sınırlı görüş alanına alışmaya çalışıyor, ayakları habire çarşafın ucuna dolanıyor, tökezliyordu. Her adımını takılma, düşme korkusuyla, bir çukura girip bileğini kırma dehşetiyle atıyordu. Öte yandan, *burka*'nın sağladığı belirsizlikte, kimliksizlikte belli bir huzur bulmuyor da değildi. Eski tanışlarından birine rastlasa, bu kılıkta kesinlikle tanınmazdı. Gözlerindeki şaşkınlığı görmek, bu kadar dibe vuruşu karşısında, o mağrur hayallerinin böyle yerle bir oluşu karşısında verdikleri tepkiyi, acıma ya da sevinci seyretmek zorunda kalmayacaktı.

Raşit'in dükkânı Leyla'nın beklediğinden daha büyük, daha aydınlıktı. Kızı üzeri kalabalık, eski tabanlarla, artık deri parçalarıyla dolu iş tezgâhının gerisine oturttu. Çekiçlerini, zımpara çarkının nasıl çalıştığını gösterdi; sesi yüksek, gururluydu.

Kızın karnına dokundu, gömleğin üstünden değil, altından; gergin tenine değen parmakuçları soğuk, pütürlüydü. Leyla Tarık'ın güçlü ama yumuşak ellerini anımsadı; bu ellerin üzerindeki, nedense hep çekici, erkeksi bulduğu, dolgun damarları.

"Nasıl da hızla şişiyor," dedi Raşit. "Kocaman bir oğlan bu. Oğlum bir *pehlivan* olacak! Babası gibi."

Leyla gömleğini çekip indirdi. Adamın bu tür sözleri, içini korkuyla dolduruyordu.

"Meryem'le aranız nasıl?"

Gayet iyi, dedi.

"Güzel. Güzel."

İlk gerçek kavgalarını yaptıklarını söylemedi.

Dün değil evvelsi gün olmuştu. Leyla mutfağa girmiş, Meryem'i bir hışım çekmeceleri açar, sertçe kaparken bulmuştu. Pilav karıştırırken kullandığı uzun saplı, tahta kaşığı arıyordu.

"Nereye koydun?" diye sordu, topuklarının üzerinde kıza dönüp.

"Ben mi?" dedi Leyla. "Ben almadım. Buraya girmiyorum bile."

"Farkındayım."

"Bu bir suçlama mı şimdi? Sen böyle istememiş miydin? Yemekleri ben yapacağım, dedin. Ama değişelim dersen..."

"Yani kaşık ayaklandı, yürüyüp gitti, öyle mi? *Tıp tıp tıp* yürüdü? Böyle mi oldu, *degeh?*"

"Ben sadece..." diye başladı Leyla, kendini tutmaya çalışarak. Genellikle kendini zorlar, Meryem'in alaylarını, iğneli, suçlayıcı laflarını sessizce yutardı. Ama bugün, ayak bilekleri şiş, midesindeki ekşime felâketti; başı çatlayacakmış gibi ağrıyordu. "Belki başka yere koymuşsundur?"

"Başka yere mi?" Meryem bir çekmeceyi açtı. İçindeki kaşıklar, bıçaklar şangırdadı. "Ne zamandır buradasın, birkaç ay mı? Ben on dokuz yıldır bu evde yaşıyorum, *dohtar co*. Sen daha altına pislerken, ben *o* kaşığı *bu* çekmeceye koyuyordum."

"Yine de," dedi Leyla, tepesi atmak üzere, dişler kenetlenmiş, "başka bir yere kaldırmış, sonra da unutmuş olabilirsin."

"Tabii *sen* de bir yere saklamış olabilirsin; sırf beni sinirlendirmek için."

"Sen zavallı, acınacak bir kadınsın," dedi Leyla.

Meryem afalladı, sonra toparlandı, dudaklarını büzdü. "Sen de fahişesin. Bir sürtük ve bir *dozd*. Hırsız bir fahişe!"

Az sonra, avaz avaz bağrışıyorlardı. Tavalar kaldırıldı ama fırlatılmadı. Birbirlerine hakaretler ettiler, şimdi, anımsadıkça Leyla'nın yanaklarını kızartan sıfatlar yakıştırdılar. O günden beri konuşmuyorlardı. O gün nasıl çabucak, bir anda zıvanadan çıkıverdiğine Leyla hâlâ inanamıyordu, ama doğruyu söylemek gerekirse, bir parçası bundan hoşlanmış, Meryem'e bağırıp çağırmanın, biriken, fokurdayan onca öfkeyi, acıyı boşaltacak bir hedef bulmanın verdiği duygu hoşuna gitmişti.

Garip bir önseziyle, merak ediyordu: aynı şey Meryem için de geçerli miydi?

Daha sonra üst kata koşmuş, kendini Raşit'in yatağına atmıştı. Aşağıda, Meryem hâlâ bağırmaktaydı. "Topraklara giresin! Mezarlara giresin!" Leyla yüzünü yastığa gömdü, sesli sesli inledi; ansızın ana-babasını şiddetle, deliler gibi özledi; içi, saldırıdan sonraki o korkunç günlerden beri, ilk kez bu kadar yoğun, kahredici bir hasretle dolmuştu. Ah vah ederek, çarşafı avuçlayıp çekiştirerek öylece yattı, ta ki ani bir sancı soluğunu kesene kadar. Doğrulup oturdu; biri karnına üst üste ateş ediyordu.

Bebek ilk kez tekmelemişti.

33
MERYEM

O bahar, 1993 baharının başlarında Meryem oturma odasının penceresinde durdu, Raşit'in kızı evden çıkarışını seyretti. Kız beli bükük, öne doğru yalpalıyordu; bir kolunu *burka*'sından bile belli olan gergin, şiş karnına dolamıştı, korurcasına. Endişeli, aşırı ilgili Raşit onu dirseğinden tutmuş, bahçeden bir trafik polisi gibi, özenle geçirmekteydi. Kıza *burada bekle* işareti yaptı, ön kapıya koştu, sonra gelmesi için el etti; tek ayağıyla kapıyı aralık tutuyordu. Yanına gelen kızı elinden tuttu, kapıdan geçmesine yardım etti. Meryem onu duyar gibiydi: "*Bastığın yere dikkat et, çiçeğim, gülüm.*"

Ertesi gün, akşam olmadan döndüler.

Meryem bahçeye önce Raşit'in girdiğini gördü. Adam kapının kanadını bırakıverdi, az kaldı kızın yüzüne çarpıyordu. Birkaç adımda bahçeyi geçti. Yüzündeki gölge, akşam alacasının örtemediği o karanlık, Meryem'in gözünden kaçmadı. Eve girince paltosunu çıkardı, divanın üzerine fırlattı. Meryem'in yanından geçerken, ters, kaba bir sesle, "Acıktım," dedi. "Yemeği hazırla."

Sokak kapısı açıldı. O sırada hole çıkmış olan Meryem kızı gördü, sol kolunun kıvrımında, bohçamsı bir kundak vardı. Bir ayağı dışarıda, diğeri eşikteydi, kapının kapanmasını engelliyordu. Eğilmiş, hırıldayarak, kapıyı açmak için yere bıraktığı torbalara uzanmaya çalışıyordu. Yüzü harcadığı çabadan buruşmuştu. Başını kaldırdı, Meryem'i gördü.

Meryem arkasını döndü, Raşit'in yemeğini ısıtmak üzere mutfağa gitti.

"Sanki biri kulağıma tornavida sokmuş, habire çeviriyor," dedi Raşit, gözlerini ovuştururken. Meryem'in kapısında dikiliyordu; şiş gözler, sırtında yalnızca gevşekçe düğümlenmiş bir *tumban*. Ak saçları dağınıktı, her bir teli başka yöne bakıyordu. "Bu viyaklama! Dayanamıyorum artık."

Aşağıda, kız bebeği tıpışlayarak dolaştırıyor, ninni söylemeye çalışıyordu.

"İki aydır, bir gece olsun şöyle doğru dürüst uyuyamadım," dedi Raşit. "Oda dersen, lağım gibi kokuyor. Her tarafta boklu bezler. Daha dün gece, bir tanesine bastım."

Meryem içinden pis pis sırıttı.

"Çıkar şunu dışarı!" diye böğürdü Raşit omzunun üstünden. "Bu kadarını akıl edemiyor musun?"

Ninni bir anlığına kesildi. "Zatürree kapar!"

"Yaz ortasındayız!"

"Ne?"

Raşit dişlerini sıktı, sesini yükseltti. "Hava ılık, dedim!"

"Onu dışarı çıkarmayacağım!"

Ninni yeniden başladı.

"Bazen, yemin ederim, şeytan diyor ki şunu bir kutuya koy, Kabil Irmağı'na bırak. Bebek Musa gibi."

Meryem onun bebeğe bir kez bile kızın verdiği adla seslendiğini duymamıştı. Azize. Aziz tutulan. Hep ya *bebek* diyordu ya da, gerçekten çileden çıkmışsa, *şu*.

Bazı geceler Meryem onların tartıştığını duyuyordu. Parmakuçlarına basarak kapılarına gider, adamın bebekten -daima, hep bebekten- yakınmasını dinlerdi; sürekli ağlaması, kokular, ayağına takılan oyuncaklar, bebeğin bitmek bilmeyen, Leyla'ya el koyan, Raşit'ten uzaklaştıran talepleri: emzirmek, geğirtmek, altını değiştirmek, gezdirmek, kucakta sallamak. Kız da buna karşılık, odada sigara içtiği, bebeği yatağa almasına izin vermediği için haşlıyordu adamı.

Daha kısık sesle sürdürülen tartışmalar da vardı.

"Doktor altı hafta dedi."

"Daha değil, Raşit, olmaz. Hayır. Bırak. Hadi ama, yapma."

"İki ay oldu."

"Şişşt. İşte. Bebeği uyandırdın." Sonra, daha sertçe: "*Hoş şodi?* Mutlu musun şimdi?"

Meryem usulca odasına dönerdi.

"Yardım edemez misin?" diyordu Raşit şimdi. "Yapabileceğin bir şeyler olmalı."

"Ben bebeklerden ne anlarım ki?" dedi Meryem.

"Raşit! Biberonu getirebilir misin? *Almari*'nin üzerinde. Emmiyor. Bir de biberonu deneyeyim."

Bebeğin ciyaklaması bir yükseliyor, bir alçalıyordu; ete inen satır gibi.

Raşit gözlerini kapadı. "Bu tam bir savaş lordu. Hikmetyar'ın ta kendisi. İnan bana, Leyla doğura doğura Gülbeddin Hikmetyar'ı doğurdu."

Kız günlerini emzirme, sallama, pışpışlama, gezdirme döngüleriyle tüketirken, Meryem öylece izledi. Bebek uyuduğu zaman bile, çitilenmeyi, (kızın Raşit'e zorla aldırdığı) dezenfektanlı suya batırılmayı bekleyen, kirli alt bezleri vardı. Zımpara kâğıdıyla törpülenecek tırnaklar, yıkanıp asılacak tulumlar, pijamalar.

Bu giysiler de, bebeğe ilişkin pek çok şey gibi, bir başka çekişme konusuydu.

"Nesi varmış kıyafetlerin?" dedi Raşit.

"Bunlar oğlanlar için. *Baça* için."

"Farkı anlar mı sence? Onlara iyi para verdim ben. Bir şey daha; ses tonun hiç hoşuma gitmedi. Bunu bir uyarı say."

Kız her hafta, hiç aksatmadan, siyah, madeni bir maltızı ısıtıyor, içine bir tutam üzerlik otu atıyor, kem gözleri kovalamak için, *espandi* dumanını bebeğe doğru yelliyordu.

Onun bu dinmez coşkusunu, gayretkeşliğini seyretmek bile yorucuydu Meryem için – ve gizlice, salt kendisine itiraf ettiği gibi, biraz da hayranlık uyandırıcı. Kızın gözlerindeki tapınma dolu parıltıya hayretler içinde kalıyordu; sabahları, yüzü süzülmüş, bütün gece bebeği kucağında gezdirip durmaktan balmumuna dönmüşken bile. Bebek gaz çıkarırken, kız gülmekten yerlere yatıyordu. Bebekteki en küçük değişimler bile onu zevkten çıldırtıyor, yaptığı her şeyi seyredilmeye değer buluyordu.

"Bak! Çıngırağı almaya çalışıyor. Ne kadar zeki."

"Gazeteleri arayıp haber vereyim," dedi Raşit.

Her gece bir başka gösteri sunuluyordu. Kız bakması için bastırınca, Raşit çenesini havaya diker, mavi damarlı, kanca burnunun üstünden sabrı taşmış, ters bir bakış fırlatırdı.

"Bak şimdi, seyret. Parmaklarımı şıklatınca nasıl gülüyor, bak. Gördün mü? Gördün, değil mi?"

Raşit homurdanır, tabağına dönerdi. Meryem eskiden kızın salt varlığıyla bile onu nasıl heyecanlandırdığını anımsadı. Kızın ağzından çıkan her şey adamı memnun eder, ilgisini çeker, başını tabağından kaldırmasına, onaylayarak sallamasına neden olurdu.

Ancak ortada tuhaf bir durum vardı. Kızın gözden düşmesine Meryem'in sevinmesi, oh olsun demesi gerekirdi. Oysa durum böyle değildi. Hem de hiç. Meryem kıza acıdığını anlayınca, en çok kendisi şaşırdı.

Yine akşam yemeklerinde, kız bin bir çeşit kaygısını tek tek sıralardı. Listenin başında, her öksürüğün depreştirdiği zatürree korkusu vardı. Sonra dizanteri geliyor, dışkıdaki en küçük bir cıvıklık bu korkuyu hortlatıyordu. Her isilik ya suçiçeğiydi ya da kızamık.

"Bu kadar bağlanmasan iyi edersin," dedi Raşit bir akşam.

"Ne demek istiyorsun?"

"Geçen gece radyo dinliyordum. Amerika'nın Sesi. İlginç bir istatistik duydum. Afganistan'da dört çocuktan biri, beş yaşını bulamadan ölüyormuş. Aynen böyle söylediler. Dolayısıyla... Dur... Ne var? Nereye gidiyorsun? Buraya gel. Derhal buraya dön!"

Meryem'e şaşkın gözlerle baktı. "Nesi var bunun?"

O gece, yeni bir tartışma başladığında Meryem yatağındaydı. Sıcak, kuru bir yaz gecesiydi; Kabil'de *Saratan* ayına özgü, tipik gecelerden. Meryem camları açmış, esinti yerine sivrisineklerin geldiğini görünce de kapamıştı. Dışarıda, topraktan yükselen sıcağı hissedebiliyordu; bahçedeki kulübenin buğday esmeri, budaklı tahtalarını yalayarak, duvarlara tırmanarak, odasına sızıyordu.

Genellikle münakaşalar birkaç dakika sonra hız keser, tavsardı, ama bu seferki yarım saattir sürdüğü gibi, giderek kızışıyordu da. Raşit artık bağırıyordu. Kızın sesi tiz ama sakıngandı. Az sonra bebek de yaygarayı bastı.

Meryem kapılarının sertçe açıldığını duydu. Sabah, kapı tokmağının yuvarlak izini, koridorun duvarında bulacaktı. Kendi kapısı bir hışım açılıp Raşit içeri dalınca, doğrulup oturdu.

Adamın üzerinde beyaz külotuyla fanilası vardı; koltuk altlarında sarımsı ter lekeleri. Ayağında terlikleri. Elinde bir kemer vardı, kızla kıydığı *nikâh* için aldığı, kahverengi deri olanı; delikli ucunu eline dolamaktaydı.

"Senin marifetin," diye hırladı, kadına doğru seğirtirken. "Bal gibi farkındayım."

Meryem yataktan yere kaydı, geri geri çekildi. Kolları içgüdüsel olarak göğsünde, adamın genellikle ilk hedef aldığı yerde kavuşmuştu.

"Sen neden söz ediyorsun?" diye kekeledi.

"Beni reddetmesi. Senden öğreniyor bunları."

Yıllar içinde, Meryem onun hakaretlerine, aşağılama ve alaylarına, azarlarına karşı kendini katılaştırmıştı. Ama bu korkuyu bir türlü denetleyemiyordu. Bunca yıldan sonra, adamı ne zaman bu şekilde hırlarken, kanlı gözleri ışıldar, kemeri yumruğuna sararken görse, zangır zangır titremeye başlıyordu – hâlâ. Kaplanın kafesine salıverilen keçinin, kaplan başını pençelerinden kaldırıp baktığında, tıslamaya başladığında kapıldığı korkuydu bu.

Şimdi kız da odadaydı; gözleri irileşmiş, yüzü çarpılmıştı.

"Onu bozacağını tahmin etmeliydim," dedi Raşit tükürür gibi. Kemeri salladı, kendi baldırında denedi. Tokası yüksek sesle çınladı.

"Kes şunu, *bas!*" diye haykırdı kız. "Raşit, bunu yapamazsın."

"Odaya dön."

Meryem birkaç adım daha çekildi.

"Hayır! Sakın yapma!"

"Odaya dön. Hemen!"

Raşit yeniden kemeri kaldırdı, Meryem'e doğru savurdu.

Aynı anda, şaşırtıcı bir şey oldu. Kız ona saldırdı. İki eliyle koluna yapıştı, aşağı indirmeye çalıştı, ama tek yapabildiği, daha da havaya kalkan kolla birlikte havalanmak, kolun ucundan sallanmak oldu. Yine de, adamın hızını kesmiş, Meryem'e yönelik hamleyi yavaşlatmıştı.

"Bırak!" diye böğürdü Raşit.

"Tamam, kazandın! Sen kazandın. Yapma bunu. Lütfen, Raşit, dayak yok! Lütfen yapma."

Bir süre böyle boğuştular; kız ona asılıyor, yalvarıyor, gözlerini şaşkınlıktan donup kalan Meryem'e dikmiş olan Raşit, ondan kurtulmaya çalışıyor.

Sonunda, Meryem dayak yemeyeceğini anladı; bu gece değil. Adam diyeceğini demişti. Birkaç dakika daha bu pozda kaldı; kolu havada, göğsü inip kalkıyor, alnında ince bir ter tabakası. Sonra, yavaş yavaş kolunu indirdi. Kızın ayakları yere değdi, ama kolu yine de bırakmadı, adama güvenmezmiş gibi. Raşit kolunu hızla, sertçe çekip kızdan kurtardı.

"Gözüm üstünde," dedi Meryem'e, kemeri omzuna atarken. "İkinizin de... Kendi evimde kimse beni *ahmak* durumuna düşüremez."

Meryem'e son, öldürücü bir bakış fırlattı, yanından geçerken de Leyla'yı sırtından itekledi.

Meryem kapılarının kapandığını duyunca yeniden yatağına tırmandı, başını yastığın altına gömdü, titremenin geçmesini bekledi.

O gece üç kez uykusundan uyandı. İlkinde, batıya, Karteh-Çar tarafına düşen roketlerin gümbürtüsüne. İkincide, bebeğin aşağıdan gelen ağıdına; kızın onu susturmaya çalıştığını, süt şişesine çarpan kaşığın çınlamasını duydu. Sonuncuda onu yatağından kaldıran, susuzluk oldu.

Aşağıda, camdan süzülen ayışığı huzmesi sayılmazsa, oturma odası karanlıktı. Meryem bir sineğin vızıldadığını duyabiliyor, köşedeki demir sobanın dış çizgilerini, dışarı uzanan, sonra tavanın hemen altında sert bir açı yapan borusunu seçebiliyordu.

Mutfağa girerken, az kaldı bir şeye takılıp düşüyordu. Ayaklarının dibinde bir küme vardı. Gözleri karanlığa alışınca, kızla bebeğin yerde, bir battaniyenin üzerinde yattığını gördü. Kız yan yatmış, horluyordu. Bebek uyanıktı. Meryem masanın üzerindeki gaz lambasını yaktı, çömeldi. Işıkta bebeğe ilk kez yakından, dikkatle baktı; yumuşacık, siyah saçlarına, gür kirpikli ela gözlerine, olgun nar rengindeki dudaklarına.

Bebeğin de onu incelediği duygusuna kapıldı. Sırtüstü yatıyordu, başı bir yana eğikti, pür dikkat Meryem'e bakıyordu – keyif, şaşkınlık ve kuşku karışımı bir ifadeyle. Meryem yüzünün onu korkutup korkutmadığını merak etti, ama aynı anda bebek sevinçle, mutlulukla guruldadı ve Meryem, hakkında olumlu bir yargıya varıldığını anladı.

"*Şişş*," diye fısıldadı. "Anneni uyandıracaksın, zaten yarı ölü vaziyette."

Bebek elini yumruk yaptı. Yumruk kalktı, indi, birkaç spastik titremenin ardından ağzı buldu. Kendi eliyle doldurduğu ağzının kenarlarıyla Meryem'e gülümsedi; dudaklarındaki minik tükürük baloncukları parladı.

"Şu haline bak. Bu oğlan giysileriyle pek de zavallı görünüyorsun. Bu sıcakta amma da sarılıp sarmalanmış... Hâlâ uyanık olmana hiç şaşmamalı."

Meryem bebeğin üstündeki pikeyi çekip de altında bir tane daha bulunca dehşete kapıldı, çık çıkladı, onu da çekip kaldırdı. Bebek hoşnutlukla kıkırdadı. Kollarını bir kuş gibi çırptı.

"Daha iyi, *ney?*"

Tam geri çekilmeye hazırlanırken, bebek onun serçeparmağına yapıştı. Minik parmaklar kıvrıldı, sıkıca kenetlendi. Ilık, yumuşaktılar; salyadan nemli.

"*Gunuh,*" dedi bebek.

"Pekâlâ, *bas,* bırak artık."

Bebek bırakmadı, bacaklarını salladı.

Meryem parmağını çekip kurtardı. Bebek gülümsedi, peş peşe bir sürü gurultu saldı. Parmak boğumları yeniden ağza tıkıldı.

"Neden bu kadar mutlusun? Ha? Neye gülümsüyorsun böyle? Annenin söylediği kadar zeki değilsin. Baban bir ayı, annen bir budala. Bilseydin bu kadar çok gülümsemezdin. Hayır, hem de hiç. Hadi, uyu artık. Hadi bakayım."

Meryem doğruldu, birkaç adım atmıştı ki bebekten şu malum *eh, eh, eh* sesleri geldi; Meryem bunların, güçlü bir ağıdın giriş nağmeleri olduğunu biliyordu. Geri döndü.

"Ne var? Benden ne istiyorsun?"

Bebek dişsiz ağzıyla sırıttı.

Meryem içini çekti. Yere oturdu, tutması için parmağını uzattı; cıvıldayan, tombul bacaklarını esneterek havayı tekmeleyen bebeği seyretti. Ta ki bebek kıpırdanmayı kesip usul usul horlamaya başlayıncaya kadar.

Dışarıda, bülbüller neşeyle şakıyordu, arada bir, şarkıcılar hep birlikte havalanınca, Meryem bulutları delip geçen ayışığının fosforlu mavisinde balkıyan kanatları görebiliyordu. Susuzluktan boğazı kurumuş olsa, karıncalanan ayaklarına iğneler batsa da kıpırdamadı; çok sonra, epeyce sonra parmağını yavaşça çekip bebeğin pençesinden kurtardı, ayağa kalktı.

34
LEYLA

Bütün dünyevi zevkler içinde, Leyla için birincisi, Azize'nin yanına yatmak, yüzünü bebeğinkine iyice, iri göz bebeklerinin genişleyip küçülüşünü izleyecek kadar yaklaştırmaktı. Parmağını Azize'nin nefis, ipeksi teninde, ellerinin gamzeli boğumlarında, dirseklerindeki tombul kat yerlerinde gezdirmeye bayılıyordu. Bazen Azize'yi göğsüne yaslıyor, yumuşak kafatasına fısıl fısıl, Tarık hakkında, hiç tanıyamayacağı, yüzünü hiç göremeyeceği babası hakkında bilgiler veriyordu. Tarık'ın bulmaca çözme yeteneğini, hilekârlığını ve haylazlığını, nasıl kolayca gülüverdiğini fısıldadı.

"Dünyanın en güzel kirpiklerine sahipti; seninkiler kadar sık. Sağlam bir çene, düzgün bir burun ve yuvarlak bir alın.

Ah, baban çok yakışıklıydı, Azize. Mükemmeldi. Tıpkı senin gibi, kusursuzdu."

Ama erkeğin adını söylememeye dikkat ediyordu.

Bazen Raşit'i, yüzünde son derece tuhaf bir anlamla Azize'ye bakarken yakalıyordu. Bir gece önce yatak odasında, yerde oturmuş ayağındaki nasırı keserken gelişigüzel bir tavırla, "Ee, ikinizin arasında ne vardı bakalım?" demişti.

Leyla ona şaşkın şaşkın baktı; anlamamışçasına.

"Leyla ile Mecnun. Sen ve şu *yaklenga;* topal. Aranızdaki neydi, ha?"

"Arkadaşımdı," dedi Leyla, ses tonunu sabit tutmaya özen göstererek. Bütün dikkatini, hazırlamakta olduğu biberona vermişti. "Bunu sen de biliyorsun."

"Ben *hiçbir şey* bilmediğimi biliyorum." Raşit, kestiği deri parçalarını pencerenin çıkıntısına koydu, kendini yatağa attı. Yaylar tiz bir gıcırtıyla isyan etti. Bacaklarını ayırdı, kasığını kaşıdı. "Peki siz... *arkadaş* olarak hiç sınırı aştınız mı?"

"Sınırı mı?"

Adam neşeyle gülümsedi, fakat Leyla onun dik bakışlarını üzerinde hissedebiliyordu; soğuk, uyanık gözlerini. "Şimdi, bir bakalım... Eh, seni hiç öptü mü? Ya da elini uygunsuz bir yere götürmüştür belki?"

Leyla, kızgınlık yansıttığını umduğu bir edayla yüzünü buruşturdu. Boğazının zonkladığını duyumsuyordu. "Benim için bir *ağabey* gibiydi."

"İyi de, arkadaş mı ağabey mi?

"İkisi de. O..."

"Hangisiydi?"

"İkisi birden."

"Ama kız ve erkek kardeşler tuhaf yaratıklardır. Evet. Bazen bir ağabey pipisini kız kardeşine gösterebilir, mesela; kız da..."

"Midemi bulandırıyorsun," dedi Leyla.

"Aranızda bir şey yoktu, yani?"

"Bu konudan söz etmek istemiyorum artık."

Raşit başını yan yatırdı, dudaklarını büzüp başını salladı. "Millet konuşup duruyordu, biliyorsun. Gayet iyi anımsıyorum. İkiniz hakkında olmadık laflar ediyorlardı. Sense bir şey olmadığını söylüyorsun."

Leyla kendini zorladı, onun gözlerinin içine baktı.

Adam bu bakışları, gözünü bir kez olsun kırpmadan, öyle uzun bir süre, öyle eziyet edercesine hapsetti ki, Leyla'nın biberonu kuşatan eklemleri bembeyaz kesildi; açık vermemek için olanca iradesini kullanmaktaydı.

Ondan para çaldığını fark ederse adamın neler yapabileceğini düşününce, ürperdi. Azize'nin doğumundan bu yana, her hafta, Raşit uyurken ya da bahçedeki kulübede çalışırken, Leyla onun cüzdanını açıyor, içinden tek bir banknot çekiyordu. Bazı haftalar, cüzdan hafifse, ayrımsar korkusuyla ya hiç dokunmuyor ya da yalnızca beş Afgan lirası alıyordu. Cüzdanı dolgun bulduğunda, bir onluk ya da yirmilik yürütüyordu; bir keresinde her şeyi göze alıp iki tane yirmilik aşırmıştı. Parayı, kareli kışlık mantosunun astarına diktiği kesede saklıyordu.

Leyla'nın gelecek baharda kaçmayı tasarladığını bilse, ne yapardı acaba? Evet, en geç baharda. O vakte kadar en az bin Afgan lirası biriktirmeliydi; yarısı, Kabil-Peşaver arası otobüs biletine gidecekti. Kaçışa birkaç gün kala, nikâh yüzüğünü rehine bırakacaktı; Raşit'in geçen yıl, Leyla hâlâ sarayın *melike*'siyken verdiği diğer takıları da.

"Her neyse," dedi adam sonunda, parmaklarıyla göbeğinde davul çalarken. "Kusur işlemedik ki. Ben bir kocayım. Her koca merak eder bu tür şeyleri. Ama şansı varmış ki ölüp gitmiş. Çünkü şu an burada olsaydı, onu elime geçirseydim..." Dişlerinin arasından havayı emdi, başını salladı.

"Hani ölülerin arkasından konuşulmazdı?"

"Galiba bazıları bir türlü tam anlamıyla geberip gidemiyor," dedi Raşit.

İki gün sonra, Leyla sabah kalkınca, kapısının önünde düzgünce katlanmış bir deste bebek kıyafeti buldu. Göğüs kısmına minik, pembe balıklar dikilmiş, kloş bir elbise; mavi çiçekli, yünlü bir elbiseyle ona uygun çoraplar ve parmaksız, torba eldivenler; havuç rengi benekleri olan sarı bir pijama ve paçalarına puanlı fırfır geçirilmiş, yeşil, pamuklu bir pantolon.

"Ortada bir söylenti dolanıyor," dedi Raşit o akşam yemekte, dudaklarını şapırdatarak; ne Azize'nin farkındaydı ne de Leyla'nın ona giydirdiği yeni pijamanın. "Dostum'un taraf değiştireceği ve Hikmetyar'a katılacağı söyleniyor. İşte o zaman, Mesut'un hali harap; ikisiyle birden savaşması gerekecek. Hem Hazaraları da unutmayalım." Meryem'in yazın kurduğu patlıcan turşusundan bir parça aldı. "İnşallah yalnızca bir söylentidir. Aksi halde, şu andaki savaş," yağlı ellerinden birini salladı, "Pağman'daki cuma piknikleri gibi kalır."

Daha sonra, kızın üzerine çıktı, tek kelime etmeden boşaldı; bileklerine indirdiği *tumban* sayılmazsa, bütünüyle giyinikti. Şiddetli, azgın sallantısı bitince yana devrildi, birkaç dakika içinde de uyudu.

Leyla yataktan sessizce indi, odadan dışarı süzüldü; Meryem'i mutfakta bağdaş kurmuş, bir çift alabalığı temizlerken buldu. Yanındaki tasa pirinç ıslanmıştı. Mutfak kimyon, duman, pişmiş soğan ve balık kokuyordu.

Leyla bir köşeye çöktü, eteğiyle dizlerini örttü.

"Teşekkür ederim," dedi.

Meryem ona aldırmadı. İlk alabalığı temizlemişti, ikinciyi aldı. Testere-dişli bir bıçakla yüzgeçleri kopardı, balığı çevirdi, karnını, kuyruğundan solungaçlara kadar ustaca yardı. Leyla onun başparmağını balığın ağzına, alt çenenin hemen üstünden sokuşunu, bastırışını ve aşağıya doğru, tek bir hamleyle solungaçları, iç organları çekip çıkarışını izledi.

"Giysiler harika."

"Benim işime yaramazlar," diye mırıldandı Meryem. Balığı sümüksü, gri suyla ıslanmış bir gazetenin üzerine koydu, başını kesti. "Kızın giymezse güveler yiyecek."

"Balığı böyle temizlemeyi nerede öğrendin?"

"Küçük bir kızken, bir ırmağın kıyısında yaşardım. Kendi balığımı kendim tutardım."

"Ben hayatımda hiç balık tutmadım."

"Zor bir şey değil. İşin çoğu, beklemek."

Leyla onun temizlenmiş balıkları üçe bölüşünü seyretti. "Giysileri kendin mi diktin?"

Meryem başıyla doğruladı.

"Ne zaman?"

Meryem balık parçalarını bir tas suda yıkadı. "İlk gebeliğimde. Yoksa ikincide miydi? On sekiz, on dokuz yıl önce. Her neyse, uzun zaman önce. Dediğim gibi, onları hiç kullanmadım."

"Sen gerçekten iyi bir *khayat*'sın. Belki bana da öğretirsin?"

Meryem yıkanmış balıkları temiz bir kâseye aldı. Parmak uçlarından su damlarken, başını kaldırdı, Leyla'ya baktı. İlk kez, doğrudan yüzüne baktı.

"Geçen gece, hani o... Daha önce kimse yanımda yer almamış, beni savunmamıştı," dedi.

Leyla onun sarkık yanaklarını, kat kat olmuş gözkapaklarını, ağzını çevreleyen derin çizgileri inceledi – o da bunlara ilk kez gerçekten bakar gibiydi. Ve ilk kez, karşısında bir hasmın suratını değil, dile getirilmemiş acıların, karşı çıkılmamış eziyetlerin, sessizce katlanılmış bir yazgının yüzünü gördü. Burada kalırsa, yirmi yıl sonra, kendi yüzü de böyle mi olacaktı?

"İzin veremezdim," dedi. "Benim büyüdüğüm evde insanlar böyle şeyler yapmazdı."

"Senin evin *burası* artık. Alışmalısın."

"Hayır, *buna* olmaz. Buna alışmam."

"Sıra sana da gelecek, biliyorsun," dedi Meryem ellerini bir bezle kurularken. "Hem de yakında. Ona bir kız verdin çünkü. Gördüğün gibi, senin günahın benimkinden bile büyük; daha da bağışlanmaz."

Leyla ayağa kalktı. "Dışarısı serin biliyorum, ama biz iki günahkâr bahçeye çıkıp birer *çay* içelim mi, ne dersin?"

Meryem şaşırmış gibiydi. "Yapamam. Daha işim bitmedi; fasulye ayıklayacağım."

"Sabah yardım ederim, beraber yaparız."

"Ortalığı da temizlemeliyim."

"Beraber yaparız. Yanılmıyorsam, dünden kalma *helva* olacaktı. *Çay*'la harika gider."

Meryem elbezini tezgaha bıraktı. Leyla onun sıvanmış yenlerini indirişinde, *hicap*'ını düzeltip bir bukleyi içeri itişinde bir tedirginlik hissetti.

"Çinliler, bir gün çaysız kalacağına üç gün aç kal, derler."

Meryem hafifçe gülümsedi. "Güzel bir deyiş."

"Öyle."

"Ama uzun kalamam."

"Tamam, tek fincan."

Dışarıdaki katlanır iskemlelere oturdular, ortak bir kâseden parmaklarıyla *helva* yediler. İkinci bardakları içtiler; Leyla, üçüncüyü ister misin, diye sorduğunda, Meryem evet dedi. Dağlarda makineli tüfekler takırdarken, ayın önünden kayan bulutları, karanlıkta parlak sarı kemerler çizen, mevsimin son ateş böceklerini seyrettiler. Azize uyanıp ağlamaya başlayınca, Raşit de gelip susturması için Leyla'ya bağırınca, iki kadın bakıştılar. Zırhsız, anlayan, anlamlı bir bakışma. Meryem'le arasındaki bu anlık, sessiz iletişim, Leyla'ya artık düşman olmadıklarını anlattı.

35
MERYEM

O geceden sonra, Meryem'le Leyla ev işlerini birlikte yaptılar. Mutfakta hamur yoğurdular, yeşil soğan doğradılar, sarımsak dövdüler; yanlarında oturmuş kaşıkları masaya vuran, havuçlarla oynayan Azize'nin ağzına salatalık parçaları verdiler. Bahçede, kat kat giydirilmiş, boynuna kışlık bir atkı dolanmış olan Azize'yi hasır sepetine yatırıyorlardı. Çamaşır yıkar, birbirine değen elleriyle gömlekleri, pantolon ve alt bezlerini çitilerken, bir yandan da, göz ucuyla onu kollarlardı.

Meryem bu yakınlığa, şimdilik deneme kabilinden yapılan ama yine de zevk veren bu arkadaşlığa yavaş yavaş alıştı. Leyla'yla bahçede içtikleri, artık her akşam yinelenen bir ayine dönüşen, üç fincan *çay*'ı hevesle bekler oldu. Sabahları, kahvaltı için aşağıya inen Leyla'nın terliklerinin şıpırtısını, Azize'nin tiz, çıngıraklı kahkahasını, sekiz minik dişinin görüntüsünü, tenindeki süt kokusunu dört gözle beklediğini ayrımsadı. Ana-kız uyuyup kalmışsa, Meryem için vakit geçmek bilmiyordu. Yıkanması gerekmeyen bulaşıkları yıkıyordu. Oturma odasındaki minderleri düzeltiyordu. Tertemiz pervazların tozunu alıyordu. Leyla'nın, kalçasına yerleştirdiği Azize'yle birlikte mutfağa girdiğini görünceye kadar, kendine iş yaratıyordu.

Azize sabahları Meryem'i ilk gördüğünde, her seferinde, gözlerini açar, sızlanmaya, annesinden kurtulmak için kıvranmaya başlardı. Kollarını Meryem'e doğru uzatır, minik ellerini telaşla açıp kapatarak, onun kucağına gitmek istediğini belirtirdi; yüzünde hem hayranlık hem de kıpır kıpır bir sabırsızlık.

"Bu ne telaş böyle," derdi Leyla onu Meryem'in kucağına verirken. "Her sabah aynı gösteri! Sakin ol, Meryem *Hala* 'nın bir yere gittiği yok. İşte burada, bak, halan. Hadi bakalım."

Azize Meryem'in kollarının arasına girer girmez, başparmağını ağzına sokar, yüzünü onun boynuna gömerdi.

Meryem acemi, gergin bir tavırla onu kucağında hoplatırdı; dudaklarında yarı-inanmaz, yarı minnettar bir gülümseme. Daha önce Meryem böylesine şiddetle hiç istenmemişti. Hiç kimse ona sevgisini böylesine riyasız, böylesine koşulsuz beyan etmemişti.

Azize Meryem'de hüngür hüngür ağlama isteği uyandırıyordu.

"O minicik kalbini neden benim gibi yaşlı, çirkin bir kocakarıya bağladın ki?" diye mırıldanırdı bebeğin saçlarına. "Ha? Ben bir hiçim, göremiyor musun? Bir *dehati*. Sana verecek neyim var ki benim?"

Ama Azize büyük bir hoşnutlukla guruldar, yüzünü biraz daha gömerdi. O böyle yaptıkça, Meryem zevkten dört köşe olurdu. Gözleri yaşarırdı. Yüreği kanatlanırdı. Ve bomboş, tam takır geçen bunca yıldan sonra, sahte, kısır bağlılıklarla dolu yaşamındaki ilk gerçek bağlılığı nasıl olup da bu küçücük yaratıkta bulabildiğine şaşardı.

Ertesi yılın başında, Ocak 1994'te, Dostum bir kez *daha* taraf değiştirdi. Gülbettin Hikmetyar'a katıldı ve Bala Hisar'da, Koh-e-Şirdaveza dağlarından kenti gözleyen bu eski kalede mevzilendi. İkisi birlikte, Mesut'la Rabbani'nin Savunma Bakanlığı ile Başkanlık Sarayı'ndaki güçlerini ateşe tuttular. Kabil Irmağı'nın her iki yakasından, birbirlerine roket yağdırıyorlardı. Cesetler, cam kırıkları, ezilmiş, yamulmuş madeni kütleler sokaklara saçıldı. Dört bir yanda yağmalamalar, cinayetler, hızla artan tecavüzler; bu sonuncu, sivilleri korkutup sindirmekte, milisleri ödüllendirmekte kullanılıyordu. Meryem, tecavüz korkusuyla kendini öldüren kadınlar olduğunu duyuyordu; ya da, milislerin saldırısına uğrayan karılarını, kızlarını onur kurtarma adına öldüren erkekler.

Azize havan toplarının gümbürtüsüne çığlık çığlığa bağırıyordu. Meryem onu oyalamak, dikkatini başka tarafa çekmek için, pirinç taneleriyle yerde bazı şekiller yapıyor, bir ev, bir horoz, bir yıldız oluşturuyor, sonra da dağıtması, bozması için Azize'ye bırakıyordu. Celil'den öğrendiği gibi, tek hamlede, kalemi hiç kaldırmadan fil resimleri çiziyordu.

Raşit her gün bir sürü, düzinelerce masum insanın öldüğünü söyledi. Hastaneler, ecza depoları bombalanıyordu. Dediğine göre, acil gıda malzemesi taşıyan araçların şehre girişleri engelleniyor, sürücüleri vurulup içleri talan ediliyordu.

Meryem, Herat'ta da böylesi çarpışmalar olup olmadığını merak etti; oluyorsa, Molla Feyzullah ne yapıyordu acaba (tabii hâlâ hayattaysa)? Ya da Bibi *co,* bütün o oğulları, gelinleri ve torunlarıyla? Ve tabii, Celil. Evine kapanmış, saklanıyor muydu; kendisinin yaptığı gibi? Yoksa karılarını, çocuklarını alıp ülkeden kaçmış mıydı? Celil'in bir yerlerde, güvende olduğunu, bu kan gölünden çoktan uzaklaşmış olduğunu umuyordu.

Bir hafta boyunca, çatışmalar Raşit'i bile evde kalmaya zorladı. Bahçe kapısını sürgüledi, bubi tuzakları kurdu, evin kapısını kilitledi, arkasına kanepeyi dayayıp barikat yaptı. Evin içinde sigara içerek volta atıyor, gidip camdan bakıyor, tabancasını temizleyip dolduruyor, bir daha dolduruyordu. İki kez, duvara tırmanmaya çalışan birini gördüğünü ileri sürerek sokağa ateş etti.

"Genç çocukları zorla askere alıyorlar," dedi. "Mücahitler, yani. Gündüz gözü, silah zoruyla. Delikanlıları sokaklardan toplayıp götürüyorlar. Karşı taraf, hasımlar da bu çocukları ele geçirince, işkence yapıyor. Elektrik verdiklerini, hayalarını kerpetenle burduklarını duydum. Oğlanları, evlerini göstermeye zorluyorlarmış. Sonra eve dalıp babalarını öldürüyor, annelerinin, kız kardeşlerinin ırzına geçiyorlarmış."

Tabancasını havaya kaldırıp salladı. "Benim evime girmeye hele bir kalkışsınlar bakalım. Ben *onların* hayalarını burmazsam! Beyinlerini uçururum! *Şeytan*'ın kendisinden bile korkmayan bir erkeğiniz olduğu için ne kadar şanslı olduğunuzun farkında mısınız?"

Yere baktı, ayaklarının dibindeki Azize'yi gördü. "Kalk ayağımın altından!" diye hırladı, tabancasıyla ateş eder gibi yaparak. "Peşimde dolanıp durmayı kes! Bileklerini öyle bükmeyi de! Seni kucağıma almaya hiç niyetim yok. Hadi, yallah! Üzerine basmadan çekil şuradan."

Azize irkildi. Emekleyerek Meryem'e gitti; incinmiş, şaşırmış görünüyordu. Meryem'in kucağında, parmağını keyifsizce emmeye, somurtkan, endişeli bir yüzle Raşit'i süzmeye koyuldu. Arada bir, başını kaldırıp Meryem'e bakıyordu; güvence beklercesine.

Ama iş babalara gelince, Meryem'in verebileceği hiçbir güvence yoktu.

Çatışmalar yeniden hafifleyince, Meryem rahat bir soluk aldı; en çok da, Raşit'le aynı eve kapanıp kalmaktan, evin havasını bozan o ekşi, huysuz tavrından kurtulduğuna sevindi. Hele dolu tabancayı Azize'ye doğru sallaması, yüreğini ağzına getirmişti.

Bir gün, Leyla Meryem'in saçlarını örmek istedi.

Meryem kıpırdamadan durdu, aynadan Leyla'yı seyretti; ince, uzun parmaklarıyla örgüleri sıkılıyor; kendini yaptığı işe öyle bir kaptırmış ki, kaşları çatılmış. Azize yere kıvrılmış, uyuyordu. Kolunun altında, Meryem'in diktiği bez bebek. Meryem bebeğin içini kuru fasulyeyle doldurmuş, çaya batırıp boyadığı bir elbise dikmiş, boynuna da, bir ipe dizdiği, boş, küçük makaralardan yaptığı kolyeyi asmıştı.

Azize uykusunda yellenince, Leyla gülmeye başladı, Meryem de katıldı. Bu şekilde, birbirlerinin aynadaki yansılarına bakarak, gözleri sulanıncaya kadar güldüler; öyle doğal, öyle zorlamasız bir andı ki, ansızın Meryem Celil'i anlatmaya başladı; Nana'yı, *cin*'i. Leyla ellerini onun omuzlarına bırakmış, gözleri Meryem'in aynadaki gözlerine kilitlenmiş, dinliyordu. Sözcükler peş peşe döküldü; kesilen bir damardan fışkıran kan gibi. Meryem ona Bibi *co*'yu, Molla Feyzullah'ı, Celil'in evine yaptığı o küçük düşürücü yolculuğu, Nana'nın intiharını anlattı. Celil'in karılarını, Raşit'le alel acele kıyılan *ni-*

kâhı, Kabil'e gelişini, gebeliklerini, o bitmek bilmez umut ve hüsran döngüsünü, Raşit'in ondan yüz çevirişini.

Daha sonra, Leyla onun iskemlesinin dibine oturdu. Dalgın dalgın uzandı, Azize'nin saçına dolanmış bir iplik parçasını aldı. Bir sessizlik çöktü.

"Benim de sana anlatacaklarım var," dedi.

Meryem o gece hiç uyumadı. Yatakta oturdu, usulcacık yağan karı seyretti.

Mevsimler gelip geçmişti; Kabil'de cumhurbaşkanları yemin etmiş, öldürülmüştü; bir imparatorluk çökmüştü; eski savaşlar sona ermiş, yenileri çıkmıştı. Ama Meryem doğru dürüst ayrımsamamış, neredeyse hiç umursamamıştı. Bütün bu yılları, zihninin tenha bir köşesinde geçirmişti. Kuru, çorak bir arazide; arzulamanın ve dövünmenin uzağında, hayallerin ve hayal kırıklıklarının ötesinde. Orada, geleceğin hiçbir önemi yoktu. Geçmişse yalnızca tek bir dersi içeriyordu: Sevgi, insana zarar veren bir hatadır; işbirlikçisi, yani umutsa tehlikeli bir yanılsama. Dolayısıyla, bu iki zehirli çiçek Meryem'in zihnindeki o kuru, kavruk arazide ne zaman sürgün vermeye yeltense, Meryem onları koparıp attı. Çekip koparmış, toprağa tutunmalarına kalmadan, kökünden sökmüştü.

Ama her nasılsa, şu son aylarda, Leyla ve Azize (tıpkı kendisi gibi *harami* olduğunu öğrendiği Azize) onun bir parçası olup çıkmıştı; bunca zamandır tahammül ettiği yaşam Meryem'e şimdi, ansızın, onlarsız katlanılmaz, çekilmez görünüyordu.

Bu bahar gidiyoruz; Azize'yle ikimiz. Bizimle gel, Meryem.

Yıllar Meryem'e acımasız davranmıştı. Ama belki, diye düşündü, önümde daha müşfik yıllar vardır. Yeni bir yaşam; Nana'nın, onun gibi bir *harami*'nin asla göremeyeceğini iddia ettiği hayırları, nimetleri getirecek bir hayat. Yaşamında hiç beklenmedik, iki yeni çiçek açıvermişti; Meryem lapa lapa yağan karı seyrederken, gözünün önünde Molla Feyzullah canlandı; *tespih*'inin tanelerini çeviriyor, öne eğilip o yumuşak, titrek sesiyle fısıldıyor: *Ama o çiçekleri diken, yaratan da Allah, Meryem co. Senden onlara bakmanı, büyütmeni istiyor. Dileği bu, kızım.*

36
LEYLA

1994 yılının baharında bir sabah, gün ışığı karanlık gökyüzünü usulca, kararlılıkla ağartırken, Leyla emin oldu: Raşit biliyordu. Kızı saçından sürüyerek yataktan indirmesi, beni bu kadar, er geç anlamayacak kadar *har* mı, eşek mi sandın gerçekten, diye bağırması an meselesiydi. Ama sonra, *ezan* sesi duyuldu, sabah güneşi düz damlara vurdu, horozlar ötmeye başladı; sıra dışı hiçbir şey olmadı.

Adam banyodaydı, tıraş bıçağını lavabonun kenarına vuruyordu. Sonra Leyla onun aşağıda dolandığını, çaydanlığı ocağa koyduğunu duydu. Anahtarlar şıngırdadı. Şimdi, bisikletiyle birlikte bahçeyi geçiyordu.

Leyla oturma odasının perdesini azıcık aralayıp dışarıya

baktı. Pedallara asılıp uzaklaşan Raşit'i seyretti; küçük bir bisikletteki iriyarı bir adam, gidonda parlayan sabah güneşi.

"Leyla?"

Meryem kapının eşiğindeydi. Leyla onun da gözüne uyku girmediğini anladı. O da tıpkı kendisi gibi, bütün gece coşku, yerinde duramama nöbetleriyle ağzını-dilini kurutan korku krizleri arasında gidip gelmiş miydi?

"Yarım saat sonra yola çıkıyoruz," dedi Leyla.

Taksinin arka koltuğunda, hiç konuşmadılar. Azize Meryem'in kucağındaydı, bebeğine yapışmış, hayretten fal taşı gibi açılmış gözlerle, akıp giden kenti seyrediyordu.

"*Ona!*" diye bağırdı, ip atlayan birtakım kızları göstererek. "Meyem! *Ona.*"

Leyla nereye baksa, Raşit'i görüyordu. Camları kömür tozu rengindeki bir berberden çıkarken; keklik, sülün gibi hayvanların satıldığı tezgâhların önünde; yerden tavana eski lastiklerin yığıldığı, önü açık bir dükkana girerken.

Koltuğa biraz daha gömüldü.

Yanında, Meryem fısıl fısıl dua etmekteydi. Leyla onun yüzünü görebilmeyi isterdi, ama o da *burka*'lıydı -kendisi gibi. Tek görebildiği, kafesli peçenin gerisindeki gözlerin ışıltısıydı.

Bu, bir gün önce rehineci dükkânına yaptığı kısa ziyaret sayılmazsa, Leyla'nın haftalardır evden ilk çıkışıydı; orada alyansını cam tezgâhın üzerinden uzatmış, oradan, artık her şeyin kesinleştiğini, geri dönülmez noktaya ulaştığını bilmenin heyecanıyla, ürpererek çıkmıştı.

Şimdi dört bir yanında, seslerini, gümbürtüsünü evden dinlediği son çarpışmaların sonuçlarını görüyordu. Çatısız, bir taş ve tuğla yığınına dönüşmüş evler, devrilmiş kirişleri deliklerden fışkıran, delik deşik binalar, kömürleşmiş, ezilmiş araba iskeletleri, ters dönmüş, bazen birbirinin üzerine binmiş araçlar, akla gelebilecek her kalibrede delikle dolu duvarlar, her yana saçılmış cam kırıkları. Bir camiye doğru, ağır ağır ilerleyen bir cenaze alayı gördü; gerilerdeki, siyahlara bürünmüş bir kadın saçlarını yoluyordu. Taze kazılmış mezarlarla, rüzgârda uçuşan *şehit* bayraklarıyla bezeli bir mezarlığın önünden geçtiler.

Leyla bavulun üstünden uzandı, parmaklarını kızının yumuşacık koluna doladı.

Doğu Kabil'de, Pol Muhammet Han yakınındaki otobüs garında, Lahore Kapısı'nda, boş otobüsler kaldırımın kenarına dizilmişti. Başları türbanlı erkekler harıl harıl eşyaları, denkleri otobüslerin üzerine yerleştiriyor, bavulları sicimlerle bağlıyorlardı. Garın içinde, bilet gişesinin önünde uzun bir erkek kuyruğu oluşmuştu. *Burka*'lı kadınlar küçük gruplar halinde duruyor, gevezelik ediyordu; eşyaları ayaklarının dibine yığılmıştı. Bebekler pışpışlanıyor, çocuklara uzaklaşmamaları tembihleniyordu.

Mücahit milisler garda ve kaldırımda devriye geziyor, sağa sola kısa, sert buyruklar yağdırıyordu. Hepsinde de botlar, *pakol*'lar, tozlu, yeşil üniformalar. Ellerinde Kalaşnikoflar.

Leyla gözlendiğini hissetti. Doğrudan kimsenin yüzüne bakmıyor, buradaki herkes biliyormuş, Meryem'le ikisini kınayan bakışlarla süzüyormuş duygusundan kurtulamıyordu.

"Gözüne kestirdiğin biri var mı?" diye sordu.

Meryem kucağındaki Azize'nin yerini değiştirdi. "Arıyorum."

Leyla'nın da tahmin ettiği gibi, planın ilk riskli aşaması buydu: Onlarla berabermiş, aynı ailedenmiş gibi yapacak, uygun bir erkek bulmak. Kadınların 1978 ile 1992 arasında tadını çıkardığı özgürlükler, fırsatlar artık geçmişte kalmıştı – Leyla, Babi'nin o komünist yıllara ilişkin sözlerini hâlâ anımsıyordu: *Afganistan'da kadın olmanın tam zamanı, Leyla.* Mücahitlerin 1992'de idareyi ele geçirmesiyle, önce Afganistan'ın adı değişmiş, Afganistan İslam Devleti olmuştu. Rabbani başkanlığındaki Yüce Divan şimdi katı, yobaz mollalarla doldurulmuştu; bunların ilk işi de, komünist döneme özgü, kadınlara özgürlük, eşitlik, yetki tanıyan kararları kaldırıp yerlerine *şeriat*'a dayanan, sert, sofu İslam yasalarını geçirmek olmuştu; bunlar, kadınlara örtünmeyi emreden, yanlarında bir erkek akraba olmaksızın yolculuk etmeyi yasaklayan, zinayı taşlamayla cezalandıran hükümlerdi. Fiilen uygulanması şimdilik seyrek, düzensiz olsa bile. *Eğer birbirlerini... ve bizi öldürmekle bu kadar meşgul olmasalardı,* demişti Leyla Meryem'e, *yasalar çoktan tepemize çökmüştü.*

Yolculuğun ikinci tehlikeli aşaması, Pakistan'a ulaşmayı başardıkları zaman başlayacaktı. Neredeyse iki milyon Afgan mülteciden zaten bunalmış olan Pakistan, bu yılın ocak ayında sınırlarını Afganlara kapamıştı. Leyla sadece vizesi olanların kabul edildiğini duymuştu. Ama sınır gözenekliydi -hep öyle olmuştu- ve Leyla hâlâ binlerce Afgan'ın Pakistan'a sızdığını biliyordu; ya rüşvet dağıtarak ya da hayatının tehlikede olduğunu kanıtlayarak. Ayrıca, temasa geçilebilecek insan kaçakçıları da mevcuttu. *Oraya varınca bir yolunu buluruz,* demişti Meryem'e.

"Şuna ne dersin?" dedi Meryem, çenesiyle birini göstererek.

"Güvenilir birine benzemiyor."

"Peki ya şu?"

"Fazla yaşlı. Hem yanında iki erkek daha var."

Sonunda, Leyla onu dışarıda, bir tahta sırada otururken buldu; yanında peçeli bir kadınla dizlerinde hoplattığı, Azize yaşlarında, başı takkeli bir oğlan çocuğu vardı. Adam uzun boylu, zayıf, sakallıydı; yakası açık bir gömlekle gösterişsiz, gri, birkaç düğmesi eksik bir ceket giymişti.

Meryem'e, "Burada bekle," dedi Leyla. Uzaklaşırken, Meryem'in yine mırıl mırıl duaya başladığını duydu.

Onun yaklaştığını gören genç adam, başını kaldırıp baktı, güneşe karşı eliyle gözlerini gölgeledi.

"Bağışla, kardeş, Peşaver'e mi gidiyorsunuz?"

"Evet," dedi adam, gözlerini kısarak.

"Bize yardım edebilir miydiniz acaba? Bir iyilikte bulunur muydunuz?"

Adam kucağındaki oğlanı karısına geçirdi. Leyla'yla ikisi az uzaklaştılar.

"Ne var, *hemşire?*"

Adamın yumuşak gözleri, kibar yüzü, Leyla'yı yüreklendirdi.

Ona, Meryem'le kararlaştırdıkları öyküyü anlattı. Kendisi bir *biva* idi – dul. Kabil'de, annesiyle kızından başka kimsesi kalmamıştı. Peşaver'e, dayısının yanına gitmek istiyorlardı.

"Benim ailemle birlikte gelmek istiyorsunuz," dedi genç adam.

"Size *zahmet* olacak, biliyorum. Ama düzgün bir insana benziyorsunuz, ben de..."

"Tamam, dert etme, *hemşire*. Anlıyorum. Sorun değil. Gidip biletinizi alayım."

"Teşekkür ederim, kardeş. *Sevap* işliyorsun. Tanrı bunu unutmayacaktır."

Burka'sının altından, cebindeki zarfı çıkardı, adama verdi. İçinde bin yüz Afgan lirası vardı; son bir yılda biriktirdikleriyle alyansın satışından elde ettiği toplam meblağın yarısı. Adam zarfı pantolonunun cebine soktu.

"Burada bekle."

Leyla gara giren adamın arkasından baktı. Yarım saat sonra, adam döndü.

"En iyisi, biletleriniz bende dursun," dedi. "Otobüs bir saat sonra, on birde kalkıyor. Hep birlikte bineriz. Benim adım Vekil. Sorarlarsa -ki hiç sanmam- kuzenim olduğunu söyleyeceğim."

Leyla ona isimlerini verdi, o da aklında tutacağını söyledi.

"Yakınlarda durun," diye ekledi.

Vekil'lerin bitişiğindeki tahta sıraya oturdular. Güneşli, ılık bir sabahtı; gökyüzünü yalnızca uzaklarda, tepelerin üstünde salınan birkaç ince bulut çiziyordu. Meryem toplanma telaşı sırasında çantasına atmayı akıl ettiği peksimetlerden Azize'ye verdi. Bir tane de Leyla'ya uzattı.

Leyla güldü. "Kusarım sonra. Öyle heyecanlıyım ki."

"Ben de öyle."

"Sağ ol, Meryem."

"Ne için?"

"Bunun için. Bizimle geldiğin için," dedi Leyla. "Bunu tek başıma yapamazdım... yapamam."

"Yapman gerekmeyecek."

"Her şey yolunda gidecek, değil mi, Meryem? Gittiğimiz yerde?"

Meryem'in eli bankta kaydı, kızınkinin üzerine kapandı. "Kuran der ki, Allah doğuda ve batıdadır; onun için de, nereye dönersen dön, Allah'ın dediği olur."

"*Bov!*" diye çığırdı Azize, bir otobüsü göstererek. "Meyem, *bov*!"

"Gördüm, Azize *co*," dedi Meryem. "Evet, *bov*. Biraz sonra hep birlikte *bov*'a bineceğiz. Ah, neler göreceksin neler."

Leyla gülümsedi. Bir süre, yolun karşısındaki dükkânında tahta yontan marangozu, havada uçuşan yongaları izledi. Hızla, paldır küldür geçen arabalara baktı; camları isli, kirli. Kaldırımın kenarında homurdanarak bekleyen otobüsleri, her iki yanına çizilmiş tavus kuşlarını, aslanları, parlak güneşleri, ışıldayan kılıçları seyretti.

Sabah güneşinin ılıklığında, heyecandan kendini sarhoş gibi hissediyordu; aynı zamanda da yürekli. İçi, aşırı bir zindeliğin kıvılcımlarıyla kıpır kıpırdı; sarı gözlü bir sokak köpeği topallayarak yaklaşınca, Leyla uzandı, sırtını okşadı.

On bire birkaç dakika kala, megafonlu bir adam, Peşaver yolcularını otobüse binmeye çağırdı. Aracın kapıları şiddetli, hidrolik bir tıslamayla açıldı. Yolcular hep birlikte otobüse doğru seğirttiler; birbirlerini itekleyerek, aradan geçmeye çalışarak.

Vekil oğlunu kucaklarken, başıyla Leyla'ya bir işaret çaktı.

"Gidiyoruz," dedi Leyla.

Vekil önden ilerliyordu. Otobüse yaklaşınca, Leyla camlarda beliren yüzleri gördü; camlara dayanan burunları, avuçları. Etraflarında, veda haykırışları.

Genç bir milis otobüsün kapısında durmuş, biletleri denetliyordu.

"*Bov!*" diye bağırdı Azize.

Vekil biletleri askere uzattı, o da yarısını yırtıp geri verdi. Vekil önce karısını bindirdi. Onunla milis arasında geçen bakışma Leyla'nın gözünden kaçmadı. Vekil ilk basamakta durdu, eğilip askerin kulağına bir şey söyledi. Asker başını salladı.

Leyla'nın yüreği ağırlaşıverdi.

"Siz ikiniz, çocuklular, şu yana geçin," dedi asker.

Leyla duymazdan geldi. Basamakları tırmanmaya yeltendi, ama adam onu omzundan yakaladı, sertçe çekip sıradan çıkardı. "Sen de," diye seslendi Meryem'e. "Acele et! Milleti bekletiyorsun!"

"Sorun nedir, kardeş?" diye sordu Leyla, uyuşmuş dudaklarının arasından. "Biletimiz var. Kuzenim vermedi mi sana?"

Asker parmağıyla sus işareti yaptı, bir başka nöbetçiyle fısıldaştı. Öteki, sağ yanağında bir yara izi olan, toparlak delikanlı başıyla doğruladı.

Sonra Leyla'ya döndü: "Peşimden gelin."

"Ama bu otobüse binmemiz gerek," diye çığırdı Leyla; sesinin fena halde titrediğinin farkındaydı. "Biletimiz var. Neden yapıyorsunuz bunu?"

"Otobüse binmiyorsunuz. Bunu kabullenin artık. Beni takip edin. Yoksa küçük kızının seni yaka paça sürüklenirken görmesini mi istiyorsun?"

Bir kamyona doğru götürülürlerken, Leyla omzunun üstünden baktı ve otobüsün arkalarında Vekil'in oğlunu seçti. Oğlan da onu gördü, sevinçle el salladı.

Torabaz Han Kavşağı'ndaki karakolda, onları ayırdılar, uzun, kalabalık bir koridorun iki ayrı ucunda oturttular; aralarındaki çalışma masasında oturan adam sigaranın birini söndürüp ötekini yakıyor, arada bir de önündeki daktiloyu çatırdatıyordu. Bu şekilde, üç saat geçti. Azize Meryem'le Leyla arasında badi badi gidip geldi. Masadaki adamın verdiği ataşla oynadı. Peksimetleri bitirdi. Sonunda, Meryem'in kucağında uyuyakaldı.

Saat üçe doğru, Leyla'yı bir sorgu odasına aldılar. Meryem Azize'yle birlikte koridorda bekleyecekti.

Sorgu odasındaki masanın gerisinde oturan, otuzlu yaşlardaki adam sivil giysiliydi – siyah takım elbise, kravat, siyah mokasen. Özenle kırpılmış bir sakalı, kısa saçları, birbirine bitişik kaşları vardı. Gözlerini Leyla'ya dikti; elindeki kalemin silgili ucunu masaya vuruyordu.

"Biliyoruz," diye başladı, genzini temizleyip yumruğuyla ağzını kibarca örterek, "bugün, zaten bir yalan söylediğini biliyoruz, *hemşire*. Gardaki genç adam senin kuzenin filan değildi. Bunu kendisi söyledi. Şimdi soru, bugün bize başka yalanlar da söyleyip söylemeyeceğin. Bunu yapmamanı tavsiye ederim."

"Dayımın yanına gidiyorduk," dedi Leyla. "Doğruyu söylüyorum."

Polis başını salladı. "Koridordaki *hemşire*, annen mi?"

"Evet."

"Herat aksanı var. Sende yok."

"O Herat'ta büyümüş, ben burada, Kabil'de doğmuşum."

"Elbette. Ve dul kaldın? Öyle demişsin. Başın sağ olsun. Peki şu dayı, *kaka,* nerede yaşıyor?"

"Peşaver'de."

"Evet, bunu söylemiştin." Kaleminin ucunu yaladı, boş, beyaz bir sayfaya dayadı. "İyi de, Peşaver'in neresinde? Hangi mahallede? Sokak adı, bölge kodu, lütfen."

Leyla göğsüne doğru yükselen panik baloncuğunu indirmeye, geri itmeye çalıştı. Peşaver'de bildiği tek caddenin adını verdi; Mücahitlerin Kabil'e ilk girişinde, Anne'nin verdiği davette kulağına çalınmıştı: "Camrud Yolu."

"Ah, evet. Pearl Continental Oteli'nin bulunduğu cadde. Dayın otelden bahsetmiştir herhalde?"

Leyla fırsatı kaçırmadı, doğruladı. "Aynı cadde, evet."

"İyi de, otel Hayber Yolu'nda."

Leyla, Azize'nin koridorda ağladığını duyabiliyordu. "Kızım korktu. Gidip onu alabilir miyim, kardeş?"

"Bana 'Memur Bey' demeni yeğlerim. Az sonra yanına gideceksin zaten. Şu dayının telefon numarası var mı sende?"

"Evet. Vardı. Ben..." Aralarındaki *burka* bile, Leyla'yı adamın içe işleyen, delici bakışlarından kurtaramıyordu. "Kafam öyle karışıktı ki, yanıma almayı unutmuşum."

Memur burnundan derin bir soluk aldı. Dayının adını, karısının adını sordu. Kaç çocukları vardı? Adları neydi? Dayı nerede çalışıyordu? Kaç yaşındaydı? Sorular Leyla'yı bocalattı.

Adam kalemi bıraktı, ellerini kavuşturdu, küçük çocuğuna öğüt vermeye hazırlanan bir baba edasıyla öne eğildi. "Bir kadının evden kaçmasının suç olduğunu biliyorsun, değil mi, *hemşire*? Tek başına seyahat etmesinin, kocasının öldüğünü ileri sürmesinin? Yakalananların arasında doğru söyleyenler çıkabiliyor tabii, ama çoğunlukla hayır. Kaçtığın için hapse atılabilirsin. Bunun farkındasın, *ney*?"

"Bırak gidelim, Memur..." Adamın yaka kartındaki adı okudu. "Rahman Bey. Adının hakkını ver ve bize merhamet göster. İki zavallı kadını salıversen, ne çıkar? Sana ne zararı olur? Biz bir suç işlemedik ki."

"Yapamam."

"Sana yalvarıyorum, lütfen."

"*Kanun* böyle, *hemşire*; burada yasalar söz konusu," dedi Rahman, sesine vahim, kendini önemseyen bir ton vererek. "Benim vazifemse düzeni sağlamak."

İçinde bulunduğu berbat duruma karşın, Leyla az kaldı kahkahayı basıyordu. Mücahit fraksiyonların yaptığı bunca şey ortadayken, adamın bu sözcüğü kullanabilmesi, akıl alır gibi değildi – cinayetler, yağmalar, tecavüzler, işkenceler, infazlar, bombalamalar; çapraz ateşte ölen bütün o masum insanlara şu kadarcık aldırmaksızın, birbirlerine yağdırdıkları on binlerce roket. *Düzen*'miş. Ama kendini tuttu.

"Bizi geri gönderirseniz," dedi onun yerine, yavaşça, "bize ne yapacağını söylememe gerek yok."

Adamın gözlerini kaçırmamak için harcadığı çabayı görebiliyordu. "Bir erkeğin evinde ne yapıp yapmadığı bir tek kendisini ilgilendirir."

"Peki, *o zaman* kanun ne olacak, Memur Rahman?" Öfke yaşları gözlerini yakıyordu. "Düzeni sağlamak için orada olacak mısın?"

"Prensip olarak, özel aile meselelerine karışmıyoruz, *hemşire.*"

"Karışmazsınız tabii. Erkeğin çıkarı söz konusuysa, karışmazsınız. Bu da, dediğiniz gibi 'özel aile meselesi' değil mi? Öyle değil mi?"

Adam iskemlesini geriye itip kalktı, ceketini düzeltti. "Bence bu görüşme sona erdi. Şunu belirtmeliyim ki, *hemşire,* kendini hiç de iyi savunamadın. Hem de hiç. Şimdi, dışarıda beklemeni istiyorum, biraz da şeyle konuşayım... senin... artık her neyinse."

Leyla direndi, karşı çıktı, sonra bağırmaya başladı; Rahman onu odasından attırmak için iki adamını çağırmak zorunda kaldı.

Meryem'in sorgusu yalnızca birkaç dakika sürdü. Dışarı çıktığında, sarsılmış görünüyordu.

"Öyle çok soru sordu ki," dedi. "Özür dilerim, Leyla *co.* Ben senin gibi zeki değilim. Sorular peş peşe geldi, cevap veremedim. Özür dilerim."

"Senin suçun değil, Meryem," dedi Leyla cılız bir sesle. "Suç bende. Hepsi benim suçum. Bütün hata bende."

Polis arabası evin önünde durduğunda, saat altıyı geçmişti. Leyla'yla Meryem'i arabada, arka koltukta beklettiler, başlarına da bir Mücahit asker diktiler. Sürücü arabadan indi, kapıya vurdu, Raşit'le konuştu. Sonra onlara dönüp gelmelerini işaret etti.

"Yuvanıza hoş geldiniz," dedi, ön koltukta oturan adam, bir sigara yakarken.

"Sen," dedi Meryem'e. "Burada bekle."

Meryem hiç sesini çıkarmadan kanepeye oturdu.

"Siz ikiniz, yukarı!"

Leyla'nın dirseğini yakaladı, merdivene doğru sürükledi. Ayağında hâlâ, işe giderken giydiği ayakkabılar vardı, çıkarıp terliklerini giymemişti; saatini, hatta ceketini bile çıkarmamıştı. Leyla onun bir saat, hatta dakikalar önceki halini gözünün önüne getirebiliyordu; odadan odaya koşuyor, kapıları çarpıyor, öfkeden gözü dönmüş, olanlara inanamaz, mırıl mırıl sövüyor.

Merdivenin başında, Leyla ona döndü.

"Meryem istemedi," dedi. "Onu zorladım. Gitmek istemedi..."

Yumruğun gelişini göremedi. Bir an konuşurken, bir an sonra yerde, dizlerinin, ellerinin üzerindeydi; gözleri yuvalarından fırlayacakmışçasına açılmış, yüzü kıpkırmızı kesilmiş, soluk almaya çalışıyordu. Sanki bir araba son sürat çarpmıştı ona; iman tahtasıyla göbek deliği arasındaki o hassas bölgeye. Kucağındaki Azize'yi düşürdüğünü, çocuğun avaz avaz ağladığını ayrımsadı. Yeniden soluk almaya çalıştı, ağzından boğuk bir hırıltılı çıktı. Dudağının kenarından salya sızıyordu.

Sonra, bir el saçına yapıştı, sürüklemeye başladı. Azize'nin kaldırıldığını, sandaletlerinin düştüğünü, minik ayaklarının havayı tekmelediğini gördü. Saçlarının kökünden koparıldığını, acıdan gözlerinin yaşardığını hissetti. Meryem'in oda kapısının bir tekmede açıldığını, Azize'nin yatağa doğru uçtuğunu gördü. Sonra Raşit Leyla'nın saçını bıraktı, ayakkabısının burnunu onun sol kalçasına gömdü. Leyla acıyla böğürürken, kapının çarpılarak kapandığını duydu. Kilitte dönen anahtar şıngırdadı.

Azize hâlâ ağlıyordu. Leyla yerde iki büklüm yatıyor, soluk almaya çalışıyordu. Ellerinin üzerinde doğruldu, Azize'nin yattığı yatağa doğru süründü. Kızına uzandı.

Aşağıda, dayak başladı. Kulağına gelenler, bildik, yöntemli bir uygulama sırasında çıkan tekdüze seslerdi. Sövüp sayma yok, çığlık yok, yalvarma yok, şaşkın, kesik iniltiler yok; yalnızca sistemli bir dövme ve dövülme işlemi; ete defalarca inen, sert bir şeyin *tonk tonk*'ları; duvara güm diye çarpan bir şey, biri; yırtılan kumaş. Zaman zaman, Leyla koşan ayak sesleri, sessiz bir kovalamaca duyuyordu; devrilen eşyalar, kırılan cam, sonra yine o boğuk *tonk*'lama.

Azize'yi kollarının arasına aldı. Elbisesinin ön kısmına bir ılıklık yayılınca, çocuğun mesanesinin boşaldığını anladı.

Aşağıdaki koşma-kovalama nihayet kesilmişti. Şimdi, tahta bir tokacın bir ete üst üste, defalarca inerken çıkardığı sesi andıran bir ses geliyordu.

Leyla, gürültü kesilinceye kadar Azize'yi salladı; sonra, sokak kapısının gıcırdayarak açıldığını, kırılırcasına kapandığını duyunca, kızı yere bıraktı, camdan dışarıya baktı. Raşit ensesinden yakaladığı Meryem'i bahçede sürüklüyordu. Meryem yalınayaktı, iki büklümdü. Adamın ellerinde kan vardı; Meryem'in de yüzünde, saçında, boynunda ve sırtında. Gömleğinin ön kısmı boydan boya yırtılmıştı.

"Çok üzgünüm, Meryem, özür dilerim," diye haykırdı Leyla cama.

Adamın Meryem'i alet kulübesine itekledigini gördü. Kendisi de girdi, çıktığında elinde bir çekiçle bir deste ince uzun, tahta parçası vardı. Kulübenin iki kanatlı kapısını çekti, cebinden bir anahtar çıkardı, asma kilidi vurdu. Kapıyı denedi, sonra kulübenin arkasına dolandı, bir merdivenle geri döndü.

Birkaç dakika sonra, yüzü Leyla'nın penceresindeydi; ağzının bir köşesinde, bir tutam çivi. Saçları darmadağınık. Alnında, orak biçiminde bir kan lekesi. Onu görünce Azize bir çığlık attı, yüzünü Leyla'nın koltuk altına gömdü.

Raşit tahtaları pencereye çakmaya koyuldu.

Karanlık mutlaktı; zifiri, nüfuz edilemez; katmansız, dokusuz. Raşit tahtaların arasındaki yarıkları bir şeyle doldurmuş, kapının önüne de geniş, kalın bir şey koymuştu ki, altından ışık sızmasın. Anahtar deliğine bile bir şey sokulmuştu.

Leyla zamanın geçişini gözleriyle izleyemeyeceğini anlayınca, kulaklarını, sağlam kulağını kullandı. *Ezan* sesi ve horoz ötüşleri, sabaha işaretti. Alt kattan, mutfaktan gelen tabak-çanak şangırtısı, çalan radyo, akşam demekti.

İlk gün, karanlıkta sürünerek, el yordamıyla birbirlerini buldular. Leyla Azize'nin ağladığını, emeklediğini göremiyordu.

"*Mamma,*" diye mızıldandı Azize. "*Mamma.*"

"Yakında." Leyla kızını öptü; alnını hedeflemiş, onun yerine başının tepesini bulmuştu. "Yakında süt içeceğiz. Azıcık sabırlı ol, yeter. Anneciğinin hatırına uslu, sabırlı bir kız ol; o da sana *mama* bulsun."

Leyla ona birkaç şarkı söyledi.

Ezan ikinci kez yankılandı, Raşit onlara yine yiyecek bir şey, daha da kötüsü su vermedi. O gün tepelerine kalın, boğucu bir sıcak çöktü. Oda bir düdüklü tencereye dönüştü. Leyla kuru dilini dudaklarından geçiriyor, bahçedeki kuyuyu, soğuk, taze suyu düşünüyordu. Azize sürekli ağlıyordu; Leyla eliyle onun yanaklarını silip de elinin ıslanmadığını ayrımsayınca, paniğe kapıldı. Azize'yi soydu, yelpazeleyecek bir şey arandı, bulamayınca da üflemeye başladı; ta ki nefesi tükenip başı dönünceye kadar.

O gün, defalarca duvarları yumrukladı, kalan enerjisini de, komşulardan biri duyar umuduyla, haykırarak, imdat isteyerek harcadı. Ama kimse gelmedi, tiz çığlıkları Azize'yi korkuttu; kız cılız, kurbağa vıraklamasını andıran bir sesle, yeniden ağlamaya başladı. Leyla kendini yere bıraktı. Büyük bir suçlulukla Meryem'i düşündü; kan revan içinde, bu sıcakta küçücük kulübeye hapsolmuş olan kadını.

Bir ara içi geçti; vücudu sıcaktan alev alev yanıyordu. Rüyasında Azize'yle birlikte, Tarık'a rastladıklarını gördü. Kalabalık bir caddede, yolun karşı tarafındaydı, bir terzinin tentesinin altında. Yere oturmuş, bir sandıktan aldığı incirleri yiyordu. *Bu senin baban,* dedi Leyla. *Şuradaki adam, görüyor musun? O senin gerçek baban.* Tarık'a seslendi, ama sokaktaki gürültü sesini boğdu, Tarık onu duymadı.

Evin üstünde uçuşan roketlerin ıslığına uyandı. Bir yerlerde, göremediği gökyüzü patlamalarla, makineli tüfeklerin uzun, delicesine takırtısıyla deliniyordu. Leyla gözlerini kapadı. Sonra, Raşit'in koridoru döven, güçlü ayak seslerine uyandı. Sürünerek kapıya gitti, avuçlarıyla vurdu.

"Yalnızca tek bir bardak, Raşit. Benim için değil. Kızım için. Kanı ellerine bulaşsın istemezsin, değil mi?"

Adam yürüyüp geçti.

Leyla yalvarmaya başladı. Bağışlanmak için yakardı, sözler verdi. Lanet okudu.

Raşit'in kapısı kapandı. Radyo açıldı.

Müezzin üçüncü kez *ezan* okudu. Sıcak yeniden bastırdı. Azize daha da güçsüz, halsizdi şimdi. Ağlamayı kesmişti, hiç kıpırdamıyordu.

Leyla kulağını onun ağzına yapıştırdı, soluklarının hafif hışırtısını duyamama korkusuyla, ödü koparak dinledi. Bu kadarcık bir hareket bile, başının fırıl fırıl dönmesine yetmişti. Dalıp gitti, anımsayamadığı rüyalar gördü. Uyanınca, Azize'yi kontrol etti, çatlamış dudaklarına, boynunda belli belirsiz atan nabza dokundu. Burada ölüp gideceklerdi, Leyla artık bundan emindi, ama onu asıl dehşete düşüren şey, kızından, daha genç ve daha narin olan Azize'den sonraya kalma olasılığıydı. Azize daha ne kadar dayanabilirdi? Azize bu sıcakta can verecek, Leyla da onun katılaşan, küçük bedeninin yanında yatmak, kendi ölümünü beklemek zorunda kalacaktı. Bir kez daha, dalıp gitti. Uyandı. Uyudu. Uykuyla uyanıklık arasındaki çizgi bulandı.

Bu kez onu uyandıran *ezan* ya da horozlar değil, sürüklenen ağır bir şeyin sesiydi. Bir çıngırtı duydu. Ansızın odaya ışık doldu. Gözleri acı çığlıklar attı. Leyla başını kaldırdı, irkildi, eliyle gözlerini perdeledi. Parmaklarının arasından, üçgen bir ışıkta duran iri, bulanık karaltıyı gördü. Siluet kıpırdadı. Şimdi, yanına çömelen, ona doğru eğilen bir kütle, kulağına fısıldayan bir ses vardı.

"Bunu bir daha denemeye kalkarsan, seni bulurum. Peygamber üzerine yemin ederim ki, ne yapar eder seni bulurum. Bulduğum zaman da, bu kahrolası ülkede, beni yapacağım şeyden sorumlu tutacak tek bir mahkeme çıkmaz. Önce Meryem'i, sonra onu, en son da seni... Sana izlettiririm. Beni anlıyor musun? *Önce seyrettiririm sana!*"

Doğruldu, odadan çıktı. Ama çıkmadan önce böğrüne, Leyla'ya günlerce kan işetecek bir tekme yapıştırmayı ihmal etmedi.

37
MERYEM
EYLÜL 1996

İki buçuk yıl sonra, 27 Eylül sabahı, Meryem büyük bir gürültüye uyandı; bağırışlar, ıslıklar, çatapatlar ve müzik. Oturma odasına koştu, Leyla'yı çoktan gelmiş, omuzlarına aldığı Azize'yle birlikte pencereden bakarken buldu. Kız döndü, gülümsedi.

"Taliban burada," dedi.

Meryem Taliban'ın adını ilk, iki yıl önce, 1994 Ekimi'nde duymuştu: Raşit, Kandehar'daki savaş lordlarını alaşağı ettikleri ve kenti aldıkları haberini getirdiğinde. Aileleri Sovyet savaşı sırasında Pakistan'a kaçan, genç Peştun erkeklerden oluşan bir gerilla gücü, demişti adam. Çoğu Pakistan sınırındaki sığınma kamplarında yetişmiş (hatta kimileri orada doğmuş), Pakistan *medrese*'lerinde, mollalar tarafından *Şeriat* eğitimi almıştı. Liderleri, Molla Ömer adında gizemli, okuma yazma bilmeyen, tek gözlü bir münzeviydi; Raşit'in hafif alaylı eklediğine göre, kendine *Amir-ül-Mümin* dedirtiyordu – Müminlerin, İnananların Önderi.

"Bu çocukların *rişa*'sı, kökleri olmadığı doğru," diye sürdürdü sözünü. Ne Meryem'e ne de Leyla'ya hitap ediyordu. Başarısız kaçma girişiminden beri, iki buçuk yıldır, Meryem onun Leyla'yı da kendisiyle aynı kefeye koyduğunun farkındaydı: onun güvenini kesinlikle hak etmeyen, aşağılanmaya, adamdan sayılmamaya layık iki alçak. Raşit konuştuğunda, Meryem onun kendi kendisiyle sohbet ettiği duygusuna kapılıyordu; ya da odadaki görünmeyen ama iki kadının aksine, fikir beyan edilmeye değen birine seslendiği duygusuna.

"Geçmişleri olmayabilir," dedi Raşit, sigarasının dumanını tavana doğru üflerken. "Dünya hakkında ya da bu ülkenin tarihi hakkında hiçbir şey bilmiyor olabilirler. Tamam. Onlarla kıyaslandığında, bizim Meryem üniversite profesörü sayılır. Hah! Doğru söylüyorum. Ama etrafınıza bir bakın. Ne görüyorsunuz? Yozlaşmış, açgözlü, haris, tepeden tırnağa silahlı, eroin zengini, birbirine *cihat* açan ve aradaki herkesi, önüne geleni öldüren Mücahit komutanlar – aynen bunu, işte. Taliban hiç olmazsa saf, bozulmamış. En azından, tertemiz Müslüman çocuklar. Gelir gelmez, burayı bir güzel temizleyecekler, *vallah*. Barış ve düzen getirecekler. Süt almaya çıkan insanlar vurulup öldürülmeyecek. Roketler susacak! Bir düşünsenize."

Taliban iki yıldır, adım adım Kabil'e yaklaşıyor, şehirleri Mücahitlerin elinden alıyor, yerleştiği yerdeki hizip savaşlarına son veriyordu. Hazara komutan Abdül Ali Mezari'yi yakalayıp kurşuna dizmişti. Aylardır, üslendikleri yerden, yani Kabil'in güneyindeki dış mahallelerinden kenti ateşe tutuyor, Ahmet Şah Mesut'la birbirlerine roket yağdırıyorlardı. 1996 Eylülü'nün başlarında, Celalabad ve Sarobi kentlerini de zapt ettiler.

Taliban'da, Mücahitlerin asla sahip olamadığı bir şey var, dedi Raşit. Birlik.

"Hoş geldiler, sefa geldiler," diye ekledi. "Başkalarını bilmem, ama ben onları gül yapraklarıyla karşılayacağım."

O gün dışarıya çıktılar, dördü birlikte; Raşit yeni dünyalarını, yeni önderlerini selamlamaları için onları bir otobüsten indirip ötekine bindirdi. Yerle bir olmuş, harap mahallelerde, Meryem yıkıntıların altından çıkıp sokaklara akan insanlar gördü. Dişsiz, buruşuk ağzıyla devamlı gülümseyen, yaşlı bir kadın yoldan geçenlerin üzerine avuç avuç pirinç serpiyordu. Salt iskeleti kalmış bir binanın yanında kucaklaşan iki erkek; gökyüzünde, oğlan çocukların damlardan fırlattığı fişeklerin, çatapatların vınlaması, tıslaması, patırtısı. Kasetçalarlardan yayılan ulusal marş, hiç susmayan araba kornalarıyla yarışıyor.

"Bak, Meyem!" Azize, Meyvand Caddesi'ne doğru koşan birtakım oğlanları gösteriyordu. Sıkılı yumruklarıyla havayı dövüyor, iplere bağladıkları, paslı teneke kutularını sürüklüyorlardı peşleri sıra. Mesut'la Rabbani'nin Kabil'den çekildiğini haykırıyorlardı.

Dört bir yandan tekbirler yükselmekteydi: *Allah-ü-ekber!*

Meryem, Meyvand Caddesi'ndeki bir pencereden sarkan çarşafa baktı. Üzerine kocaman, siyah harflerle şöyle yazılmıştı: ZENDA BAAD TALIBAN! Çok yaşa Taliban!

Sokaklarda yürürlerken, Meryem'in gözüne, aynı dileği tekrarlayan başka yazılar da çarptı – camlara boyanmış, kapılara çivilenmişti; araba antenlerinde çırpınıyordu.

***

Meryem ilk Taliban'ını da aynı günün ilerleyen saatlerinde gördü; Raşit, Leyla ve Azize'yle birlikte girdikleri Peştunistan Meydanı'nda. Büyük bir kalabalık toplanmıştı alana. İtişiyor, daha iyi görebilmek için boyunlarını uzatıyorlardı; alanın ortasındaki mavi çeşmenin etrafını saranlar, kuru yatağına doluşanlar da vardı. Alanın ucunu görmeye çalışıyorlardı, eski Hayber Lokantası'nın bulunduğu kısmı.

Raşit cüssesini kullanarak kalabalığı yardı, onları birinin mikrofondan konuştuğu noktaya götürdü.

Azize görünce, bir çığlık atıp yüzünü Meryem'in *burka*'sına gömdü.

Mikrofondaki ses, ince uzun, sakallı bir delikanlıya aitti; başına siyah bir türban dolamıştı. Seyyar, derme çatma bir yükseltinin üzerindeydi. Boştaki elinde bir roketatar tutuyordu. Yanında, trafik lambasına bağlanmış urganların ucunda sallanan, iki kanlı ceset vardı. Giysileri paramparça. Şişmiş yüzleri morumsu-mavi.

"Onu tanıyorum," dedi Meryem. "Soldakini."

Meryem'in önünde duran genç kadın döndü, Necibullah olduğunu söyledi. Öteki adamsa kardeşiydi. Meryem Necibullah'ın, Sovyet yıllarında ilan tahtalarından, vitrin camlarından gülümseyen, tombul, bıyıklı yüzünü anımsadı.

Daha sonra, Taliban'ın Necibullah'ı sığındığı yerden, Darülaman Sarayı yakınındaki Birleşmiş Milletler karargâhından yaka paça çıkardığını öğrenecekti. Ona saatlerce işkence yaptıklarını; ayaklarını bir kamyona bağlayıp cansız bedenini sokaklarda sürüdüklerini.

"Çok, pek çok Müslüman'ı öldürdü!" diye haykırıyordu genç Taliban elindeki mikrofona. Önce, Peştun aksanlı Farsça konuşuyordu, sonra Peştuncaya döndü. Sözcüklerini vurgulamak istercesine, elindeki silahla cesetleri dürtmekteydi.

"İşlediği suçları bilmeyen yok. Bir komünist ve bir *kafir*'di. İşte, İslam'a karşı suç işleyen dinsizlere böyle yaparız!"

Raşit pis pis sırıtıyordu.

Meryem'in kucağındaki Azize ağlamaya başladı.

Ertesi gün Kabil, kamyonların istilasına uğradı. Hayır-hane'de, Şar-e-Nev'de, Karteh-Pervan, Vezir Ekber Han ve Taymani'de, kırmızı Toyota pikaplar sokaklarda kol geziyordu. Kasalarında silahlı, sakallı, kara türbanlı erkekler. Her kamyonetten, hoparlörler bangır bangır duyuru yapmaktaydı; önce Farsça, sonra Peştun dilinde. Aynı mesajlar, minarelere takılmış ses yükselticilerden ve artık *Şeriat'ın Sesi* diye bilinen radyodan da yayınlanıyordu. Dahası, broşürler, el ilanları halinde sokaklara atılıyordu. Meryem bahçede bir tane buldu.

Vatanımızın adı bundan böyle Afganistan İslam Emirliği'dir. Bunlar da bizim koyduğumuz, sizin uyacağınız yasalar:

Bütün vatandaşlar, günde beş vakit namaz kılacaktır. Namaz vakti başka bir iş yaparken yakalanan, kırbaçlanacaktır.

Bütün erkekler sakal bırakacaktır. Meşru ölçü, çenenin altında, en az bir sıkılı yumruk uzunluğundadır. Bu emre uymayanlar, kırbaçlanacaktır.

Bütün erkek çocuklar türban takacaktır. Birinciyle altıncı sınıf arasındakiler siyah, daha yukarı sınıftakiler beyaz türban takacaktır. Bütün erkek çocuklar İslami kılıklar giyecektir. Gömlek yakaları düğmelenecektir.

Şarkı söylemek yasaktır.

Dans etmek yasaktır.

İskambil oynamak, satranç oynamak, kumarın her türü ve uçurtma uçurmak yasaktır.

Kitap yazmak, film izlemek, resim yapmak yasaktır.

Evinizde kuş beslerseniz, kırbaçlanacaksınız. Kuşlarınız öldürülecek.

Çalarsanız, eliniz bilekten kesilir. Bir daha çalarsanız, ayağınız kesilir.

Müslüman değilseniz, Müslümanların görebileceği bir yerde dua etmeyin. Bunu yapanlar kırbaçlanacak ve hapse atılacaktır. Bir Müslüman'ı kendi dinine döndürmeye çalışan kişi, idam edilecektir.

Kadınların dikkatine:

Evinizden dışarıya çıkmayacaksınız. Kadınların sokaklarda amaçsızca dolaşması, caiz değildir. Dışarıya çıkarsanız, yanınızda mutlaka bir mahrem, *erkek akrabanız bulunacak. Sokakta tek başına yakalanan kadın dövülecek ve evine gönderilecektir.*

Her ne şart altında olursa olsun, asla yüzünüzü göstermeyeceksiniz. Dışarıdayken, burka'*yla örtüneceksiniz. Aksi halde, şiddetle kırbaçlanacaksınız.*

Makyaj malzemeleri yasaktır.

Mücevher yasaktır.

Çekici, gösterişli giysiler giymeyeceksiniz.

Sizinle konuşulmadan, konuşmayacaksınız.

Erkeklerle göz göze gelmeyeceksiniz.

Uluorta gülmeyeceksiniz. Gülenler, kırbaçlanacaktır.

Tırnaklarınızı boyamayacaksınız. Boyarsanız, bir parmağınız kesilecektir.

Kızların okula gitmesi yasaklanmıştır. Bütün kız okulları derhal kapatılacaktır.

Kadınların çalışması yasaklanmıştır.

Zinadan suçlu bulunursanız, taşlanarak öldürüleceksiniz.

Dinleyin. İyi dinleyin. İtaat edin. Allah-ü-ekber.

***

Raşit radyoyu kapadı. Oturma odasında, yer sofrasında yemek yiyorlardı; Necibullah'ın ipte sallanan cesedini göreli, bir hafta bile olmamıştı.

"Nüfusun yarısını evde, boş boş oturmaya zorlayamazlar. Bunu yapamazlar," dedi Leyla.

"Neden yapamasınlar?" dedi Raşit. İlk kez, Meryem ona katıldı. Raşit aynı şeyi kendisine ve Leyla'ya yapmamış mıydı; hem de büyük bir başarıyla? Leyla'nın bunu görmemesi mümkün müydü?

Leyla bastırdı: "Burası köy değil. Burası, Kabil. Kadınlar burada yıllardır avukatlık, doktorluk yapıyor; hükümette yer alıyorlar..."

Raşit sırıttı. "Tam da üniversite mezunu, şiir okuyan bir adamın kibirli, küstah kızı gibi konuşuyor. Ne kadar kentli, ne kadar da Taciksin. Bunu, Taliban'ın ortaya attığı yeni, radikal bir fikir mi sanıyorsun? Kabil'deki küçük, değerli kabuğunun dışına çıkmayı hiç denedin mi, *gül*'üm benim? *Gerçek* Afganistan'ı, güneyi, doğuyu, Pakistan sınırındaki aşiretleri görme zahmetine kalkıştın mı? Hayır mı? Ben gördüm. Ve sana şu kadarını söyleyebilirim ki, bu ülkede zaten hep böyle ya da buna yakın yaşayan bir sürü yer var. Ama senin haberin yok tabii."

"Buna inanmayı reddediyorum," dedi Leyla. "Ciddi olamazlar."

"Taliban'ın Necibullah'a yaptığı, bana bayağı ciddi göründü," dedi Raşit. "Sence de öyle değil mi?"

"O bir komünistti! Gizli Polis'in başıydı."

Raşit güldü.

Meryem yanıtı bu kahkahadan aldı: Taliban'ın gözünde, o korkunç, ürkütücü KHAD'ın şefi ve bir komünist olmak, Necibullah'ı bir kadından *azıcık* daha aşağılık yapıyordu, o kadar.

38
LEYLA

Taliban işe koyulunca, Leyla Babi'nin sağ olup da bunları görmediğine sevindi.

Kazmalı, baltalı adamlar, bakımsızlıktan dökülen Kabil Müzesi'ne daldılar, İslam-öncesi heykelleri parçaladılar – Mücahitler tarafından çoktan yağmalanmamış olanları, elbette. Üniversite kapatıldı, öğrenciler evlerine gönderildi. Resimler duvarlardan indirildi, kılıçlarla parçalandı. Televizyon ekranları tekmelendi. Kitaplar, Kuran dışında, yığınlar halinde yakıldı, kitap satan dükkânlar kapatıldı. Halili'nin, Pejvak, Ensari, Hacı Dehkan, Eşraki, Beytab, Hafiz, Nizami, Rumi, Hayyam, Beydel ve daha pek çoklarının yapıtları kül oldu.

Leyla, *namaz* vakti sokaklarda olan erkeklerin toplanıp zorla camilere sokulduğunu duyuyordu. Tavuk Sokağı yakınındaki Marco Polo lokantasının bir sorgulama merkezine dönüştürüldüğünü öğrendi. Bazen, siyaha boyalı pencerelerinin arkasından çığlıklar geliyordu. Sakal Devriyesi kentin dört bir yanında, Toyota kamyonetleriyle sokakları turluyor, kana susamışçasına, tıraş edilmiş surat arıyordu.

Sinemaları da kapattılar. Sinema Park, Ariana, Aryub. Projeksiyon odaları talan edildi, film bobinleri ateşe verildi. Tarık'la birlikte bu sinemalarda oturup film izledikleri günler, Leyla'nın bugün gibi aklındaydı; Hint melodramları, kaderin trajik bir cilvesiyle ayrı düşen âşıklar, biri uzak diyarlara sürüklenirken ötekinin bir başkasıyla evlendirilmesi, gözyaşları, kadife çiçekleriyle dolu tarlalarda söylenen şarkılar, kavuşma hasretiyle yanan yürekler. Bu tür filmlerde ağladığı zaman Tarık güler, onunla dalga geçerdi.

"Babamın sinemasına ne yaptılar acaba?" dedi Meryem bir gün. "Tabii hâlâ duruyorsa. Ya da hâlâ babamınsa."

Kerabat, Kabil'in kadim müzik mahallesi susturuldu. Müzisyenler dövüldü, hapse atıldı, *rubab*'ları, *tambur*'ları, armonikaları ayaklar altında çiğnendi. Taliban, Tarık'ın en sevdiği şarkıcının, Ahmet Zahir'in mezarına kurşun yağdırdı.

"Öleli neredeyse yirmi yıl oluyor," dedi Leyla Meryem'e. "Ölmek bile yetmiyor mu?"

Raşit Taliban'dan fazlaca rahatsız olmadı. Yapması gereken tek şey, sakal bırakmaktı, bıraktı; bir de camiye gitmekti, o da gitti. Taliban'ı bağışlayan, hatta eğlenen bir sevecenlikle izliyordu; taşkınlıklara, rezaletlere meyilli, dengesiz bir kuzene gösterilen hoşgörüyle.

Her çarşamba gecesi, *Şeriat*'ın Sesi'nde yayınlanan duyuruyu dinliyordu; Taliban'ın cezaya çarptırılanlar listesini. Sonra, cumaları, Gazi Stadyumu'na gidiyor, bir Pepsi alıp infaz gösterisini izliyordu. Yatakta, kesilen elleri, kırbaçlamaları, idamları, kafa kesmeleri sapıkça bir coşkuyla tanımlarken, Leyla'ya da zorla dinlettiriyordu.

"Bugün bir adamın, erkek kardeşinin katilinin boğazını kesişini seyrettim," dedi bir gece, havaya duman halkaları üfleyerek.

"Vahşi bunlar," dedi Leyla.

"Öyle mi? Neye kıyasla, peki? Sovyetler bir milyon insan öldürdü. Mücahitlerin şu son dört yılda sırf Kabil'de kaç kişiyi öldürdüğünü biliyor musun? Elli bin. *Elli bin!* Bununla kıyasladığında, birkaç hırsızın elini kesmek çok mu hunharca yani? Göze göz, dişe diş, o kadar. Kuran'da yazıyor. Ayrıca, söyle bakalım: Biri Azize'yi öldürse, sana intikamını bizzat alma fırsatı tanınsın istemez miydin?"

Leyla ona tiksinen bir bakış fırlattı.

"Yalnızca örnek veriyordum," dedi adam.

"Onlardan hiç farkın yok."

"Gözlerinin rengi ilginç, öyle değil mi? Azize'nin yani. Rengini ne senden ne de benden almış."

Raşit onun yüzüne bakmak için yan döndü, işaretparmağının kıvrık tırnağıyla kızın baldırını hafifçe kaşıdı.

"Şöyle izah edeyim," dedi. "Eğer canım isterse -istediğini söylemiyorum, yalnızca isteyebilir, olabilir, diyorum- Azize'yi başımdan atabilir, birine verebilirim; buna hakkım var. Buna ne derdin, ha? Ya da kalkıp Taliban'a gidebilir, seninle ilgili kuşkularım olduğunu söyleyebilirim. Bu kadar basit işte. Kimin sözüne inanırlar dersin? Sana ne yaparlar dersin?"

Leyla bacağını çekip kurtardı.

"Yapacağımdan değil," dedi adam. "Yapmam. *Ney*. Muhtemelen yapmam. Beni bilirsin."

"Çok aşağılıksın," dedi Leyla.

"Bu ne büyük laf böyle. Bu huyundan oldu bitti hoşlanmadım zaten. Küçükken de, o topalla düşüp kalkarken bile, bir havalardaydın; kendini çok zeki sanırdın, bütün o kitaplarınla, şiirlerinle filan. Onca zekâ ne işine yaradı, ha? Seni sokaklardan ben mi kurtardım, zekân mı? Aşağılığım, demek? Bu şehirdeki kadınların yarısı, benim gibi bir koca için cinayet işler. *Cinayet*."

Sırtüstü döndü, sigarasından derin bir nefes çekti.

"Büyük laflardan hoşlanıyorsun, öyle mi? İşte sana bir tane: perspektif. Burada yaptığım da aynen bu, Leyla. Perspektifini, görüş açını yitirmemeni sağlamak."

Leyla'nın o gece, saatlerce midesinin bulanmasına neden olan da, Raşit'in söylediği her şeyin, hepsinin doğru olmasıydı.

Ama sabah ve ondan sonraki çoğu sabah, midesindeki bulantı sürdü, giderek de kötüleşti, çok iyi bildiği, tatsız bir illete dönüştü.

Soğuk, bulutlu bir öğleden sonra, Leyla yatak odasının zeminine sırtüstü uzandı. Meryem kendi odasında, Azize'yle birlikte öğle uykusundaydı.

Leyla'nın elinde, sokağa terk edilmiş bir bisikletin tekerleğinden kerpetenle kestiği, madeni çubuk vardı. Bisikleti, Tarık'la yıllar önce öpüştüğü geçitte bulmuştu. Uzun bir süre yerde, öylece yattı; bacakları ayrık, havayı dişlerinin arasından emerek.

Varlığından ilk kuşkulandığı an sevmişti Azize'yi. Bu güvensizliği, tedirginliği hiç yaşamamıştı. Bir annenin, diye düşündü, kendi çocuğuna sevgi duyamayacağından korkması, korkunç bir şey. Doğa-dışı bir şey. Ama işte, burada böyle yatar, terli elleriyle teker çubuğunu yönlendirmeye hazırlanırken, gerçekten de merak ediyordu: Raşit'in çocuğunu Tarık'inki kadar sevebilir miydi?

Sonunda, yapamadı.

Çubuğu elinden bırakmasının nedeni, ne kan kaybından ölme korkusuydu, ne de bunun menfur, lanetlenesi bir davranış olduğunu düşünmesi (ki öyle olduğundan emindi). Leyla demir çubuğu bırakmıştı, çünkü Mücahitlerin bir an bile duraksamadan kabullendiği düsturu kendisine yakıştıramamıştı: Savaşta bazen masumların da ölmesi gerekir. Onun savaşı Raşit'e karşıydı. Bebeğin hiçbir suçu yoktu. Zaten haddinden çok cinayet işlenmişti. Leyla, iki düşmanın çapraz ateşinde kalıp, pisi pisine ölen yeterince masum canlı görmüştü.

39
MERYEM
EYLÜL 1997

"Bu hastanede kadınlara bakılmıyor artık!" diye böğürdü nöbetçi. Basamakların tepesinde duruyor, buz gibi gözlerle, Malalay Hastanesi'nin önünde birikmiş olan kalabalığı süzüyordu.

Kalabalıktan müthiş bir uğultu yükseldi.

"Ama burası kadın hastanesi!" diye bağırdı bir kadın, Meryem'in arkasından. Onaylayan haykırışlar duyuldu.

Meryem Azize'yi bir kolundan ötekine geçirdi. Serbest eliyle inleyen, bir kolunu Raşit'in boynuna atmış olan Leyla'ya destek oluyordu.

"Artık değil," dedi Talib.

"Karım doğurmak üzere!" diye haykırdı irikıyım bir erkek. "Burada, sokakta mı doğursun, kardeşim?"

Meryem'in duyurudan o yılın ocak ayında haberi olmuştu; bundan böyle kadınlarla erkeklere ayrı hastanelerde bakılacağı, Kabil hastanelerindeki bütün kadın personelin işten çıkarılacağı, tek bir merkezi binada toplanıp çalıştırılacağı açıklanmıştı. Buna kimse inanmamış, Taliban da zaten kararı uygulamaya koymamıştı. Şu âna kadar.

"Peki, ya Ali Abad Hastanesi?" diye seslendi bir başka adam.

Nöbetçi omuz silkti.

"Vezir Ekber Han?"

"Sadece erkekler," dedi asker.

"Ne yapacağız şimdi?"

"Rabia Balkhi'ye gidin," dedi nöbetçi.

Genç bir kadın öne ilerledi, oraya zaten gittiğini söyledi. Temiz suları yok, dedi; ne oksijen, ne ilaç, ne de elektrik. "Orada hiçbir şey yok."

İnlemeler, itirazlar yükseldi, birkaç tane de hakaret. Biri bir taş fırlattı.

Talib Kalaşnikofunu kaldırdı, havaya iki el ateş etti. Arkasında duran bir başka Talib elindeki kırbacı şaklattı.

Kalabalık çil yavrusu gibi dağıldı.

Rabia Balkhi'nin bekleme salonu *burka*'lı kadınlarla, çocuklarla kaynıyordu. Havada ağır bir ter, yıkanmamış beden, ayak, sidik, sigara ve antiseptik kokusu. Çalışmayan tavan pervanesinin altında, çocuklar birbirini kovalıyor, uyuklayan babaların öne uzanmış ayaklarının üstünden atlıyordu.

Meryem Leyla'yı, sıvası yer yer kalkmış, yabancı ülke haritalarına benzer şekiller oluşmuş bir duvarın dibine oturttu. Leyla ellerini karnına bastırmış, öne arkaya uğunuyordu.

"Sana bir doktor bulacağım, Leyla *co*. Yemin ederim."

"Acele et," dedi Raşit.

Kayıt camekânının önüne bir kadın kalabalığı yığılmış, itişip kakışmaktaydı. Kimilerinin kucağında bebekleri vardı. Kimisi güruhtan ayrıldı, tedavi odalarına açılan çift kanatlı kapıyı zorlamaya başladı. Silahlı bir Talib karşılarına dikildi, onları geri püskürttü.

Meryem kalabalığa daldı. Topuklarından güç alarak ilerliyor, önünü kesen dirsekleri, kalçaları, kürekkemiklerini bir matkap gibi yarıyordu. Biri kaburgalarına bir dirsek attı, o da yine bir dirsek darbesiyle karşılık verdi. Bir el umutsuzca yüzüne uzandı. Meryem elinin tersiyle uzaklaştırdı. Yoluna çıkan her şeyi, enseleri, kol ve dirsekleri, saçları araladı, öne doğru ilerledi; yakınındaki bir kadın çemkirince, o da kadına çemkirdi.

Bir annenin yaptığı fedakârlıkları, nelerden vazgeçtiğini görmeye başlamıştı. Nezaket bunlardan biriydi. İçi sızlayarak Nana'yı, yaptığı özverileri düşündü. Nana onu yetimhaneye verebilir ya da bir hendeğe atıp kaçabilirdi. Ama yapmamıştı. Onun yerine, dünyaya bir *harami* getirmenin utancını sineye çekmiş, yaşamını Meryem'i büyütmek ve kendince, kendi usulünce sevmek gibi kıymeti bilinmeyen, teşekkürsüz bir göreve adamıştı. Ve sonunda, Meryem Celil'i seçmiş, Celil'i ona tercih etmişti. Edepsiz bir kararlılıkla ilerler, kalabalığı yararken, keşke Nana'ya daha iyi bir evlat olsaydım, dedi içinden. Keşke annelik hakkında şimdi öğrendiği şeyleri, ta o zaman bilseydi.

Kendini bir hemşireyle burun buruna buluverdi; tepeden tırnağa kirli, gri bir *burka*'ya bürünmüştü. Hemşire, *burka*'sının peçe kısmı kurumuş kanla kaplı, genç bir kadınla konuşmaktaydı.

"Kızımın su kesesi patladı, ama bebek görünmüyor," diye haykırdı Meryem.

"*Benimle* konuşuyor, görmüyor musun?" diye bağırdı genç kadın. "Sıranı bekle!"

Kalabalık tek bir kitle halinde sağa sola sallanıyor, dalgalanıyordu, tıpkı bir esinti açıklığı yaladığında, *kulübe*'nin etrafındaki uzun çayırlar gibi. Meryem'in arkasındaki bir kadın, avaz avaz, kızının ağaçtan düşüp bileğini kırdığını bildirdi. Bir başkası, dışkısında kan gördüğünü haykırdı.

"Ateşi var mı?" diye sordu hemşire. Kendisine hitap edildiğini anlamak Meryem'in bir dakikasını aldı.

"Hayır," dedi.

"Kanama?"

"Hayır."

"Nerede o?"

Meryem kapalı başların üstünden, Leyla'yla Raşit'in oturduğu yeri gösterdi.

"Onunla ilgileneceğiz," dedi hemşire.

"Ne zaman?" diye çığırdı Meryem. Biri omzuna yapışmış, geriye doğru çekiyordu.

"Bilmiyorum," dedi hemşire. Yalnızca iki doktor var, onlar da şu an ameliyatta, diye ekledi.

"Ama acı çekiyor," dedi Meryem.

"Ben de!" diye haykırdı, kafası kanlı kadın. "Sıranı beklesene!"

Meryem geriye doğru itekleniyordu. Hemşireyle arasına şimdi omuzlar, enseler girmişti. Burnuna bir bebeğin sütlü geğirtisi doldu.

"Biraz yürüt onu," diye seslendi hemşire. "Ve bekle."

Bir hastabakıcı nihayet onları içeriye çağırdığında, hava çoktan kararmıştı. Doğumhanede sekiz yatak vardı, hepsinde de inleyen, kıvranan kadınlar; başlarında, tamamen örtülü hemşireler. Kadınlardan ikisi doğurmak üzereydi. Yatakların arasında perde yoktu. Leyla'ya en uçtaki, siyaha boyanmış pencerenin altındaki yatak verildi. Yakınlarda çatlak, kuru bir lavabo vardı, üstündeki ipe lekeli ameliyat eldivenleri asılmıştı. Meryem, odanın ortasında alüminyum bir masa durduğunu gördü. Üst çekmeceye is rengi bir battaniye yayılmıştı, orta çekmece boştu.

Kadınlardan biri, Meryem'in nereye baktığını fark edince, "Canlıları üste koyuyorlar," dedi.

Lacivert *burka*'lı doktor, ufak tefek, tez canlı bir kadındı; bir kuş gibi sağa sola sekiyordu. Ağzından çıkan her şeyde sabırsız, acil bir tını vardı.

"İlk bebek." Dümdüz bir sesle söylemişti, sorar gibi değil de belirtir gibi.

"İkinci," dedi Meryem.

Leyla bir çığlık attı, yan döndü. Parmakları Meryem'inkilere kenetlendi.

"İlk doğumda herhangi bir sorun yaşandı mı?"

"Hayır."

"Annesi misin?"

"Evet," dedi Meryem.

Doktor *burka*'sının alt kısmını kaldırdı, koni biçiminde, madeni bir alet çıkardı. Leyla'nın çarşafını sıyırdı, aletin geniş ucunu onun karnına, dar ucunu da kendi kulağına dayadı. Bir dakika kadar dinledi, aletin yerini değiştirdi, tekrar dinledi, bir daha değiştirdi.

"Şimdi bebeği ellemem gerekiyor, *hemşire*."

Lavabonun üstündeki ipe mandallanmış eldivenlerden birini alıp eline geçirdi. Bir eliyle Leyla'nın karnına bastırırken, diğerini içine soktu. Leyla inledi. İşi birince, doktor eldiveni bir hemşireye verdi, o da sudan geçirip yeniden ipe tutturdu.

"Kızına sezaryen gerekiyor. Ne olduğunu biliyor musun? Rahmini açıp bebeği çıkarmak zorundayız, çünkü ters gelmiş."

"Anlamıyorum," dedi Meryem.

Doktor, bebeğin duruş biçimi yüzünden, dışarıya kendiliğinden, doğal yoldan çıkamayacağını açıkladı. "Ayrıca, fazlasıyla vakit kaybedilmiş zaten. Hemen ameliyathaneye almalıyız."

Yüzü acıyla kasılmış olan Leyla başını onaylarcasına salladı, sonra başı bir yana düştü.

"Size söylemem gereken bir şey var," dedi doktor. Meryem'e yaklaştı, eğildi, daha alçak, daha mahrem bir sesle bir şeyler söyledi. Sesinde şimdi belli belirsiz bir utanç vardı.

"Ne diyor?" diye inledi Leyla. "Bebekte bir sorun mu var?"

"İyi de, nasıl dayanacak?" diye sordu Meryem.

Doktor bu sorudaki suçlamayı duymuş olmalı ki, savunmaya geçti.

"Ben böyle olmasını ister miyim sanıyorsun? Ne yapmamı bekliyorsun, peki? İhtiyaç duyduğum şeyleri vermiyorlar. Bir röntgen cihazım bile yok; ne vantuz, ne oksijen, ne de en basit antibiyotikler. Sivil Toplum Örgütleri para yardımı öneriyor, Taliban geri çeviriyor. Ya da parayı erkek aşevlerine aktarıyor."

Meryem sordu: "Ama Doktor *sahip,* ona verebileceğiniz hiçbir şey yok mu?"

"Neler oluyor?" diye inildedi Leyla.

"İlacı kendiniz satın alabilirsiniz, ancak..."

"Adını yazın," dedi Meryem. "Siz yazın, ben bulurum."

Doktor *burka*'sının altından başını sertçe salladı. "Vakit yok. Dahası, yakınlardaki eczanelerde bulamazsın. Bu trafikte oradan oraya koşturacaksın, hatta belki de kentin öteki ucuna; üstelik bulma ihtimalin de çok düşük. Saat neredeyse sekiz buçuk oldu; sokağa çıkma yasağını deldiğin için tutuklanabilirsin de. İlacı bulsan bile, muhtemelen paran yetmeyecektir. Ya da, senin kadar çaresiz biriyle kapışman gerekecek. Vakit yok. Bu bebeğin derhal çıkarılması lazım."

"Neler olduğunu söylesenize!" dedi Leyla. Dirseklerinin üzerinde doğrulmuştu.

Doktor derin bir soluk aldı, açıkladı: Hastanede narkoz yoktu.

"Ama gecikirsek, bebeği kaybedebilirsin."

"Öyleyse kesin beni," dedi Leyla. Yatağa geri devrildi, dizlerini karnına çekti. "Kesin karnımı ve bebeğimi verin bana."

Eski, iç karartıcı ameliyathanede Leyla'yı bir yatağa yatırdılar, doktor lavaboya gidip ellerini yıkamaya koyuldu. Leyla tir tir titriyordu. Hemşire onun karnını, sarımsı-kahverengi bir sıvıya batırdığı elbeziyle her silişinde, sıkılı dişlerinin arasından havayı emdi. Bir başka hemşire, kapıda bekliyordu. Arada bir aralıyor, dışarıya göz atıyordu.

Doktor şimdi *burka*'sını çıkarmıştı; Meryem onun kabarık, kır saçlarını, etli, dolgun gözkapaklarını, ağzının iki yanındaki küçük yorgunluk keselerini gördü.

"Ameliyatı *burka*'yla yapmamızı istiyorlar," diye açıkladı kadın, başıyla kapıdaki hemşireyi göstererek. "Nöbet tutuyor. Geldiklerini görecek, ben de örtüneceğim."

Bunları doğal, neredeyse kayıtsız bir ses tonuyla söylemişti; Meryem öfkeyi, hıncı çoktan aşmış bir kadınla karşı karşıya olduğunu anladı. Bu kadın, diye düşündü, salt çalışabildiği için bile kendini şanslı sayıyor; çünkü elinden alabilecekleri bir şey, başka bir şey daha olduğunu biliyor.

Leyla'nın omuz hizasında, iki yanında iki dikey, madeni çubuk vardı. Onun karnını dezenfekte eden hemşire, bir çarşafi mandallarla bu çubuklara tutturdu. Böylece, Leyla'yla doktor arasında bir perde oluştu.

Meryem Leyla'nın başının arka tarafina geçti, yüzünü onunkine yaklaştırdı; yanakları dokunacak kadar. Leyla'nın dişlerinin takırdadığını duyabiliyordu. Elleri buluştu.

Perdenin arkasından, doktorun gölgesinin Leyla'nın soluna, hemşirenin de sağa kaydığını gördü. Leyla'nın dudakları son raddeye kadar gerilmişti. Kenetlenmiş dişlerinin yüzeyinde tükürük baloncukları oluşuyor, sonra patlıyordu. Ağzından tıslamayı andıran kısa, kesik sesler dökülüyordu.

Doktor, "Yürekli ol, kardeşim," dedi.

Leyla'nın üzerine eğildi.

Kızın gözleri ardına kadar açılıverdi. Sonra, ağzı açıldı. Bu şekilde kala kaldı; titreyerek, ürpererek, boyun damarları gerilmiş; yüzünden terler akıyor, parmakları Meryem'in parmaklarını eziyor.

Meryem, çığlık atmasına kadar geçen süre için, Leyla'ya hep hayranlık duyacaktı.

40
LEYLA
GÜZ, 1999

Çukur kazma fikri, Meryem'den çıkmıştı. Bir sabah, alet kulübesinin arkasındaki toprak parçasını gösterdi. "Buraya gömebiliriz," dedi. "Burası gayet uygun."

Bir bahçıvan beliyle, sırayla kazdılar, çıkan toprağı kürekle yana attılar. Büyük ya da derin bir çukur tasarlamamışlardı, dolayısıyla kazarken bu kadar zorlanmayı beklemiyorlardı.

1998'de başlayan, şimdi ikinci yılını süren kuraklık, ülkeyi harabeye çevirmişti. Geçen kış neredeyse hiç kar yağmamış, baharda da tek damla yağmur düşmemişti. Ülkenin her yanında, çiftçiler kurumuş tarlalarını bırakıp, neleri var neleri yok satıp yollara düşmüş, su peşinde, köy köy dolaşıyorlardı. Pakistan ya da İran'a göçenler oldu. Kabil'e gelip yerleşenler de. Ama kentteki su seviyesi de düşüktü, sığ kuyular çoktan kurumuştu. Derin kuyuların başındaki kuyruklar öyle uzundu ki, Leyla'yla Meryem saatlerce sıra bekliyordu. Eriyen karın her yıl sağladığı bahar taşkınlarından yoksun kalan Kabil Irmağı, tamamen kurumuştu. İnsan atıklarıyla, molozlarla dolu, umumi bir helaydı artık.

Beli savurmayı, saplamayı sürdürdüler, fakat güneşten kavrulmuş zemin, kaya kadar sertti; sıkışmış, pekişmiş, adeta taşlaşmış toprak direniyordu.

Meryem şimdi kırkındaydı. Tepede topladığı saçlarında tek tük de olsa, kır tutamlar. Gözlerinin altında torbalar; kahverengi, yarımay biçiminde. İki ön dişini kaybetmişti. Bir tanesi kendiliğinden düşmüş, ötekini de Zalmay'ı yanlışlıkla düşürdüğü zaman Raşit'ten yediği yumruk halletmişti. Cildi kalınlaşmış, dışarıda, yakıcı güneş altında geçirilen saatlerde iyice esmerleşmişti. İki kadın bahçede oturur, Azize'yle kovalamaca oynayan Zalmay'ı seyrederlerdi.

Çukur kazılınca, başında durup içine baktılar.

"İşimizi görür," dedi Meryem.

Zalmay şimdi iki yaşındaydı. Kıvırcık saçlı, toparlak bir oğlandı. Tıpkı Raşit gibi küçük, kahverengi gözleri, mevsim ne olursa olsun, pembe yanakları vardı. Kalın, gür saçlarını, kaşlarının hemen üstünden başlayan, hilal biçimindeki saç çizgisini de babasından almıştı.

Leyla'yla ikisi baş başayken, tatlı, iyi huylu, oyunbaz bir çocuktu. Leyla'nın omzuna tırmanmaya, bahçede onunla ve Azize'yla saklambaç oynamaya bayılırdı. Bazen, sakin anlarında, Leyla'nın kucağına oturur, söylediği şarkıları dinlerdi. En sevdiği şarkı "Molla Muhammet Can"dı. Annesi şarkıyı onun kıvırcık saçlarına söylerken, tombul, minik ayaklarını sallar, nakarat kısmında, çıkarabildiği sözcüklere çatlak sesiyle eşlik ederdi:

Hadi, Mezar'a gidelim, Molla Muhammet canım,
Lale tarlalarını görelim, ey can yoldaşım.

Leyla, Zalmay'ın yanaklarına kondurduğu ıslak öpücüklere, gamzeli dirseklerine, güdük, şişko ayak parmaklarına bayılıyordu. Onu gıdıklamaya, aralarından emeklemesi için yastıklardan, minderlerden tünel yapmaya, kollarında, bir eli mutlaka annesinin kulağına yapışmış bir halde uyuyakalmasına bayılıyordu. Ne zaman aklına o öğle sonrası, yere yatıp bisiklet çubuğunu bacaklarının arasına yerleştirdiği gün gelse, midesi kasılıveriyordu. Ramak kalmıştı. Böyle bir düşünceyi aklından geçirmiş olması bile, şimdi ona inanılmaz geliyordu. Oğlu, Tanrı'nın bir lütfuydu; korkularının boşa çıktığını, Zalmay'ı da tıpkı Azize gibi, her bir zerresiyle, iliklerine kadar sevdiğini görmekse, yüreğini ferahlatmıştı.

Ama Zalmay babasına tapıyordu; dolayısıyla, babası eve gelip de her zamanki gibi onu şımartmaya, delicesine üstüne düşmeye başlar başlamaz, çocuk değişiyordu. Bir anda, küstah gevezelikleri, arsız sırıtışlarıyla bambaşka bir Zalmay çıkıyordu ortaya. Babasının yanındayken her şeye küser, alınırdı. Kin güderdi. Leyla'nın azarlarını duymazdan gelir, haylazlıklarını, Raşit yokken asla yapmadığı yaramazlıklarını sürdürürdü.

Raşit bütün bunları onaylıyordu. "Zekâ belirtisi," diyordu. Aynı şey Zalmay'ın pervasızlığı, her türlü haşarılığı için de geçerliydi – yuttuğu bilyeleri kakasıyla çıkardığında, kibritle oynadığı ya da Raşit'in sigaralarını çiğnediğinde.

Zalmay doğunca, Raşit onu bir süre yatağa, Leyla'yla arasına aldı. Sonra, yan panolarına aslanlar, saldırmaya hazır leoparlar resmedilmiş, yeni bir beşik aldı. Eve yeni giysiler, yeni çıngıraklar, yeni biberonlar, yeni alt bezleri taşıdı; her ne kadar bütçeleri bu masrafı kaldırmasa, Azize'ninkiler hâlâ iş görür durumda olsa da. Bir gün eve, pille çalışan bir tavan süsü getirdi, Zalmay'ın beşiğinin üstüne astı. Bir ayçiçeğinden sarkan küçük, sarılı-siyahlı arılar dönüyor, sıktığınızda hışırdayıp cıyaklıyordu. Aleti çalıştırınca, bir müzik parçası çalıyordu.

"İşlerin kesat olduğunu söylemiştin," dedi Leyla.

"Borç alabileceğim dostlarım var," diye kestirip attı adam.

"Nasıl ödeyeceksin borcunu?"

"İşler düzelecektir. Her zaman düzelir. Bak, ne kadar sevdi. Gördün mü?"

Çoğu günler, Leyla oğlundan mahrum kalıyordu. Raşit onu dükkana götürüyor, iş tezgâhının altında emeklemesine, eski, kauçuk tabanlarla, deri parçalarıyla oynamasına izin veriyordu. Fakat çivileri, mıhları ortadan kaldırır, zımpara çarkını kullanırken gözünü oğlundan ayırmazdı. Zalmay ayakkabıların dizildiği raflardan birine çarpıp devirdiğinde, Raşit tatlılıkla paylardı onu; sakin, hoşgörülü bir gülümsemeyle. Bir daha yaparsa, elindeki çekici bırakır, oğlanı tezgâhın üzerine oturtur, yumuşak bir sesle nasihat ederdi.

Zalmay'a karşı sabrı çok derine inen, asla kurumayan bir kuyuydu.

Akşam olunca, birlikte eve dönerlerdi; Zalmay'ın başı babasının omzunda, ikisi de buram buram zamk ve deri kokarak. Bir sırrı paylaşanlar gibi, birbirlerine manidarca, kurnazca gülümserlerdi, sanki o loş dükkânda bütün günü ayakkabı yaparak değil de gizli planlar kurarak geçirmişçesine. Zalmay akşam yemeklerinde babasının yanına oturmaktan hoşlanırdı; Leyla, Meryem ve Azize *sofra*'yı kurarken, baba-oğul aralarında, özel oyunlar oynardı. Birbirlerini gıdıklar, kıkırdaşır, birbirlerine ekmek kırıntıları atar, diğerlerinin duyamayacağı biçimde fısıldaşırlardı. Leyla onlara bir şey söylediğinde, Raşit'in suratı asılır, bu davetsiz müdahaleden ekşirdi. Leyla Zalmay'ı kucağına almak -ya da, daha kötüsü, Zalmay onun kucağına gelmek- istediğinde, Raşit'in ateş saçan gözleriyle karşılaşırdı.

Leyla bir yerine iğne batırılmışçasına, uzaklaşırdı.

Sonra bir akşam, Zalmay'ın ikinci yaş gününden birkaç hafta sonra, Raşit eve bir televizyon ve video aygıtıyla geldi. Gündüz ılık, nemli olan hava akşam serinlemişti, yerini soğuk, yıldızsız bir geceye bırakmaya hazırlanıyordu.

Televizyonu oturma odasına yerleştirdi. Karaborsadan aldığını açıkladı.

Leyla dayanamadı: "Yine borç parayla mı?"

"Bu bir Magnavox."

Azize içeriye girdi. Televizyonu görünce, ona doğru koştu.

"Dikkatli ol, Azize *co*," dedi Meryem. "Dokunma."

Azize'nin saçlarının rengi, annesininkiler kadar açılmıştı. Leyla kendi gamzelerini onun yanaklarında da görüyordu. Azize sakin, düşünceli bir küçük kız olup çıkmıştı; hali tavrı, Leyla'nın altı yaşındaki bir çocuktan beklemeyeceği kadar olgun, aklı başındaydı. Leyla kızının konuşma biçimine, sesindeki ahenk ve ritme, bilinçli duraklamalarına ve vurgularına hayrandı; hepsi de, sesin çıktığı küçük, çelimsiz bedenle çelişen, öyle yetişkin şeylerdi ki.

Azize olay haline getirmeden, şen bir yetkeyle, Zalmay'ın bakımını üstlenivermişti; her sabah çocuğu kaldırıyor, giydiriyor, saçını tarayıp kahvaltısını yediriyordu. Öğleden sonraları onu uykuya yatıran da oydu, ne zaman ne yapacağı kestirilemeyen, fevri kardeşinin her daim sakin, aklı başında arabulucusu rolünü üstlenen de. Oğlanın yaramazlıklarına kızgın, çokbilmiş bir ciddiyetle kafa sallamak gibi, yaşına yaraşmayan bir alışkanlık edinmişti.

Azize televizyonun POWER düğmesine bastı. Raşit kaşlarını çattı, kızın bileğine yapıştı, sertçe çekip sehpanın üzerine koydu.

"Bu televizyon Zalmay'ın," dedi.

Azize Meryem'in yanına gitti, kucağına tırmandı. İkisi artık ayrılmaz olmuşlardı. Son zamanlarda, Leyla'nın da onayıyla, Meryem ona Kuran'dan sureler öğretmeye başlamıştı. Azize daha şimdiden, *ihlas* suresini, *fatiha*'yı ezberden söyleyebiliyor, sabah namazındaki dört *rekat*'ı kılabiliyordu.

Ona verebileceğim tek şey bu, demişti Meryem Leyla'ya, *bu bilgi, bu dualar. Sahip olduğum tek gerçek hazine, bunlar.*

Tam o sırada, Zalmay göründü. Raşit beklenti dolu gözlerle (sokak sihirbazının basit numaralarını bekleyen seyirciler gibi) onu izlerken, oğlan kabloları çekti, düğmelere bastı, avuçlarını boş ekrana yapıştırdı. Ellerini çekince, camda buğulu, minik el izleri belirdi, sonra da silindi. Raşit avuçlarını ekrana bastıran, sonra geri çeken, bunu defalarca tekrarlayan Zalmay'ı gururla izliyordu.

Taliban televizyonu yasaklamıştı. Toplanan video kasetler halkın önünde kırıldı, çekilip çıkarılan şeritler çitlerin üstüne fırlatıldı. Sökülen uydu antenleri, sokak lambalarından sarkıyordu. Ama Raşit'in dediği gibi, bir şeyin yasaklanması onun bulunamayacağı anlamına gelmiyordu.

"Yarın birkaç çizgi film bulurum," dedi. "Zor olmayacaktır. Pazarlarda el altından satılmayan şey yok."

"O zaman bize yeni bir kuyu bul," dedi Leyla; karşılığında da nefret dolu bakışlara hedef oldu.

Daha sonra, yine sade pilavdan oluşan yemek bitince (çaydan, susuzluk nedeniyle bu akşam da vazgeçilmişti), Raşit sigarasını tellendirdi, Leyla'ya kararından bahsetti.

"Olmaz," dedi Leyla.

Senden izin almıyorum ki, dedi adam.

"Alıp almaman umurumda değil."

"Bütün hikâyeyi bilseydin, umursardın," dedi Raşit. Bildiklerinden çok daha fazla borçlandığını, dükkândan gelen paranın beşine birden yetmez olduğunu söyledi. "Endişelenmeyin diye sizden saklamaya çalıştım."

"Ayrıca," diye ekledi, "ne kadar kazandıklarını bilsen, şaşarsın."

Leyla yine hayır dedi. Oturma odasındaydılar. Meryem'le çocuklar mutfaktaydı; Leyla tabak çanağın şıngırtısını, Zalmay'ın tiz kahkahalarını duyabiliyordu. Azize o ciddi, mantıklı sesiyle Meryem'e bir şeyler söylüyordu.

"Etrafında onun gibiler, hatta daha küçükleri de olacak," dedi Raşit. "Kabil'de herkes yapıyor bunu."

Leyla, başkalarının çocuklarına neler yaptırdığı beni ilgilendirmez, dedi.

"Ona göz-kulak olurum," dedi Raşit, çileden çıkmak üzere olduğunu belirten bir tavırla. "Güvenli bir köşe. Tam karşısında da cami var."

Leyla kestirip attı: "Kızımı bir sokak dilencisi yapmana izin vermeyeceğim!"

Tokadın çıkardığı şaklama epeyce yüksekti; adamın dolma parmaklı eli Leyla'nın dolgun yanağının tam ortasına inmişti. Şiddetiyle, kadının başını yana savurdu. Mutfaktaki sesleri kesti. Bir an için, eve mutlak bir sessizlik çöktü. Sonra, koridorda telaşlı ayak sesleri; hemen ardından oturma odasına dalan Meryem'le çocukların, Leyla'yla Raşit arasında mekik dokuyan gözleri.

Sonra, Leyla Raşit'e bir yumruk attı.

Tarık'la birbirlerine şakacıktan indirdikleri yumruklar sayılmazsa, hayatında ilk kez birine vuruyordu. Ama onlar sıkılı yumrukla değil, daha çok elin ayasıyla indirilen, sakıngan, dostça şaplaklardı; hem akıl karıştırıcı hem de heyecan verici arzuların bir boşalımı, dışavurumuydu. Tarık'ın gayet öğretmensi bir tavırla *delta kası* dediği kası hedef alırlardı.

Leyla sıkılı yumruğunun havayı yırtan kavisini izledi; parmak boğumlarının hemen altında, Raşit'in tıraşı uzamış, pütürlü derisinin kırıştığını hissetti. Çıkan ses, yere düşen bir pirinç çuvalından çıkana benziyordu. Çok sert vurmuştu. Darbe, adamı geriye doğru iki adım sendeletti.

Salonun öteki yanından, bir soluma, bir inilti, bir de çığlık geldi. Leyla hangi sesin kimden çıktığını anlayamamıştı. Şu an bunu ne ayrımsayacak ne de umursayacak haldeydi; hayretten donakalmış, zihninin, elinin yaptığı şeye yetişmesini, olanı algılamasını bekliyordu. Algılayınca, tam emin olamasa da, galiba gülümsedi. Raşit'in döndüğünü, sakin sakin odadan çıktığını görünce, *gerçekten* gülümsedi.

Ansızın, Leyla yaşamlarının -kendisinin, Azize'nin, Meryem'in- ortak çilelerinin, çektikleri bütün sıkıntıların akıp gittiği, Zalmay'ın televizyon ekranındaki avuç izleri gibi buharlaştığı duygusuna kapıldı. Sanki değmişti; akıl alır gibi değildi, ama sanki her şeyi, onca şeyi sineye çekmek, katlanmak, sırf bu zafer ânına, bunca aşağılanmanın acısına son veren bu meydan okumaya değmişti.

Raşit'in odaya geri döndüğünü fark etmedi. Ta ki, bir elin boynuna dolandığını hissedinceye kadar. Havaya kaldırılıp duvara yapıştırılıncaya kadar.

Böyle yakından bakınca, adamın tiksintiyle kasılmış yüzü inanılmayacak kadar büyük görünüyordu. Leyla yaşı ilerledikçe bu suratın nasıl daha da şiştiğini, çatlayan damarların burunda nasıl yeni, minik patikalar açtığını ayrımsadı. Raşit hiçbir şey söylemedi. Eh, ne söyleyebilir, sözcüklere ne gerek duyabilirdi ki, tabancasının namlusunu karısının ağzına sokmuş bir adam?

***

Bahçeyi kazmalarının nedeni, ev baskınlarıydı. Bazen aylık, bazen de haftalık baskınlar. Son zamanlarda, neredeyse günlük. Genellikle, Taliban mallara el koyuyor, birinin kıçına bir tekme indiriyor, birkaç enseyi tokatlıyordu. Ama bazen de, meydan dayakları, tabanlara ve avuç içlerine uygulanan falakalar oluyordu.

"Yavaş," dedi, çukurun kenarına diz çökmüş olan Meryem. Televizyonu sardıkları muşamba örtünün iki ucuna yapıştılar, ağır ağır çukura indirdiler.

"Bu iş de halloldu."

Deliği yeniden doldurup işleri bitince, ayaklarıyla toprağı ezdiler. Toprağın birazını etrafa serptiler ki doğal görünsün.

"Tamam," dedi Meryem, ellerini elbisesine silerken.

Ortalık yatışınca, Taliban bir ya da iki, ya da altı ay, belki daha da uzun bir süre sonra baskınları kesince, çukuru açıp televizyonu çıkarmayı kararlaştırmışlardı.

Rüyasında, Leyla Meryem'le birlikte yine bahçedeki kulübenin arkasını kazıyor. Ama bu kez, deliğe Azize'yi indiriyorlar. Azize'nin solukları, onu sardıkları naylon örtüyü buğulandırıyor. Leyla onun dehşete kapılmış gözlerini, örtüye vuran, iten avuçlarının beyazlığını görebiliyor. Azize yalvarıyor. Leyla onun çığlıklarını duyamıyor. *Yalnızca bir süreliğine,* diye bağırıyor çukura, *yalnızca bir süre. Baskınlar yüzünden, biliyorsun, aşkım. Baskınlar sona erince, annenle Meryem Halan seni çıkaracak oradan. Söz veriyorum, birtanem. O zaman oyunlar oynarız. İstediğin kadar oynarız.* Küreği dolduruyor. İri taneli ilk toprak topakları plastiğe çarptığında, Leyla uyandı; soluk soluğa, ağzında toprak tadı.

41
MERYEM

2000 yazında, kuraklık üçüncü ve en berbat yılına ulaştı. Helmand'da, Zabul, Kandehar'da, köyler sürekli hareket halindeki, hayvanları için su ve otlak arayışındaki göçebe topluluklara dönüştü. İkisini de bulamayınca, keçileri, koyunları, inekleri ölünce, Kabil'e geldiler. Kareh-Ariana yamacına kondular, uyduruk gecekondular yapıp tek göz kulübelere on beş-yirmi kişi doluştular.

Bu aynı zamanda *Titanic* yazıydı; Meryem'le Azize'nin sarmaş dolaş olup kıkır kıkır gülerek yerlerde yuvarlandığı, Azize'nin Jack olacağım diye tutturduğu yaz.

"Sessiz ol, Azize *co.*"

"Jack! Bana Jack de, Meryem *Hala*. Söyle. Jack!"

"Uyandırırsan baban kızar."

"Ben Jack'im! Sen de Rose'sun."

Boğuşmalar, Meryem'in sırtüstü yatıp teslim olması, Rose'luğu bir kez daha kabullenmesiyle son buluyordu. "Tamam, Jack ol bakalım," diye güldü. "Gencecik yaşında ölüp git, bense harika bir ihtiyarlık süreyim."

"Evet, ama bir kahraman olarak ölüyorum," dedi Azize. "Halbuki sen, Rose Hanım, bütün ömrünü, acınası hayatını beni özleyerek tüketiyorsun." Sonra, Meryem'in göğsüne ata biner gibi oturdu, buyurdu: "Şimdi öpüşeceğiz!" Meryem başını sağa sola atarken, Azize bütün bu kepazeliklerden son derece hoşnut, zevkten dört köşe, dudaklarını uzatmış, öpücük sesleri çıkarıyordu.

Bazen Zalmay içeri girer, oyunu izlerdi.

Ben kim olacağım, diye sordu.

"Sen de buzdağı olabilirsin," dedi Azize.

O yaz, *Titanic* ateşi bütün Kabil'i sardı. İnsanlar, filmin korsan kopyalarını gizlice Pakistan'dan getiriyordu – bazen, donlarının içinde. Sokağa çıkma yasağı başlayınca, herkes kapılarını kilitliyor, ışıkları söndürüyor, sesi kısıyor ve Jack için, Rose için, talihsiz geminin yolcuları için gözyaşı döküyordu. Elektrik kesik değilse, Meryem, Leyla ve çocuklar da izliyordu filmi. Belki on kez, gecenin bir vakti televizyonu topraktan çıkardılar, ışıkları kapatıp pencerelere örtü gerdiler.

Kabil Irmağı'nın kurumuş yatağında seyyar satıcılar geziniyordu. Kısa bir süre sonra, ırmağın delik deşik, güneşten çatlamış çukurlarında, rulo yapılıp el arabalarına yığılan *Titanic* kilimleri, *Titanic* kumaşları satılır oldu. Ya da, *Titanic* deodoranı, *Titanic* diş macunu, *Titanic* parfümü, *Titanic pakora*'sı, hatta *Titanic burka*'ları. Fazlasıyla ısrarcı, yapışkan bir dilenci kendine "Titanikli Dilenci" diyordu.

Titanic Şehri doğmuştu.

Şarkının sayesinde, diyorlardı.

Hayır, denizin. Lüks yaşamın. Geminin.

Seks yüzünden, diye fısıldadılar.

Leo, dedi Azize, mahcup. *Bütün ilginin nedeni, Leo.*

"Herkes Jack'i istiyor," dedi Leyla Meryem'e. "İşte, mesele bu. Herkes Jack'in gelip onları felâketten kurtarmasını istiyor. Ama Jack'ten hayır yok. Jack geri dönmeyecek. Jack öldü."

Sonra, yazın sonlarına doğru, bir kumaş taciri elinde sigarayla uyuyakaldı. Kendisi kurtuldu, ama dükkânı kurtulamadı. Yangın bitişik kumaşçıya sıçradı; sonra, kullanılmış giysiler satan dükkana, küçük mobilya mağazasına, fırına.

Raşit'e daha sonra dediklerine göre, rüzgâr batıya değil de doğuya doğru esseydi, onunki, sokağın sonundaki dükkân kurtulabilirdi.

Her şeylerini sattılar.

Önce, Meryem'in eşyaları gitti, sonra Leyla'nınkiler. Azize'nin bebeklik giysileri, Leyla'nın Raşit'e kavga dövüş aldırdığı, üç-beş oyuncağı. Azize olup biteni sessizce, uysallıkla seyretti. Raşit'in kol saati de satıldı; eski, transistorlu radyosu, iki kravatı, ayakkabıları, nikâh yüzüğü. Kanepe, masa, halı, iskemleler de gitti. Sıra televizyona gelince, Zalmay ortalığı birbirine kattı, ter ter tepindi.

Yangından beri, Raşit neredeyse her gün evdeydi. Azize'yi tokatladı. Meryem'i tekmeledi. Eline geçeni sağa sola fırlattı. Sürekli Leyla'yı suçluyor, kokusunu, kıyafetlerini, saçını tarama biçimini, sararan dişlerini eleştiriyordu.

"Ne hale geldin böyle?" dedi. "Ben bir *peri*'yle evlendim, ama kendimi bir kocakarıya zincirlenmiş buldum. Hızla Meryem'leşiyorsun."

Bir müşteriyle dalaştığı için garsonluktan, Hacı Yakup Meydanı'ndaki kebapçıdan kovuldu. Müşteri, Raşit'in ekmeği masaya kabaca fırlattığından yakındı. Hakaretler havada uçuştu. Raşit müşteriye, maymun suratlı Özbek, dedi. Bir tabanca çekildi. Karşılığında bir kebap şişi sallandı. Raşit'in öyküsünde, elinde şiş olan kişi kendisiydi. Meryem bundan kuşkuluydu.

Taymani'deki lokantadan kovulma nedeniyse, beklemekten bunalan müşterilerin şikâyetleriydi. Raşit aşçıyı eli ağır olmakla, tembellikle suçladı.

"Muhtemelen arka tarafta uyukluyordun," dedi Leyla.

"Damarına basma, Leyla *co*," dedi Meryem.

"Seni uyarıyorum, kadın," dedi Raşit.

"Ya da sigara tüttürüyordun."

"Bak, yemin ederim..."

"Elinde değil; neysen osun işte."

Bir an sonra, Leyla'nın üzerindeydi; göğsünü, başını, karnını yumrukluyor, saçlarını yoluyor, kolundan tutup tutup duvara çalıyordu. Azize avaz avaz haykırıyor, adamın gömleğine yapışmış, çekiyordu; Zalmay da bağırıyor, annesini onun elinden kurtarmaya çalışıyordu. Raşit çocukları bir tarafa savurdu, Leyla'yı yere yıktı, tekmelemeye başladı. Meryem Leyla'nın üzerine kapandı. Adam tekmelemeyi sürdürdü, şimdi tekmelerin hedefi Meryem'di; ağzından tükürükler saçarak, gözlerinde ölümcül pırıltılar, yorgun düşene kadar tekmeledi.

"Yemin ediyorum, bir gün seni öldürmek zorunda kalacağım, Leyla," diye hırıldadı. Sonra evden fırtına gibi çıkıp gitti.

***

Para tükenince, açlık yaşamlarına kapkara bir örtü gibi indi. Açlığın, bu kadar çabuk bir ölüm-kalım meselesi haline gelivermesi, Meryem'i afallatmıştı.

Etsiz, sossuz pilav, haşlanmış, sade pirinç bile ender bulunan bir ziyafetti artık. Giderek artan, korkutan bir sıklıkla öğün atlıyorlardı. Raşit bazen eve bir kutu sardalyeyle tadı talaş tozuna benzeyen, gevrek, kupkuru bir ekmek getiriyordu. Bazen de, hırsızlık suçuyla elinin kesilmesini bile göze alarak, bir torba çalıntı elma. Bakkallardan, gözünü dört açarak aşırdığı *ravyoli* konservelerini beşe böler, aslan payını Zalmay'a ayırırdı. Ham şalgamlara tuz serpip yiyorlardı. Akşam yemeğinde pörsümüş marul yaprakları, kararmış muz.

Açlıktan ölmek, ansızın yakın bir olasılık olup çıkmıştı. Kimileri oturup o günü beklememeyi seçiyordu. Meryem komşulardan dul bir kadının, kuru bir ekmeği ufalayıp fare zehriyle karıştırdığını ve yedi çocuğuna yedirdiğini duydu. En büyük parçayı da kendisine ayırmıştı.

Azize'nin kaburga kemikleri derisini germeye başlamış, avurtları çökmüştü. Baldırları inceldi, teni açık çay rengine döndü. Meryem onu kucaklayıp kaldırdığında, gergin derisinden fırlayan kalça kemiğini hissedebiliyordu. Zalmay donuk ve yarı kapalı gözleriyle ya bulduğu yere kıvrılıyor ya da kendini bir çuval gibi halsiz, babasının kucağına bırakıyordu. Yeterli enerjiyi toplayabildiğinde, ağlaya ağlaya uyuyakalıyordu, ama uykuları da düzensiz, kesikti. Her ayağa kalkışında, Meryem'in gözünün önünde beyaz benekler uçuşuyordu. Başı dönüyor, kulakları sürekli çınlıyordu. Molla Feyzullah'ın ramazanda söylediği bir şeyi anımsadı: *Yılanın soktuğu adam bile uyuyabilir, ama aç adam, asla.*

"Çocuklarım ölüp gidecek," dedi Leyla. "Gözlerimin önünde."

"Hayır, ölmeyecekler," dedi Meryem. "Buna izin vermeyeceğim. Her şey düzelecek, Leyla *co*. Ne yapacağımı biliyorum."

İnsanın derisini kavuracak kadar sıcak bir gün, Meryem üzerine *burka*'sını geçirdi, Raşit'le birlikte yürüyerek Intercontinental Oteli'ne gitti. Otobüse binmek artık bütçelerinin karşılayamayacağı bir lükstü; dik tepeyi tırmandıklarında Meryem'de de adım atacak hal kalmamıştı. Yokuşu çıkarken pek çok kez başı dönmüş, gözü kararmış, iki kez durup geçmesini beklemek zorunda kalmıştı.

Otelin girişinde, Raşit bordo giysili, kasketli kapıcılardan biriyle selamlaşıp kucaklaştı. Aralarında dostça görünen bir sohbet geçti. Raşit konuşurken, elini kapıcının dirseğine dayamıştı. Bir ara başıyla Meryem'i gösterdi, iki adam dönüp bir an ona baktılar. Meryem'in gözü kapıcıyı bir yerden ısırır gibiydi.

Kapıcı içeriye girdi, Meryem'le Raşit durup beklediler. Bu yükseklikten bakınca, Meryem Politeknik Enstitüsü'nü, onun ilerisinde de eski Hayır-hane bölgesini ve Mezar'a giden yolu görebiliyordu. Güneyde, ekmek fabrikasını seçti. Uzun zaman önce terk edilen silonun soluk sarı cephesi, hedef olduğu onca bombardımandan, delik deşikti. Daha da güneyde, Darülaman Sarayı'nın yıkıntıları, Raşit'in onu yıllar önce pikniğe götürdüğü, şimdi çukurlar içindeki bahçe görünüyordu. O günün anısı, artık bir başkasına aitmiş gibi gelen geçmişten, kutsal bir yadigârdı.

Meryem dikkatini binalarda, göze çarpan yapılarda yoğunlaştırdı. Zihnini özgür bıraktığı an, bütün cesaretini yitireceğinden korkuyordu.

Birkaç dakikada bir, otelin girişine bir cip ya da taksi yanaşıyordu. Kapıcılar koşuyor, hepsi de erkek, silahlı, sakallı, türbanlı olan, araçlardan hep aynı kendinden emin, kibirli ve tehditkâr havayla inen yolcuları karşılıyordu. Onlar yanından hızla geçip otele dalarken, Meryem'in kulağına bölük pörçük sözcükler çalınıyordu. Çoğunlukla Peştunca ve Farsça, ara ara da Urduca ve Arapça.

"İşte *gerçek* efendilerimiz," dedi Raşit alçak bir fısıltıyla. "Pakistanlı ve Arap İslamcılar. Taliban yalnızca bir kukla. Asıl büyük oyuncular *bunlar*, Afganistan da oyun bahçeleri."

Kulağına çalınanlar doğruysa, Taliban bunlara ülkenin her yanında gizli kamplar açma izni vermişti; buralarda eğitilen genç adamlar intihar komandolarına ve *cihat* neferlerine dönüştürülüyordu.

"Nerde kaldı bu?" diye sordu Meryem.

Raşit yere tükürdü, ayakkabısının burnuyla tükürüğün üzerine toprak attı.

Bir saat sonra, kapıcının peşinden içeriye girdiler. Nefis serinlikteki lobiden geçerken, topukları mermer zeminde takırdadı. Meryem deri koltuklarda karşılıklı oturan iki adam gördü; tüfeklerini aralarındaki sehpaya bırakmış, çaylarını yudumluyor, bir tabaktaki *celabi*'lerden, üzerine pudra şekeri serpilmiş halkalardan atıştırıyorlardı. Aklına *celabi*'ye bayılan Azize geldi, bakışlarını tabaktan kaçırdı.

Kapıcı onları dışarıya, bir terasa çıkardı. Cebinden küçük, siyah, kablosuz bir telefonla üzerine bir telefon numarası yazılmış bir kâğıt parçası çıkardı. Şefimin uydu telefonu, dedi. "Size beş dakika veriyorum," diye ekledi. "Hepsi o kadar."

"*Teşekkür,*" dedi Raşit. "Bu iyiliğini unutmayacağım."

Kapıcı başını salladı, uzaklaştı. Raşit numarayı çevirdi. Telefonu Meryem'e verdi.

Meryem cızırtılı zil sesini dinlerken, zihni gezintiye çıktı. Celil'i son gördüğü güne, on üç yıl geriye gitti; 1987 yılının baharına. Meryem'in evinin önünde, bastonuna dayanmış duruyordu; Herat plakalı mavi Benz'in yanında; beyaz bir şerit arabanın tavanını, motor kapağını ve bagajı ikiye bölüyordu. Orada saatlerce dikilmiş, Meryem'i beklemişti, arada bir adını seslenerek; tıpkı kendisinin bir keresinde, *onun* evinin önünde durup *ona* seslendiği gibi. Meryem perdeyi yalnızca bir kez, azıcık aralamış, erkeği şöyle bir görmüştü. Yalnızca bir andı, ama saçlarının apak kesildiğini, hafiften kamburunun çıktığını ayrımsamasına yetmişti. Gözlük takmış, her zamanki gibi kırmızı bir kravat bağlamıştı; göğüs cebindeyse beyaz mendilin bildik üçgeni. En çarpıcısı, Meryem'in anımsadığından daha zayıf, çok daha zayıf olmasıydı; koyu kahve takım elbisesinin ceketi omuzlarından dökülüyordu, pantolon paçaları bileklerine yığılmıştı.

Celil de onu görmüştü. Gözleri perdedeki ayrıktan buluşmuştu, tıpkı yıllar önce, bir başka perdenin aralığından buluştuğu gibi. Sonra, Meryem çabucak çekip kapadı perdeyi. Yatağa oturdu, Celil'in gitmesini bekledi.

Celil'in giderken kapıya bıraktığı mektubu anımsadı. Zarfı hiç açmadan, yıllarca yastığının altında saklamış, arada bir çıkarmış, elinde evirip çevirmişti. Sonunda da yırtıp atmıştı.

Ve işte buradaydı; bunca yıldan sonra onu arıyordu.

Meryem sergilediği o aptalca, toy gurura şimdi pişmandı. Keşke içeriye alsaydım, diyordu. Onu eve almanın, karşısına oturup dinlemenin, neden geldiğini öğrenmenin ne zararı olurdu ki? Babasıydı, o. Tamam, iyi bir baba olamamıştı, ama hataları şimdi nasıl da sıradan, bağışlanabilir görünüyordu – Raşit'in kötücüllüğüyle, ya da Meryem'in bizzat tanık olduğu, insanın insana reva gördüğü bütün o vahşiliklerle, gaddarlıklarla karşılaştırıldığında.

Keşke mektubu yok etmeseydi.

Tam o sırada, kulağına derin bir erkek sesi doldu; Herat belediye başkanının bürosu, dedi.

Meryem boğazını temizledi. "*Selam,* kardeşim; ben Herat'ta yaşayan birini arıyorum. Ya da eskiden yaşardı, yıllar önce. Adı Celil Han. Şar-e-Nev'de otururdu, bir sineması vardı. Şu an nerede olduğu hakkında bir bilgin var mı?"

Adamın sinirlendiği sesinden rahatlıkla anlaşılıyordu. "Belediye başkanının bürosunu bunun için mi aradın?"

Meryem başka kimi arayacağını bilemediğini söyledi. "Kusura bakma, kardeşim. Çok daha önemli işleriniz olduğunu biliyorum, ama bu bir hayat memat meselesi, yoksa aramazdım."

"Kendisini tanımıyorum. Sinema yıllardır kapalı."

"Belki orada onu tanıyan biri vardır, hakkında bir şeyler bilen biri..."

"Burada kimse yok."

Meryem gözlerini yumdu. "Lütfen, kardeşim. Çocukların hayatı söz konusu. Küçücük çocukların."

Uzun bir iç çekiş.

"Belki oradaki biri..."

"Binada bir bekçi var. Yanılmıyorsam burada doğup büyümüş."

"Evet, ona sor, lütfen."

"Yarın tekrar ara."

Meryem yapamayacağını söyledi. "Bu telefon sadece beş dakikalığına bende. Ben..."

Karşı uçta bir çıtırtı oldu, Meryem adamın telefonu kapadığını sandı. Ama sonra, ayak sesleri duydu; konuşmalar, uzaktan uzağa bir araba kornası, çıtırtılarla kesilen, mekanik bir homurtu; belki elektrikli bir vantilatör. Telefonu öteki kulağına geçirdi, gözlerini kapadı.

Gözünün önüne gülümseyen, elini cebine atan Celil geldi.

Ah. Elbette. Pekâlâ. Al bakalım. Daha fazla olay çıkarmadan...

Yaprak biçiminde bir kolye, ucundan, üzerine aylar, yıldızlar işlenmiş, minicik sikkeler sarkıyor.

Taksana, Meryem co.

Nasıl buldun?

Bence kraliçelere benzedin.

Birkaç dakika geçti. Sonra adım sesleri, bir sürtünme sesi, bir çıtırtı. "Evet, tanıyor."

"Öyle mi?"

"Öyle diyor."

"Neredeymiş?" dedi Meryem. "Bu adam Celil Han'ın nerede olduğunu biliyor mu?"

Bir duraklama oldu. "Yıllar önce öldüğünü söylüyor, 1987'de."

Meryem'in midesi kasılıverdi. Bu olasılığı aklına getirmişti elbette. Celil yaşasaydı, şimdi yetmişli yaşlarının sonunda olurdu, ama...

1987.

Ölüyordu, demek? Ta Herat'tan, onca yolu, vedalaşmak için gelmişti.

Balkonun kenarına gitti. Buradan, otelin bir zamanlar çok ünlü olan yüzme havuzunu görebiliyordu; şimdi boş ve pisti, sağda solda kurşun delikleri, çatlamış, çürümüş fayanslar. Ve perişan haldeki tenis kortu; yırtık pırtık ağ, kortun ortasında gevşekçe yatıyor; bir yılanın soyup attığı, ölü derisi gibi.

"Artık kapatmalıyım," dedi karşı uçtaki ses.

"Sizi rahatsız ettim, özür dilerim," dedi Meryem, sessizce hıçkırırken. Ona el sallayan Celil'i görüyordu; taştan taşa sekerek ırmağı geçiyor, cepleri getirdiği armağanlarla tıka basa dolu. Meryem, Allah'tan onunla daha çok vakit geçirme izni koparmak için, soluğunu tutuyor, saniyeleri sayıyor.

"Teşekkür ederim," diye başladı, fakat adam telefonu çoktan kapamıştı.

Raşit ona bakıyordu. Meryem başını olumsuz anlamda salladı.

"Ne hayrını gördük ki zaten," diye homurdandı Raşit, telefonu onun elinden kaparken. "Kızına bak babasını al."

Lobiden geçerlerken, Raşit hızlı adımlarla artık boşalmış olan sehpaya seğirtti, tabakta kalmış olan son *celabi* halkasını cebine attı. Eve gidince de Zalmay'a verdi.

42
LEYLA

Azize eşyaları bir kesekâğıdına doldurdu: çiçekli gömleği, bir çift çorabı, her teki farklı yün eldivenleri, balkabağı rengi, kuyruklu yıldızlarla süslü, eski bir battaniye, çatlak, plastik bir fincan, bir muz, bir çift zar.

2001 yılının serin bir nisan sabahıydı; Leyla'nın yirmi üçüncü yaş günü yaklaşıyordu. Gökyüzü saydam griydi, ara ara şiddetlenen, nemli, soğuk bir rüzgâr telli kapıyı takırdatıp duruyordu.

Leyla birkaç gün önce, Ahmet Şah Mesut'un Fransa'ya gidip Avrupa Parlamentosu'nda konuşma yaptığını duymuştu. Mesut şimdi memleketine, Kuzey'e dönmüş ve Taliban'la hâlâ savaşan tek muhalif grubun, Kuzey İttifakı'nın başına geçmişti. Mesut Avrupa'dayken, Batı'yı Afganistan'daki terörist kamplara karşı uyarmış, Taliban'la mücadelesine destek vermesi için ABD'ye yalvarmıştı.

"Başkan Bush bize yardım etmezse," demişti, "bu teröristler çok yakında Amerika ve Avrupa'ya da zarar verecek."

Bundan bir ay önce, Leyla Taliban'ın Bamyan'daki dev Buda'ların arasına, oyuklara patlayıcı madde yerleştirdiğini, "putperestliğin ve kâfirliğin simgeleri" dediği heykelleri havaya uçurduğunu öğrenmişti. Dünyanın dört yanından, Amerika'dan Çin'e kadar her yerden itiraz çığlıkları yükseldi. Yeryüzünün her yanındaki hükümetler, tarihçiler, arkeologlar mektuplar yolladı, Afganistan'ın bu en görkemli tarihi eserlerini yok etmemesi için Taliban'a yalvardı. Ama Taliban bildiğini okudu ve iki bin yaşındaki Buda'ları patlattı, paramparça etti. Her infilakta *Allah-ü-ekber* diye bağırıyor, heykellerden kopan her parçaya, bir toz bulutu halinde ufalanan her kola, her bacağa sevinç çığlıklarıyla tezahürat yapıyorlardı. Leyla ta 1987'de, Babi ve Tarık'la iki Buda'dan daha büyük olanın tepesinde durdukları günü anımsadı; tatlı bir esinti güneşin vurduğu yüzlerini yalarken, altlarındaki vadide daireler çizerek uçan atmacayı seyretmişlerdi. Ama heykellerin havaya uçurulduğunu öğrenince, Leyla tam anlamıyla kayıtsız kaldı. Artık ne önemi vardı ki? Kendi hayatı tepetakla yuvarlanır, toz duman arasında yıkılırken, heykelleri nasıl dert ederdi?

Raşit gitme vaktinin geldiğini söyleyinceye kadar, Leyla oturma odasının bir köşesinde, tek kelime etmeden, taş gibi bir yüzle oturdu; saçları yoluk bukleler halinde yüzüne dökülüyordu. Ne kadar derin soluklar alıp verse de, ciğerlerini bir türlü yeterli havayla dolduramıyordu sanki.

***

Karteh-Seh yolunda, Zalmay babasının kucağında hoplaya zıplaya yol alırken, Azize yanında hızlı hızlı yürüyen Meryem'in elini tutmuştu. Rüzgâr kızın çenesinin altından bağlanmış, kirli eşarbı uçuruyor, elbisesinin eteğini dalgalandırıyordu. Azize'nin suratı şimdi enikonu asıktı; kandırıldığını, aldatıldığını her adımda biraz daha seziyordu sanki. Leyla ona gerçeği söyleyecek gücü bulamamıştı. Kıza okula gittiğini söylemiş, ancak bunun, çocukların yiyip içtiği, uyuduğu, dersten sonra eve dönmediği, özel bir okul olduğunu eklemişti. Azize şu anda da annesini, günlerdir yinelediği sorularla yaylım ateşine tutmaktaydı. Öğrenciler ayrı odalarda mı uyuyordu yoksa tek, kocaman bir odada mı? Arkadaşları olacak mıydı? O, yani Leyla, öğretmenlerin tatlı, sevecen davranacağından emin miydi?

Birkaç kez de: *Orda ne kadar kalmam gerekiyor?*

Baraka benzeri, alçak binaya iki sokak kala durdular.

"Zalmay'la biz burada bekleriz," dedi Raşit. "Ah, unutmadan..."

Cebinden bir tane çiklet çıkardı, gergin bir tavırla ama büyük bir lütufta bulunuyormuşçasına, veda armağanı olarak Azize'ye uzattı. Azize çikleti aldı, teşekkür ederim, diye mırıldandı. Leyla kızının zarafetine, bağışlama kapasitesinin genişliğine bir kez daha hayran kaldı, gözleri doldu. Yüreği eziliyor, bugün Azize'nin onunla birlikte öğlen uykusuna yatmayacağını, göğsünde Azize'nin kolunun belli belirsiz ağırlığını, kaburgalarına bastıran başının yuvarlaklığını, boynunu ısıtan soluğunu, karnına değen topuklarını hissedemeyeceğini düşündükçe üzüntüden bayılacak gibi oluyordu.

Azize iki kadın tarafından uzaklaştırılınca, Zalmay yaygarayı bastı: Ziza! Ziza! Babasının kollarından kurtulmak için kıvranıyor, tekmeler savuruyordu; ablasına seslenmeyi sürdürdü, ta ki gözüne, karşı kaldırımdaki laternacının maymunu çarpıncaya kadar.

Son iki sokağı yalnız geçtiler; Meryem, Leyla ve Azize. Binaya yaklaşınca, Leyla yol yol çatlamış cepheyi, bel vermiş çatıyı, pencerelere cam yerine çakılmış tahta lataları, yıkıldı yıkılacak duvarın arkasındaki salıncağın üst kısmını görebildi.

Kapıda durdular, Leyla Azize'ye bir kez daha tekrarlattı: "Babanı sorarlarsa ne diyeceksin?"

"Onu Mücahitler öldürdü," dedi Azize, ihtiyatla, tane tane.

"Aferin, kızım. Nedenini anlıyorsun, değil mi?"

"Çünkü burası özel bir okul," dedi Azize. Artık gelip kapıya dayandıkları, okul bir gerçekliğe dönüştüğü için, bir hayli sarsılmış görünüyordu. Altdudağı titriyordu, gözleri dolu doluydu; Leyla onun cesur görünmek için nasıl bir mücadele verdiğinin farkındaydı. "Eğer doğruyu söylersek," dedi Azize cılız, tıkandı tıkanacak bir sesle, "beni almazlar. Çünkü bu özel bir okul. Eve gitmek istiyorum."

"Seni görmeye geleceğim," diyebildi Leyla. "Sık sık. Söz veriyorum."

"Ben de," dedi Meryem. "Seni ziyarete geleceğiz, Azize *co*, birlikte oyunlar oynayacağız, tıpkı eskisi gibi. Zaten bir süreliğine buradasın; baban iş buluncaya kadar."

"Burada yemek bol," dedi Leyla. Sesi titriyordu. *Burka*'ya, nasıl darmadağın olduğunu Azize'den gizleyen çarşafa minnet duydu. "Burada hiç açlık çekmeyeceksin. Pilavları, ekmek ve suları var; hatta belki meyveleri de."

"Ama *sen* olmayacaksın. Meryem *Hala* da yanımda olmayacak."

"Gelip seni göreceğim," dedi Leyla. "Sürekli. Bak bana, Azize. Seni görmeye geleceğim. Ben senin annenim. Bu benim canıma mal olsa bile, gelip seni göreceğim."

***

Yetimhanenin müdürü beli bükülmeye başlamış, dar-göğüslü bir adamdı; yüzünde derin, sevimli çizgiler. Saçları dökülmüştü; gür, tiftik tiftik bir sakalı, bezelyeye benzeyen, küçük gözleri vardı. Adı Zaman'dı. Başına takke takmıştı. Gözlüğünün sol camı çatlaktı.

Önlerine düşüp çalışma odasına götürürken, Leyla'yla Meryem'e adlarını sordu, sonra da Azize'nin adını ve yaşını. Loş koridorlardan geçtiler; yalınayak çocuklar kenara çekilip yol veriyor, onları süzüyordu. Kimisi bakımsız, darmadağınık saçlıydı, kimisinin kafasıysa sıfira vurulmuştu. Üzerlerinde kolları yıpranmış, eprimiş kazaklar, dizleri erimiş, tel tel olmuş kot pantolonlar, koli bandıyla yamanmış ceketler. Leyla'nın burnuna sabun ve talk pudrası, amonyak ve sidik kokusu geldi; Azize'nin burnunu çeke çeke ağlamaya başladığını görünce de, endişeleri iyice arttı.

Bahçeyi bir anlığına görebilmişti: yabani ot bürümüş zemin, sarsak bir salıncak, eski lastikler, sönmüş bir basketbol topu. Önlerinden geçtikleri odalar çıplaktı, pencerelere çarşaf gerilmişti. Odaların birinden bir oğlan fırladı, Leyla'nın dirseğine yapıştı, kucağına tırmanmaya çalıştı. Yerdeki, bir çiş gölcüğüne benzeyen şeyi temizlemekte olan hademe elindeki paspası bıraktı, oğlanı kovaladı.

Zaman yetimlere karşı babacan, müşfik görünüyordu. Yanlarından geçerken birkaçının başını okşadı, candan, dostça bir şeyler söyledi; büyüklük taslamadan, bir-ikisinin saçlarını karıştırdı. Çocuklar onun dokunuşlarından memnun gibiydiler. Yüzüne hevesle, onayını alma umuduyla bakıyorlar, diye düşündü Leyla.

Zaman onları odasına soktu; bütün eşyası, üç katlanır iskemleyle, üzerine kâğıt desteleri yığılmış, dağınık bir yazı masasından ibaretti.

"Siz Heratlısınız," dedi adam Meryem'e. "Aksanınızdan anladım."

İskemlesinde geriye yaslandı, ellerini göbeğinde kavuşturdu; kayınbiraderinin eskiden orada yaşadığını söyledi. Leyla bu sıradan, basit devinimlerde bile adamın zorlandığı, çaba harcadığı duygusuna kapıldı. Hafifçe gülümsemesine karşın, bu adamda alttan alta acılı, yaralı bir şey seziliyordu; üzerine bir kat sevecenlik, güler yüzlülük cilası vurulmuş hayal kırıklığı ve yenilmişlik.

"Cam ustasıydı kendisi," dedi Zaman. "Şu nefis, yeşim yeşili kuğuları o yaptı. Güneşe tutunca, içleri ışıl ışıl parlıyor, sanki camın içi minicik elmaslarla doldurulmuş gibi. Sonradan gittiniz mi hiç?"

Meryem gitmediğini söyledi.

"Ben Kandehar'lıyım. Kandehar'a yolunuz düştü mü, *hemşire*? Hayır mı? Çok güzeldir. Hele o bahçeler! O üzümler! Ah, o üzümler. İnsanın aklını başından alırlar."

Kapıda üç-beş çocuk birikmiş, içeriyi gözlüyordu. Zaman onları tatlılıkla kışkışladı; Peştun dilinde.

"Tabii Herat'ı da çok severim. Sanatçıların, yazarların kenti; Sufilerin, mistiklerin. Şu eski şakayı bilirsiniz, hani Herat'ta bacağını uzatsan bir şairin kıçına değer, derler."

Leyla'nın hemen yanındaki Azize kıkırdadı.

Zaman şakacıktan soluğunu tuttu. "Ah, işte. Sonunda seni güldürdüm, *hemşire*. En zor kısmını atlatmış olduk. Bir süre bayağı kaygılandım ama. Tavuk gibi gıdaklamak ya da eşek gibi anırmak zorunda kalacağımdan korktum. Ama işte, yüzün gülüyor. Öyle de güzelsin ki."

Bir görevli çağırdı, birkaç dakika Azize'yle ilgilenmesini istedi. Azize hemen Meryem'in kucağına sıçradı, sımsıkı tutundu.

"Sadece konuşacağız, birtanem," dedi Leyla. "Hemen buradayım. Tamam mı? Buradayım."

Meryem araya girdi: "Hadi, biraz dışarı çıkalım, Azize *co*. Annenin Zaman *Kaka*'yla konuşacakları var. Yalnızca bir dakika. Hadi, gel."

Baş başa kalınca, Zaman Azize'nin doğum tarihini, hastalık geçmişini, alerjilerini sordu. Sıra Azize'nin babasına gelince, Leyla yalan söylerken aslında gerçeği söylemek gibi, garip bir deneyim yaşadı. Zaman sadece dinliyordu; yüzü hiçbir şey ele vermiyordu, ne inanmazlık ne de kuşkuculuk. Yetimhanemizde şeref sözü geçerlidir, dedi. "Bir *hemşire* kocasının öldüğünü ve çocuklarına bakamadığını söylüyorsa, gerisini kurcalamam."

Leyla ağlamaya başladı.

Zaman kalemini bıraktı.

"Utanıyorum," diye hıçkırdı Leyla, avucunu ağzına bastırırken.

"Yüzüme bak, *hemşire*."

"Hangi anne öz çocuğunu terk eder?"

"Bak bana."

Leyla gözlerini ona kaldırdı.

"Senin hatan değil. Beni duyuyor musun? Suç o *vahşi*'lerde; asıl suçlanması gereken, onlar. Bir Peştun olarak utanıyorum onlardan. Halkımın adını lekelediler. Yalnız değilsin, *hemşire*. Buraya sürekli senin gibi anneler geliyor... devamlı. Taliban sokağa çıkıp çalışmalarına izin vermediği için, çocuklarını besleyemeyen, karınlarını doyuramayan anneler. Dolayısıyla, sakın kendini suçlama. Buradaki hiç kimse seni suçlamıyor. Seni anlıyorum." Öne eğildi. "*Hemşire*. Anlıyorum."

Leyla *burka*'sının kumaşıyla gözlerini kuruladı.

Zaman içini çekti. "Buraya gelince," dedi, eliyle göstererek, "gördüğün gibi, berbat halde. Ödenek yetersizliği, şuradan buradan kırpmalar, doğaçlama çözümler. Taliban'dan pek az, neredeyse hiç yardım alamıyoruz. Ama idare ediyoruz. Senin gibi, biz de elimizden geleni yapıyoruz. Allah'a sığındık, O iyidir, vericidir; Allah verdikçe ben de Azize'nin karnı tok sırtı pek olmasını sağlayacağım. Bana güven. Bu kadarına söz verebilirim."

Leyla başını salladı.

"Tamam mı?" Adam dostça gülümsedi. "Ama ağlamak yok, *hemşire*. Seni ağlarken görmesin."

Leyla bir kez daha gözlerini kuruladı. "Allah senden razı olsun," dedi, boğuk bir sesle. "Allah razı olsun, kardeşim."

Ama vedalaşma vakti gelince, Leyla'nın korktuğu başına geldi.

Azize paniğe kapıldı.

Azize'nin tiz çığlıkları yol boyunca, Meryem'e yaslanmış yürüyen Leyla'nın kulaklarından gitmedi. Zihninde, Zaman'ın kalın, nasırlı elleri Azize'nin kollarına yapışıyor, çekiyordu; önce tatlılıkla, sonra sertçe, sonunda da Azize'yi ondan koparıp alacak kadar güçlü. Kızın Zaman'ın kollarında çırpındığını, tekmeler savurduğunu gördü; adam koridorun köşesini hızla dönünce, kızın yeryüzünden silinip gidiyormuşçasına attığı canhıraş feryatları duydu. Sonra Leyla kendisini koridorda koşarken gördü; başı önde, bir uluma gelip gırtlağına tıkanmış.

"Burnuma kokusu geliyor," dedi evde Meryem'e. Görmeyen gözleri Meryem'in omzunun üstünden kaydı, ileriye, bahçenin ötesine, bir tiryakinin tükürüğü kadar koyu kahverengi dağlara doğru süzüldü. "Uyurkenki kokusunu alıyorum. Ya sen? Sen de alıyor musun?"

"Ah, Leyla *co*," dedi Meryem. "Yapma böyle. Ne yararı var? Ne yararı?"

***

Başlarda, Raşit Leyla'yı neşelendirmeye çalıştı, onlara (Leyla, Meryem ve Zalmay'a) yetimhaneye kadar eşlik etti; ancak yürüyüş boyunca, zorlanmaktan şekilden şekle giren suratını iyice görmesini, katlandığı eziyetleri sayıp döken, sızlanmalı sesini güzelce duymasını sağladı: böyle yetimhaneye gidip gelmekten bacakları, sırtı, ayakları perişan olmuştu, acıdan duramıyordu, vesaire. Bu yürüyüşlerin canına nasıl okuduğunu, Leyla'nın kafasına kakıp durdu.

"Artık genç değilim," dedi. "Senin de umurundaydı ya... Sana kalsa beni bir an önce gömersin. Ama sana kalmayacak, Leyla. İşler senin istediğin gibi yürümeyecek."

Yetimhaneye iki sokak kala birbirlerinden ayrılıyorlar, Raşit onlara asla on beş dakikadan fazla zaman tanımıyordu. "Bir dakika gecikin," diyordu, "çekip giderim. Ciddiyim."

Leyla Azize'yle geçirdiği dakikaları azıcık uzatabilmek için yalvarıp yakarmak, adamın başının etini yemek zorunda kalıyordu. Hem kendisi hem de Meryem adına yapıyordu bunu. Azize'nin hasretinden kahrolan Meryem, her zamanki gibi, acısını içine gömüyor, bir başına, sessizce çekiyordu. Zalmay adına da; oğlan her gün ablasını soruyor, bazen de susturulamaz ağlama krizleriyle son bulan öfke nöbetlerine giriyordu.

Bazı günler, yetimhane yolunda Raşit durur, bacaklarının sancıdığından yakınırdı. Sonra dönüp eve doğru ilerlemeye başlardı; uzun, sağlam adımlarla, hiç de topallamaksızın. Ya da dilini şıklatır, "Ciğerlerim, Leyla... Soluksuz kaldım. Belki yarın, kendimi daha iyi hissedersem... ya da ertesi gün. Bakarız," derdi, hışırtılı bir sesle, güçlükle konuşuyormuş gibi yapma zahmetine bile girmeden. Arkasını dönüp eve yollanırken, bir de sigara yakardı. Leyla da mecburen döner, çaresizce, kös kös onu izlerdi; içerlemeden, acizliğine duyduğu öfkeden tirtir titreyerek.

Sonra bir gün, Raşit daha fazla katlanamayacağını bildirdi. "İş arayacağım diye bütün gün sokaklarda dolaşmaktan canım çıkıyor zaten," diye söylendi.

"Öyleyse, ben kendim giderim," dedi Leyla. "Beni engelleyemezsin, Raşit. Duydun mu? İstediğin kadar dövebilirsin, ama oraya yine de gideceğim."

"Sen bilirsin. Fakat Taliban'ı aşman olanaksız. Uyarmadı deme."

"Ben de seninle gelirim," dedi Meryem.

Leyla buna izin veremezdi. "Evde, Zalmay'la kalmalısın. Durdurulursak... oğlanın buna tanık olmasını istemiyorum."

Böylece, Leyla'nın yaşamı ansızın bir 'Azize'yi görme' savaşımına dönüştü; şimdi aklı fikri, kızıyla görüşmenin yollarını bulmaktaydı. Denemelerin yarısında, yetimhaneye ulaşmayı başaramıyordu. Sokağın karşısına geçerken, Taliban tarafından fark ediliyor, soru yağmuruna tutuluyordu -*Adın ne? Nereye gidiyorsun? Neden yalnızsın?* Mahrem*'in nerede?*- sonra da eve gönderiliyordu. Şanslı günündeyse, sıkı bir azar, kalçasına inen bir tekme ya da sırtına yediği, sert bir yumrukla kurtuluyordu. Değilse, farklı malzemelerle haşır neşir oluyordu: tahta sopalar, taze kesilmiş dallar, kısa kırbaçlar; şamarlar, en çok da yumruklar.

Bir gün, genç bir Talib Leyla'yı bir radyo anteniyle dövdü. İşi bitince, ensesine son bir darbe indirdi, "Seni bir daha görürsem, öyle bir döverim ki, anandan emdiğin sütü burnundan getiririm," dedi.

O gün, Leyla eve döndü. Kendini beyinsiz, acınası bir hayvan gibi hissederek yüzüstü yatağa bıraktı; Meryem getirdiği ıslak bezlerle onun kanlı sırtına, baldırlarına kompres yaptı. Ama çoğunlukla, boyun eğmiyordu Leyla. Eve gidiyormuş gibi yapar, sonra yan sokaklara sapıp farklı bir rota izlerdi. Arada bir yakalanır, sorgulanır, azarlanırdı – kimileyin, tek bir günde iki, üç, dört kez. Sonra kırbaçlar şaklar, antenler havayı yırtar, Leyla kanlar içinde, ayaklarını sürüyerek eve dönerdi – Azize'yi bir dakikalığına bile göremeden. Bunun üzerine, Leyla kat kat giyinmeye başladı; sıcak havada bile, darbeleri hafifletsin diye, *burka*'sının altına iki-üç kazak giyiyordu.

Ama Leyla için ödül, eğer Taliban'ı geçmeyi başarmışsa, her şeye değerdi. O zaman, kızıyla istediği kadar vakit geçirebilirdi – hatta, *saatlerce*. Avluda, salıncağın yakınında, çocukların, ziyarete gelmiş annelerin arasında oturur, Azize'nin o hafta neler öğrendiğini konuşurlardı.

Azize, Zaman *Kaka*'nın onlara her gün mutlaka yeni bir şey öğrettiğini söylüyordu; okuma-yazmanın yanı sıra, bazen coğrafya, bazen de tarih ya da bilim; bitkiler, hayvanlar hakkında herhangi bir şey.

"Ama önce perdeleri kapatıyoruz ki, Taliban bizi göremesin," dedi. Zaman *Kaka*, masasında dikiş iğneleri, iplik makaraları bulunduruyordu; "Taliban teftişe geldiğinde hemen defterleri kitapları kaldırıyor, dikiş diker gibi yapıyoruz."

Bir gün, yine Azize'yle sohbet ederken, Leyla'nın gözüne orta yaşlı, *burka*'sının peçesini kaldırmış bir kadın çarptı; üç oğlanla bir kız çocuğunu ziyarete gelmişti. Bu keskin hatlı, sert yüzü, kalın kaşları bir yerden tanıyordu, ancak sarkmış ağızla kır saçlar yabancıydı. Aynı anda, şalları, siyah etekleri, ters, aksi sesi anımsadı; saçların nasıl sımsıkı toplandığını, ensedeki kısa, sert kıl diplerini gösterecek kadar gergin topuzu. Bu kadının bir zamanlar kız öğrencilerin örtünmesini yasaklayışı, kadınlarla erkekler eşittir, dolayısıyla erkekler örtünmezken kadınların kapanmasına neden yoktur, deyişi Leyla'nın bugün gibi aklındaydı.

Bir ara, *Rengmaal Hala* başını kaldırdı, göz göze geldiler, ama Leyla eski öğretmeninin gözlerinde bir duraklama, bir tanıma ışıltısı göremedi.

"Yerkabuğunda kırıklar var," dedi Azize. "Bunlara fay deniyor."

Ilık bir öğle sonrasıydı; 2001 Haziranı'nda bir cuma günü. Dördü birlikte, yetimhanenin arka avlusunda oturuyorlardı; Leyla, Zalmay, Meryem ve Azize. Raşit bu kez -nasıl olduysa- insafa gelmiş, onlara eşlik etmişti. Yolun aşağısında, otobüs durağında beklemekteydi.

Yalınayak çocuklar çevrelerinde oynuyor, koşuşuyordu. Patlak bir futbol topu tekmeleniyor, durup dinlenmeksizin kovalanıyordu.

"Ve fayların her iki yanında kaya tabakaları var ve bunlar yeryüzünün kabuğunu oluşturuyor," diye sürdürdü Azize.

Biri Azize'nin saçlarını geriye toplayıp örmüş, tokalarla, düzgünce tepesine tutturmuştu. Leyla kızının arkasına geçip saçlarını ayıran, rahat durmasını tembihleyerek, yavaş yavaş ören kişiye, bu artık her kimse, fena halde gıpta etti.

Azize göstermek için ellerini, avuçları yukarı bakacak şekilde açtı, birbirine sürttü. Zalmay onu büyük bir ilgiyle izlemekteydi.

"Kektonik plaka mı deniyor?"

"*Tektonik,*" diye düzeltti Leyla. Konuşmak acı veriyordu. Çenesi hâlâ acıyor, sırtı, ensesi zonkluyordu. Dudağı şişmişti; diliyse ikide bir, Raşit'in iki gün önce döktüğü, alt kesici dişinden kalan boşluğa kayıyordu. Anne'yle Babi'yi kaybetmeden, hayatı tersyüz olmadan önce, Leyla insan bedeninin bunca dövülmeyi, böyle şiddetli ve düzenli bir dayağı kaldırabileceğine, dahası, işlevlerini sürdürebileceğine asla inanmazdı.

"Aynen. Bunlar birbirinin yanından kayıp geçerken, sürtünüyorlar ve kayıyorlar -anlıyor musun, Anneciğim?- böylece enerji açığa çıkıyor, bu da yeryüzüne doğru hareket ediyor ve sallanmasına neden oluyor... depreme."

"Gittikçe daha da zeki oluyorsun," dedi Meryem. "Şu budala *halan*'dan kat kat zekisin."

Azize'nin yüzü ışıdı, yayıldı. "Sen budala değilsin, Meryem *Hala*. Ayrıca, Zaman *Kaka*'nın dediğine göre, bazen kayaların yer değiştirmesi derinlerde, çok çok derinlerde olurmuş; aşağıda çok güçlü, korkutucu şeyler olup biterken biz burada, yüzeyde yalnızca hafif bir sarsıntı hissedermişiz. Sadece belli belirsiz bir titreme."

Bir önceki ziyaretin konusu, güneşten mavi ışık yayan şeyin, atmosferdeki oksijen atomları olduğuydu. *Yeryüzünde atmosfer olmasaydı*, demişti Azize soluk soluğa, *gökyüzü mavi olmaz, zifiri karanlık bir deniz olurdu, güneşse karanlıktaki kocaman, parlak bir yıldız.*

"Bu sefer Azize bizle eve geliyor mu?" diye sordu Zalmay.

"Yakında, aşkım," dedi Leyla. "Yakında."

Leyla uzaklaşan oğlanın arkasından baktı; tıpkı babası gibi yürüyordu, beden öne eğik, ayak parmakları içe basıyor. Salıncağa gitti, boş iskemleyi itti, sonunda yere, betona çöktü, bir çatlaktan fışkırmış yabani otları yolmaya başladı.

Leyla bir kez daha merak etti: Taliban Zaman *Kaka*'nın gizli derslerini öğrense, ne yapardı acaba?

Görüşmelerde, Azize sessizliğin çökmesine hiç fırsat vermiyordu. Yüksek, çınçın sesiyle yaptığı konuşmalarla, taşkın gevezeliklerle bütün boşlukları dolduruyordu. Konudan konuya atlar, elleriyle çılgın, hırçın jestler yapardı; oysa bu asabi uçuculuk hiç de tarzı değildi. Yeni bir gülüşü vardı; Azize'nin. Tam bir gülüş de sayılmazdı, daha çok, sözlerini noktalamak için başvurduğu, gergin bir tik gibiydi; ya da, Leyla'nın kuşkulandığı gibi, rahatlatma, güven verme amacıyla yapılan bir vurgu.

Başka değişiklikler de vardı. Azize'nin tırnaklarının altındaki kir Leyla'nın gözünden kaçmıyordu; kız onun fark ettiğini ayrımsar, ellerini baldırlarının altına saklardı. Ne zaman bir çocuk sümüklerini akıta akıta ağlasa, ya da yanlarından kıçı açık, saçı kirden taraz taraz bir çocuk geçse, Azize'nin kirpikleri uçuşur, hemen açıklamaya girişirdi. Evinin pisliği, çocuklarının pasaklılığı yüzünden konuklarına mahcup olmuş bir ev hanımı gibi.

Yetimhaneden memnun olup olmadığı sorularını, şen ama muğlak yanıtlarla geçiştiriyordu.

Gayet iyiyim, Hala. İyiyim.

Çocuklar sana sataşıyor mu?

Hayır, Anne. Herkes çok tatlı.

İyi yiyor musun? Rahat uyuyor musun?

Yiyorum. Uyuyorum da. Evet. Dün akşam kuzu yedik. Yoksa geçen hafta mıydı?

Kızı böyle konuştuğunda, Leyla onda Meryem'den irice bir parça görüyordu.

Azize şimdi kekeliyordu da. İlk Meryem fark etmişti. Oldukça gizli, silikti, fakat fark edilebiliyordu; özellikle *t* harfiyle başlayan sözcüklerde belirgindi. Leyla bundan Zaman'a söz etti. Adam kaşlarını çattı, "Ben hep böyle olduğunu sanıyordum," dedi.

O cuma ikindisi, yetimhaneden ayrılırken biraz gezdirmek için Azize'yi de yanlarına aldılar, otobüs durağında beklemekte olan Raşit'le buluştular. Zalmay babasını görünce bir sevinç çığlığı atıp debelendi, Leyla'nın kollarından kurtuldu. Azize'nin Raşit'i selamlayışı ciddi, gergindi, ama düşmanca değil.

Raşit acele etmelerini söyledi, iki saat sonra işbaşı yapması gerekiyordu. Intercontinental'de kapıcılığa başlayalı bir hafta olmuştu. Öğleden sekize, haftada altı gün, araba kapılarını açıyor, bavul taşıyor, yere bir şey döküldüğünde siliyordu. Bazen, günün sonunda, açık büfe tarzı lokantanın aşçısı, Raşit'in artıklardan birazını (etrafa çaktırmadan) alıp eve götürmesine göz yumuyordu – yeter ki etrafa çaktırmasın. Soğumuş, yağı emmiş köfteler; kızarmış tavuk kanatları, kabuğu kuruyup sertleşmiş; artık lastik gibi olmuş, soslu makarna; katı, çakıllı pilav. Raşit Leyla'ya söz vermişti, eli biraz para tutar tutmaz, Azize'yi eve getirecekti.

Şimdi de üzerinde üniforması vardı; bordo rengi, polyester bir takım, beyaz gömlek, klipsli boyunbağı, ak saçlarını ezen, siperlikli kasket. Üniforma Raşit'i dönüştürüyordu. Sırtında bu varken, incinebilir, neredeyse zararsız görünüyordu; yüzünde zavallı bir şaşkınlık. Hayatın ona layık gördüğü rezillikleri itirazsız kabullenen biri gibi. Bu teslimiyetiyle hem acınası hem de hayran olunası biri.

Otobüsle Titanic Şehri'ne gittiler. İki taraftaki derme çatma kulübelerin, kuru setlere tutunmuş gecekonduların arasından nehir yatağına doğru yürüdüler. Köprünün yakınında, basamakları inerlerken bir vinçten sarkan, çıplak ayaklı bir erkek cesedi gördüler; kulakları kesilmiş, ipin ucundaki boynu bükülmüştü. Irmakta, etrafta dolaşan kalabalığın arasına karıştılar: alışverişçiler, para takasçıları, sivil toplum örgütlerinin sıkkın yüzlü üyeleri, sigara satıcıları, gelip geçene ellerindeki sahte antibiyotik reçetelerini gösterip para dilenen, çarşaflı kadınlar. Eli kırbaçlı, *nesvar* çiğneyen Talipler Titanic Şehri'nde devriye geziyor, yakışıksız kahkahalar, peçesiz yüzler arıyordu.

Zalmay, koyun postundan yapılma gocuk satan bir satıcıyla yapay çiçeklerle dolu bir tezgâhın arasındaki oyuncakçıdan, sarı ve mavi çizgili, kauçuk bir basketbol topu aldı.

"Bir şey seç," dedi Raşit Azize'ye.

Kız duraksadı; mahcubiyetten kasılıp kalmıştı.

"Acele et. Bir saat sonra işte olmalıyım."

Azize bir top-şeker makinesi seçti; madeni parayı deliğe atıp bir şeker alıyor, sonra alttaki kapağı kaldırıp parayı geri alıyordunuz.

Satıcı fiyatını söyleyince Raşit'in kaşları kalkıverdi. Sıkı bir pazarlık başladı, sonunda Raşit Azize'ye dönüp, sanki oyuncak için tutturan *oymuş* gibi, "Geri ver," diye homurdandı. "İkisini birden alamam."

Dönüş yolunda, yetimhaneye yaklaştıkça Azize'nin şen şakrak ön-cephesi her adımda biraz daha soldu, bulandı. Eller uçuşmayı kesti. Yüzü karardı. Her seferinde yineleniyordu bu. Şimdi konuşup durma, yerli yersiz, asabice gülme, hüzünlü sessizliği soluksuz, amaçsız gevezeliklerle doldurma sırası, Meryem'in de desteğiyle, Leyla'daydı.

Daha sonra, Raşit onları yetimhaneye bırakıp otobüsle işe yollandığında, Leyla durdu, el sallayan, sonra duvarın dibinden ayaklarını sürüye sürüye arka avluya geçen Azize gözden yitinceye kadar bekledi. Azize'nin kekelemesini, fay kırılmalarıyla ilgili söylediklerini düşündü; derinlerde şiddetli çarpışmalar yaşanırken, bizim yüzeyde nasıl yalnızca hafif bir titreme hissettiğimizi.

"Çek git, hey sen!" diye haykırdı Zalmay.

"Şişşt," dedi Meryem. "Kime bağırıyorsun böyle?"

Oğlan parmağıyla gösterdi. "Şuna. Şu adama."

Leyla parmağın gösterdiği yöne baktı. Evin önünde bir adam duruyordu; kapıya yaslanmıştı. Geldiklerini görünce onlara doğru döndü. Kollarını çözdü. Topallayarak bir-iki adım attı.

Leyla durdu.

Boğazından boğulur gibi bir hırıltı çıktı. Dizleri gevşedi. Ansızın, Meryem'in koluna, omzuna, bileğine, herhangi bir yerine, bir şeye tutunma, yaslanma arzusu, *gereksinimi* hissetti. Ama yapmadı. Bunu göze alamadı. Tek bir kasını bile kıpırdatmaya cesaret edemedi. Nefes almaktan, hatta gözünü kırpmaktan bile korkuyordu, çünkü bunun uzakta titreşen bir serap olmasından, en küçük bir kıpırtıda kaybolacak, uçucu bir yanılsama olmasından korkuyordu. Bunun için de, tam anlamıyla hareketsiz kaldı, Tarık'a baktı; ta ki göğsü hava ihtiyacıyla çığlıklar atana, gözleri kırpışmak için yanana kadar. Derin bir soluk aldıktan, gözlerini kapayıp açtıktan sonra, erkeğin her nasılsa, mucizevi bir biçimde, hâlâ orada durduğunu gördü. Tarık hâlâ oradaydı.

Leyla her şeyi göze alıp öne doğru bir adım attı. Ardından, bir adım daha. Ve bir tane daha. Sonra, koşmaya başladı.

43
MERYEM

Üst katta, Meryem'in odasında, Zalmay'ın hırçınlığı üstündeydi, nereye saldıracağını bilemiyordu. Bir süre, yeni basketbol topunu yerde, duvarlarda sektirerek dolaştı. Meryem yapmamasını söyledi, fakat oğlanın üzerinde hiçbir otoritesi olmadığını biliyordu, o da zaten kadının gözlerinin içine küstahça bakarak topu zıplatmayı sürdürdü. Bir ara, Zalmay'ın oyuncak arabasını aralarında sürdüler; iki yanında göz alıcı, kırmızı yazılar bulunan cankurtaranı odanın iki ucundan birbirlerine yolladılar.

Daha önce, Tarık'ı kapıda bulduklarında, Zalmay topunu göğsüne bastırmış, başparmağını ağzına sokmuştu – artık yalnızca endişelendiği zaman başvurduğu bir alışkanlıktı. Tarık'ı kuşkuyla süzmüştü.

"Kim bu adam?" diye sordu Meryem'e. "Onu sevmedim."

Meryem açıklamaya, Leyla'nın çocukluk arkadaşı olduğunu, birlikte büyüdüklerini söylemeye çalıştı, ama oğlan onun sözünü kesip cankurtaranı ters, kendine doğru çevirmesini söyledi, kadın söyleneni yapınca da, basketbol topumu isterim, diye tutturdu.

"Topum nerde? Baba *can*'ın aldığı top nerde? Nerde? Topumu istiyorum! İstiyorum!" Sesi giderek yükseliyor, her sözcükte biraz daha şirretleşiyordu.

Meryem, "Şimdi buradaydı," deyince, oğlan haykırdı: "Hayır, kayboldu işte! Biliyorum, kayboldu! Nerede, ha? Nerede?"

"İşte," dedi Meryem, topu içine yuvarlandığı dolaptan çıkararak. Ama Zalmay artık uluyor, yumruklarıyla havayı dövüyordu; aynı top olmadığını, olamayacağını, çünkü onun kaybolduğunu haykırıyordu avaz avaz; bu sahtesiydi, gerçek topu nereye gitmişti? Nereye? Nereye nereye nereye?

Çığlık atmayı, Leyla yukarıya çıkıncaya kadar sürdürdü; Leyla onu kucakladı, salladı, parmaklarıyla sıkı, siyah buklelerini sıvazladı, ıslak yanaklarını kuruladı, diliyle kulağını gıdıkladı.

Meryem odanın dışında bekliyordu. Merdivenin başından görebildiği tek şey, Tarık'ın oturma odasının halısız zeminine uzattığı, hâki pantolonlu, uzun bacaklarıydı – hem sağlam hem de takma olanı. Aynı anda, Raşit'le birlikte Celil'e telefon etmek üzere gittikleri Intercontinental Oteli'ndeki kapıcıyı hatırladı ve neden tanıdık geldiğini anlayıverdi. Daha önce çıkaramamasının nedeni, adamın o gün kasketli, güneş gözlüklü olmasıydı. Ama Meryem artık çok net anımsıyordu; dokuz yıl önce, aşağı salonda oturan, mendiliyle alnını kurulayan ve su isteyen adamı. Aklına bin türlü soru üşüştü: Sülfa hapları da oyunun bir parçası mıydı? Planı hangisi geliştirmiş, inandırıcı ayrıntılarla cilalamıştı? Raşit, Abdül Şerif'e (tabii gerçek adı buysa) buraya gelip Leyla'yı kahretmesi, Tarık'ın ölüm haberiyle yıkması için kaç para ödemişti?

44
LEYLA

Tarık, aynı hücreyi paylaştığı adamlardan birinin, flamingo resmi yaptığı için meydan dayağına çekilen bir kuzeni olduğunu söyledi. Adamın, yani kuzenin, flamingolara karşı iflah olmaz bir tutkusu vardı.

"Koca koca resim defterleri," dedi. "Düzinelerce yağlıboya; gölcüklerde, sığ sularda yürüyen, bataklıklarda güneşlenen flamingolar. Günbatımına doğru uçanlar da, elbette."

"Flamingolar," diye yineledi Leyla. Sırtını duvara vermiş oturan, sağlam bacağını dizden kırmış olan Tarık'a baktı. Ona yeniden dokunmak için bastırılamaz bir dürtü hissediyordu; tıpkı sokak kapısında, yanına koştuğu zaman yaptığı gibi. Kollarını erkeğin boynuna nasıl doladığını, göğsüne yaslanıp ağladığını, ıslak, boğuk bir sesle adını üst üste, defalarca nasıl yinelediğini hatırladıkla utançtan al basıyordu yüzüne. Yoksa çok mu hevesli, çok mu abartılı davranmıştı? Belki de. Ama kendine engel olamamıştı. Şimdiyse ona yeniden dokunmak, gerçekten burada olduğunu, bir düş, bir hayal olmadığını kendine kanıtlamak için içi gidiyordu.

"Yaa," dedi Tarık. "Flamingolar."

Taliban resimleri bulunca, diye sürdürdü anlatmayı, kuşların uzun, çıplak bacaklarına bozulmuş. Kuzenin ayaklarını bağlayıp falakaya yatırmış, kan revan içinde bırakmış, sonra da bir seçenek sunmuşlar: Ya resimleri yok edeceksin ya da flamingoları edepli bir hale getireceksin. Bunun üzerine, kuzen eline fırçasını almış, kuşlara, her birine, tek tek pantolon giydirmiş.

"Al sana Müslüman flamingo," dedi Tarık.

Kahkahalar yükseldi, fakat Leyla onları bastırdı. Sararan dişlerinden, kesici dişinden kalma boşluktan utanıyordu. Bakımsız halinden, şiş dudağından utanıyordu. Keşke onunla karşılaşmadan yüzünü yıkayacak, en azından saçını tarayacak vakti olsaydı.

"Ama son gülen bizimki, yani kuzen olmuş," dedi Tarık. "Pantolonları sulu boyayla yapmış. Taliban gidince de, suya tutup akıtıvermiş." Gülümsedi – onun da bir dişi eksikti. Başını eğdi, gözlerini ellerine dikti. "Yaa."

Başında *pakol* vardı, ayaklarında yürüyüş botları; siyah, yün kazağını hâki rengi pantolonunun içine sokmuştu. Konuşurken hafifçe gülümsüyor, başını usulca, doğrularcasına sallıyordu. Leyla onun bunu, *yaa* ünlemini kullandığını hiç anımsamıyordu; şu düşünceli duruş, parmakların kucakta birleşip bir çadır kuruşu, bu baş sallama da yeniydi. Ne kadar yetişkin bir sözcük, ne kadar yetişkin bir jest. İyi de, neden bu kadar şaşırtıcı geliyordu ki? O artık *yetişkin* bir erkekti. Yavaş devinimli, yorgun tebessümlü, yirmi beş yaşındaki Tarık. Sakallı, düşlerindeki Tarık'tan daha zayıf, ama güçlü kuvvetli ellere, bir işçinin boğum boğum, dolgun damarlı ellerine sahip bir erkek. Yüzü hâlâ etsiz, yakışıklıydı fakat teni artık açık değildi; tıpkı boynu gibi güneşten yanmış alnında da bir yıpranmışlık seziliyordu; uzun ve yıpratıcı bir yolculuğun sonundaki bir gezginin alnıydı bu. *Pakol*'unu geriye itmişti; Leyla saçlarının dökülmeye başladığını ayrımsadı. Gözlerinin elası, anımsadığından daha donuk, daha soluktu, ama belki de odadaki ışık yüzündendi.

Tarık'ın annesini düşündü; o acelesiz tavırlarını, zeki tebessümlerini, kasvetli, mor peruğunu. Ve babasını; gözlerini kısıp bakışı, iğneleyici şakaları. Daha önce, kapıda, gözyaşlarıyla ıslanmış sesi, birbirine dolanan kelimeleriyle, Abdül Şerif'ten aldığı haberi aktarmış, Tarık da başını hayır anlamında sallamıştı. Leyla da bunun üzerine, onları, ana-babasının sağlığını sordu. Fakat Tarık başını eğip, kederle, "Vefat ettiler," deyince, sorduğuna pişman oldu.

"Çok üzüldüm."

"Şey. Evet. Ben de." Sonra, cebinden küçük bir kesekâğıdı çıkardı, Leyla'ya uzattı. "Bu senin. Alyona'dan sevgilerle." İçinden, naylona sarılı bir kalıp peynir çıktı.

"Alyona. Ne güzel isim." Leyla bir sonraki sözcüğü sesi titremeden söyleyebilmek için kendini zorladı. "Karın mı?"

"Keçim." Beklenti dolu bir gülümsemeyle kıza bakıyordu; anımsamasını bekler gibi.

Aynı anda, Leyla anımsadı. Sovyet filmi. Alyona, kaptanın kızıydı, ikinci kaptana âşık olan kız. Tarık ve Hasena'yla, Sovyet tanklarının, ciplerinin Kabil'den ayrılışını seyrettikleri, Tarık'ın o komik Rus kalpağını taktığı gün, daha sonra izledikleri film.

"Onu yere çaktığım bir kazığa bağlıyorum," diyordu Tarık. "Etrafına da bir çit ördüm. Kurtlar yüzünden. Yaşadığım dağ eteğinin yakınlarında, yarım kilometre kadar uzakta ormanlık bir alan var, çoğunlukla çam ağaçları, biraz köknar, biraz da sedir. Genellikle ormandan ayrılmıyorlar, kurtlar yani, ama meleyen üstelik etrafta dolaşmaktan hoşlanan bir keçi, akıllarını çelebilir. Çiti bu yüzden yaptım. Kazığı da."

Leyla hangi dağ eteği olduğunu sordu.

"Pir Penjal, Pakistan," dedi Tarık. "Yaşadığım yerin adı Mürree; İslamabad'a bir saat uzaklıkta bir sayfiye yeri. Dağlık, yemyeşil bir yer; bol ağaçlı, deniz seviyesinden epey yüksek. Onun için de yazları serin oluyor. Turistler için mükemmel."

Britanyalıların orayı Kraliçe Victoria döneminde, Ravalpindi'deki askeri karargâhlarına yakın olduğu için seçtiklerini, vatandaşlarının sıcaktan kaçabileceği bir yayla kurduklarını açıkladı. Sömürge döneminden kalma birkaç hatıraya hâlâ rastlanıyor, dedi; bir-iki çayevi, kır evi dedikleri, teneke-damlı bungalovlar, filan. Kasabanın kendisiyse küçük, sevimliydi. "Mall" dedikleri ana caddeye postane, bir kapalı çarşı, birkaç lokanta, boyalı camları ve el dokuması halıları turistlere fahiş fiyatla satan dükkânlar sıralanmıştı. Mall'da acayip bir trafik uygulaması vardı; tek yönlü trafik bir hafta bir yöne, öteki hafta aksi yöne akıyordu.

"Yerel halk, İrlanda'da bazı yerlerde ulaşımın aynen böyle olduğunu söylüyor. Bilemem. Her neyse, hoş bir yer. Yalın bir yaşam, fakat hoşuma gidiyor. Orada yaşamayı seviyorum."

"Keçinle birlikte. Alyona'yla."

Leyla'nın amacı şaka yapmaktan ziyade, erkeğin ağzından çaktırmadan, ustaca laf almaya çalışmaktı; yanında, keçiyi kurtlara kaptırmaktan korkan biri daha olup olmadığını öğrenmek, örneğin. Ama Tarık başını evet anlamında sallamakla yetindi.

"Ben de senin annenle babana üzüldüm," dedi.

"Duydun mu?"

"Daha önce birkaç komşuyla konuştum," dedi erkek. Bir duraklama oldu, Leyla komşuların ona başka neler anlattığını merak etti. "Hiç tanıdık göremedim. Eski günlerden, yani."

"Hepsi gitti. Tanıdığın hiç kimse kalmadı."

"Kabil'i tanıyamıyorum."

"Ben de öyle."

"Anneciğin yeni bir arkadaşı var," dedi Zalmay, akşam yemeğinden sonra; Tarık gideli epeyce olmuştu. "Bir erkek."

Raşit başını kaldırıp baktı. "Öyle mi?"

Tarık sigara içmek için izin istedi.

Bir süre, Peşaver yakınlarındaki Nasır Bağ sığınma kampında kaldık, dedi, sigarasının külünü bir tablaya silkerken. "Oraya vardığımızda, kampta zaten altmış bin Afgan yaşamaktaydı.

"Diğer bazı kamplar, örneğin, Allah korusun Caluzay kadar kötü değildi. Soğuk Savaş sırasında kurulan şu örnek kamplardan biriydi sanırım; hani Batı'nın dünyaya göstermek, Afganistan'a sadece silah yığmadıklarını kanıtlamak için yaptıklarından."

Ama bu, Sovyet savaşı sırasındaydı, *cihat* günlerinde; dünya çapında bir ilginin uyandığı, para musluklarının açıldığı, Margaret Thatcher'in kalkıp ziyarete geldiği günlerde.

"Gerisini biliyorsun, Leyla. Savaştan sonra, Sovyetler dağıldı, Batı da çekip gitti. Afganistan'da artık kaybetmekten korktukları hiçbir şeyleri kalmamıştı, dolayısıyla para da suyunu çekti. Nasır Bağ artık çadırlardan, tozdan ve açık lağımlardan ibaret. Oraya gidince, bize bir sopayla bir parça da çadır bezi verdiler, kendi çadırımızı kurmamızı söylediler."

Bir yıl kaldıkları Nasır Bağ'dan en çok anımsadığı şeyin, kahverengilik olduğunu ekledi. "Kahverengi çadırlar. Kahverengi insanlar. Kahverengi köpekler. Kahverengi lapa."

Her gün tırmandığı, yapraksız bir ağaç vardı; bir dala atar biner gibi oturur, güneşe serilmiş sığınmacıları seyrederdi; yaraları, kopuk uzuvları gözler önünde. Bidonlarla su taşıyan, ateş yakmak için köpek pisliği toplayan, kör bıçaklarla tahtadan oyuncak AK-47'ler yontan, kimsenin ekmek yapmayı beceremediği, bayat buğday unuyla dolu çuvalları sürükleyen, küçücük, bir deri bir kemik oğlanları seyrederdi. Mülteci kampını dip dibe dolduran çadırlar rüzgârda çırpınırdı. Rüzgâr yabani ot öbeklerini oradan oraya sürükler, çamur mezbelelerin çatısına düşmüş uçurtmaları havalandırırdı.

"Bir sürü çocuk öldü. Dizanteri, verem, açlık – ne istersen. En çok da, kahrolası dizanteriden. Tanrım, Leyla. Ne çok çocuğun gömüldüğünü gördüm. Bir insanın tanık olabileceği en kötü görüntü, inan."

Bacak bacak üstüne attı. Bir süre ikisi de konuşmadı.

"Babam ilk kışı bile atlatamadı," diye sürdürdü sözünü. "Uykusunda öldü. Acı çektiğini sanmıyorum."

Aynı kış, annesi de zatürreeye yakalanmıştı, az kaldı ölüyordu; steyşın vagon arabasını seyyar bir kliniğe dönüştürmüş olan kamp doktoru olmasaydı, ölürdü de. Kadın sabaha kadar ateşler içinde kıvranıyor, öksürüyor, kalın, pas rengi balgam tükürüyordu. Doktorun önündeki kuyruklar çok uzundu, dedi Tarık. Sıradaki herkes titriyor, inliyor, öksürüyordu; altına kaçıran, dışkısı bacaklarından akanlar da vardı, bitkinlikten ya da açlıktan tek kelime edecek mecali olmayanlar da.

"Ama çok düzgün adamdı, doktor. Annemi tedavi etti, ilaç verdi ve o kış annemin hayatını kurtardı."

Aynı kış, Tarık bir çocuğu köşeye kıstırdı.

"On iki, bilemedin on üç yaşındaydı," dedi, dümdüz bir sesle. "Bir cam parçasını gırtlağına dayadım, elindeki battaniyeyi aldım. Götürüp anneme verdim."

Annesinin hastalığından sonra, kendine bir söz vermiş, kampta bir kış daha geçirmemeye yemin etmişti. Çalışacak, para biriktirecek, annesini Peşaver'de temiz suyu, sobası olan bir daireye taşıyacaktı. Bahar gelince, iş aramaya koyuldu. Arada bir, bir kamyon sabah erkenden kampa gelir, birkaç düzine delikanlıyı toplayıp çalışmaya götürürdü; yakınlardaki bir tarlaya taş ayıklamaya, bir bahçedeki elmaları toplamaya; karşılığında da üç-beş kuruş para, bir battaniye, bir çift ayakkabı. Ama Tarık'ı çağıran olmamıştı.

"Bacağıma şöyle bir bakar, arkalarını dönüverirlerdi," dedi.

Başka işler de vardı. Kazılacak kanallar, yapılacak kulübeler, taşınacak su, helalardan kürenecek pislik. Ama bu işler için sürüyle genç birbirini yiyordu, Tarık'a şans bir kez olsun gülmedi.

Sonra bir gün, 1993 güzünde bir dükkân sahibiyle tanıştı.

"Bir deri paltoyu Lahor'a götürmem için para teklif etti. Çok değil, ama yeterli; tutmak istediğim dairenin bir-iki aylık kirasını karşılayacak kadar."

Dükkâncı ona bir otobüs biletiyle bir adres vermişti; Lahor Tren Garı'nın yakınında, bir köşe başında, paltoyu adamın bir arkadaşına teslim edecekti.

"Anlamıştım tabii," dedi Tarık. "Yakalanırsam, tek başınaydım, beni tanımıyordu; annenin yaşadığı yeri biliyorum, unutma, dedi. Ama parası, geri çevrilemeyecek kadar iyiydi. Üstelik kış bir kez daha bastırmak üzereydi."

Leyla sordu: "Nereye kadar gidebildin?"

Tarık güldü. "Fazla ilerleyemedim." Gülüşü mahcuptu, af diler gibi. "Otobüse bile binemedim. Oysa kendimi dokunulmaz sanıyordum, bilirsin, şerbetli. Sanki yukarılarda bir yerde bir muhasebeci oturmuş, kulağının arkasında bir kalem, bu tür şeylerin çetelesini tutuyor, aşağıya bakıp şöyle diyordu: 'Evet, tamam, bunu alabilir, izin vereceğiz. Bedelini çoktan ödedi, evet, o.'"

Haşhaş astarın içindeydi; polis bıçağı paltoya daldırdığı an sokağın ortasına, yerlere saçılıvermişti.

Tarık yeniden güldü, giderek tırmanan, titrek bir kahkahaydı; Leyla onun küçükken de aynen böyle güldüğünü anımsadı; utancını gizlemek, yaptığı delice ya da kepazece bir şeyi hafife almak istercesine.

"Topallıyordu," dedi Zalmay.

"Yoksa *bu* tahmin ettiğim kişi mi?"

"Yalnızca ziyarete geldi," dedi Meryem.

"Kapa çeneni sen," diye hırladı Raşit, bir parmağını kaldırarak. Yeniden Leyla'ya döndü. "Bak şu işe. Leyla'yla Mecnun kavuşmuş. Tıpkı eski günlerdeki gibi." Yüzü taşlaştı. "Onu içeri aldın demek. Buraya. Benim evime. Onu evime soktun. Buraya, oğlumun yanına."

"Beni oyuna getirdin. Bana yalan söyledin," dedi Leyla, dişlerini gıcırdatarak. "O adamı getirip karşıma oturttun ve... Onun hayatta olduğunu bilseydim, çekip gideceğimi biliyordun."

"AMA SEN BANA YALAN SÖYLEMEDİN?" diye kükredi Raşit. "Anlamadığımı mı sandın? Senin şu *harami*'yi? Sen beni aptal mı sanıyorsun, kaltak?"

Tarık konuştukça, Leyla'nın susma ânından duyduğu korku da artıyordu. Erkeğin susmasını izleyecek olan, anlatma sırasının kendisine geldiğini belirtecek olan sessizlikten ödü kopuyordu; işte o zaman, nedenleri, niçinleri açıklaması, erkeğin zaten bildiğinden emin olduğu şeyi resmileştirmesi gerekecekti. Tarık ne zaman duraklasa, Leyla midesinde hafif bir bulantı hissediyordu. Erkekle göz göze gelmemeye çalışıyordu. Onun ellerine, bu ellerin üzerindeki, araya giren yıllarda fışkırmış, kalın, siyah kıllara bakıyordu.

Tarık, orada Urdu dilini öğrendiği dışında, hapishane yıllarından fazlaca söz etmedi. Leyla sorunca da başını sabırsızca salladı. Leyla bu jestte paslı demirleri, yıkanmamış bedenleri, hır çıkarmaya hazır erkekleri, tıklım tıkış koridorları, küf bağlamış, çürümeye yüz tutmuş tavanları gördü. Bu yüzde, oranın ne kadar aşağılayıcı, onur kırıcı, iç karartıcı bir yer olduğunu okudu.

Tarık, tutuklanmasından sonra, annesinin onu görmeye çalıştığını söyledi.

"Üç kez geldi. Ama onunla bir türlü görüşemedim."

Annesine bir mektup yazmış, daha sonra, eline geçeceğinden kuşku duysa da, birkaç tane daha yollamıştı.

"Sana da yazdım," dedi.

"Yazdın mı?"

"Ah, *ciltlerce.* Verimliliğim, dostun Rumi'yi kıskançlıktan çatlatabilirdi." Bir kahkaha patlattı, sesi bu kez gümbür gümbürdü; kendi cüretine şaşırmış, yaptığı ifşaattan utanmış gibi.

Üst katta, Zalmay kıyametleri koparıyordu.

"Aynen eski günlerdeki gibi," diye yineledi Raşit. "İkiniz. Baş başa. Ona yüzünü de göstermişsindir, herhalde."

"Gösterdi," dedi Zalmay. Sonra, Leyla'ya: "Gösterdin, Anne. Seni gördüm."

***

"Oğlun benden pek hoşlanmadı," dedi Tarık, yeniden aşağıya inen Leyla'ya.

"Özür dilerim," dedi kız. "Ondan değil. Sadece... Neyse, ona aldırma." Sonra hemen konuyu değiştirdi, çünkü Zalmay'a haksızlık ettiğini hissetmiş, suçluluk duymuştu; o babasını çok seven, küçük bir çocuktu yalnızca; bu yabancıya duyduğu içgüdüsel antipati ise oldukça anlaşılabilir, geçerli bir tepkiydi.

Sana da yazdım.

Ciltlerce.

Ciltler dolusu.

"Ne zamandır Mürree'desin?

"Bir yıl olmadı," dedi Tarık.

Hapishanede yaşlıca bir adamla dost olduğunu anlattı; Salim adındaki bu Pakistanlı, eski bir çim hokeyi oyuncusuydu, yıllardır hapse girip çıkıyordu, o sırada da sivil bir polis memurunu bıçaklamaktan on yıllık cezasını çekmekteydi. Her hapishanede bir Salim mutlaka bulunur, dedi Tarık. Uyanık, işini bilen, tanıdıkları olan, diğer tutukluların ihtiyaçlarını karşılayan; çevresindeki hava hem fırsatlarla hem de tehlikeyle titreşen biri. Tarık'ın annesi hakkında bilgi edinen, onu karşısına oturtup yumuşak, babacan bir sesle, annesinin öldüğü haberini veren de Salim'di.

Tarık, Pakistan'daki hapishanede yedi yıl yatmıştı. "Yine de ucuz kurtuldum," dedi. "Şanslıymışım. Davama bakan hâkimin erkek kardeşi bir Afgan kadınla evliymiş. Belki de bu yüzden bana merhamet gösterdi. Bilemiyorum."

Tarık'ın cezası dolunca, 2000 kışının başlarında, Salim ona ağabeyinin adresini, telefon numarasını verdi. Adamın adı Sayid'di.

"Sayid'in Mürree'de küçük bir oteli olduğunu söyledi. Yirmi oda, bir de salon; gezginlerin karnını doyurabileceği, küçük bir yer. Beni Salim gönderdi dersin, diye tembihledi."

Tarık otobüsten indiği an sevmişti Mürree'yi: karla yüklü çamlar, soğuk, gevrek hava, panjurlu, ahşap villalar, bacalardan tüten duman.

Sayid'in kapısını çalarken, burası, diye düşündü, bildiğim, çektiğim sefaletten dünyalarca uzak olmakla kalmıyor, güçlük, çile gibi olguları bile her nasılsa ayıp, akla hayale sığmaz kavramlar gibi gösteriyor.

"Kendime, işte bir erkeğin uyum sağlayabileceği, yuvarlanıp gidebileceği bir yer, dedim."

Tarık işe alındı; kapıcı ve tamirci olarak. Sayid'in koyduğu bir aylık, yarım maaşlı deneme sürecinde başarılı oldu. O konuşurken, Leyla'nın gözünün önünde Sayid belirdi; kısık gözlü, al yanaklı bir erkek; resepsiyondaki camın gerisinden, odun kesen, araba yolundaki karı küreyen Tarık'ı izliyor. Adamı eğilmiş, lavabonun altına yatmış, sızan bir boruyu tamir etmekte olan Tarık'ı incelerken gördü. Muhasebe defterini inceler, hesapta açık olup olmadığını kontrol ederken.

Tarık'ın tek odalı kulübesi, aşçının minik bungalovunun arkasındaydı. Aşçı, Edibe adında, anaç, yaşlı bir duldu. Her iki kulübe de otelden az uzaktaydı; ana binayla arasında dağınık badem ağaçları, bir tahta sıra ve yazları suyu bütün gün çağıldayan, piramit biçiminde bir çeşme vardı. Leyla kulübesindeki Tarık'ı da gördü; yatağında oturuyor, penceresinin önündeki bol yapraklı dünyayı seyrediyor.

Tarık'ın minnetle kabullendiği bu sürenin sonunda, Sayid onun maaşını artırdı, öğle yemeklerinin bedava olduğunu belirtti, yün bir palto verdi, bacağını da yeniledi. Adamın iyiliği, cömertliği karşısında ağladım, dedi Tarık.

İlk aylığını cebine koyar koymaz kasabaya inmiş, Alyona'yı satın almıştı.

Gülümsedi: "Kürkü bembeyaz, lekesiz. Bazı sabahlar, eğer gece kar yağmışsa, camdan bakıyorsun ve sadece iki gözüyle ıslak burnunu görüyorsun."

Leyla başını salladı. Bir sessizlik oldu. Üst katta, Zalmay yeniden topunu duvarda zıplatmaya başlamıştı.

"Öldüğünü sanıyordum," dedi Leyla.

"Biliyorum. Söylemiştin."

Leyla'nın sesi gidiverdi. Durup genzini temizlemeye, kendini toplamaya mecbur kaldı. "Haberi getiren adam öyle içtendi ki... Ona inandım, Tarık. Keşke yapmasaydım, ama inandım. Ve kendimi öyle yalnız, öyle çaresiz hissettim ki... çok da korktum. Aksi halde, Raşit'le evlenmeyi asla kabul etmezdim. Asla..."

"Açıklamak zorunda değilsin," dedi erkek tatlılıkla, gözlerini kızınkilerden kaçırarak. Bunu söyleme biçiminde üstü örtük bir sitem de yoktu, gizli bir hayıflanma da. Ne de en küçük bir suçlama.

"Evet, zorundayım. Çünkü onunla evlenmemin çok daha önemli bir nedeni vardı. Bilmediğin bir şey var, Tarık. Daha doğrusu, *biri*. Sana anlatmam gerekiyor."

Raşit Zalmay'a sordu: "Sen de sohbet ettin mi onunla?"

Zalmay bir şey demedi. Leyla onun gözlerinde şimdi kuşku, tereddüt görüyordu; verdiği haberin sandığından çok daha önemli olduğunu yeni yeni ayrımsıyordu sanki.

"Sana bir soru sordum, evlat."

Zalmay yutkundu. Gözleri oradan oraya uçuşuyordu. "Ben yukardaydım, Meryem'le oynuyordum."

"Peki ya annen?"

Oğlan hemen Leyla'ya baktı; süt dökmüş kedi gibi; ağladı ağlayacak.

"Önemli değil, Zalmay," dedi annesi. "Doğruyu söyle."

"O... o aşağıdaydı, o adamla konuşuyordu," dedi oğlan cılız bir sesle, neredeyse fısıldar gibi.

"Anlıyorum," dedi Raşit. "Tam bir ekip çalışması."

Tarık giderken, "Onunla tanışmak istiyorum," dedi. "Onu görmek istiyorum."

"Ayarlarım," dedi Leyla.

"Azize. Azize." Tarık gülümsedi, sözcüğün tadına baktı. Oysa Raşit ne zaman kızının adını söylese, Leyla bu seste hep bozuk, sakat bir tını hissederdi; hatta terbiyesizce. "Azize. Harika bir isim."

"Kendisi de öyle. Göreceksin."

"Dakikaları sayacağım."

Birbirlerini görmeyeli neredeyse on yıl olmuştu. Leyla'nın zihninde geçmiş, dar geçitte buluştukları, gizlice öpüştükleri anlar çakıp duruyordu. Erkeğin onu şimdi nasıl gördüğünü merak etti. Leyla'yı hâlâ güzel buluyor muydu? Yoksa ona solmuş, yıpranmış, acınası mı görünüyordu; ürkek, bezgin, yaşlı bir kadın gibi? On yıl. Ama orada, güneş ışığında Tarık'la karşılıklı dururken, Leyla bir an, bu yılların hiç yaşanmadığı, aradan bunca zaman geçmediği duygusuna kapıldı. Ana-babasının ölümü, Raşit'le evlenmesi, ölümler, roketler, Taliban, dayaklar, açlık, hatta çocukları bile, hepsi bir rüyaydı sanki; ya da garip, esrarengiz bir mola, birlikte oldukları o son akşamüstüyle şu an arasındaki kısa bir perde arası.

Sonra, Tarık'ın yüzü değişti, ciddileşti. Leyla bu ifadeyi tanıyordu. Yıllar önce, ikisi de çocukken, takma bacağını çıkarıp Kadim'e saldırdığı gün, yüzünde yine bu anlam vardı. Elini uzattı, Leyla'nın altdudağının kenarına dokundu.

"Bunu sana o yaptı," dedi buz gibi bir sesle.

Bu temas, Leyla'ya yeniden o ikindiyi, Azize'ye gebe kaldığı anlardaki cinneti anımsattı. Tarık'ın ılık, ensesini yakan soluğu, kalçalarının kasılan, esneyen kasları, göğüslerini ezen göğsü, kenetlenen elleri.

"Keşke seni yanımda götürseydim," dedi Tarık fısıldarcasına.

Leyla başını eğmek zorunda kaldı; ağlamamak için kendini tutuyordu.

"Şu an evli bir kadın, bir anne olduğunu biliyorum. Bense çıkıp geldim; onca yılın ardından, bütün olanlardan sonra gelip kapına dikildim. Muhtemelen yakışıksız, belki de haksız bir davranış, ama seni görmek zorundaydım... Ah, Leyla, senden hiç ayrılmamalıydım."

Leyla boğuk bir sesle inledi: "Yapma."

"Daha çok uğraşmam, diretmem gerekirdi. Fırsatım varken seninle evlenmeliydim. O zaman her şey çok farklı olurdu."

"Böyle konuşma. Lütfen. Canımı yakıyor."

Erkek başını salladı, ona doğru bir adım attı, sonra kendini durdurdu. "Hayallere kapılmak istemiyorum. Böyle pat diye çıkıp gelmekle, senin hayatını altüst etmek de istemiyorum. Gitmemi istersen, Pakistan'a dönmemi istersen söylemen yeterli, Leyla. Ciddiyim. Tek bir sözcük, döner giderim. Bir daha da rahatsız etmem seni. Ben..."

"Hayır!" Leyla'nın sesi amaçladığından daha şiddetli çıkmıştı. Elini uzatmış, erkeğin koluna yapışmış olduğunu ayrımsadı. Elini çekti. "Hayır. Gitme, Tarık. Hayır. Lütfen kal."

Erkek başını olur anlamında salladı.

"On iki sekiz arası çalışıyor. Yarın öğleden sonra gel. Seni Azize'ye götüreceğim."

"O adamdan korkmuyorum, biliyorsun."

"Biliyorum. Yarın öğleden sonra bekliyorum."

"Peki sonra?"

"Sonra... Bilmiyorum. Düşünmem lazım. Bu..."

"Biliyorum," dedi Tarık. "Anlıyorum. Özür dilerim. Pek çok şey için özür dilerim."

"Dileme. Geri döneceğine söz verdin. Ve döndün."

Tarık'ın gözleri sulandı. "Seni görmek öyle güzel ki, Leyla."

Durduğu yerde ürpererek, erkeğin arkasından baktı. *Ciltler dolusu,* diye düşündü, bir kez daha ürperdi; bir akım, hüzünlü ve ıssız, ama aynı zamanda da hevesli, pervasızcasına umutlu bir titreme bütün bedenini yaladı.

45
MERYEM

“Yukardaydım, Meryem’le oynuyorduk,” dedi Zalmay.

“Peki ya annen?”

“O... o aşağıdaydı, o adamla konuşuyordu.”

“Anlıyorum, dedi Raşit. “Ekip çalışması desene.”

Meryem onun yüzünün gevşediğini, rahatladığını gördü. Alnındaki kırışıkların açılışını izledi. Kuşkunun, güvensizliğin gözleri terk edişini. Raşit sırtını dikleştirdi; birkaç dakikalığına dalıp gitmiş, derin düşüncelere gömülmüştü sanki; gemide isyan çıktığını öğrenen ve bir an durup bir sonraki hamlesini tasarlayan bir kaptan gibi.

Sonra, başını kaldırdı.

Meryem bir şey söyleyecek oldu, ama adam elini kaldırdı, onun yüzüne bile bakmadan, “Çok geç, Meryem,” dedi.

Zalmay'a döndü. "Sen yukarı çıkıyorsun, evlat," dedi, buz tutmuş bir sesle.

Meryem Zalmay'ın yüzündeki telaşı gördü. Çocuk asabi bir tavırla onlara, bir ona bir ötekine bakıyordu. Bu fitnecilik oyununun odada oldukça ciddi -yetişkin ciddisi- bir şeye yol açtığının farkındaydı artık. Meryem'e, sonra da annesine kederli, bin pişman bir bakış fırlattı.

Raşit buyurgan bir sesle yineledi: "*Derhal!*"

Zalmay'ı dirseğinden yakaladı. Oğlan onun kendisini çekelemesine, yukarı çıkarmasına kuzu kuzu boyun eğdi.

Donmuşçasına kalakaldılar, Meryem'le Leyla; gözleri yerdeydi, gözleri buluşursa sanki Raşit'e hak vermiş, bakış açısını onaylamış olacaklardı: O, suratına bakmaya bile tenezzül etmeyen insanlara kapıları açar, bavulları taşırken, arkasından, kendi evinde, biricik oğlunun gözlerinin önünde rezilce, ahlaksızca dolaplar çevriliyordu. Tek kelime etmediler. Üst kattaki koridordan gelen ayak seslerini dinlediler: biri ağır, tok ve kararlı, öteki ürkmüş, küçük bir hayvanınki gibi pıtır pıtır. Kulak kesilmiş dinliyorlardı; kısık sesler, tiz bir yalvarma, haşin bir azar, çekilen kapı, kilitte dönen anahtarın şıngırtısı. Geri dönen bir çift ayağın, şimdi kulağa daha da ürkütücü gelen gümbürtüsü.

Meryem basamakları inleten ayakları görebiliyordu. Anahtarın cebe sokulduğunu, kemerin delikli ucunun yumruğa sıkıca dolandığını. Pirinç taklidi tokası yerde sürükleniyor, basamaklara çarptıkça zıplıyor.

Durdurmak için öne atıldı, ama Raşit onu itekledi, yanından rüzgâr gibi geçti. Tek sözcük etmeden, kemeri Leyla'ya savurdu. Öyle hızlı hareket etmişti ki, kız geri kaçacak ya da başını eğecek, hatta yüzünü korumak için kolunu kaldıracak vakti bile bulamadı. Leyla şakağına dokundu, parmaklarındaki kana baktı, sonra da hayretle Raşit'e. Bu inanmazlığın yerini nefretin alması bir-iki dakika sürdü.

Raşit kemeri bir daha savurdu.

Bu kez, Leyla bir koluyla kendini korurken, bir eliyle kemeri yakalamaya çalıştı. Iskaladı, Raşit kemeri indirdi. Tam o sırada Leyla kemerin tokasını kısa bir süreliğine tutabildi, ama adam çekip kurtardı, bir kez daha savurdu. Bir an sonra, Leyla odanın içinde dört dönüyor, Meryem birbirine karışan, anlaşılmaz sözcükler haykırıyor, Leyla'yı kovalayan, önünü kesen, kemeri rasgele savuran Raşit'e yalvarıyordu. Bir ara, Leyla eğildi, Raşit'in kulağına bir yumruk yapıştırmayı becerdi, buysa adamı daha da hırslandırdı. Kızı yakaladı, var gücüyle duvara fırlattı, kemerle bir daha, bir daha vurdu; tokası Leyla'nın göğsüne, omzuna, havaya kaldırdığı kollarına, parmaklarına indi, indiği yerden kan fışkırttı.

Meryem artık hesabı şaşırmıştı; kemerin kaç kez şakladığını, Raşit'e kaç zamandır yakardığını, dişler, yumruklar ve kemerden oluşan kördüğümün etrafında kaç kez döndüğünü anımsamıyordu; sonra, bir çift pençenin Raşit'in yüzüne yapıştığını gördü; kırık tırnakların adamın çenesine gömüldüğünü, saçlarını çektiğini, alnını tırmaladığını. Parmakların kendisine ait olduğunu algılayıncaya kadar, aradan ne kadar zaman geçmişti?

Raşit Leyla'yı bıraktı, Meryem'e döndü. Önce, görmeden baktı, sonra gözleri kısıldı, Meryem'i ilgiyle süzdü. Gözlerindeki ifade değişti; şaşkınlık, şok, sonra hoşnutsuzluk; hatta, bir an belirip kaybolan hayal kırıklığı.

Meryem bu gözleri ilk gördüğü ânı hatırladı; nikâh duvağının altında, aynada, Celil'in refakatinde; aynanın yüzeyinde kayan, buluşan gözleri; erkeğin kayıtsız, kendisinin uysal, boyun eğmiş, neredeyse af dileyen bakışları.

Af dileyen.

Meryem şimdi, aynı gözlerde, ne büyük bir aptal olduğunu görüyordu.

Bu adama iffetsiz, gözü dışarıda bir eş mi olmuştu? Sırf kendini düşünen bir eş? Ahlaksız? Güvenilmez? Pespaye? Bu kötücüllüğü, ardı arkası kesilmeyen hakaretleri, zevkini çıkara çıkara yaptığı eziyetleri mazur gösterecek ne kötülük yapmıştı ki Raşit'e? Hastalandığında ona bakmamış mıydı? Onun, arkadaşlarının karnını doyurmamış, pisliğini gık çıkarmadan temizlememiş miydi?

Bu adama gençliğini vermemiş miydi?

Bu gaddarlığı hak edecek hiçbir şey yapmamıştı o.

Raşit ona doğru hamle etmeden önce, kemeri bıraktı; toka güm diye yere çarptı. Bazı işler, diyordu bu *güm*, çıplak elle görülmelidir.

Meryem tepesine çullanan adamın arkasında, Leyla'nın eğilip yerden bir şey aldığını gördü. Leyla'nın ellerinin havalanışını, sonra, tüm hızıyla adamın yüzünün yan tarafına inişini izledi. Kırılan camın şangırtısı. Bardağın yere saçılan, tırtıklı, sivri uçlu parçaları. Leyla'nın ellerinde kan vardı; Raşit'in de boynunda, gömleğinde. Adam arkasını döndü; dişlerini göstererek hırlıyor, gözleri ateş saçıyordu.

Yere yuvarlandılar, Raşit'le Leyla; bir süre alt alta üst üste boğuştular. Sonunda adam üste çıktı; elleri çoktan kızın boğazına kenetlenmişti bile.

Meryem onun üzerine atıldı. Göğsüne vurdu. İtmeye, ellerini Leyla'nın boğazından ayırmaya çalıştı. Parmaklarını ısırdı. Ama parmaklar kızın soluk borusuna mengene gibi yapışmıştı; Meryem onun bu işi sonuna kadar götüreceğini anladı.

Leyla'yı boğmaya kararlıydı; iki kadının bunu engellemeye gücü yetmezdi.

Meryem geri çekildi, doğruldu, odadan çıktı. Üst kattan gelen boğuk gümbürtünün, kilitli kapıyı döven minik avuçların farkındaydı. Koridoru koşarak geçti. Ön kapıdan fırladı, bir solukta bahçeyi geçti.

Alet kulübesinde, küreği kaptı.

Raşit onun odaya döndüğünü fark etmemişti. Ardına kadar açılmış, deli gözleri, kızın boynuna kenetlenmiş elleriyle, hâlâ Leyla'nın üzerindeydi. Leyla'nın yüzü morarmaya başlamış, gözakları geriye devrilmişti. Meryem onun debelenmeyi bıraktığını gördü. *Onu öldürecek,* diye düşündü. *Gerçekten öldürecek.* Ama Meryem buna izin veremezdi, izin vermeyecekti. Yirmi yedi yıllık evliliği boyunca Raşit öyle çok şeyini almıştı ki. Leyla'yı da almasına seyirci kalmayacaktı.

Ayaklarını yere sağlamca bastı, küreğin sapını iki eliyle, sıkıca kavradı. Kaldırdı. Adama seslendi. Görmesini istiyordu.

"Raşit!"

Adam başını kaldırıp baktı.

Meryem küreği savurdu.

Tam şakağına isabet etti. Darbe onu Leyla'dan kopardı.

Raşit avucuyla şakağına dokundu. Parmak uçlarındaki kana, sonra Meryem'e baktı. Meryem bir an, bu yüzün yumuşadığını görür gibi oldu. Aralarında bir duygu alışverişi olduğu duygusuna kapıldı; bu darbeyle adamın kafasına bir şeyler sokmayı başarmıştı belki de? Belki o da benim yüzümde bir şey gördü, diye düşündü, gözünün açılmasını sağlayan bir şey. Belki de, bunca yıldır Meryem'in onunla yaşamasını mümkün kılan, aralıksız aşağılamalarına, şiddetine, eleştirilerine, acımasızlığına katlanmasını sağlayan bütün vazgeçişlerden, özverilerden, benliğini yok sayışlardan bir iz, bir zerre görmüştü. Raşit'in gözlerindeki, saygı mıydı? Pişmanlık?

Ama sonra, üstdudağı alayla, bildik tiksintiyle kıvrıldı ve Meryem başladığı işi bitirmemenin nasıl bir hata, hatta sorumsuzluk olacağını anladı. Şimdi Raşit'in kalkıp gitmesine izin verse, adamın cebindeki anahtarı çıkarıp üst kata fırlaması, Zalmay'ı kilitlediği odaya dalıp tabancasını kapması ne kadar sürerdi? Meryem, onun salt kendisine ateş etmekle yetineceğinden, artık Leyla'ya dokunmayacağından emin olsaydı, belki de elindeki küreği bırakırdı. Ama Raşit'in gözlerinde her ikisi için de ölüm görüyordu.

Böylece, küreği iyice, elinden geldiğince yükseğe kaldırdı; küreğin ucu, sırtına değene kadar. Keskin kenarı dikey gelecek biçimde çevirdi ve aynı anda, hayatında ilk kez, kendi yaşamının akışına *kendisinin* karar verdiğini ayrımsadı.

Sonra, küreği indirdi. Bu kez, bütün gücünü kullanmıştı.

46
LEYLA

Leyla tepesindeki yüzün farkındaydı; dişlerin, tütün kokusunun, ölümcül gözlerin. Hayal meyal de olsa, Meryem'in de farkındaydı; üzerindeki kütleye saldırdığının, yağdırdığı yumrukların. Yukardaysa tavan vardı; Leyla'nın odaklandığı şey de bu tavandı zaten; kumaşa yayılan mürekkep gibi sağa sola yayılmış, küflü, koyu lekeler, sıvadaki yarıklar, odanın hangi ucundan baktığınıza bağlı olarak, duygusuz bir tebessüme ya da çatık kaşlara benzeyen bir çatlak. Leyla, kimbilir kaç kez bir süpürgenin ucuna bez dolayıp bu tavandaki örümcek ağlarını aldığını düşündü. Onu, Meryem'le birlikte, üç kez beyaza boyadıklarını. Çatlak artık bir gülümseme değil, alaycı bir sırıtıştı. Ve giderek küçülüyordu. Tavan büzülüyor, geriliyor, ondan uzaklaşıyor, puslu, loş bir hiçliğe doğru çekiliyordu. Yükseldi, uzaklaştı, ta ki bir posta pulu kadar küçülünceye dek; beyaz ve parlak bir benek, çevresindeki her şey karanlığa gömülmüş. Karanlıkta, Raşit'in yüzü bir güneş lekesini andırıyordu.

Şimdi gözlerinin önünde anlık, kör edici beyazlıkta zerrecikler uçuşmaktaydı; infilak eden gümüş yıldızlar gibi. Işık acayip, geometrik şekiller oluşturuyordu; solucanlar, yumurta-biçimli nesneler, aşağı yukarı, sağa sola deviniyor, birbirine karışıp eriyor, ayrılıyor, bir başka imgeye dönüşüyor, sonra soluyor, yerini zifiri karanlığa bırakıyor.

Sesler boğuk, uzak.

Gözkapaklarının gerisinde, çocuklarının yüzleri parlıyor, köpürüyor. Azize; dikkatli ve aklı başında, olgun, suskun. Zalmay hayranlıkla, ürpertili bir istekle babasına bakıyor.

Demek böyle bitecek, diye düşündü Leyla. Ne zavallı bir son.

Ama sonra, karanlık dağılmaya başladı. Leyla bir çukurdan çıkarılıyormuş, havaya kaldırılıyormuş duygusuna kapıldı. Tavan yavaş yavaş geri döndü, genişledi; Leyla şimdi çatlağı yeniden görebiliyordu, yine o eski, tatsız gülümsemeydi.

Biri tutmuş, sarsıyordu onu. *İyi misin? Cevap ver, iyi misin?* Karşısında, Meryem'in yara bere içinde, endişeden, korkudan kararmış yüzü.

Leyla soluk almayı denedi. Boğazı yandı. Bir daha denedi. Bu kez daha da çok yaktı; sırf boğazını değil, göğsünü de. Sonra öksürmeye başladı; hırıldamaya. Solumaya. Ama soluk alabiliyordu. Sağlam kulağında bir çınlama.

Doğrulup oturunca ilk gördüğü şey, Raşit oldu. Sırtüstü yatmış, balık gibi açılmış ağzı, kırpışmayan gözleriyle boşluğa bakıyordu. Ağzının kenarından sızan pembemsi, köpüklü salya yanağına akmıştı. Pantolonunun önü ıslaktı. Leyla onun alnını gördü.

Sonra da küreği.

Ağzından bir inilti çıktı. "Ah," dedi titreyen, zar zor duyulan bir sesle. "Ah, Meryem."

Leyla uğunarak, ellerini çırparak odada dönenirken, Meryem yerde, Raşit'in yanında oturdu; elleri kucağında, sakin, kıpırtısız. Uzunca bir süre, hiçbir şey söylemedi.

Leyla'nın boğazı kurumuştu; bir şeyler kekeliyor, zangır zangır titriyordu. Raşit'e bakmamak için kendini zorluyordu; kuş gagası-ağzına, açık gözlerine, köprücükkemiğin çukurunda pıhtılaşmış kana.

Dışarıda gün solmaya, gölgeler koyulaşmaya başlamıştı. Meryem'in yüzü bu ışıkta zayıf, küçülmüş görünüyordu, ama heyecanlı ya da korkmuş bir hali yoktu, daha çok dalgın, düşünceliydi; zihni öylesine meşguldü ki, çenesine konan sineği fark etmedi bile. Orada öylece, derin düşüncelere daldığında yaptığı gibi, altdudağını pörtletmiş, oturuyordu.

Sonunda, "Gel otur, Leyla *co,*" dedi.

Leyla söyleneni yaptı, oturdu.

"Onu taşımamız gerek. Zalmay bunu görmemeli."

Raşit'i bir çarşafa sarmadan önce, Meryem onun cebini karıştırdı, yatak odasının anahtarını buldu. Leyla onu bacaklarından, dizlerinin arkasından tuttu, Meryem de koltuk altlarından kavradı. Kaldırmayı denediler, ama çok ağırdı, sonunda sürüklemeye karar verdiler. Ön kapıdan dışarıya, bahçeye doğru çekerlerken, Raşit'in ayağı kapının eşiğine takıldı, bacağı yana kıvrıldı. Geri dönüp bir daha denemek zorunda kaldılar, sonra yukarıda bir şey yere düştü, Leyla'nın dizleri boşalıverdi. Raşit'i düşürdü. Yere yığıldı, ağlamaya, zangır zangır titremeye başladı; Meryem onun tepesine dikildi, elleri kalçalarında, kendini toplamasını söyledi. Olan oldu, dedi.

Bir süre sonra Leyla doğruldu, yüzünü sildi; başkaca bir sorun çıkmadan, Raşit'i kulübeye taşıdılar. Çalışma tezgâhının gerisine, yere yatırdılar; masanın üzerinde testeresi, biraz çivi, bir keski, bir çekiç ve yontmaya, Zalmay'a bir oyuncak yapmaya niyetlendiği ama bir türlü başlayamadığı, silindir biçimindeki tahta parçası duruyordu.

Sonra eve döndüler. Meryem ellerini yıkadı, saçlarından geçirdi, derin bir nefes aldı. "Dur şu yaralarına bir bakayım, Leyla *co*. Her tarafın kesik içinde."

Meryem bu gece oturup düşünmesi gerektiğini söyledi. Aklını başına toplayacak, bir plan yapacaktı.

"Bir yol var," dedi, "tek yapmam gereken, onu bulmak."

"Hemen gitmeliyiz! Burada kalamayız," diye atıldı Leyla kırık, boğuk bir sesle. Birden aklına, küreğin Raşit'in başına çarptığı an çıkarmış olabileceği ses geldi, yumruk yemişçesine sendeledi. Genzine safra doldu.

Meryem onun kendine gelmesini sabırla bekledi. Sonra Leyla'yı yatırdı, başını kucağına çekti, bir yandan saçlarını okşarken, bir yandan da kaygılanmamasını, her şeyin yoluna gireceğini söyledi. Gidebiliriz, dedi – o, Leyla, çocuklar ve Tarık. Bu evden, bu bağışlama bilmez kentten ayrılabilirlerdi. Bu umudunu yitirmiş ülkeyi temelli terk edebiliriz, dedi, Leyla'nın saçlarını sıvazlarken; kimsenin onları bulamayacağı, mazilerinden soyunup sığınabilecekleri, uzak, güvenli bir yere gidebilirlerdi.

"Ağaçlı bir yere," dedi. "Evet. Bol ağaçlı."

Adını hiç duymadıkları bir kasabanın kıyısında, küçük bir evde yaşarlardı; ya da gözlerden ırak, daracık, toprak yolunun iki yanı binbir çeşit bitkiyle, fundayla sarılı bir köyde. Belki orada bir patika olurdu, çocukların oynayabileceği bir çayırlığa ulaşan bir patika; ya da onları alabalıkların yüzdüğü, kamışların boy attığı, masmavi bir göle götüren, çakıllı bir yol. Koyun, tavuk yetiştirir, birlikte ekmek yapar, çocuklara okuma öğretirlerdi – huzurlu, sakin bir yaşam. Orada, çektikleri bütün sıkıntıların ağırlığını üstlerinden atar, çoktan hak ettikleri mutluluğun, yalın refahın tadını çıkarırlardı.

Leyla ona katıldı, mırıl mırıl yüreklendirdi. Yeni güçlüklerle dolu bir yaşam olacaktı, biliyordu, ama bunlar zevkli, doyurucu zorluklar olacaktı; hiç yüksünmeyecekleri, üstesinden geldikçe gururlanacakları güçlükler: değerli bir aile yadigârı gibi değer verilen, sahip çıkılan. Meryem'in yumuşak, anaç sesi sürüp gitti, Leyla'yı iyi kötü rahatlattı. *Bir yolu var,* demişti; sabah olunca yapılması gerekeni söyleyecek, onlar da hep birlikte yapacaklardı; belki de yarın, bu saatte, yeni yaşamlarına, olasılıklarla, sevinçlerle dolup taşan, güçlüklere bile kucak açan bir yaşama doğru yol alıyor olacaklardı. Meryem'in böyle dizginleri ele almasına, açık, dupduru bir zihinle her ikisinin yerine düşünebilmesine Leyla minnettardı. Kendi zihni diken üstünde, bulanık, karman çormandı.

Meryem ayağa kalktı. "Şimdi oğlunla ilgilenmelisin." Bu, Leyla'nın bugüne kadar bir insanda gördüğü en acılı, en yaralı yüzdü.

Leyla onu karanlıkta, şiltenin Raşit'in yattığı tarafına büzülmüş buldu. Örtünün altına, oğlunun yanına kaydı, battaniyeyi üzerlerine çekti.

"Uyuyor musun?"

Oğlan arkası dönük yanıtladı: "Uyuyamadım. Baba *can*'la *Babalu* duasını yapmadık."

"Belki bu gece benimle yaparsın."

"Onun söylediği gibi söyleyemezsin ki."

Oğlanın küçük omzunu okşadı. Ensesini öptü. "Bir denerim."

"Baba *can* nerde?"

"Baba *can* gitti," dedi Leyla, boğazı yeniden tıkanırken.

İşte söylenmişti; o ilk, büyük, kahrolası yalan. Aynı yalanı daha kaç kez tekrarlayacağız? diye sordu kendi kendine, yüreği burkularak. Zalmay'ın daha kaç kez kandırılması gerekecek? Gözünün önünde, Zalmay'ın eve dönen babasını coşkuyla, koşarak karşılayışı canlandı; Raşit onu dirseklerinden tutup kaldırıyor, döndürüyor, döndürüyor, ta ki oğlanın bacakları dümdüz uzanıncaya kadar; daha sonra Zalmay etrafta sarhoş gibi yalpalayınca, kıkır kıkır gülüyorlar. Kuralsız, paldır küldür oyunlarını, yeri göğü inleten kahkahalarını, gizli bakışmalarını düşündü.

İçine bir utanç, oğlu adına duyduğu bir keder dalgası yayıldı.

"Nereye gitti peki?"

"Bilmiyorum, aşkım."

Ne zaman dönecekti? Baba *can* dönüşte ona hediye getirecek miydi?

Zalmay'la birlikte dua etti. Yirmi bir tane *Bismillah-i-rahman-ı-rahim;* yedi parmağın her bir boğumu için bir tane. Oğlunun ellerini birleştirip yüzüne götürüşünü, avuçlarına üfleyişini izledi; sonra Zalmay iki elinin tersini alnına götürdü, kovar, def eder gibi bir hareket yaptı, fısıldadı: *Babalu, çek git, Zalmay'a ilişme, onun seninle bir işi yok, Babalu, git burdan.* Duayı tamamlamak için, üç kez tekbir getirdiler: *Allah-ü-ekber*. Daha sonra, gecenin ilerleyen bir vaktinde, Leyla bir fısıltıyla irkildi: *Baba can benim yüzümden mi gitti? Seninle... alt kattaki adam için söylediklerim yüzünden mi?*

Oğlunun üzerine eğildi, endişelerini gidermek, *Seninle hiçbir ilgisi yok, Zalmay. Hayır. Senin suçun değil,* demek istedi. Ama çocuk uyumuştu bile, küçük göğsü kalkıp iniyordu.

Leyla yattığında zihni karışık, bulanıktı; mantıklı bir fikir üretecek durumda değildi. Fakat sabah, müezzinin namaza çağıran sesine uyandığında, pusun büyük bölümü dağılmıştı.

Doğrulup oturdu, bir süre, yumruğu çenesinin altında uyuyan Zalmay'ı seyretti. Meryem'in gece yarısı, onlar uyurken usulca odaya girdiğini, onlara bakarken kafasında bir plan oluşturduğunu hayal etti.

Yataktan indi. Dik durmak çaba gerektiriyordu. Her yanı ağrıyordu. Boynu, omuzları, sırtı, kolları, baldırları; hepsi de Raşit'in kemer tokasının açtığı yaralarla bezeliydi. Yüzünü acıyla buruşturarak, sessizce odadan çıktı.

Meryem'in odasında, ışık griden bir ton koyuydu; Leyla'nın hep öten horozlarla, ince uzun otlardan yuvarlanan çiy damlalarıyla bağdaştırdığı bir renk. Meryem bir köşede, seccadenin üzerinde, yüzü pencereye dönük oturuyordu. Leyla yere, onun karşısına çöktü.

"Bu sabah gidip Azize'yi görmelisin," dedi Meryem.

"Ne tasarladığını biliyorum."

"Yürüme. Otobüse bin, kalabalığa karış. Taksiler kuşku uyandırır. Tek başına taksiye binmiş bir kadını kesin durdururlar."

"Ama dün gece söz vermiştin..."

Leyla sözünü bitiremedi. Ağaçlar, göl, isimsiz köy. Hepsi bir kandırmacaydı. Onu yatıştırmak için söylenmiş, güzelim bir yalan. Üzgün bir çocuğu avutur gibi.

"Hepsi doğruydu," dedi Meryem. "Hepsi *senin* içindi, Leyla *co*."

"Sensiz hiçbirini istemiyorum," diye inledi Leyla.

Meryem bitkin bitkin gülümsedi.

"Aynen senin dediğin gibi olmasını istiyorum, Meryem, hep birlikte gitmemizi... sen, ben, çocuklar... Tarık'ın Pakistan'da bildiği bir yer var. Bir süre orada saklanır, ortalığın yatışmasını bekleriz..."

"Bu mümkün değil," dedi Meryem sabırla; iyi niyetli ama yanlışa düşmüş bir çocuğa seslenen bir ebeveynden farksızdı.

"Birbirimize bakar, göz-kulak oluruz," dedi Leyla. Sesi boğuldu, gözlerine yaş hücum etti. "Tıpkı anlattığın gibi. Yo, dur. Bu sefer *ben* sana bakarım."

"Ah, Leyla *co*."

Leyla telaşla, kekelercesine konuşmayı sürdürdü. Pazarlık etti. Sözler verdi. Bütün temizlik bana ait, dedi, mutfak işi de. "Sen hiçbir şey yapmayacaksın. Bir daha, asla. Dinlenecek, uyuyacak, bahçe yetiştireceksin. Canın ne çekerse isteyeceksin, ben de getireceğim. Yapma bunu, Meryem. Beni bırakma. Azize'nin kalbini kırma."

"Ekmek çalanın elini kesiyorlar," dedi Meryem. "Kocayı öldürüp evden kaçan iki karıya ne yaparlar dersin?"

"Kimse öğrenemez," diye soludu Leyla. "Hem bizi bulamazlar ki."

"Bulurlar. Er ya da geç, mutlaka. Safkan av köpekleri onlar." Meryem'in sesi alçak, makul, uyarıcıydı; bu sesin karşısında Leyla'nın vaatleri kulağa gerçekdışı, uyduruk, sersemce geliyordu.

"Meryem, lütfen..."

"Bizi yakaladıklarında, seni de benim kadar suçlu bulacaklar. Tarık'ı da. İkinizin ömür boyu kaçarak yaşamanızı istemiyorum; iki kanun kaçağı gibi. Hem yakalanırsak, çocuklara ne olacak?"

Yaşlar Leyla'nın gözlerini yakıyordu." O zaman onlara kim bakar?" dedi Meryem. "Taliban mı? Bir anne gibi düşün, Leyla *co*. Bir anne gibi. Ben öyle yapıyorum."

"Yapamam."

"Yapmak zorundasın."

"Ama bu haksızlık...hiç adil değil," diye inledi Leyla.

"Tam tersine. Buraya gel. Yat kucağıma."

Leyla ona doğru emekledi, başını Meryem'in kucağına bıraktı. Birlikte geçirdikleri bütün o ikindileri anımsadı; birbirlerinin saçını örmeleri, onun gelişigüzel düşüncelerini, sıradan öykülerini sabırla dinleyen Meryem; yüzünde minnettar, herkeslerin gıpta ettiği, benzersiz bir ayrıcalık bağışlanmış birinin ifadesi.

"Gayet adil," dedi Meryem. "Ben kocamızı öldürdüm. Oğlunu babasından mahrum ettim. Kaçmam doğru olmaz. *Yapamam*. Bizi hiçbir zaman bulamasalar bile, kaçamam..." Dudakları titredi. "Oğlunun acısından asla kaçamam. Yüzüne nasıl bakarım? Zalmay'ın yüzüne bakacak cesareti nasıl bulurum, Leyla *co*?"

Leyla'nın bir tutam saçını döndürdü, inatçı bir bukleyi açtı.

"Benim için, buraya kadarmış. İçimde kalan hiçbir şey yok. Küçük bir kızken dilediğim her şeyi sen bana zaten verdin. Sen ve çocukların beni öyle mutlu ettiniz ki. Doğrusu bu, Leyla *co*. Böyle olmalı. Üzülme."

Leyla onun söylediklerine verilecek mantıklı bir karşılık bulamıyordu. Ama yine de peş peşe sıraladı, tutarsız, çocukça; dikilmeyi bekleyen meyve ağaçlarından, yetiştirilmeyi bekleyen tavuklardan söz etti. İsimsiz kasabalardaki küçük evlerden, alabalık dolu göllere yapılacak yürüyüşlerden. Ve sonunda, kelimeler tükendiğinde, gözyaşları tükenmediğinde, elinden gelen tek şey boyun eğmek ve bir yetişkinin çürütülemez mantığı altında ezilen bir çocuk gibi hüngür hüngür ağlamak oldu. Yere yüzüstü yuvarlanmaktan ve yüzünü Meryem'in rahatlatıcı, ılık kucağına son kez gömmekten başka bir şey yapamadı.

O sabah, daha sonra, Meryem Zalmay için ekmekle birkaç incirden oluşan bir öğle yemeği hazırladı. Azize için de yine incirle hayvan biçiminde birkaç kurabiye sardı. Hepsini bir kesekâğıdına koydu, Leyla'ya verdi.

"Azize'yi benim yerime öp," dedi. "Ona, gözümün *nur*'u, kalbimin sultanı olduğunu söyle. Yaparsın, değil mi?"

Leyla, dudakları sımsıkı kapalı, başını olur anlamında salladı.

"Dediğim gibi, otobüse bin. Dikkat çekmemeye çalış."

"Seni ne zaman göreceğim, Meryem? İfade vermeden önce seni görmek istiyorum. Neler olduğunu anlatacağım onlara. Senin suçun olmadığını açıklayacağım. Buna mecbur kaldığını. Anlayacaklardır, öyle değil mi, Meryem? Mutlaka anlayacaklardır."

Meryem ona yumuşacık baktı.

Gözlerini aşağıya, Zalmay'ın seviyesine indirdi. Oğlanın üzerinde kırmızı bir tişört, hâki rengi, eski pantolonu, Raşit'in Manday'dan aldığı kovboy çizmeleri vardı. Yeni basket topuna iki eliyle yapışmıştı. Meryem onu yanaklarından öptü.

"Uslu, güçlü bir çocuk ol," dedi. "Annene iyi davran." Oğlanın yüzünü avuçladı. Oğlan geri çekildi, ama Meryem bırakmadı. "Özür dilerim, Zalmay *co*, çok üzgünüm. İnan bana, bütün acıların, kederin için çok üzgünüm."

Leyla Zalmay'ı elinden tuttu, yola koyuldu. Köşeyi dönmeden önce, durup geriye baktı, Meryem kapıda duruyordu. Başında beyaz eşarbı, üzerinde önü düğmeli, lacivert bir kazak, beyaz, pamuklu pantolon. Bir tutam kır saçı, alnına düşmüştü. Güneş ışınları yol yol, yüzüne, omuzlarına vuruyordu. İçten, sevimli, el salladı.

Köşeyi döndüler; Leyla bir daha Meryem'i hiç görmedi.

47
MERYEM

Göründüğü kadarıyla, bunca yıldan sonra kendini yeniden bir *kulübe'de* bulmuştu.

Velayet kadın hapishanesi, Şar-e-Nev'de, Tavuk Sokağı'nın yakınlarında, iç karartıcı, dört köşe bir binaydı. Erkek mahkûmların kaldığı daha büyük yapının ortasındaydı. Asma kilitli bir kapı Meryem'le diğer kadınları, çevrelerini kuşatan erkeklerden ayırmaktaydı. Meryem kullanılır durumda, beş hücre saydı. Pis, kabarmış duvarları, avluya bakan küçük pencereleri olan, eşyasız odalardı bunlar. Pencereler demir parmaklıydı, ama hücrelerin kapısı kilitli değildi, kadınlar avluya girip çıkmakta özgürdü. Pencereler camsızdı. Perde de yoktu; böylece avluda gezinen Talib gardiyanlar hücrelerin içini gözleyebiliyordu. Kadınlardan bazısı, gardiyanların dışarıda durup sigara tüttürürken alev alev yanan gözler, kurdumsu sırıtmalarla içeriyi dikizlediklerinden, açık saçık şakalar yaptıklarından yakınıyordu. Bu yüzden, kadınların çoğu *burka*'larını bütün gün giyiyor, ancak güneş battıktan, ana kapı kilitlenip gardiyanlar kışlaya döndükten sonra çıkarıyordu.

Geceleri, Meryem'in beş kadın, dört çocukla paylaştığı hücre karanlıktı. Kentte elektrik olduğu geceler, Naime'yi, bu kısa boylu, düz göğüslü, kara, kıvırcık saçlı kızı tutup tavana kaldırırlardı. Orada, plastik kaplaması soyulmuş bir kablo vardı. Naime cereyan yüklü kabloyu eliyle tutup ampulün dibine sarar, devre yaptırırdı.

Helalar küçücüktü; beton zeminde çatlaklar. Yerde küçük, dikdörtgen bir delik, dibindeyse hep bir pislik öbeği. Deliğe vızıldayarak girip çıkan sinekler.

Hapishanenin ortasında üstü açık, dört köşe bir avlu, onun ortasında da bir kuyu vardı. Kuyunun drenajı yoktu, buysa avlunun sık sık bataklığa dönüşmesi, suyun tadınınsa berbat olması anlamına geliyordu. Elde yıkanmış çoraplarla, çocuk bezleriyle yüklü çamaşır ipleri avluda birbirine çarpıp dururdu. Tutukluların ziyaretçilerle görüştüğü, ailelerinin getirdiği pirinci haşladıkları yer de burasıydı – hapishanede yiyecek verilmiyordu. Avlu aynı zamanda çocukların oyun alanıydı – Meryem'in öğrendiğine göre, bu çocukların çoğu Velayet'te doğmuş, bu duvarların dışındaki dünyayı hiç görmemişti. Avluda koşuşup durmalarını, çıplak ayaklarının çamurda kaymasını seyrederdi. Bir dakika durmaz, canlı, gürültülü oyunlar uydururlardı; Velayet'in her yanına sinmiş bok ve sidik kokusuna da, içlerinden biri şamarı yapıştırıncaya kadar, Talib nöbetçilere de kayıtsız.

Meryem'in hiç ziyaretçisi yoktu. Buradaki görevlilerden ilk ve tek isteği bu olmuştu: ziyaretçi yok.

***

Meryem'in hücresindeki kadınların hiçbiri, ağır suçtan yatmıyordu – hepsi de, şu en yaygın 'evden kaçma' suçundan buradaydı. Bunun sonucunda da, Meryem etrafta belli bir nam salmış, neredeyse şöhretli biri olmuştu. Kadınlar ona saygılı, hatta huşu dolu bir ifadeyle bakıyordu. Ona battaniyelerini sunuyorlardı. Yiyeceklerini onunla paylaşmak için yarışıyorlardı.

Ona en düşkün olansa, Naime'ydi; kollarını kavuşturur, Meryem'i her gittiği yerde izlerdi. Naime ister kendisinin isterse başkalarının başına gelen talihsizlikleri, bahtsızlıkları ballandıra ballandıra aktarmaktan zevk alan insanlardandı. Babasının onu, kendisinden otuz yaş büyük bir terziye sözlediğini söyledi.

"Tıpkı *goh* gibi kokuyor; dişlerinin sayısıysa parmaklarından az," dedi, terzi için.

Âşık olduğu genç bir adamla, mahallenin mollasının oğluyla Gardez'e kaçmaya çalışmıştı. Kabil'den çıkmayı bile başaramadılar. Yakalanıp geri gönderilince, kırbacı yiyen delikanlı hemen nedamet getirdi, sonra da Naime'nin dişiliğini kullanarak onu baştan çıkardığını söyledi. Bana büyü yaptı, dedi. Kendini yeniden dine, Kuran'ın öğretilerine vereceğine yemin etti. Mollanın oğlu serbest bırakıldı. Naime beş yıla mahkûm oldu.

Meryem onu dinlerken, kış yıldızlarının donuk ışıltısını, Safid-koh Dağları'nın üstünden kayan, tel tel, pembe bulutları, o çok gerilerde kalmış sabahta Nana'nın söylediklerini anımsadı: *Hep kuzeyi gösteren bir pusula ibresi gibi, bir erkeğin suçlayan parmağı da mutlaka bir kadını işaret eder. Her zaman. Bunu aklından çıkarma, Meryem.*

***

Meryem'in mahkemesi bir hafta önce görülmüştü. Ne avukat, ne halka açık bir duruşma, ne kanıtların incelenmesi, ne de temyiz. Meryem tanıklık etme hakkından feragat etti. Bütün olay on beş dakikadan az sürdü.

Ortada oturan yargıç, sağlıksız görünüşlü Talib, mahkeme başkanıydı. Dikkat çekecek kadar sıskaydı, sarı, köselemsi bir teni, kıvırcık, kızıl sakalı vardı. Gözlerini fazlasıyla büyüten, gözaklarının sarılığını ortaya çıkaran bir gözlük takmıştı. Boynu, kafasındaki bol kıvrımlı, dolambaçlı türbanı taşıyamayacak kadar zayıf görünüyordu.

"Suçunu kabul ediyor musun, *hemşire*?" diye sordu bir kez daha, yorgun sesiyle.

"Ediyorum," dedi Meryem.

Adam başını pekâlâ anlamında salladı. Belki de sallamamıştı. Söylemesi güçtü, çünkü elleriyle başında, Meryem'e Molla Feyzullah'ın titremesini anımsatan, bariz bir sallanma vardı. Çayını yudumlamak istediğinde, fincana uzanmıyordu. Solunda duran geniş omuzlu adama başıyla işaret veriyor, o da fincanı alıp hürmetle onun dudaklarına götürüyordu. Yargıç da sessiz ve zarif bir minnet ifadesiyle, gözlerini yavaşça yumuyordu.

Meryem'e kalırsa, adamda güven veren, insanı rahatlatan bir şey vardı. Konuşurken, sesinde gönül çelen, sevecen bir tını seziliyordu. Tebessümü sabırlı, hoşgörülüydü. Meryem'e tepeden, küçümseyerek bakmıyordu. Ona kinle ya da suçlarcasına değil, yumuşak, alttan alan bir tonla hitap ediyordu.

"Söylediklerinin tam anlamıyla bilincinde misin?" diye sordu, yargıcın sağında oturan, kemikli-yüzlü Talib – çay içiren değil. Bu, üç yargıcın en genciydi. Hızlı hızlı, vurgulu ve mağrur bir özgüvenle konuşuyordu. Meryem'in Peştun dilini konuşamadığını öğrenince sinirlenmişti. Meryem karşısında, yetkesinin tadını doyasıya çıkaran, baktığı her yerde kabahat, kusur gören, kavgacı bir delikanlı görüyordu; yargılamayı, hüküm vermeyi doğuştan hakkı sayan.

"Bilincindeyim," dedi Meryem.

"Kuşkuluyum," dedi genç Talib. "Allah bizi farklı yaratmış; siz kadınlarla biz erkekleri. Beyinlerimiz farklı. Sizler bizim gibi düşünmeyi beceremezsiniz. Bunu Batılı doktorlar bilimsel olarak kanıtladı. İşte, tek bir erkeğin tanıklığına karşılık iki kadın tanık istememizin nedeni de bu."

"Yaptığım şeyi kabul ediyorum, kardeşim," dedi Meryem. "Bunu yapmasaydım, onu öldürecekti. Boğazına sarılmış, boğuyordu."

"Bu senin iddian, elbette. Öte yandan, kadınların her an her şey için yemin ettiği de malum."

"Doğruyu söylüyorum."

"Tanıkların var mı? *Embağ*'ının dışında, yani?"

"Yok," dedi Meryem."

"Buyurun işte." Ellerini havaya kaldırdı, alayla güldü.

Sözü, hasta görünüşlü yargıç aldı.

"Peşaver'de bir doktorum var," dedi. "Genç, düzgün bir Pakistanlı. Ona bir ay önce göründüm, son olarak da geçen hafta. Bana gerçeği söyle, dostum, dedim. O da üç ay, taş çatlasın altı ay, Molla *sahip*, dedi; her şey Allah'a bağlı, elbette, diye de ekledi."

Solundaki geniş omuzlu adama usulca işaret etti, uzatılan çaydan bir yudum daha aldı. Titreyen elinin tersiyle ağzını sildi. "Tek oğlumun beş yıl önce ayrıldığı bu dünyayı terk etmek beni korkutmuyor; bize dert üstüne dert veren, artık kaldıramayacağımız kadar yüklenen bu yaşamı. Hayır, vakti geldiğinde büyük bir keyifle çekip gideceğim, eminim.

"Beni korkutan şey, *hemşire,* Allah'ın beni karşısına dikip, *Neden sözümü dinlemedin, Molla? Neden buyruklarıma uymadın?* diye soracağı gündür. Ona kendimi nasıl anlatır, nasıl açıklarım, *hemşire*? Emirlerine itaatsizliğimi nasıl savunur, kendimi nasıl aklarım? Dolayısıyla, yapabileceğim... hepimizin yapabileceği tek şey, bize tanınan bu sürede, O'nun bize verdiği emirlere uymak, boyun eğmektir. Sonumu açık seçik gördükçe, hesaplaşma günüme yaklaştıkça, O'nun sözüne uyma, yasalarını uygulama kararlılığım da artıyor, güçleniyor – ne kadar acı verici olursa olsun."

Minderinde kıpırdandı, yüzünü acıyla buruşturdu.

"Kocanın aksi, huysuz biri olduğunu söylüyorsun, ben de sana inanıyorum." Gözlüklerinin ardındaki, hem sert hem de şefkatli gözlerini Meryem'e dikti. "Ama yine de, yaptığın eylemin vahşiliği beni rahatsız ediyor; sen bunu yaparken üst katta, babası için ağlayan çocuk beni rahatsız ediyor.

"Yorgunum ve ölmek üzereyim, dolayısıyla merhametli davranmak istiyorum. Seni affetmek istiyorum. Ama Allah beni çağırıp, *Affetmek sana düşmezdi, Molla,* dediğinde, ne cevap veririm?"

Yanındakiler başlarıyla onayladılar, hayran hayran ona baktılar.

"İçimde, senin kötü bir kadın olmadığına dair bir his var, *hemşire*. Ama çok kötü bir şey yaptın. Ve yaptığın şeyin bedelini ödemek zorundasın. *Şeriat* bu konuda çok açık, sarih. Seni, yakında benim de gideceğim yere yollamamı emrediyor.

"Anlıyor musun, *hemşire*?"

Meryem önüne, ellerine bakıyordu. Anladığını söyledi.

"Allah seni affetsin."

Dışarıya çıkarmadan önce, Meryem'e bir belge uzattılar, ifadesinin ve *molla*'nın hükmünün altını imzalamasını söylediler. Üç Talib izlerken, Meryem adını yazdı (*mim, ra, yeh,* sonra yine *mim*) ve bir belgeyi son imzalayışını anımsadı: yirmi yedi yıl önce, Celil'in masasında, bir başka *molla*'nın dikkatli bakışları altında.

***

Meryem hapiste on gün kaldı. Hücredeki pencerenin önüne oturdu, avludaki hapishane yaşamını izledi. Yaz yeli estiğinde, delimsek, fırıl fırıl devinimlerle hava akımlarını izleyen, bir o yana bir bu yana, hapishane duvarlarının bile üstüne savrulan kâğıt parçalarını seyretti. Rüzgârın tozda, toprakta başlattığı isyanı, şiddetli sarmallar halinde avlunun bir ucundan ötekine savuruşunu. Herkes -gardiyanlar, tutuklular, çocuklar, Meryem- yüzlerini dirseklerinin kıvrımına gömüyor ama tozla başa çıkamıyordu. Kulaklara, burun deliklerine, kirpiklere saldırıyor, deri kıvrımlarının, dişlerin arasına doluyordu. Rüzgâr bir tek günbatımında diniyordu. Sonra, o gece esinti çıksa bile, öyle çekingen, ürkek davranıyordu ki, kardeşinin gündüz yaptığı taşkınlıkları bağışlatmaya çalıştığını sanırdınız.

Meryem'in Velayet'teki son gününde, Naime ona bir mandalina verdi. Meyvayı Meryem'in avucuna koydu, parmaklarını kıvırıp etrafına kapadı. Sonra da gözyaşlarına boğuldu.

"Sen bugüne kadar sahip olduğum en iyi dosttun," dedi.

Meryem günün kalanını parmaklıklı pencereden avludaki tutukluları seyrederek geçirdi. Biri yemek pişiriyordu, kimyon kokulu buharı, ılık havayla karışıp camdan içeriye doldu. Meryem çocukların körebe oynadığını görebiliyordu. İki küçük kız bir tekerleme söylüyordu; Meryem hatırladı; bir kayanın üzerine oturmuş, balık tutarlarken Celil'in söylediği maniydi:

Lili lili kuş tasında yundu,
Toprak yola kondu,
Mırnav tasın kenarına oturdu, içmeye koyuldu,
Ayağı kayınca da suya düşüp boğuldu.

O son gece, dağınık, kopuk rüyalar gördü. Çakıl taşlarını gördü; on bir tane, yan yana, diklemesine dizilmiş. Celil, yine genç, insanın içini eriten gülümsemeleri, gamzeli yanakları, ter lekeleriyle çıkagelmiş; ceketini çıkarıp omzuna atmış, sonunda kızını alıp siyah, pırıl pırıl Buick Roadmaster'ıyla gezmeye götürecek. Molla Feyzullah tespih çekerek, ırmağın kıyısında, Meryem'le birlikte yürüyor, ikiz gölgeleri suda ve yeşillikli kıyıda kayıyor; çayırların arasında gövermiş, mavimsi-lavanta rengi yabani süsenler rüyada nedense sarımsak kokuyor. Nana'yı *kulübe*'nin kapısında dururken gördü; boğuk, uzak sesiyle, serin, karmaşık otların arasında oynayan Meryem'i yemeğe çağırıyor; yeşilin her tonunu içeren çayırlıkta karıncalar geziniyor, arılar uçuşuyor, çekirgeler hopluyor. Tozlu bir patikayı çıkan el arabasının gıcırtısı. İneklerin boyunlarındaki çıngıraklar şıngırdıyor. Bir tepede meleyen koyunlar.

Gazi Stadyumu'na giderken, pikabın kasasında oturan Meryem, araç çukurlara girdikçe, lastikler taşlara çarptıkça sarsılıyordu. Böyle hoplayıp zıplamak, kuyrukkemiğini acıtıyordu. Karşısında oturan genç, silahlı Talib'in kendisine baktığının farkındaydı.

Meryem merak etti; bu muydu, derine gömük, parlak gözlü, hafif sivri yüzlü, kara-tırnaklı işaretparmağıyla kamyonun kenarında tempo tutan bu sevimli, genç adam mı?

"Karnın aç mı, anne?" dedi delikanlı.

Meryem başını hayır anlamında salladı.

"Yanımda kurabiye var. Tadı güzel. Açsan verebilirim. Sorun değil."

"İstemem. *Teşekkür,* kardeşim."

Delikanlı başını salladı, merhametle ona baktı. "Korkuyor musun, anne?"

Meryem'in boğazına bir yumru tıkandı. Titreyen bir sesle, doğruyu söyledi: "Evet. Çok korkuyorum."

"Bende babamın bir resmi var," dedi Talib. "Onu hatırlamıyorum. Bir zamanlar bisiklet tamircisiymiş, tek bildiğim bu. Ama nasıl yürürdü, nasıl gülerdi... bilirsin işte, sesi nasıldı, hiç anımsamıyorum." Bakışlarını kaçırdı, sonra yine Meryem'e çevirdi. "Annem hep, tanıdığı en yürekli adam olduğunu söylerdi. Aslan gibiydi, derdi. Ama komünistlerin onu almaya geldiği sabah, çocuk gibi ağlamış. Bunu anlattım ki, korkmanın normal olduğunu bilesin. Utanılacak bir şey değil, anne."

O gün ilk kez, Meryem biraz ağladı.

Binlerce göz dikilmişti üzerine. Tıka basa dolu tribünlerde, boyunlar daha iyi görebilmek için uzatılıyordu. Diller şaklatılıyordu. Meryem pikaptan indirilirken, stadyumda bir mırıltı dolaştı. Hoparlörden suçu açıklanırken, başların sallandığını tahmin etti. Ama kafaların kınayarak mı acıyarak mı, esefle mi yoksa merhametle mi sallandığını görmek için başını kaldırıp bakmadı. Meryem kendini her şeye kapamıştı.

Sabahın erken saatlerinde korkuya kapılmıştı; kendini rezil etmekten, yalvarıp yakaran bir zavallılık sergilemekten. Son anda, hayvansı güdülere ya da bedensel zaaflara kapılıp kendine ihanet etmekten. Ya çığlık atarsam, kusarsam, altımı ıslatırsam diye ödü kopmuştu. Ama kamyondan indirilme vakti gelince, Meryem'in dizleri bükülmedi. Kolları çırpınmadı. Zorla, sürüklenerek götürülmesi gerekmedi. Ve ne zaman tökezleyeceğini hissetse, hemen Zalmay'ı düşündü; hayatının aşkını elinden aldığı, bundan sonraki günleri hep babasının özlemiyle, ortadan yok oluşunun acısıyla biçimlenecek olan çocuğu düşündü. Bunun üzerine, sırtını dikleştirdi, direnmeden, karşı çıkmadan yürümeyi başardı.

Silahlı bir adam yanına yaklaştı, güneydeki kale direğine doğru yürümesini söyledi. Meryem kalabalığın beklenti dolu bir heyecanla gerildiğini sezebiliyordu. Başını kaldırıp bakmadı. Gözleri yerde, kendi gölgesinde, onu izleyen celladının gölgesindeydi.

Her ne kadar güzel anlar sunmuş olsa da, yaşamın ona çoğunlukla zalim davrandığını biliyordu. Ama son yirmi adımı yürürken, keşke biraz daha uzasaydı, diye düşünmekten kendini alamadı. Leyla'yı yeniden görebilmeyi, şıngırtılı kahkahasını duyabilmeyi, yıldızlı bir göğün altında, bir kez daha, onunla baş başa *çay* içip dünden kalma *helva*'yı atıştırabilmeyi nasıl da isterdi. Azize'nin büyüdüğünü, genç, güzel bir kadın olup çıktığını göremeyeceğini, düğününde ellerine kına yakıp *nokul* şekeri fırlatamayacağını düşünmek, acı vericiydi. Azize'nin çocuklarıyla hiç oynayamayacaktı. Yaşlanmayı ve Azize'nin çocuklarıyla oynamayı öyle çok isterdi ki.

Kale direğine yaklaşınca, arkasındaki adam durmasını söyledi. Meryem durdu. *Burka*'sının kafesli peçesinden, adamın gölgesinin, elindeki Kalaşnikofun gölgesini havaya kaldırdığını gördü.

Meryem bu son dakikalarında neler hissedeceğini çok merak etmişti. Ama gözlerini kapatınca, içini dolduran şey hayıflanma, yazıklanma değil, engin, geniş bir huzur oldu. Bu dünyaya gelişini anımsadı; yoksul bir köylünün *haram* çocuğu, istenmeyen bir şey, acıklı, teessüf edilen bir kaza. Yabani bir ot. Şimdi bu dünyayı bir dost, bir yoldaş, bir koruyucu olarak terk ediyordu. Bir anne olarak. Nihayet önem kazanmış bir birey olarak. Hayır. O kadar da kötü sayılmaz, diye düşündü. Bu şekilde ölmek. O kadar da fena değil. Gayri meşru başlamış bir hayat, meşru bir biçimde noktalanıyordu.

Meryem'in aklından son geçenler, Kuran'dan birkaç sure oldu; soluğunun altından mırıldandı:

O gökyüzünün ve yeryüzünün gerçek yaratıcısıdır; gecenin gündüzü örtmesini ve günün yeniden gecenin yerini almasını sağlayandır; güneşe ve aya boyun eğdirendir; hepsi, her şey O'nun takdirine göre işler; O'nun her şeye gücü yeter; hiç kuşku yok ki O en kudretlidir, en Yüce Bağışlayıcıdır.

"Diz çök," dedi Talib.

Yüce Allahım! Beni bağışla, merhametini esirgeme, çünkü sen merhametlilerin en ulususun.

"Şuraya diz çök, *hemşire*. Başını da eğ."

Son kez, Meryem ona söyleneni yaptı.

DÖRDÜNCÜ BÖLÜM

48

Tarık baş ağrıları çekiyor.

Bazı geceler, Leyla uyanıyor ve onu yatağın kenarına oturmuş, fanilasını başına çekmiş, öne arkaya sallanırken buluyor. Ağrıların Nasır Bağ'da başladığını, hapishanede daha da kötülediğini söyledi. Ağrılar kimileyin öyle şiddetleniyor ki, kusmasına neden oluyor, tek gözünü kör ediyor. Dediğine göre, sanki bir kasap bıçağı bir şakağından giriyor, yavaşça, döne döne beyninden geçip öteki şakağından çıkıyor.

"Başladığında, ağzımda metalin tadını bile alabiliyorum."

Bazen, Leyla bir bezi ıslatıp onun alnına koyuyor; bunun az biraz faydası oluyor. Sayid'in doktorunun verdiği küçük, beyaz haplar da işe yarıyor. Ama bazı geceler, Tarık başını tutup inlemekten başka hiçbir şey yapamıyor; gözleri kan çanağı, burnu akıyor. Böyle, ağrının pençesine düştüğü günler, Leyla onun yanına oturur, ensesini ovar; ellerini ellerinin arasına alınca, avucunda nikâh yüzüğünün soğuk madenini hisseder.

Mürree'ye vardıkları gün evlendiler. Tarık evleneceklerini söyleyince, Sayid rahatladı. Otelinde nikâhsız bir çifti barındırmak gibi hassas bir konuyu Tarık'la konuşması gerekmedi. Sayid hiç de Leyla'nın hayalinde canlandırdığı al yanaklı, bezelye-gözlü adam değil. Sivri uçlarını güzelce kıvırıp havaya diktiği, kır düşmüş bir bıyığı, alnından geriye taradığı, uzunluğuyla şaşırtan, kır saçları var. Alçak, yumuşak bir sesle, sözünü tartarak konuşan, yol yordam bilen, zarif devinimli bir erkek.

Aynı gün kıyılan *nikâh* için mollayla bir dostunu çağıran, Tarık'ı bir kenara çekip para veren de Sayid. Tarık parayı almak istemedi, ama Sayid ısrar etti. Bunun üzerine Tarık Mall'a gitti, bir çift sade, ince alyansla döndü. O gece, çocuklar yattıktan sonra evlendiler.

Mollanın başlarına örttüğü yeşil duvağın altında, aynada, Leyla'yla Tarık'ın gözleri buluştu. Gözyaşı yoktu, düğün-tebessümleri yoktu, aşkın ömür boyu süreceğine dair fısıltılı yeminler yoktu. Sessizlikte, Leyla yansılarına baktı; vaktinden önce yaşlanmış yüzlerine, bir zamanların pürüzsüz, taptaze çehrelerine gelip yerleşen torbalara, çizgilere, sarkmalara baktı. Tarık ağzını açtı, bir şey söylemeye hazırlandı, ama aynı anda biri duvağı çekti, Leyla da onun söylemeye niyetlendiği şeyi öğrenemedi.

O gece, çocuklar yere serili döşeklerinde horlarken, yatağa karı-koca olarak girdiler. Leyla, ikisi de gençken, aralarındaki boşluğu sözcüklerle nasıl kolayca dolduruverdiklerini anımsadı; abuk sabuk konuşmalarla, canlı, kesintisiz gevezeliklerle, lafı birbirlerinin ağzından kaparak, bir noktayı vurgulamak için birbirlerinin yakasını çekiştirerek; keyiflenmeye, kahkahaları koyuvermeye hazır. O çocukluk günlerinden sonra ne çok şey yaşanmıştı; söylenecek ne çok şey vardı. Ama bu ilk gecede, olup bitenlerin korkunçluğu, Leyla'nın ağzını dilini bağlıyordu. Bu gece, Tarık'ın yanında olmak bile başlı başına bir lütuftu. Onun burada olduğunu bilmek, bedeninden yayılan ısıyı hissetmek, onun yanında, başları birbirine değerek, sağ eli onun sol eline kenetlenmiş yatmak bile bir nimetti.

Gece yarısı, susayan Leyla uyanınca hâlâ el ele olduklarını gördü; parmakları sıkı sıkı, eklem yerleri bembeyaz kesilinceye kadar yapışmıştı birbirine; çocukların balon iplerine sarılışındaki hırsla.

Leyla Mürree'nin serin, puslu sabahlarını, göz kamaştırıcı günbatımlarını, gece göğünün karanlık ışıltısını seviyor; çamların yeşilini, gürbüz ağaç gövdelerinde bir aşağı bir yukarı, ok gibi seğirten sincapların yumuşacık kahverengisini; Mall'daki alışverişçileri çil yavrusu gibi dağıtan, tente altlarına sığınmaya zorlayan, ani sağanakları. Hediyelik eşya dükkânlarına, gezginleri ağırlayan irili ufaklı otellere bayılıyor; her ne kadar yöre halkı bitmek bilmez inşaatlardan, Mürree'nin doğal güzelliğini kemiriyor, yiyip bitiriyor dedikleri genişlemeden yakınıyor olsa da. Leyla, insanların bina *yapılıyor* diye hayıflanmalarına anlam veremiyor. Kabil'de olsa, bayram ederlerdi.

Kendilerine ait bir banyolarının olmasıysa harika; dışarıdaki bir hela değil, sifonlu bir tuvaleti, duşu, bileğinin tek hareketiyle ister sıcak isterse soğuk su akıtabildiğin, iki musluklu bir lavabosu olan, gerçek bir banyo bu. Sabahları Alyona'nın meleyen sesine, mutfakta mucizeler yaratan, zararsız huysuzluğuyla bağırıp çağıran aşçı Edibe'nin gürültüsüne uyanmak hoşuna gidiyor.

Bazen, çocukları uykularında mırıldanıp, kıpırdanırken, kendisi uyuyan Tarık'ı seyrederken, kocaman bir minnet yumrusu gelip boğazına tıkanıyor, gözlerini yaşartıyor.

Sabahları, Tarık'ın peşine takılıp oda oda geziyor. Erkeğin beline tutturduğu halkadaki anahtarlar şıngırdar, kot pantolonunun kemer deliğinden sarkan, spreyli cam temizleyici sallanır. Leyla temizlik kovasını taşır; içinde toz bezleri, dezenfektan, bir tuvalet fırçası ve çekmecelere püskürttüğü cila var. Azize bir elinde saçaklı süpürge, ötekinde Meryem'in yaptığı fasulyeli bebek, peşlerinden seğirtmekte. Zalmay gönülsüz, somurtuk, onları izliyor; hep birkaç adım geriden.

Leyla süpürüyor, yatağı yapıyor, toz alıyor. Tarık banyodaki lavaboyu, küveti yıkıyor, tuvaleti ovuyor, marley zemini paspaslıyor. Raflardaki eksikleri tamamlıyor: temiz havlular, minik şampuan şişeleri, badem kokulu sabunlar. Azize camlara parlatıcı sıvıyı püskürtme, sonra da silme işine el koydu. Oyuncak bebeği hep elinin altında.

Leyla *nikâh*'tan birkaç gün sonra, Azize'ye Tarık'ı anlattı.

Çok tuhaf, diye düşünüyor, neredeyse rahatsız edici; Azize'yle Tarık'ın arasındaki şey. Daha şimdiden, kız onun cümlelerini, o da kızınkileri tamamlıyor. Azize, o daha istemeden, babasına bir şeyler uzatıyor. Yemek masasında, aralarında manidar gülümsemeler geçiyor; sanki iki yabancı değil de, uzun bir ayrılığın ardından kavuşan iki eski dost gibiler.

Leyla gerçeği açıkladığında, Azize düşünceli bir yüzle önüne, ellerine baktı.

"Ondan hoşlandım," dedi, uzun bir suskunluğun ardından.

"Seni çok seviyor."

"Öyle mi dedi?"

"Söylemesine gerek yok, Azize."

"Gerisini de anlat, Anne. Anlat ki bileyim."

Leyla da anlattı.

"Baban iyi bir insan. Tanıdığım en iyi insan."

"Ya giderse?" dedi Azize.

"Asla gitmeyecek. Bak bana, Azize. Baban seni asla üzmeyecek ve asla terk etmeyecek."

Azize'nin yüzündeki ferahlama, Leyla'nın yüreğini burkuyor.

Tarık Zalmay'a tahta, sallanan bir at aldı, dört tekerli, oyuncak bir araba yaptı. Bir hapishane arkadaşından kâğıt hayvan yapmayı öğrenmişti; sayfalarca kâğıdı katladı, kesti, kıvırdı ve Zalmay için aslanlar, kangurular, atlar, rengârenk tüylü kuşlar yaptı. Ama bütün girişimleri Zalmay tarafından kabaca, bazen de kinle püskürtüldü.

"Eşeğin tekisin!" diye bağırıyor oğlan. "Senin oyuncaklarını istemiyorum!"

Leyla yerin dibine geçiyor. "Zalmay!"

"Önemli değil," diyor Tarık. "Leyla, önemli değil. Rahat bırak onu."

"Sen Baba *can*'ım değilsin! Gerçek Baba *can*'ım seyahatte, dönünce seni dövecek! Sen de kaçamayacaksın, çünkü onun iki bacağı var, seninse bir tane!"

Geceleri, Leyla Zalmay'ı göğsüne bastırıyor, birlikte *Babalu* duasını ediyorlar. Sorduğu zaman, aynı yalanı yineliyor; Baba *can* uzaklara gitti, ne zaman döneceğini bilmiyorum. Bu külfetten, bir çocuğu böyle kandırdığı için kendinden iğreniyor.

Bu rezil yalanın tekrar tekrar söylenmesi gerekeceğini biliyor. Gerekecek, çünkü Zalmay soracak; bir salıncaktan indiği, bir öğle uykusundan uyandığı zaman; daha sonra, kendi ayakkabılarını kendisi bağlayacak, yürüyerek okula gidecek kadar büyüdüğü zaman bile, yalan yeniden, defalarca tekrarlanacak.

Ama bir noktada, soruların arkası kesilecek, Leyla biliyor. Yavaş yavaş, Zalmay babasının onu neden terk ettiğini merak etmeyi bırakacak. Babasını trafik ışıklarında beklerken, ayağını sürüyerek yolun karşısına geçen yaşlı adamda, önü açık bir semaver evinde, çayını yudumlayan ihtiyarda görmez olacak. Ve bir gün, kıvrılarak akan bir ırmağın kıyısında yürür ya da el değmemiş karla kaplı bir araziye bakarken, dank edecek: Babasının yok olması artık açık, kanayan bir yara değil. O artık bambaşka bir şeye dönüşmüş; kenarları eskisi kadar keskin olmayan, daha mülayim, daha acısız bir şeye. Kutsal bir bilgiye, örneğin. Hürmet edilen, tam da anlaşılamayan, gizemli bir bilgiye.

Leyla burada, Mürree'de mutlu. Ama kolay bir mutluluk değil bu. Bedelsiz, faturasız bir mutluluk değil.

İzin günlerinde, Tarık onları Mall'a götürüyor; oyuncaklar, biblolar satan dükkânların hemen yanında, on dokuzuncu yüzyılın ortalarında yapılmış bir Anglikan kilisenin yükseldiği caddede dolaşıyorlar. Tarık onlara sokak satıcılarından baharatlı *çepli* kebabı alıyor. Kalabalığın, kasabalıların, cep telefonlu, dijital kameralı Avrupalıların, ovaların sıcağından kaçıp gelmiş Pencaplıların arasında geziniyorlar.

Arada bir, otobüse binip Keşmir Noktası'na gidiyorlar. Orada, Tarık Celum Irmağı vadisini, çamla örtülü yamaçları, gümrah, sık ormanlarla kaplı tepeleri gösteriyor, bu ormanlarda hâlâ ağaçtan ağaca atlayan maymunların görülebildiğini söylüyor. Mürree'den otuz kilometre kadar uzaktaki, silme akçaağaç dolu Nathia Gali'ye de gidiyorlar; Vali Konağı'na uzanan, ağaçların gölgelediği yolda yürürken, Tarık Leyla'nın elini tutuyor. Eski Britanya mezarlığında duruyor, bazen de bir taksiyle dağın zirvesine çıkıp manzaraya, aşağıdaki yemyeşil, sise bürünmüş vadiye bakıyorlar.

Bu gezilerde kimileyin, bir mağazanın önünden geçerlerken, Leyla'nın gözüne vitrindeki yansıları çarpıyor. Erkek, karısı, kızı, oğlu. Yabancılara dünyanın en normal, en sıradan ailesi gibi göründüklerini biliyor: sırlardan, yalanlardan, pişmanlıklardan uzak.

Azize, çığlık çığlığa uyandığı kâbuslar görüyor. Leyla döşeğe, onun yanına uzanıyor, yeniyle kızın yanaklarını kuruluyor, yatıştırıp yeniden uyutuyor.

Leyla'nın da kendi rüyaları var. Onlarda, kendini hep Kabil'deki eve dönmüş görüyor; koridoru geçiyor, basamakları tırmanıyor. Evde tek başına, ama kapıların ardında bir ütünün buhar salarken tısladığını, çarşafların açıldığını, sonra katlandığını duyuyor. Bazen de, bir kadının alçak sesle mırıldandığı, eski bir Herat şarkısını. Fakat içeriye girince, odanın boş olduğunu görüyor. İçeride kimse yok.

Rüyalar Leyla'yı silkeliyor, sarsıyor. Tere batmış bir halde uyanıyor; yaşlar gözlerini yakıyor. Kahredici bir şey bu. Her seferinde, kahrediyor.

49

O eylül, bir pazar günü Leyla üşütmüş olan Zalmay'ı uykuya yatırırken, Tarık kulübeye dalıyor.

"Duydun mu?" diyor, soluk soluğa. "Öldürmüşler. Ahmet Şah Mesut'u. Ölmüş."

"Ne?"

Tarık kapı eşiğinden, bildiklerini aktarıyor.

"Belçikalı olduğunu söyleyen, aslında Fas kökenli iki gazeteciyle söyleşi yapıyormuş. Konuşurlarken, video kameraya gizlenmiş olan bomba patlamış. Mesut'la gazetecilerden biri ölmüş. Diğerini de kaçmaya çalışırken vurmuşlar. Gazetecilerin büyük bir olasılıkla El Kaide'den olduğu söyleniyor."

Leyla'nın gözünün önüne, Ahmet Şah Mesut'un, Anne'nin yatak odasının duvarına astığı posteri geliyor. Mesut hafif öne eğilmiş, tek kaşı havada, yüzü dikkatten, ciddiyetten kırışmış, sanki birini büyük bir saygıyla dinler gibi. Anne, Mesut'un oğullarının mezarı başında dua etmesinden nasıl da kıvanç duymuş, herkese, önüne gelene tekrarlayıp durmuştu. Onun grubuyla ötekiler arasında savaş çıktığı zaman bile, Anne onu suçlamaya yanaşmamıştı. *İyi bir adam o,* derdi. *Barış istiyor. Afganistan'ı yeniden inşa etmek istiyor. Ama bırakmıyorlar. Bırakmıyorlar ki, yapsın.* Anne için, işin sonunda, her şeyin fena halde ters gitmesinden, Kabil'in yerle bir olmasından sonra bile, Mesut hâlâ Penşir Aslanı'ydı.

Leyla onun kadar bağışlayıcı değil. Tamam, Mesut'un acı sonuna sevinmiyor, ama o öylece seyrederken, komşu mahallelerin nasıl yerle bir olduğunu, cesetlerin enkazlardan çekip çıkarıldığını, çocukların el ve ayaklarının, cenazelerin kalkmasından günler sonra, nasıl damlardan, ağaç tepelerinden toplandığını da gayet iyi hatırlıyor. Roket düşmeden hemen önce, Anne'nin yüzündeki anlam da, ne kadar unutmaya çalışsa da, Babi'nin yerde yatan başsız bedeni de, tişörtündeki köprünün kalın sisi ve kanı delen ayağı da gözünün önünde.

"Cenaze töreni düzenlenecektir," diyor Tarık. "Bundan eminim. Muhtemelen Ravalpindi'de. Görkemli bir tören olacak."

Uykuya dalmak üzere olan Zalmay şimdi doğrulup oturmuş, sıkılı elleriyle gözlerini ovuşturuyor.

İki gün sonra, bir odayı temizlerlerken bir uğultu duyuyorlar. Tarık elindeki paspası atıyor, dışarı koşuyor. Leyla da peşinden.

Gürültü otelin lobisinden geliyor. Resepsiyonun sağında, bir sürü koltuğun ve bej süetle kaplı iki kanepenin bulunduğu bir oturma bölümü var. Sayid'le konuklardan bir kısmı köşedeki kanepelerde, televizyonun karşısında toplanmış.

Leyla'yla Tarık onlara doğru ilerliyor.

Televizyon BBC'ye ayarlanmış. Ekranda bir bina var, bir gökdelen; üst katlarından kapkara bir duman yükseliyor. Tarık Sayid'e bir şey söylüyor, Sayid tam ona karşılık verirken, lafının ortasında, ekranın bir köşesinde bir uçak beliriyor. Bitişik kuleye çarpıyor, Leyla'nın bugüne kadar gördüğü bütün patlamaları gölgede bırakan bir ateş topu halinde infilak ediyor. Lobide bulunanlardan ortak bir çığlık yükseliyor.

İki saate kalmadan, iki kule de çöküyor.

Az sonra bütün televizyon kanalları Afganistan'dan ve Taliban'dan ve Usame Bin Ladin'den söz ediyor.

"Taliban'ın ne dediğini duydun mu?" diye soruyor Tarık. "Bin Ladin hakkında?"

Azize yatakta, onun karşısında oturuyor, satranç tahtasını inceliyor. Tarık ona satranç oynamayı öğretti. Azize kaşlarını çatmış, altdudağına dokunuyor; babasının vücut diline, hamle yapmadan önceki mimiklerine öykünüyor.

Zalmay şimdi biraz daha iyi, gribi hafifledi. Uyuyor, Leyla da onun göğsüne Vicks sürüyor.

"Duydum," diyor.

Taliban, bin Ladin'i teslim etmeyeceğini, çünkü onun bir *mihman,* Afganistan'a sığınmış bir konuk olduğunu açıkladı; bir misafiri düşmana teslim etmekse *Peştunveli* geleneklerine, ahlak kurallarına tersti. Tarık acı acı gülüyor; Leyla bu gülüşte, onurlu bir Peştun geleneğinin çarpıtılmasından, bir halkın köklü ananelerinin bu şekilde istismar edilmesinden duyduğu tiksintiyi işitiyor.

İkiz kulelere saldırıdan birkaç gün sonra, Leyla'yla Tarık yine otelin lobisindeler. Televizyon ekranında, George W. Bush konuşuyor. Arkasında kocaman bir Amerikan bayrağı var. Bir ara sesi titriyor, Leyla onun ağlayacağını sanıyor.

İngilizce bilen Sayid, Bush'un şu an savaş ilan ettiğini açıklıyor.

"Kime?" diyor Tarık.

"Öncelikle, senin ülkene."

"O kadar da kötü olmayabilir," diyor Tarık.

Az önce seviştiler. Yan yana yatıyorlar; erkeğin başı kadının göğsünde, kolunu onun beline atmış. İlk birkaç denemede, zorluk çektiler. Tarık özürler diledi, Leyla onu yatıştırdı. Hâlâ da güçlükler var; artık fiziksel değil de lojistik sorunlar. Çocuklarla paylaştıkları kulübe küçük. Çocuklar yanlarında, yer döşeklerinde yatıyor, dolayısıyla mahremiyet yok gibi bir şey. Çoğunlukla, hiç ses çıkarmadan sevişiyorlar, kontrollü, sessiz bir tutkuyla; çocukların baskınına karşı bir önlem olarak örtünün altında, tepeden tırnağa giyimli. Çarşafların hışırdamaması, yayların gıcırdamaması için her an tetikteler. Ama Leyla için, Tarık'la beraber olmak, bütün bu sıkıntıları göğüslemeye değer. Seviştikleri zaman, Leyla bir limana sığındığını, demir attığını hissediyor. Kaygıları, birlikte sürdürdükleri yaşamın geçici bir ihsan olduğu, yakında yine çözülüp tel tel dağılacağı endişesi siliniyor. Ayrılık korkuları yok oluyor.

"Ne demek istiyorsun?" diye soruyor.

"Memlekette olanları kastediyorum. Sonuçları o kadar da kötü olmayabilir."

Memleketlerine bombalar bir kez daha yağıyor; bu kez Amerikan bombaları – Leyla savaş görüntülerini her gün, çarşafları değiştirir, halıyı süpürürken, televizyonda izliyor. Amerikalılar savaş lordlarını bir kez daha silahlandırdı; Taliban'ı kovmak ve bin Ladin'i bulmak için Kuzey İttifakı'yla işbirliğine girdi.

Ama Tarık'ın söyledikleri Leyla'nın canını acıtıyor. Göğsündeki başı sertçe itiyor.

"Kötü değil mi? İnsanların ölmesi? Kadınların, çocukların, yaşlıların? Evlerin yeniden yıkılması? O kadar da kötü değil, öyle mi?"

"Şişşt. Çocukları uyandıracaksın."

"Bunu nasıl söylersin, Tarık?" diye çemkiriyor. "Karam'daki sözde 'hatadan' sonra? Yüz masum insan! Cesetleri kendi gözlerinle gördün!"

"Dur," diyor Tarık, dirseğinin üzerinde doğrulurken; başını eğiyor, Leyla'ya bakıyor. "Yanlış anladın. Benim söylemeye çalıştığım..."

"Asla bilemezsin," diyor Leyla. Sesinin giderek yükseldiğinin, karı-koca olarak ilk kavgalarını ettiklerinin farkında. "Mücahitler savaşa başladığında sen ülkeden ayrıldın, unuttun mu? Arkada, orada kalan bendim. Ben! Dolayısıyla, savaşı *biliyorum*. Ailemi savaşa kurban verdim. *Annemle babamı*, Tarık! Senden bu sözleri, savaşın kötü olmadığını duymak için mi?"

"Özür dilerim, Leyla. Üzgünüm." İki eliyle Leyla'nın yüzünü avuçluyor. "Haklısın. Özür dilerim. Affet beni. Demek istediğim, belki bu savaşın öteki ucunda bir umut ışığı olabileceği... belki uzun zamandır ilk kez..."

"Daha fazla konuşmak istemiyorum," diyor Leyla, Tarık'a nasıl böyle saldırabildiğine kendisi de şaşarak. Ona haksızlık ettiğini biliyor – savaş onun ana babasını da elinden almadı mı? İçinde parlayan şey, artık her neyse, sönmeye yüz tuttu bile. Tarık yumuşak bir sesle konuşmayı sürdürüyor, sonra onu tutup kendine çekince, Leyla direnmiyor. Kocasının büyük bir olasılıkla haklı olduğunu biliyor. O yorumu yaparken neyi amaçladığını da. Belki bu *gerekli*. Belki Bush'un bombaları kesilince, bir *umut* belirebilir. Ama Leyla bunu yüksek sesle söylemeyi kendine yediremiyor; Babi'yle Anne'ye olanların şu an Afganistan'da başkalarına olduğunu, az önce ülkesinde masum bir kız ya da oğlan çocuğunun bir roket tarafından, tıpkı kendisi gibi öksüz bırakıldığını bile bile, bunu yapamaz. İstese de dile getiremez bunu. Sevinmek, bayram etmek mümkün değil. İkiyüzlülükmüş, ahlaksızlıkmış gibi geliyor.

O gece, Zalmay bir öksürük nöbetiyle uyanıyor. Daha Leyla'nın kıpırdamasına kalmadan, Tarık bacaklarını yataktan aşırtıyor. Takma bacağını bir çırpıda takıp Zalmay'ın yanına seğirtiyor, kaldırıp kollarını alıyor. Leyla yataktan, Tarık'ın karanlıkta öne arkaya devinen karaltısını izliyor. Zalmay'ın, onun omzuna bıraktığı başının dış çizgilerini, Tarık'ın ensesine dolanmış ellerini, Tarık'ın baldırına çarptıkça zıplayan, küçük ayaklarını seçiyor.

Tarık yatağa dönünce, ikisi de hiçbir şey söylemiyor. Leyla uzanıyor, onun yüzüne dokunuyor. Tarık'ın yanakları ıslak.

50

Leyla için Mürree'deki yaşam son derece konforlu, dingin. İş yorucu değil, izin günlerinde gezip tozuyorlar; çocukları alıp teleferikle Patriata Tepesi'ne çıkıyor ya da Pinti Noktası'na gidiyorlar; buradan, hava açıksa ta İslamabad ve Ravalpindi kent merkezi görünüyor. Çimenlerin üzerine bir örtü yayıyor, köfteli sandviçle salatalık yiyip buz gibi zencefilli gazoz içiyorlar.

Güzel bir hayat bu, diyor Leyla kendine; şükredilesi bir hayat. İşin aslı, Raşit'le en karanlık günlerinde hayalini kurduğu yaşamın ta kendisi. Leyla bunu kendine her gün hatırlatıyor.

Sonra, 2002 yılının ılık bir temmuz gecesi, Tarık'la yataktalar; alçak sesle, ülkelerinde olup biteni konuşuyorlar. Öyle çok değişiklik oldu ki. Koalisyon güçleri Taliban'ı bütün büyük kentlerden püskürttü, Pakistan sınırına, Afganistan'ın güneyindeki ve doğusundaki dağlara sürdü. Uluslararası barış gücü ISAF, Kabil'e gönderildi. Ülkenin başında şimdi geçici bir devlet başkanı var: Hamit Karzai.

Leyla, Tarık'a söyleme vaktinin geldiğine karar veriyor.

Bir yıl önce, Kabil'den kurtulabilmek için bir kolunu seve seve verirdi. Ama şu son aylarda, çocukluğunun kentini deliler gibi özlediğini fark etti. Şor Pazar'ın curcunası, Babür Bahçeleri, omuzlarındaki sırıktan keçi derisi tulumlar sarkan, seyyar sucuların haykırışları burnunda tütüyor. Tavuk Sokağı'nda, giysi dükkânlarındaki pazarlıkları, Karteh-Pervan'daki kavun tezgâhlarını özlüyor.

Fakat Leyla'nın son zamanlarda sürekli Kabil'i düşünmesinin tek nedeni sıla hasreti ya da geçmişe duyduğu özlem değil. Sanki kanına bir virüs girdi, yerinde duramaz oldu. Kabil'de okulların yapıldığını, yolların asfaltlandığını, kadınların işe döndüğünü duydukça, buradaki yaşamı... ne kadar güzel, keyifli olsa da, Leyla yatıp kalkıp şükretse de, gözüne... yetersiz gibi görünmeye başladı. Amaçsız. Anlamsız. Daha da kötüsü, boşa harcanan. Son günlerde, kafasının içinde habire Babi'nin sesini duyuyor. *Ne istersen olabilirsin, Leyla,* diyor. *Bunu biliyorum, çünkü seni tanıyorum. Bu savaş bittikten sonra, Afganistan'ın sana ihtiyaç duyacağını da biliyorum.*

Leyla Anne'nin sesini de duyuyor. Babi Afganistan'dan ayrılmayı önerdiğinde, annesinin verdiği yanıtı çok iyi anımsıyor: *Oğullarımın hayalinin gerçekleştiğini görmek istiyorum. Bu olduğunda, Afganistan özgürlüğüne kavuştuğunda, burada olmalıyım ki oğullarım da görebilsinler. Benim gözlerimden görebilsinler.* İşte, Leyla'nın bir parçası şimdi Anne'yle Babi için, onların hatırına Kabil'e dönmek istiyor; *onun,* Leyla'nın gözlerinden görebilsinler diye.

Sonra, Meryem var; Leyla için en zorlayıcı unsur olan Meryem. Meryem bunun için mi öldü? diye soruyor kendine. Sırf o, yani Leyla yabancı bir ülkede hizmetçi olsun diye mi feda etti kendini Meryem? Belki, Leyla ve çocuklar mutlu, güvende olduğu sürece Meryem için fark etmez. Ama Leyla için fark ediyor. Leyla için önemli. Ansızın, fena halde önem kazandı.

"Geri dönmek istiyorum," diyor.

Tarık yatakta dikeliyor, ona bakıyor.

Erkeğin güzelliği, Leyla'yı bir kez daha çarpıyor; alnının mükemmel çıkıklığı, kollarındaki sırım gibi kaslar, derin, düşünceli, zeki gözleri. Bir yıl geçti, ama hâlâ, bir an geliyor (tıpkı şimdiki gibi), Leyla birbirlerini yeniden bulduklarına, Tarık'ın burada, yanında olduğuna, kocası olduğuna inanamıyor.

"Geri mi? Kabil'e mi?" diye soruyor Tarık.

"Tabii sen de istiyorsan."

"Burada mutlu değil misin? Oysa mutlu görünüyorsun. Çocuklar da öyle."

Leyla doğrulup oturuyor. Tarık yatakta yana kayıyor, ona yer açıyor.

"*Çok* mutluyum," diyor Leyla. "Elbette mutluyum. Fakat... buradan sonra nereye gideceğiz, Tarık? Burada ne kadar kalacağız? Burası yuvamız değil. Kabil yuvamız; ve orada öyle çok şey yaşanıyor ki, çoğu da güzel şeyler. Bütün bunların bir parçası olmak istiyorum. Bir şeyler *yapmak* istiyorum. Katılmak, katkıda bulunmak istiyorum. Anlıyor musun?"

Tarık başını ağır ağır sallıyor. "İstediğin bu, öyle mi? Emin misin?"

"Evet, istiyorum, eminim. Ama hepsi bu kadar değil. Kendimi geri dönmek *zorunda* hissediyorum. Burada kalmak bana artık doğru gelmiyor."

Tarık ellerine bakıyor, sonra yine onun yüzüne.

"Ama tek şartla – eğer sen de dönmek istiyorsan," diyor Leyla.

Tarık gülümsüyor. Alnı açılıyor, çizgiler dağılıyor; bir anlığına, yine eski Tarık oluyor. Baş ağrısı nedir bilmeyen, bir keresinde, Sibirya'da sümüğün yere değmeden buza kestiğini söyleyen Tarık. Belki hayal gücünün oyunu, ama Leyla'ya son günlerde bu eski Tarık'ı çok daha sık görüyormuş gibi geliyor.

"Ben mi?" diyor erkek. "Ben seni dünyanın öteki ucuna da gitsen izlerim, Leyla."

Tarık'a sarılıyor, kendine çekiyor, dudaklarından öpüyor. Onu hiç şu andaki kadar çok sevmedi. "Teşekkür ederim," diyor, alnını onunkine dayayarak.

"Hadi evimize dönelim."

"Ama önce, Herat'a gitmek istiyorum," diyor Leyla.

"Herat mı?"

Leyla açıklıyor.

Çocukların farklı yöntemlerle yatıştırılması, içlerinin rahatlatılması gerekiyor. Leyla kâbuslar gören, geçen hafta, yakınlardaki bir düğünde biri havaya ateş ettiğinde gözyaşlarına boğulan, hâlâ huzursuz Azize'yi karşısına alıp konuşuyor. Azize'ye, Kabil'e döndüklerinde Taliban'ın orada olmayacağını, kavganın artık bittiğini ve yetimhaneye geri gönderilmeyeceğini açıklıyor. "Hep birlikte yaşayacağız. Baban, ben, Zalmay. Ve tabii sen, Azize. Benden bir daha asla, kesinlikle ayrılmak zorunda kalmayacaksın. Söz veriyorum." Gülümsüyor. "Tabii *senin* ayrılmak isteyeceğin zamana kadar. Genç bir erkeğe âşık olduğun, onunla evlenmek isteyeceğin güne kadar."

Mürree'den ayrıldıkları gün, Zalmay'ı avutmak mümkün değil. Kollarını Alyona'nın boynuna doluyor, bir türlü bırakmıyor.

"Onları ayıramıyorum, Anne," diyor Azize.

"Zalmay. Keçiyi yanımıza, otobüse alamayız," diyor Leyla bir kez daha.

Sonunda, Tarık oğlanın yanına diz çöküp Kabil'de tıpatıp Alyona'ya benzeyen bir keçi alacağına söz verince, Zalmay duraksayarak da olsa kollarını çözüyor.

Sayid'le de gözü yaşlı bir vedalaşma yaşanıyor. Yolculuğun hayırlı olması için, kapının eşiğinde durup bir Kuran tutuyor, Tarık'a, Leyla ve çocuklara üç kez öptürüyor, sonra da altından geçmeleri için havaya kaldırıyor. Tarık'la birlikte bavulları arabanın bagajına koyuyorlar. Sayid onları gara götürüyor, kaldırım kenarında duruyor, sarsılarak hareket eden, uzaklaşan otobüsün arkasından el sallıyor.

Leyla geriye doğru uzanıp arka camda giderek küçülen Sayid'e bakarken, kafasının içinde kuşkunun fısıldayan sesini duyuyor. Güvenli, huzurlu Mürree'den ayrılmakla aptallık mı ediyorlar? Ana-babasının, ağabeylerinin öldüğü, bomba dumanlarının yeni yeni dağıldığı ülkeye geri dönmekle?

Sonra, belleğinin karanlık kıvrımlarından bir şiirin, Babi'nin Kabil'e veda gazelinin iki dizesi yükseliyor:

Bu kentin ne çatısını aydınlatan ayları sayabilirsin,
Ne de duvarlarının gerisine gizlenen bin muhteşem güneşi.

Koltuğunda geriye yaslanıyor, yaşları savuşturmak için gözlerini kırpıştırıyor. Kabil onları bekliyor. Onlara gereksiniyor. Bu yuvaya dönüş yolculuğu, yapılacak tek doğru hareket.

Ama önce, onu son bir vedalaşma bekliyor.

***

Afganistan'daki savaşlar Kabil, Herat ve Kandehar'ı bağlayan yolları mahvetmiş. Şimdi Herat'a ulaşmanın en kolay yolu, İran'daki Meşat'tan geçmek; orada yalnızca bir gece kalacaklar. Geceyi bir otelde geçiriyorlar, ertesi sabah başka bir otobüse biniyorlar.

Meşat kalabalık, capcanlı bir şehir. Leyla camdan, önünden kayan parkları, camileri, *çelo kebap* lokantalarını seyrediyor. Otobüs sekizinci Şii imam İmam Rıza türbesinin önünden geçerken, Leyla hepsi de kusursuzca, sevgiyle korunmuş ışıl ışıl çinilerini, minarelerini, görkemli, göz alıcı altın kubbesini daha iyi görebilmek için boynunu uzatıyor. Kendi ülkesindeki Buda'ları düşünüyor. Onlar şimdi, rüzgâr estiğinde Bamyan Vadisi'nde sağa sola uçuşan bir toz yığını.

Otobüsle İran-Afganistan sınırına ulaşmak, yaklaşık on saat sürüyor. Arazi Afganistan'a yaklaştıkça, giderek ıssızlaşıyor, çoraklaşıyor. Sınırı geçip Herat'a girmelerinin hemen ardından, bir Afgan mülteci kampına rastlıyorlar. Leyla için bu, sarı tozdan, kara çadırlardan ve oluklu demir levhadan yapılmış birkaç binadan oluşan, boz bulanık bir leke. Yan koltuğa uzanıyor, Tarık'ın elini tutuyor.

Herat'ta caddelerin çoğu onarılmış, kenarına kokulu çamlar dikilmiş. Belediye parkları, inşaatı yarı yarıya tamamlanmış kütüphaneler, çekidüzen verilmiş avlular, yeni boyanmış binalar var. Trafik ışıkları çalışıyor; Leyla'yı en çok şaşırtansa, elektriğin sürekli olması. Herat'ın feodal savaş lordu İsmail Han'ın, Afgan-İran sınırında topladığı, hatırı sayılır gümrük gelirleriyle kentin yeniden yapılanmasına katkı sağladığını duydu; Kabil ise bu paranın ona değil, merkezi hükümete ait olduğunu ileri sürmekte. Onları Muvaffak Otel'e götüren taksinin şoförü, İsmail Han'dan hem saygılı hem de korkulu bir ses tonuyla bahsediyor.

Muvaffak'ta iki gece kalmak, birikmiş paralarının neredeyse beşte birine mal oluyor, ama Meşat'tan buraya uzun, yorucu bir yolculuk yaptılar, çocuklar bitkin düştü. Resepsiyondaki yaşlıca görevli, anahtarı verirken Tarık'a, Muvaffak'ın gazeteciler ve sivil toplum örgütü çalışanlarıyla dolup taştığını söylüyor.

"Bin Ladin bir keresinde burada kalmıştı," diye övünüyor.

Odada iki yatak var, bir de soğuk suyu akan bir banyo. Yatakların arasındaki duvarda, şair Hacı Abdullah Ensari'nin bir resmi asılı. Leyla pencereden bakınca aşağıdaki işlek, kalabalık caddeyi ve yolun karşısındaki parkı görebiliyor; soluk renkli, tuğla döşeli patikalar gür bitki örtüsünü, çiçek öbeklerini yarıyor. Televizyona alışmış olan çocuklar, odada televizyon olmadığını görünce hayal kırıklığına uğruyor. Ama az sonra uykuya dalıyorlar. Onların ardından, Leyla'yla Tarık da yatağa seriliyor. Leyla erkeğin kollarında deliksiz bir uyku çekiyor, yalnızca bir kez, gece yarısı, anımsayamadığı bir rüyadan uyanıyor.

Ertesi sabah, çayla taze ekmek, ayva marmeladı ve haşlanmış yumurtadan oluşan kahvaltıdan sonra, Tarık ona bir taksi buluyor.

"Seninle gelmemi istemediğinden emin misin?" diye soruyor. Azize onun elinden tutmuş. Zalmay tutmamış, ama Tarık'ın yanında duruyor, omzunu onun baldırına yaslamış.

"Eminim."

"Kaygılanıyorum."

"Merak etme," diyor Leyla. "Her şey yolunda gidecek. Söz veriyorum. Çocukları pazara götür. Onlara bir şeyler al."

Taksi yola çıkınca Zalmay ağlamaya başlıyor, Leyla dönüp bakınca onun Tarık'ın kucağına uzandığını görünüyor. Tarık'ı kabullenmeye başlaması Leyla'nın yüreğini hem hafifletiyor hem de burkuyor.

"Sen Heratlı değilsin," diyor taksi sürücüsü.

Siyah, omuzlarına kadar inen saçları (Leyla bunun, devrik Taliban'a karşı bir misilleme, bir 'nanik' olduğunu öğrendi) ve bıyığının sol yanını kesen, yıldıza benzeyen bir yara izi var. Ön cama, kendisinin oturduğu tarafa bir fotoğraf sıkıştırmış. Pembe yanaklı, küçük bir kız; saçları ortadan ayrılıp iki örgü yapılmış.

Leyla ona bir yıldır Pakistan'da olduğunu, Kabil'e yeni döndüğünü söylüyor. "Deh-Mazang."

Ön camdan, ibriklere pirinç saplar kaynak eden bakırcılar, ham deri parçalarını kuruması için güneşe seren semerciler görüyor.

"Burada uzun zamandır mı yaşıyorsun, kardeşim?" diye soruyor.

"Ah, bütün ömrümce. Burada doğdum. Her şeyi gördüm. Ayaklanmayı anımsar mısın?"

Leyla anımsadığını söylüyor, ama şoför yine de anlatıyor.

"1979 Martı'ndaydı, Sovyet işgalinden dokuz ay kadar önce. Bir grup öfkeli Heratlı, birkaç Sovyet danışmanı öldürdü, Sovyetler de tanklarını, helikopterlerini gönderip burayı doğduğuna pişman etti. Tam üç gün, *hemşire,* kenti ateşe tuttular. Binaları yerle bir ettiler, minarelerden birini yıktılar, binlerce insan öldürdüler. *Binlerce.* O üç günde, iki kız kardeşimi kaybettim. Biri on iki yaşındaydı." Parmağıyla camdaki fotoğrafa vuruyor. "Bu, o."

"Üzüldüm," diyor Leyla; bütün Afgan öykülerinin nasıl da hep ölümle, kayıplarla, akıl almaz acılarla bezendiğine şaşarak. Ama yine de, insanların ayakta kalmanın, hayata devam etmenin bir yolunu bulduğunu görüyor. Kendi yaşamını, başına gelen onca şeyi düşünüyor ve kendisinin de nasıl sağ salim atlattığına, bu takside oturup bu adamın hikâyesini dinlediğine şaşıp kalıyor.

Gül Daman, çamurla samandan yapılma, düz damlı *kulübe*'lerin arasında seçilen, tek tük duvarlı evden ibaret bir köy. *Kulübe*'lerin önünde, Leyla yemek pişiren, yüzü, seyyar odun mangallarındaki kararmış tencerelerden yükselen buhardan terlemiş, yanık tenli kadınlar görüyor. Katırlar yalaktaki yemi yiyor. Tavukları kovalayan çocuklar, şimdi de taksiyi kovalamaya başlıyor. Leyla, taş yüklü el arabaları iten erkekler görüyor. Durup otomobilin geçişine bakıyorlar. Şoför bir yere sapıyor, ortasında açık havadan yıpranmış, büyükçe bir türbenin bulunduğu bir mezarlığın önünden geçiyorlar. Şoför türbede köyün önemli Sufilerinden birisinin yattığını söylüyor.

Bir yeldeğirmeni var. Duran, paslı kanatlarının gölgesine üç küçük oğlan çömelmiş, çamurla oynuyor. Şoför arabayı durduruyor, camdan dışarı sarkıyor. Oğlanların en büyük görüneni, onu yanıtlıyor. Yolun üst tarafındaki bir evi gösteriyor. Şoför ona teşekkür ediyor, yeniden arabayı çalıştırıyor.

Etrafı duvarlı, tek katlı evin önünde duruyorlar. Leyla duvarın gerisindeki incir ağaçlarının tepesini görebiliyor, dalların bazısı bu tarafa sarkmış.

"Gecikmem," diyor taksi sürücüsüne.

***

Kapıyı açan orta yaşlı adam kısa boylu, zayıf, koyu kızıl saçlı. Sakalında paralel, yol yol ak çizgiler. *Pirhan-tumban*'ının üzerine bir *çapan* giymiş.

Birbirlerine *selam-ın aleyküm* diyorlar.

Leyla soruyor: "Burası Molla Feyzullah'ın evi mi?"

"Evet. Ben oğluyum. Hamza. Buyur, *hemşire*?"

"Buraya babanızın eski bir dostu için geldim. Meryem."

Hamza gözlerini kırpıştırıyor. Yüzünde şaşkınlık. "Meryem..."

"Celil Han'ın kızı."

Yine göz kırpıyor. Sonra bir avucunu yanağına götürüyor, yüzü eksik, çürük dişlerini gözler önüne seren bir gülümsemeyle aydınlanıyor. "Ah!" diyor. Bu nida, bırakılmış, uzun bir soluk gibi çıkıyor: *Ahhhhh*. "Ah, Meryem! Onun kızı mısın? Peki, o..." Başını sağa sola oynatıyor, hevesle, araştırırcasına Leyla'nın arkasına bakıyor. "O da burada mı? Öyle uzun zaman oldu ki! Meryem burada mı?"

"Ne yazık ki vefat etti."

Hamza'nın yüzündeki tebessüm siliniyor.

Bir an orada, kapının girişinde dikilip kalıyorlar. Hamza yere bakıyor. Bir yerlerde bir eşek anırıyor.

"İçeri gel," diyor Hamza. Kapıyı ardına kadar açıyor. "Lütfen buyur."

Çok az eşyayla döşenmiş odada yere oturuyorlar. Yerde bir Herat kilimi, üzerinde de boncuklu minderler; duvarda Mekke'nin çerçeveli bir fotoğrafı. Her iki yanından dikdörtgen bir ışık huzmesinin girdiği, açık pencerenin önüne oturuyorlar. Leyla bir başka odada fısıldaşan kadın sesleri duyuyor. Küçük, yalınayak bir oğlan bir tepsi getirip önlerine koyuyor, içinde yeşil çay ve şamfıstıklı *koz* helvası var.

"Oğlum," diyor Hamza.

Oğlan sessizce odadan çıkıyor.

"Hadi, anlat," diyor Hamza üzgün bir sesle.

Leyla anlatıyor. Her şeyi. Tahmin ettiğinden daha uzun sürüyor. Sonlara doğru, kendine hâkim olmak için çaba harcaması gerekiyor. Bir yıl sonra bile, Meryem'den söz etmek hâlâ kolay değil.

Sözü bitince, Hamza uzunca bir süre hiçbir şey söylemiyor. Tabağın içindeki çay fincanını çeviriyor ağır ağır; bir o yana, bir bu yana.

"Babam, Allah rahmet eylesin, çok severdi onu," diyor sonunda. "Doğduğunda kulağına *ezan*'ı babam okumuş. Her hafta görmeye giderdi Meryem'i, hiç sektirmeden. Bazen beni de yanında götürürdü. Hocasıydı, evet, ama aynı zamanda da dostuydu. İyi yürekli, hayırsever adamdı, babam. Celil Han kızı verince, babam yıkıldı."

"Babanızın vefatına üzüldüm. Allah rahmet eylesin."

Hamza başıyla teşekkür ediyor. "Ömrü uzun oldu. Celil Han'dan bile uzun. Onu köy mezarlığına gömdük; Meryem'in annesinin yattığı yere yakın. Babam çok iyi, çok aziz bir insandı; tam cennetlik."

Leyla fincanını indiriyor.

"Sizden bir şey isteyebilir miyim?"

"Elbette."

"Bana gösterebilir misiniz?" diyor. "Meryem'in yaşadığı yeri. Beni oraya götürebilir misiniz?"

Şoför bir süre daha beklemeyi kabul ediyor.

Hamza'yla Leyla köyden çıkıyor, Gül Daman'ı Herat'a bağlayan meyilli yolu iniyorlar. On beş dakika kadar sonra,

Hamza yola her iki yandan saldıran sık, uzun otların arasındaki dar geçidi gösteriyor.

"Buradan gidiliyor," diyor. "Bir patika var."

Bitkileri, çalıları yaran patika bozuk, bol kıvrımlı ve loş. Rüzgâr uzun otları, Hamza'yla birlikte yokuşu tırmanmakta olan Leyla'nın baldırlarına çarpıyor. İki yanlarında, esintide dalgalanan yabani çiçeklerin oluşturduğu bir kaleydoskop var; kimileri uzun saplı, kıvrık taçyapraklı, kimileriyse güdük, yelpaze-yapraklı. Şurada burada, bodur çalıların arasından baş vermiş, uçları tırtıklı düğünçiçekleri. Leyla tepelerinde cıvıldaşan kırlangıçları, ayaklarının altındaki çekirgelerin bıcır bıcır gevezeliğini duyabiliyor.

Bu şekilde, yokuş yukarı, iki yüz metre kadar ilerliyorlar. Sonra eğim azalıyor, patika küçük bir düzlüğe açılıyor. Durup soluklanıyorlar. Leyla bluzunun yeniyle alnını kuruluyor, yüzünün tam önünde kaynaşan sivrisinek sürüsünü kışkışlıyor. Buradan bakınca, ufka alçaktan asılmış dağları görebiliyor; üç-beş kavak, biraz kayın, adını bilmediği, çeşitli yaban çalıları.

"Eskiden burada bir ırmak vardı," diyor Hamza, az biraz soluksuz. "Ama çoktan kurudu."

Onu burada bekleyeceğini ekliyor. Leyla'ya, kuru ırmak yatağını geçip dağlara doğru yürümesini tembihliyor.

"Ben burada beklerim," diyor, bir kavağın altındaki taşa otururken. "Sen devam et."

"Çok sürmez..."

"Dert etme. Acelemiz yok. Hadi git, *hemşira*."

Leyla teşekkür ediyor. Taştan taşa atlayarak ırmak yatağını geçiyor. Gözüne taşların arasındaki kırık gazoz şişeleri, paslı tenekeler, çinko kapağı toprağa yarı gömülmüş, yosun kaplı, madeni bir kutu çarpıyor.

Dağlara doğru, artık görebildiği, alçaktaki dalları her esintide titreyen salkımsöğütlere doğru ilerliyor. Kalbi göğsünden fırlayacakmışçasına çarpıyor. Söğütlerin aynen Meryem'in söylediği gibi düzenlenmiş olduğunu görüyor; bir açıklığın çevresinde, halka oluşturacak biçimde. İyice hızlanıyor, neredeyse koşuyor. Omzunun üstünden geriye bakınca, Hamza'nın küçücük kaldığını görüyor; *çapan*'ı, koyu ağaç gövdelerine karşı bir renk cümbüşü. Ayağı bir taşa takılıyor, düşmesine ramak kalıyor, ama hemen toparlanıyor. Pantolonunun paçalarını tutup kaldırıyor, yolun kalanını hızla alıyor. Söğütlere ulaştığında, nefes nefese.

Meryem'in *kulübe*'si hâlâ burada.

Yaklaşınca, tek pencerenin camsız olduğunu görüyor, kapı da gitmiş. Meryem bir tavuk kümesinden söz etmişti, bir *tandır*'la bir de tahta apteshaneden; fakat hiçbiri ortada yok. *Kulübe*'nin girişinde duraklıyor. İçeride vızıldayan sinekleri duyabiliyor.

İçeriye girmek için büyük, titreşen bir örümcek ağının yanından geçmesi gerekiyor. İçerisi loş. Alışması için gözlerine birkaç dakikalık süre tanıyor. Gözler karanlığa alışınca, içerinin beklediğinden de küçük olduğunu görüyor. Zemin tahtalarından yalnızca bir tanesi kalmış, o da çatlamış, çürümeye yüz tutmuş. Gerisi, yakacak odun olmak üzere sökülmüş olmalı. Toprak zemin şimdi kuru-kenarlı yapraklarla, kırık şişeler, çiklet kâğıtları, yabani mantarlar, eski, sararmış izmaritlerle kaplı. Ama en çok, yabani otlarla; bazısı güdük, bazısıysa arsızca büyümüş, duvarlara tırmanmaya koyulmuş.

On beş yıl, diye düşünüyor. Burada tam on beş yıl.

Oturuyor, sırtını duvara veriyor. Söğütlerin arasından süzülen rüzgârı dinliyor. Tavan da örümcek ağlarıyla sarılı. Biri, püskürtme boyayla duvara bir şeyler yazmış, ama boyanın çoğu soyulmuş, Leyla sözcükleri çıkaramıyor. Sonra, harflerin Rusça olduğunu ayrımsıyor. Bir köşede, boş bir kuş yuvası var; bir başka köşede, duvarın tavanla kesiştiği noktaya bir yarasa tutunmuş, baş aşağı sarkıyor.

Leyla gözlerini kapıyor, bir süre böyle oturuyor.

Pakistan'da bazen Meryem'in yüzünü anımsamakta zorlanırdı. Bazı anlar, dilinin ucundaki bir sözcük gibi, Meryem'in yüzü ondan kaçardı. Ama şimdi, burada, Meryem'i gözkapaklarının ardına çağırmak çok kolay: bakışlarındaki yumuşak ışıltı, uzun çenesi, boynunun kalınlaşmış derisi, sımsıkı kapalı dudaklarındaki gülümseme. Burada, Leyla yanağını Meryem'in yumuşak kucağına yeniden gömebilir, Kuran'dan sureler söylerken, öne arkaya sallanan bedenini, bu bedeni titreşerek kat eden sözcüklerin dizlere indiğini, sonra kendi kulaklarına ulaştığını hissedebilir.

Sonra, bir anda, yerdeki yabani otlar küçülmeye, çekilmeye başlıyorlar; sanki biri, bir şey yerin altından köklerine yapışmış, onları çekiyor. Alçalıyor, alçalıyorlar, ta ki *kulübe*'nin toprağı son dikenli yaprakçığı da yutuncaya kadar. Örümcek ağları, mucizevi bir biçimde açılıyor, dağılıyor. Kuş yuvası kendi kendini dağıtıyor, incecik sürgünler, çöpler yuvadan teker teker, çat diye ayrılıp uç uca *kulübe*'den dışarıya uçuyorlar. Görünmeyen bir silgi, duvardaki Rusça yazıyı siliyor.

Yer kaplamaları geri geldi. Leyla şimdi bir çift yer yatağı görüyor, bir tahta masa, iki iskemle, köşede dökme demirden bir soba, duvarlarda raflar, üzerlerinde kaplar, tavalar, kararmış bir çaydanlık, fincanlar, kaşıklar. Dışarıda tavukların gıdakladığını, bir ırmağın uzaktan uzağa çağıldadığını duyuyor.

Gencecik bir Meryem masada oturmuş, yağ lambasının donuk kızartısında bir bebek yapıyor. Bir şarkı mırıldanıyor. Yüzü pürüzsüz, taptaze, saçları yıkanmış, geriye taranmış. Bütün dişleri tamam.

Leyla, örgü yünlerini tutam tutam alıp bebeğinin kafasına yapıştıran Meryem'i seyrediyor. Birkaç yıla kalmadan, bu küçük kız, hayattan çok küçük taleplerde bulunan, hiç kimseye yük olmayan, üzüntülerini, hayal kırıklıklarını, alaya alınan hayallerini hiç kimseye, asla yansıtmayan bir kadın olacak. Bir ırmak yatağındaki kaya gibi, hiç yakınmadan katlanan, zarafeti, vakarı üzerinden akıp geçen çalkantılar tarafından bozulmayan, *şekillenen* bir kadın. Leyla bu küçük kızın gözlerinin gerisinde, öze, çekirdeğe derinden gömülmüş bir yerde, daha şimdiden, Raşit'in de Taliban'ın da kırmayı başaramayacağı bir şey görüyor. Bir kireçtaşı kütlesi kadar sert, dayanıklı bir şey. Sonunda, *onun* kendi eliyle, bizzat bozacağı, Leyla'ya kurtuluşu getirecek bir şey.

Küçük kız başını kaldırıp bakıyor. Bebeği bırakıyor. Gülümsüyor.

Leyla co?

Leyla'nın gözleri açılıveriyor. Nefesi kesiliyor, oturduğu yerde dikeliveriyor. Yarasayı korkuttu, hayvan *kulübe*'nin bir ucundan ötekine hızla, kurşun gibi uçuyor, çırpınan kanatları bir kitabın hızla çevrilen sayfaları gibi; sonunda, pencereden uçup gidiyor.

Leyla ayağa kalkıyor, pantolonuna yapışan kuru yaprakları silkeliyor. *Kulübe*'den çıkıyor. Dışarıda, ışık hafiften değişmiş. Rüzgâr otları dalgalandırıyor, söğüt dallarını hışırdatıyor.

Açıklıktan ayrılmadan önce, Leyla son bir kez dönüp Meryem'in uyuduğu, karnını doyurduğu, hayal kurduğu, Celil'in uğruna nefesini tutup saniyeleri saydığı *kulübe*'ye bakıyor. Söğütler, yıpranmış duvarlara her esintide yer değiştiren, kıvrımlı desenler düşürüyor. Düz dama bir karga konmuş. Bir şeyi gagalıyor, acı acı gaklıyor, uçup gidiyor.

"Hoşça kal, Meryem."

Sonra dönüyor, koşarak otların arasına dalıyor; ağladığının farkında değil.

Hamza hâlâ aynı taşın üzerinde. Leyla'yı görünce, doğruluyor.

"Hadi, dönelim," diyor. Sonra, ekliyor: "Sana vermem gereken bir şey var."

Leyla onu dışarıda, bahçe kapısında bekliyor. Daha önce onlara çay getiren oğlan, kucağında bir tavuk, incir ağacının altında durmuş kayıtsızca onu süzüyor. Leyla'nın gözüne iki surat ilişiyor; *hicap*'lı, yaşlı bir kadınla genç bir kız bir pencereden sakin sakin onu seyretmekte.

Evin kapısı açılıyor, Hamza görünüyor. Elinde bir kutu var.

Kutuyu Leyla'ya veriyor.

"Celil Han, ölümünden bir ay kadar önce bunu babama verdi," diyor. "Gelip alıncaya kadar, Meryem için saklamasını istedi. Babam kutuyu iki yıl sakladı. Vefatından hemen önce de bana verdi, Meryem adına saklamamı söyledi. Ama o... biliyorsun, o hiç gelmedi."

Leyla oval biçimli, teneke kutuya bakıyor. Eski bir çikolata kutusuna benziyor. Zeytin yeşili; solmuş, yaldızlı bir süsleme, menteşeli kapağı boydan boya kat ediyor. Yanlarda hafif pas lekeleri var, kapağın ön çeperinde de iki küçük çukur. Leyla kutuyu açmaya çalışıyor, ama kilitli.

"Ne var içinde?" diye soruyor.

Hamza onun avucuna bir anahtar koyuyor. "Babam hiç açmadı. Ben de öyle. Açmak sana nasip olacakmış; Allah böyle istedi demek."

Otele döndüğünde, Tarık'la çocukların henüz dönmediğini görüyor.

Yatağa oturuyor, kutuyu kucağına alıyor. Bir parçası, hiç dokunmamak, Celil'in sır olarak kalmasını istediği şey her neyse, öylece bırakmak istiyor. Ama sonunda merakına karşı koyamıyor. Anahtarı kilide sokuyor. Biraz kurcalaması, sallaması gerekiyor, fakat kutuyu açıyor.

İçinden üç şey çıkıyor: bir zarf, bez bir kese ve bir video kaseti.

Leyla kaseti alıp aşağıya, resepsiyona iniyor. Dün onları karşılayan yaşlı görevliden, otelde sadece bir tane video oynatıcısı olduğunu öğreniyor; en büyük süitte. Süit şu an boş, adam Leyla'yı oraya götürmeyi kabul ediyor. Resepsiyonu cep telefonuyla konuşmakta olan, takım elbiseli, genç, bıyıklı birine devrediyor.

Yaşlı adam Leyla'yı ikinci kata çıkarıyor, uzun koridorun sonundaki odaya götürüyor. Kapıyı açıyor, onu içeri alıyor. Leyla'nın gözleri, köşedeki televizyonu buluyor. Onun dışında, süitteki hiçbir şeyi algılamıyorlar.

Televizyonu açıyor, video aygıtını çalıştırıyor. Kaseti içine koyuyor, PLAY düğmesine basıyor. Birkaç dakika boyunca ekran boş kalıyor; Leyla, Celil'in Meryem'e ne diye zahmet edip de boş bir kaset bıraktığını merak ediyor. Ama sonra, müzik başlıyor, ekranda görüntüler beliriyor.

Leyla kaşlarını çatıyor. Bir-iki dakika kadar seyrediyor. Sonra STOP'a basıyor, hızlı ileri sarıyor, yeniden PLAY'e basıyor. Aynı filmin devamı.

Resepsiyoncu dalga geçercesine ona bakıyor.

Ekranda oynayan film, Walt Disney'in *Pinokyo*'su. Leyla anlayamıyor.

Tarık'la çocuklar altıyı az geçe dönüyorlar. Azize Leyla'ya koşuyor, Tarık'ın aldığı küpeleri gösteriyor; gümüş, üzerinde mineli kelebekler var. Zalmay, uzun burnu sıkıldığında öten, şişme bir yunusu kucaklamış.

"Nasılsın?" diyor Tarık, kolunu Leyla'nın omzuna dolarken.

"İyiyim," diyor Leyla. "Sonra anlatırım."

Karınlarını doyurmak için, yakındaki kebapçıya gidiyorlar. Küçük bir yer; yağlı, muşamba masa örtüleri, duman, gürültü. Ama kuzu eti yumuşacık, sulu; ekmekler sıcak. Daha sonra, bir süre sokaklarda yürüyorlar. Tarık yolun kenarındaki bir kulübeden çocuklara gülsuyu serpilmiş dondurma alıyor. Bir tahta sıraya oturup dondurmalarını yiyorlar; arkalarındaki dağlar, kızıl akşam alacasında karanlık siluetler. Hava ılık, sedir ağaçlarının rayihasıyla dolu.

Leyla videoyu seyrettikten sonra odasına dönünce, zarfı açmıştı. İçinden bir mektup çıktı; sarı, çizgili kâğıda, mavi mürekkeple yazılmış.

Şöyle diyor:

13 Mayıs 1987

Sevgili Meryem'im,

Dilerim bu mektup eline sağ salim geçer.

Bildiğin gibi, geçen ay seninle konuşmak için Kabil'e geldim. Fakat sen benimle görüşmedin. Hayal kırıklığına uğradım, ama seni suçlayamam. Yerinde olsam, herhalde ben de aynı şeyi yapardım. Senin tarafından sevilme, sayılma ayrıcalığını uzun zaman önce yitirdim; bunun için de sadece kendimi suçlayabilirim. Ama eğer bu mektubu okuyorsan, geçen ay kapına bıraktığım mektubu da okumuşsun demektir. Onu okudun ve isteğime uyup Molla Feyzullah'ı görmeye geldin, demek. Bunu yaptığın için sana müteşekkirim, Meryem co. Böylece bana birkaç söz söyleme fırsatı verdiğin için, minnettarım.

Nereden başlasam?

Son görüşmemizden bu yana, baban büyük acılar çekti, Meryem co. Üvey annen Efsun, 1979 Ayaklanması'nın ilk günü öldürüldü. Aynı gün, serseri bir kurşun kardeşin Nilüfer'in de canını aldı. Hâlâ gözümün önünde; konukları etkilemek için perendeler atan, amuda kalkan, küçük Nilüfer'im. Ağabeyin Ferhat, 1980'de cihada katıldı. Sovyetler onu 1982'de, Helmand'ın hemen dışında öldürdü. Cenazesini göremedim. Çocukların olup olmadığını bilmiyorum, Meryem co, ama varsa, Allah'tan onları esirgemesini, benim tattığım acıları sana tattırmamasını niyaz ederim. Onları hâlâ rüyalarımda görüyorum. Ölmüş çocuklarım hep rüyalarımda.

Seni de görüyorum, Meryem co. Seni özlüyorum. Sesini, kahkahanı özlüyorum. Sana kitap okumayı, seninle balık tutmayı özlüyorum. Birlikte ne çok balık tuttuğumuzu hatırlıyor musun? Sen iyi bir evlattın, Meryem co; ve ben seni bir kez olsun, utanç duymadan, pişmanlık duymadan anamıyorum. Pişmanlık... Sen söz konusu olduğunda, Meryem co, bende pişmanlıktan bol bir şey yok. Herat'a geldiğin gün seninle görüşmediğim için pişmanım. Kapıyı açıp seni içeri almadığıma pişmanım. Sana kızımmış gibi davranmadığıma, yıllarca o kulübede yaşamana göz yumduğuma pişmanım. Ve ne uğruna? Etrafa rezil olma korkusundan mı? Şu sözde temiz adımın lekelenmesinden mi? Şimdi, bunca kayıptan sonra, bu lanetli savaşta yaşadığım o korkunç şeylerden sonra, bu tür kaygılar bana nasıl da önemsiz görünüyor. Ama artık çok geç tabii. Belki de yüreksizlerin asıl cezası budur: gerçeği, iş işten geçtikten sonra, artık yapılabilecek hiçbir şey kalmadığında görmek, anlamak. Şimdi elimden gelen tek şey, senin çok iyi bir evlat olduğunu ve benim seni kesinlikle hak etmediğimi tekrarlamak, Meryem co. Tek yapabildiğim, senden af dilemek. Bağışla beni, Meryem co. Affet. Affet beni. Affet.

O bildiğin varsıl adam değilim artık. Komünistler toprağımın çoğuna, bütün dükkânlarıma el koydu. Ama yakınmak haksızlık olur, zira Tanrı -anlayamadığım nedenlerle- beni yine de kolladı, bana çoğu insana nazaran çok daha cömert davrandı. Kabil'den döndükten sonra, elimde kalan arazileri satmayı başardım. Mirastan payına düşen, kesenin içinde. Bir servet sayılmaz elbette, ama yine de bir şeydir. Bir işe yarayabilir. (Göreceğin gibi, parayı dolara çevirdim. Bence en doğrusu bu. Bizim işgal altındaki paramızın istikbalini Tanrı bilir.)

Umarım, affını parayla satın almaya çalıştığımı düşünmezsin. Umarım hakkımı teslim edersin: seni, bağışlayıcılığının satılık olmadığını bilecek kadar tanıdığımı yani. Asla da olmadı. Sana yalnızca, geç de olsa, baştan beri hakkın olan bir şeyi veriyorum. Yaşarken sana iyi bir baba olamadım. Belki ölümde olabilirim.

Ah, ölüm. Seni ayrıntılarla sıkmayacak, ölümün artık görüş alanıma girdiğini söylemekle yetineceğim, kızım. Kalbin zayıf, diyor doktorlar. Eh, zayıf bir adama da böyle bir ölüm şekli yaraşır.

Meryem co.

İçimde küçük, küçücük bir umut var: Bunu okuduktan sonra, benim sana asla gösteremediğim merhameti sen bana gösterirsin belki. Yüreğini razı edip babanı görmeye gelirsin. Belki kapımı bir kez daha çalar, bana bu kez o kapıyı açma, seni evime buyur etme, kollarıma alma şansını verirsin kızım – yıllar önce yapmam gerektiği gibi. Yüreğim kadar zayıf bir umut bu. Biliyorum. Ama yine de bekleyeceğim. Kulağım, kapıya vuran elinin sesinde olacak. Umut etmeyi sürdüreceğim.

Tanrı sana uzun ve refah bir ömür versin, kızım. Tanrı sana bir sürü, birbirinden güzel çocuklar bağışlasın. Sana vere-

mediğim mutluluğu, huzuru, himayeyi bahşetsin. Sağlıcakla kal. Seni Allah'ın müşfik ellerine teslim ediyorum.

Sevgini hak etmeyen baban,

Celil.

O gece otele döndükten sonra, çocuklar biraz oynayıp uykuya dalınca, Leyla mektubu Tarık'a anlattı. Bez kesedeki parayı gösterdi. Ağlamaya başlayınca, Tarık onu kucakladı, yüzünü öptü.

51
NİSAN 2003

Kuraklık sona erdi. Bu kış, nihayet, dizboyu kar yağdı; şimdiyse, yağmur günlerdir sürmekte. Kabil Irmağı yine gürül gürül akıyor. Bahar taşkınları Titanik Şehri'ni silip süpürdü.

Caddeler, sokaklar çamur içinde. Ayakkabılar kayıyor. Arabalar balçığa saplanıyor. Elma yüklü eşekler ağır ağır, zahmetle ilerlerken, toynakları birikintilerden etrafa çamurlu su sıçratıyor. Ama çamurdan hiç kimse şikâyet etmiyor; Titanik Şehri'nin yasını tutan da yok. *Kabil'in yeniden yeşermesi lazım,* diyor insanlar.

Dün, Leyla sağanağın altında oyun oynayan, arka bahçede, kurşun-rengi göğün altında gölcüklere dalıp çıkan çocuklarını seyretti. Deh-Mazang'da kiraladıkları iki yatak odalı, küçük evin mutfak penceresinden. Bahçede bir nar ağacı ve üzeri yaban gülleriyle dolu, sık çalılıklar var. Tarık duvarları yamadı, çocuklara bir kaydırakla salıncak kurdu, küçük bir bölümü de Zalmay'ın yeni keçisi için çitle çevirdi. Leyla yağmurun Zalmay'ın dazlak kafasından kayışına bakıyor – oğlan, kafasının Tarık gibi tıraş edilmesini istedi; artık *Babalu* dualarını da ikisi birlikte ediyor. Yağmur Azize'nin uzun saçlarını düzleştirmiş, başını sağa sola çevirdikçe Zalmay'ın yüzüne su sıçratan, sırılsıklam sürgünlere dönüştürmüş.

Zalmay altısına basmak üzere. Azize on yaşında. Doğum gününü geçen hafta kutladılar, kızı alıp *Titanic*'i sonunda Kabil halkına sunan Park Sineması'na götürdüler.

"Hadi çocuklar, geç kalıyoruz," diye sesleniyor Leyla, öğle yemeklerini bir kesekâğıdına koyarken.

Saat sabahın sekizi. Leyla beşte uyandı. Her zamanki gibi, onu sabah *namaz'ı* için uyandıran Azize oldu. Dualar Azize için, Meryem'le bağını sürdürmenin, Meryem'i hayatında tutmanın bir yolu: henüz zaman, kendi bildiğini okuyup Meryem'i onun bellek bahçesinden zararlı bir ot gibi söküp almadan önce.

Namaz'dan sonra Leyla yeniden yatağa döndü; Tarık evden çıktığında, o hâlâ uyuyordu. Kocasının onu yanağından öptüğünü hayal meyal anımsıyor. Tarık, kara mayınları kurbanlarına yardım eden, uzuvlarını kaybedenlere protez sağlayan bir Fransız sivil toplum örgütünde iş buldu.

Zalmay Azize'nin peşinden mutfağa dalıyor.

"Defterleriniz yanınızda mı? İkinizin de? Kalemler? Kitaplar?"

"Burada," diyor Azize, sırt çantasını kaldırarak. Leyla, kızın kekelemesinin ne kadar azaldığını bir kez daha ayrımsıyor.

"Gidelim öyleyse."

Leyla çocukları evden çıkarıyor, kapıyı kilitliyor. Serin sabaha dalıyorlar. Bugün yağmur yok. Gökyüzü mavi; Leyla ufukta bulut kümeleri görmüyor. El ele tutuşup, hep birlikte otobüs durağına doğru ilerliyorlar. Caddeler şimdiden hareketli; çekçeklerle, taksilerle, Birleşmiş Milletler minibüsleri, otobüsler, ISAF* cipleriyle kaynıyor. Mahmur gözlü esnaf, gece indirdikleri kepenkleri kaldırıyor, dükkânlarını açıyor. Sokak satıcıları, dağ gibi çiklet ve sigara paketleri yığılmış tezgâhlarının arkasında. Dullar çoktan köşe başlarını tutmuş, geçenlerden sadaka dileniyor.

Leyla yeniden Kabil'de olmayı yadırgıyor. Kent değişmiş. Artık her gün, fidan diken, eski evlerini boyayan, yenilerine tuğla taşıyan insanlar görüyor. Su yolları, kuyular kazıyorlar. Pencere pervazlarında, Leyla'nın gözüne, Mücahitlerden kalma boş roket kovanlarına dikilmiş çiçekler çarpıyor – roket çiçeği, diyor Kabilliler bunlara. Geçenlerde, Tarık Leyla'yla çocukları yenilenmekte olan Babür Bahçeleri'ne götürdü. Leyla yıllardır ilk kez, Kabil sokaklarında, köşe başlarında müzik duydu; *rubap* ve kanun, *dootar,* armonika ve tambur, eski Ahmet Zahir şarkıları.

Anne'yle Babi'nin sağ olup bu değişiklikleri görebilmesini çok isterdi. Ama, tıpkı Celil Han'ın mektubu gibi, Kabil'in kefareti de çok gecikti.

Leyla'yla çocuklar otobüs durağına, yolun karşısına geçmeye hazırlanırken, son sürat üzerlerine gelen, camları siyaha boyanmış, kapkara bir Land Cruiser beliriyor. Direksiyon son anda kırılıyor ve Leyla'yı bir kol boyundan da az bir farkla ıskalıyor. Çocukların önlüklerine çay rengi, çamurlu su sıçratıyor.

---

* International Security Assistance Force: Uluslararası Güvenlik Destek Gücü; Nato'ya bağlı çokuluslu barış gücü. (ç.n.)

Leyla çocuklarını bir çekişte geriye, kaldırıma çıkarıyor; yüreği ağzında taklalar atmakta.

Land Cruiser delice bir hızla yolun sonuna ulaşıyor, iki kez korna çalıp tam gaz sola dönüyor.

Leyla durup soluklarını düzene sokmaya çalışıyor; parmakları çocuklarının bileklerine mengene gibi yapışmış.

İşte bu, Leyla'yı canevinden vuruyor. Savaş lordlarının Kabil'e dönmesine izin verilmesi, Leyla'yı kahrediyor. Anababasının katillerinin bu dokunulmazlığı, duvarlarla çevrili, bahçeli, lüks evlerde yaşaması, bilmem ne bakanı, bilmem ne bakan yardımcısı olarak atanması, kurşun geçirmez, gıcır gıcır ciplerde, elleriyle mahvettikleri mahallelerde caka satmaları. Bu Leyla'yı kahrediyor.

Ama Leyla'nın küsüp oturmaya hiç niyeti yok; duyduğu içerlemenin elini kolunu bağlamasına izin vermeyecek. Meryem de zaten böyle yapmasını istemezdi. *Ne yararı olacak?* derdi, o hem saf hem de bilge tebessümüyle. *Bunun ne yararı var, Leyla co?* Böylece, Leyla harekete geçmeye, bir şeyler yapmaya karar verdi. Kendi iyiliği için, Tarık'ın, çocuklarının iyiliği için. Ve tabii, rüyalarında hâlâ Leyla'yı ziyaret eden, bilincinden asla bir, taş çatlasın iki adım uzaklaşmayan Meryem için. Leyla hayata sarıldı. Çünkü sonunda, yapabileceği tek şeyin bu olduğunu anladı. Bir bu, bir de umut etmek.

Zaman serbest atış çizgisinde duruyor, dizlerini kırmış, basket topunu yerde zıplatıyor. Basket sahasında yarım halka olmuş oturan, birörnek jarse formalar giymiş, bir grup oğlan çocuğuna talimat veriyor. Leyla'nın baktığını fark edince, topu kolunun altına sıkıştırıyor, el sallıyor. Oğlanlara bir şey söylüyor, onlar da el sallayıp çığrışıyorlar: "*Selam, muallim sahip!*"

Leyla onlara karşılık veriyor.

Yetimhanenin oyun bahçesinde, doğuya bakan duvarın dibinde şimdi bir sıra elma fidanı var. Leyla, onarımı tamamlanınca, güney duvarının önüne de birkaç tane ekmeyi tasarlıyor. Yeni bir salıncak takılmış, yeni barfiksler, bir tane de atlama beygiri konmuş.

Leyla kafesli kapıdan geçip içeriye dönüyor.

Yetimhanenin dışını da içini de yeni boyadılar. Tarık'la Zaman çatıyı aktardı, duvarları yamadı, camları değiştirdi, çocukların uyuduğu ve oynadığı odaları halıyla kapladılar. Leyla yatakhaneye birkaç yatak, yastıklar, doğru dürüst yün battaniyeler aldı. Kış için demir sobalar koydurttu.

Kabil gazetelerinden biri, *Enis,* geçen ay yetimhanenin yenilenmesine ilişkin bir haber yayınladı. Bir de fotoğraf; Zaman, Tarık, Leyla ve hademelerden biri, çocukların arkasına, yan yana dizilmişler. Leyla makaleyi görünce, çocukluk arkadaşlarını düşündü. Citi'yi, *Yirmimize geldiğimizde, Citi'yle ben dörder, beşer tane yavrulamış olacağız. Ama sen, Leyla, sen bu iki budalayı gururlandıracaksın. Önemli biri olacaksın. Çok iyi biliyorum, bir gün elime gazeteyi alacağım ve ön sayfada senin resmini göreceğim,* diyen Hasena'yı. Fotoğraf baş sayfaya çıkamamıştı, ama yine de oradaydı işte; tıpkı Hasena'nın öngördüğü gibi.

Leyla dönüyor, koridorun sonuna doğru ilerliyor; iki yıl önce, Azize'yi Zaman'a teslim ettikten sonra Meryem'le birlikte, içleri kan ağlayarak geçtikleri koridor bu. Azize'nin parmaklarını bileğinden nasıl zorla ayırdığı, Leyla'nın bugün gibi aklında. Bu koridordan koşuşunu, ulumamak için kendini tutuşunu çok iyi anımsıyor; arkasından seslenen Meryem'i, Azize'nin dehşet dolu çığlıklarını.

Koridorun duvarları şimdi posterlerle kaplı; dinozorlar, çizgi roman kahramanları, Bamyan'daki Budalar ve yetimlerin yaptığı resimler. Resimlerin çoğunda, kulübeleri ezen tanklar, AK-47'lerini doğrultmuş erkekler, mülteci çadırları, *cihat* sahneleri betimlenmiş.

Leyla bir başka koridora sapıyor ve öğrencilerini görüyor; sınıfın önüne toplaşmış bekliyorlar. Başörtüleri, kazınmış kafalar, küçük, zayıf bedenler, güzelim pejmürdeliklerin oluşturduğu bir karmaşa.

Çocuklar Leyla'yı görünce, ona doğru koşuyorlar. Tabana kuvvet. Leyla'nın çevresini sarıyorlar. Bağırtılı selamlamalardan, tiz seslerden oluşan bir yaygara, kucağına tırmanma telaşıyla bir itiş-kakıştır başlıyor. Uzanmış, ilgi isteyen, küçücük eller. Kimileri ona *Anne* diyor. Leyla buna hiç itiraz etmiyor.

Bu sabah çocukları sakinleştirmesi, düzgün bir sıra halinde dersliğe sokması biraz vakit alıyor.

Bu sınıfı Tarık'la Zaman, iki bitişik odanın arasındaki duvarı yıkıp, elbirliğiyle yaptılar. Zemin hâlâ delik deşik, karoları eksik. Şimdilik üzerine katranlı muşamba örttüler, fakat Tarık en kısa zamanda yeni karo döşemeye, üzerine de halı kaplamaya söz verdi.

Kapı girişinin üstünde, dikdörtgen bir levha asılı; Zaman tabelayı zımparaladı, ışıl ışıl bir beyaza boyadı. Üzerine fırçayla, beş dizelik bir şiir yazdı; Leyla bunun, Afganistan'a vaat edilen yardım parasının bir türlü gelmediğinden, imar çalışmalarının çok yavaş ilerlediğinden, yolsuzluklardan yakınanlara, Taliban'ın daha şimdiden, yeniden örgütlendiğinden ve öç almak üzere döneceğinden, dünyanın bir kez daha Afganistan'ı unutacağından dem vuranlara bir yanıt olduğunu biliyor. Dizeler, Zaman'ın en sevdiği şairin, Hafız'ın bir *gazel*'inden:

Yusuf, Kenan iline dönecek, bırakın matemi,
Ahırlar gül bahçesine dönecek, bırakın matemi.

Bir tufan patlayıp tüm canlıları boğmaya kalkışsa,
En güçlü kasırgayı bile aşacak
Nuh gibi bir kılavuzunuz var, bırakın matemi.

Leyla levhanın altından geçip sınıfa giriyor. Çocuklar sıralara yerleşiyor, cıvıl cıvıl konuşarak defterlerini açıyor. Azize yan sıradaki bir kızla sohbette. Bir kâğıt uçak, yüksek bir kavis çizerek sınıfın öteki ucuna uçuyor. Biri uçağı geri fırlatıyor.

"Çocuklar, Farsça kitaplarınızı açın," diyor Leyla, kendi kitaplarını masasına bırakırken.

Sınıfı bir sayfa hışırtısıdır kaplarken, Leyla perdesiz pencereye doğru ilerliyor. Camdan, oyun alanına tek sıra halinde dizilmiş, serbest atış alıştırması yapan oğlanları görebiliyor. Tepelerinde, dağların üstünde sabah güneşi yükselmekte. Işınları, basket potasının madeni çemberine, araba lastiğinden yapılma salıncakların zincirine, Zaman'ın boynundan sarkan düdüğe, yeni, çatlaksız gözlük camlarına vuruyor. Leyla avuçlarını ılık cama bastırıyor. Gözlerini yumuyor. Bırakıyor güneş ışığı yanaklarına, gözkapaklarına, alnına konsun.

Kabil'e döndüklerinde, Taliban'ın Meryem'i nereye gömdüğünü bilememek, Leyla'nın fena halde canını sıkıyordu. Meryem'in mezarını ziyaret etmek, bir süre yanında oturmak, bir-iki çiçek bırakmak isterdi. Ama Leyla artık bunun hiçbir önemi olmadığını biliyor. Meryem zaten hep yakınında. Burada, hep birlikte boyadıkları bu duvarların arasında, diktikleri ağaçlarda, çocukların örtündüğü battaniyelerde, yastıklarda, kitaplarda, kalemlerde. Meryem, çocukların kahkahalarında. Azize'nin ezberden söylediği ayetlerde, yüzünü batıya dönüp mırıldandığı dualarda. Ama en çok da, Leyla'nın kalbinde; bin güneşin göz kamaştırıcı ışıltısıyla aydınlandığı, pırıl pırıl parladığı yerde.

Leyla birinin ona seslendiğini ayrımsıyor. Arkasını dönüyor, içgüdüsel bir hareketle başını eğip sağlam kulağını azıcık kaldırıyor. Seslenen, Azize.

"Anneciğim? İyi misin?"

Odaya sessizlik çökmüş. Çocuklar onu seyrediyor.

Leyla tam yanıtlamaya hazırlanırken, ansızın soluğu kesiliyor. Elleri aşağıya, bir dakika önce, ılık bir dalganın yaladığını hissettiği noktaya iniyor, üzerine kapanıyor. Leyla bekliyor. Ama başkaca bir kıpırtı olmuyor.

"Anne?"

Leyla gülümsüyor. "Evet, aşkım. İyiyim. Evet. Hem de çok iyiyim."

Öğrencilerin tam karşısındaki masasına ilerlerken, dün akşam yemekte bir kez daha oynadıkları ad bulma oyununu düşünüyor. Tarık'la çocuklara haberi verdiğinden beri, her gece yinelenen bir ritüele dönüştü. Sırayla söz alıyor, seçtikleri isimleri savunuyorlar. Tarık, Muhammet'i istiyor. Geçenlerde, videoda *Superman*'i izlemiş olan Zalmay'ın kafası bir türlü almıyor; bir Afgan çocuğa neden Clark adı verilemesin ki? Azize, Aman adı için var gücüyle mücadele ediyor. Leyla, Ömer'den hoşlanıyor.

Ama oyun sadece erkek isimlerini kapsıyor. Çünkü kız olursa, Leyla hangi adı koyacağını biliyor.

SONSÖZ

Neredeyse otuz yıldır, Afgan mülteci krizi, yeryüzündeki en şiddetli zorunlu göç krizlerinden biri. Savaş, açlık, anarşi ve zulüm milyonlarca insanı -bu öyküdeki Tarık'la ailesi gibi- evlerini terk etmeye, Afganistan'dan kaçıp komşu Pakistan ve İran'a sığınmaya zorladı. Bu toplu iltica hareketinin doruğa çıktığı dönemde, tam sekiz milyon Afgan ülkesinden uzakta, sığınmacı olarak yaşamaktaydı. Bugün Pakistan'da hâlâ, iki milyonun üzerinde Afgan mülteci var.

Geçen yıl, Birleşmiş Milletler bünyesindeki, dünyanın en önde gelen insani yardım kuruluşlarından olan UNHCR'de*

* United Nations High Commissioner for Refugees: Birleşmiş Milletler Mülteciler Yüksek Komiserliği (ç.n.)

Amerikan delegesi olarak çalışma ayrıcalığına eriştim. Kuruluşun amacı, sığınmacıların temel insani haklarını korumak, acil yardım sağlamak ve sığınmacıların güvenli bir ortamda yaşamlarını yeniden kurmalarına destek olmak. UNHCR, salt Afganistan'da değil, dünyanın dört bir yanında, yerinden edilmiş, ülkesinden ayrılmak zorunda kalmış yirmi küsur milyon kişiye yardım ulaştırdı; Kolombiya, Burundi, Kongo, Çat ve Sudan'ın Darfur bölgesi gibi. UNHCR'de görev almak, mültecilere yardımcı olmak hayatımın en anlamlı ve doyurucu deneyimlerinden biri oldu.

Yardımcı olmak ya da UNCHR'yi daha iyi tanımak, yaptıkları hakkında ya da genel anlamda, sığınmacıların içinde bulunduğu olumsuz şartlar hakkında bilgi almak istiyorsanız, lütfen www.UNrefugees.org sitesini ziyaret ediniz.

Khaled Hosseini
31 Ocak 2007

TEŞEKKÜR

Teşekkürlere geçmeden önce, bir-iki noktayı aydınlatmak istiyorum.

Gül Daman Köyü, kurgusal bir yer – bildiğim kadarıyla. Herat kentini bilenler, çevresindeki coğrafyayı tanımlarken azıcık da olsa özgür davrandığımı ayrımsayacaklardır. Son olarak da, bu romanın adı, on yedinci yüzyıl Pers şairi Saib-i-Tebrizi'nin bir şiirinden alındı. Şiiri özgün dilinden, Farsçasından bilenler, hiç kuşku yok ki, romana adını veren dizenin çevirisinin bire bir, sözcüğü sözcüğüne olmadığını fark edecekler. Ama bu, yani Dr. Josephine Davis'inki, genel olarak kabul gören ve benim de çok sevdiğim bir çeviri. Kendisine müteşekkirim.

Kayum Server, Hikmet Sedat, Elyse Hathaway, Rosemary Stasek, Lawrence Quill ve Halime Yasmin Quill'e yardımları, destekleri için teşekkür ederim.

Baba'ya, kitabın müsveddesini okuduğu için, sağladığı bilgi, malzeme ve elbette sonsuz sevgisiyle desteği için yürekten teşekkür. Ve anneme, o sevecen, diğerkâm ruhu öykünün her satırına sızan anneme. Sen benim varoluş nedenimsin, Anne *co*. Karımın ailesine, yüce gönüllülükleri, sınırsız zarafetleri için teşekkür ediyorum. Sahip olduğum harika ailenin diğer fertleri; hepinize, tek tek, sonsuzcasına minnettarım.

Bana her zaman, daima inanan, menajerim Elaine Koster'a, Jody Hotchkiss'e (İleri!), David Grossman, Helen Heller ve yorulmak bilmez Chandler Crawford'a binlerce teşekkür. Riverhead Books'taki herkese müteşekkirim. Susan Petersen Kennedy ve Geoffrey Kloske'ye öyküme duydukları inanç için ayrıca teşekkür etmek isterim. En içten teşekkürlerim, Marilyn Ducksworth, Mih-ho Ça, Catharine Lynch, Craig D. Burke, Leslie Schwartz, Honi Werner ve Wendy Pearl'e. Gözünden hiçbir şey kaçmayan, keskin gözlü düzeltmenim Tony Davis'e ve yetenekli editörüm Sarah McGrath'a sabrı, öngörüsü ve rehberliği için, yürekten teşekkürler.

Son olarak: Teşekkür ederim, Roya. Bu öyküyü tekrar tekrar okuduğun, bir an bile kuşkuya kapılmadığın ve girdiğim küçük (birkaç tane de büyük) çaplı özgüven krizlerini savuşturmamı sağladığın için. Sensiz, bu kitap var olmazdı. Seni seviyorum.

Uluslararası çoksatar listesine girmiş ve 8 milyonu aşkın kişi tarafından okunmuş olan *Uçurtma Avcısı*, hem 2006 hem de 2007'de Penguin/Orange Readers's Group Ödülü'nü kazandı.
ROMAN
Uçurtma Avcısı
"Muhteşem"
Joanna Trollope
KHALED HOSSEINI